GW00818811

Laitier de nuit

Du même auteur,
chez le même éditeur

Le Pingouin, 2000
(« Piccolo » n°118)

Le Caméléon, 2001
(« Piccolo » n°89)

L'Ami du défunt, 2002
(« Piccolo » n°85)

Les pingouins n'ont jamais froid, 2004
(« Piccolo » n°119)

Le Dernier Amour du président, 2005
(« Piccolo » n°112)

Truite à la slave, 2005
(« Piccolo » inédit n°96)

Laitier de nuit, 2010
(« Piccolo » n°133)

Surprises de Noël, 2010
(« Piccolo » inédit n°75)

Le Jardinier d'Otchakov, 2012
(« Piccolo » n°99)

Journal de Maïdan, 2014

Andreï Kourkov

Laitier de nuit

Traduit du russe
par Paul Lequesne

Traduit avec le concours du
Centre national du livre

LIANA LEVI *piccolo*

Titre original : *Nočnoj Moločnik*

© 2009 by Andreï Kourkov and Diogenes Verlag AG Zürich
© Éditions Liana Levi, 2009, pour la traduction française

ISBN : 978-2-86746-928-2
www.lianalevi.fr

À Kiev, ma ville bien aimée, et ses habitants

1

Région de Kiev. District de Makarov. Village de Lipovka.

Dans le ciel d'hiver, la voie lactée se morfondait, privée de l'attention des hommes. Il régnait en cette nuit un silence surprenant, pas un chien n'aboyait, comme si le ciel chargé d'étoiles qui pesait sur la terre les eût tous écrasés de sommeil. Seule Irina ne parvenait pas à dormir, tourmentée par la douleur qui lui tenaillait la poitrine, mais elle ne voulait déranger personne, et n'osait quitter son lit de peur que le grincement ne réveillât Iassia. Elle se leva, comme à l'accoutumée, pile à cinq heures du matin. Fit chauffer de l'eau dans la bouilloire, puis délaya du lait maternisé en poudre «Mon Bébé» dans un bocal d'un litre qu'elle laissa sur le dessus brûlant de l'antique chaudière, installée dans un réduit. Du plafond émanait une douce odeur de linge d'enfant, couches et layettes, qu'elle avait étendu la veille au soir et qui déjà était sec.

Avant de quitter la maison, Irina alla embrasser sa fillette de trois mois qui dormait comme une bienheureuse dans un coin de la chambre, petite certes, mais douillette, juste sous l'icône de saint Nicolas. Puis elle entra chez sa mère, et lui murmura : «J'y vais !», à quoi celle-ci répondit par un hochement de tête avant de tendre la main vers la table de nuit où était posée une lampe.

Au sortir de la cour de devant, Irina se retourna pour contempler la demeure familiale : un pavillon bien entretenu, tout en brique, sans étage, que son père récemment décédé d'une maladie des reins avait bâti de ses propres

9

mains. Une vague lumière s'alluma à l'une des quatre fenêtres de la façade. La mère d'Irina, gémissant et marmonnant, cherchait sous le lit métallique ses vieilles pantoufles éculées. Le treillis du sommier grinçait, mais Irina n'entendait ni ne voyait plus rien de tout cela.

Au début, ils s'étaient chauffés au bois, et quand elle était petite, elle adorait observer la fumée blanche s'échappant dans le ciel. Mais quand ils avaient installé la chaudière, son père avait démonté le poêle. Depuis, la maison était plus vaste, mais la cheminée sur le toit était devenue muette. Ainsi, à présent, par cette sombre matinée d'hiver, le léger nuage montant vers le ciel manquait terriblement au tableau.

La neige crissait sous le pied. Irina se hâta de gagner la route pour ne pas rater la première navette en direction de Kiev, dans laquelle tout le monde se connaissait, et dont tout le monde connaissait le chauffeur, Vassia, et savait notamment que sa femme l'avait quitté. Partie pour un voisin, soudeur de son état, qui était baptiste et par conséquent ne buvait pas.

Les phares du véhicule – deux disques d'un jaune chaleureux –, apparurent sur la route au moment même où Irina venait de faire halte. Le minibus freina, sans qu'elle eût même besoin de lever la main.

Il faisait bon à l'intérieur, chacun était silencieux. Piotr Sergueïevitch, qui travaillait comme vigile sur un chantier de Kiev, dormait carrément, la tête penchée sur l'épaule. Les autres passagers somnolaient plus ou moins. Irina adressa un signe de tête à ceux qui levaient sur elle un regard encore plein de sommeil, et opta pour un siège près de la portière. Sa poitrine était toujours douloureuse, mais elle s'efforçait de n'y prêter aucune attention.

Dans une heure, la navette les débarquerait à côté de la station de métro Jitomirskaïa, et elle n'aurait plus qu'à prendre la première rame en partance pour achever son trajet jusqu'au lieu où elle était attendue et rémunérée.

2
Kiev. Par une nuit d'hiver.

Il est des histoires qui commencent un beau jour et jamais ne s'achèvent. Elles en sont tout bonnement incapables. Parce que leur commencement engendre des dizaines d'autres histoires indépendantes qui ont chacune leur prolongement. C'est comme le choc d'un gravier contre le pare-brise d'une voiture : au point d'impact se dessine une multitude de lézardes, et à chaque ornière rencontrée sur la route, l'une ou l'autre progresse et s'allonge. Ainsi la présente histoire avait-elle commencé une nuit d'hiver pour se poursuivre jusqu'à ce jour. Mais nous n'en connaissons pour le moment que le début. Le temps que vous la lisiez jusqu'à la fin, son dénouement n'en sera plus que le milieu. Il est impossible de suivre les histoires, une vie n'y suffirait pas. Mais au moins sait-on une chose : par quoi tout a commencé. Là, ça se passait à Kiev, une nuit, au coin de la rue Streletskaïa et du boulevard de Iaroslav, juste à deux pas de l'hôtel Radisson, à cet angle même de rue où, aujourd'hui encore, un inconnu abandonne chaque soir son Hummer rose. À dire vrai, tout commença même dans l'étroit passage subsistant entre ledit Hummer, garé en partie sur le trottoir, et le mur du café Au Bon Rillon ouvert depuis assez peu de temps, un an peut-être, tout au plus.

La nuit était fort avancée, et sur le boulevard de Iaroslav, Edouard Ivanovitch Zarvazine, pharmacien et mycologue distingué, s'en revenait des Portes d'Or, dans un état bien singulier. Il était vêtu comme en automne, d'un long imperméable et d'un chapeau, tandis qu'à

11

ses pieds des bottines vernies à bout pointu luisaient à la lumière des réverbères. Oui! On n'était plus en automne, pourtant, mais bien en hiver, au beau milieu de janvier. Et dans la même lueur de ces mêmes réverbères, tout scintillait, mais surtout la neige et la glace. Edouard Ivanovitch marchait sans se presser, comme s'il n'avait aucun but particulier, sinon se promener par une calme nuit d'hiver toute kievienne, dans les rues désertes de ce qu'on nomme le « centre paisible ».

Au même moment, dans la rue Streletskaïa, une jeune femme d'une trentaine d'années se hâtait vers l'angle du boulevard, d'un pas nerveux. Elle portait quant à elle une longue mais légère pelisse de renard que lui avait offerte deux ans plus tôt, au moment des soldes d'été, un amant oublié depuis. Sous la douce lumière de la lune, sa chevelure dorée brillait d'un éclat délicat, à peine perceptible. Son nez fin et régulier était un peu rougi par le premier gel, à moins que ce ne fût par un début de rhume. Nous préférerons cependant nous en tenir à la première cause. Les jolies femmes n'ont jamais de rhume.

Elle s'arrêta un instant devant l'ambassade de Norvège, pour déchiffrer l'écriteau indiquant les heures de dépôt des papiers nécessaires à l'obtention d'un visa. Pourtant elle n'avait nul besoin d'un visa norvégien. Elle était simplement de ces personnes rêveuses qui aiment à lire les noms des rues, des magasins, des cafés et des restaurants, mais qui s'attardent davantage encore devant les affichettes manuscrites du type « Recherche chat perdu ».

Comme elle reprenait son chemin, un homme d'une quarantaine d'années, à l'allure jeune et au physique robuste, portant anorak bleu, jean et baskets marron, traversa la rue Streletskaïa à hauteur de l'hôtel Radisson. Son regard fixait la rue avec l'indifférence d'une caméra web. Même l'homme qui marchait à sa rencontre, en

chapeau et imperméable, ne semblait éveiller aucun intérêt chez lui. Quand la femme aux cheveux d'or déboucha
de derrière le Hummer garé au coin, l'homme au chapeau s'immobilisa. Dans sa main brillait un couteau.

La femme, alertée par l'éclat de la lame, s'arrêta à
deux pas de lui et étouffa un cri. L'inconnu à l'anorak
bondit en avant : un instant encore, lui semblait-il, et il
ne pourrait pas sauver la dame au manteau de fourrure,
visiblement morte d'effroi. Paralysée, le dos plaqué au
mur, celle-ci n'eut même pas le temps de comprendre ce
qui s'était passé : déjà l'homme à l'anorak l'empoignait
par la main et l'entraînait derrière lui. Tournant la tête,
elle aperçut seulement un corps étendu, inerte, sur le
trottoir enneigé entre l'énorme véhicule et la paroi du
bistro, et à côté de lui le couteau, qui à présent ne brillait
plus. L'autre homme cependant dévalait la chaussée, en
direction de la rue Ivan Franko. Il courait, tirant la femme
derrière lui. Il serrait solidement sa main dans la sienne,
regardant sans cesse en arrière et la pressant du regard,
tandis que ses lèvres muettes formaient le mot : « Allez ! »
Les hauts talons de ses bottes italiennes la gênaient pour
courir. Son manteau déboutonné flottait au vent tel le
drapeau de quelque mystérieux pays de l'hiver, tandis
que ses yeux reflétaient, comme figé, gelé, un immense
étonnement.

3
Aéroport de Borispol. Un matin.

Il se rencontre des gens qui semblent toujours de
bonne humeur. Prenons par exemple le maître-chien
Dmitri Kovalenko, employé des douanes : il inspectait
avec son berger Chamil les rangées de bagages enre-
gistrés, tout en fredonnant une chanson parfaitement

inadaptée à cet instant de la journée, la chanson des deux écolières de la télévision : « Tu ne nous rattraperas pas ! » Chamil reniflait les valises et les sacs depuis quatre heures du matin. Au début ses yeux brûlaient de zèle et d'excitation, mais après trois heures de travail, l'excitation était retombée. Chamil attendait tout bonnement la fin de sa journée de quadrupède. Ce matin-là, comme par un fait exprès, les passagers aériens se révélaient étonnamment respectueux de la loi. Aucune trace d'odeur de drogue dans leurs bagages. Or le chien avait grande envie de faire plaisir à son maître qui, à voir son regard, ne semblait pas connaître le sens du mot « excitation ». Comme il aurait aimé le voir cesser de bâiller !

Mais le maître, en cette matinée, bâillait bien franchement, et ce n'était pas d'ennui. Il n'avait pas eu son content de sommeil la nuit passée. Il était parti au travail alors qu'il se levait seulement de table, après des heures à banqueter. Sa sœur cadette Nadka venait d'avoir vingt-cinq ans, et ils avaient fêté sans retenue l'événement jusqu'aux premières lueurs de l'aube. Une vingtaine de personnes étaient là, tous parents ou bons amis. Ils avaient bu, mangé, joué au karaoké. C'était d'ailleurs à cause du karaoké qu'il ne parvenait plus à se débarrasser de cette fichue rengaine – « Tu ne nous rattraperas pas ! ». « Mais à quoi servez-vous, nom d'un chien ?! » se demandait Dima, furieux contre les deux gamines, sans parvenir pour autant à chasser leur ritournelle de sa tête.

Chamil, quant à lui, la truffe humide, continuait de humer les odeurs qui se dégageaient des sacs et des valises, quand soudain une fragrance tout à fait neuve et insolite attira son attention.

Ce curieux parfum émanait d'une petite valise de plastique noir à roulettes. Celle-ci était flambant neuve, et ce détail participait également de l'odeur, cependant il y avait autre chose encore, qui inspirait comme un étrange

14

et pesant sentiment de joie mauvaise. Et Chamil au lieu de se mettre à aboyer avec ardeur, comme d'habitude en pareil cas, se retourna, l'œil perplexe, vers son maître, lequel avait fait halte, lui aussi, mais pour regarder à l'autre bout de la salle des bagages, là où devant le portail ouvert, près du chariot électrique croulant déjà sous les malles, se tenaient les deux bagagistes, Boria et Génia, vêtus de combinaisons vertes. Immobiles, ils bavardaient tranquillement.

Boria, qui arborait de somptueuses moustaches lui descendant jusqu'au bas du menton, lança un coup d'œil en direction du chien et de son maître, figé sur place. Et il se tut pour mieux observer. Son collègue, Génia, lui aussi tourna la tête.

— Il a repéré quelque chose, on dirait! s'exclama Génia.

— Merde! soupira Boris en hochant tristement la tête. Une mallette comme ça, et on pourrait se tourner les pouces jusqu'à la fin de nos jours!

Ils jetèrent chacun leur mégot par terre, et l'écrasèrent sous leurs grosses bottines noires, conformément aux règles de sécurité anti-incendie. Puis ils s'approchèrent de Dima.

— Alors quoi? demanda Boria, le moustachu, au maître-chien. Tu vas encore refiler la prise à tes connards de chefs, pour qu'ils puissent changer leur BMW contre une Lexus?

Les deux hommes fixaient Dima d'un lourd regard interrogateur. Tous deux étaient solides, bien bâtis, et accusaient la cinquantaine.

— Et qu'est-ce que je peux faire d'autre? répondit Dima avec un haussement d'épaules.

— Le clebs va pas cafter, dit Boria avec bon sens, et nous, nous pouvons l'aider à quitter la zone de sécurité, ajouta-t-il en désignant la valise d'un signe de tête.

15

– Et avec ça, nous éviterons la taule à son proprio, renchérit son compagnon. C'est aussi une bonne action !

Dima se sentit inquiet. Après cette nuit blanche, son corps lui pesait. Et par-dessus le marché, il avait à présent du vague à l'âme. Sans compter la chansonnette des filles de la télé, qui continuait à lui titiller la langue.

– Eh bien ? insista le moustachu, espérant une réponse claire.

Dima, soudain décidé à se débarrasser de tous ses problèmes d'un coup, eut un geste résolu de la main pour marquer qu'il laissait tomber l'affaire.

Boria hocha la tête, tira une craie de la poche de sa combinaison et dessina une marque sur la valise.

Chamil sentit que quelque chose clochait et leva la tête vers son maître.

– Pourquoi tu me regardes comme ça ? Allez, on dégage ! ordonna Dima d'un ton agacé. Ton job, c'est de renifler, pas de me zyeuter !

Mais Chamil ne comprenait pas pourquoi son patron n'extrayait pas la valise de la rangée. D'habitude, en pareil cas, il tirait son talkie-walkie de sa poche, prononçait quelques mots dans le micro, qui n'entraient pas dans la catégorie des ordres donnés aux chiens et que Chamil, par conséquent, n'entendait pas. Mais ce qu'il disait devait aussi être une sorte de commandement, car quelques minutes plus tard, plusieurs individus accouraient, dont l'un, au moyen d'un scanner, lisait le code-barres immatriculant le bagage tandis que les autres soulevaient prestement la valise et l'emportaient.

– Eh bien quoi, t'as pas pigé ? ! s'écria Dima à l'adresse de Chamil. Au boulot !

Et Chamil, cette fois-ci, comprit qu'il devait aller remuer son nez plus loin. Il renifla une paire de sacoches, une valise marron, une caisse enveloppée d'un film de polyéthylène. Il y décela une odeur de mauvais saucisson

16

sec, de tabac et de lard. La faim le prit soudain, et un filet
de bave lui déborda les babines pour pendre jusqu'au sol.
Il s'arrêta, et tourna le regard vers son maître.

– Tu as encore trouvé quelque chose ? s'exclama
Dima, effrayé, et lui aussi tourna la tête, pour regarder les
deux manutentionnaires qui rejoignaient le chariot électrique garé près du portail ouvert. Ah ! quel emmerdeur !

– Couché ! ordonna-t-il à son chien.

Il sortit une cigarette et s'en fut cloper dehors.

4
Région de Kiev. District de Makarov. Village de Lipovka.

La tempête avait soufflé toute la nuit, pour ne s'apaiser que vers cinq heures du matin, laissant un manteau de
neige fraîche par-dessus celui de la veille.

Sortie en courant, Irina se hâta de gagner la route,
nouant en chemin son fichu gris en angora.

Elle s'arrêta sur le bas-côté, scrutant les ténèbres.
Elle s'attendait à voir surgir de l'ombre, tels deux jaunes
d'œufs brillants, les phares du minibus.

Elle resta cinq bonnes minutes, les yeux rivés à la route.
Le froid lui picotait les joues et le nez de ses aiguilles.

Irina sentait l'anxiété monter. Elle ne pouvait se
permettre d'arriver en retard. La directrice était sévère.
Elle lui dirait : « Inutile de revenir ! » Et que deviendrait-
elle alors ? Où trouverait-elle de l'argent ?

Enfin, la lueur orange de deux phares de voiture vint
la distraire de ses appréhensions. Elle fit un pas en avant,
et s'aventura sur la route, fouillant la nuit du regard.
Les phares n'étaient pas comme d'habitude, elle ne les
reconnaissait pas.

« Un autre minibus ? » se demanda-t-elle, et à tout
hasard, elle leva la main. Une Mazda rouge freina devant

elle. Le conducteur, un homme d'une quarantaine d'années vêtu d'une veste de cuir au col relevé, se pencha par-dessus le siège passager et ouvrit la portière.

– Où allez-vous ainsi si tôt ? demanda-t-il, l'air surpris.

– Vous vous rendez à Kiev ?

– Montez !

Il faisait bon dans la voiture. Irina ôta son fichu.

– Il ne vous va pas, dit l'homme en secouant la tête. Vous êtes beaucoup plus belle sans !

– La beauté distrait, rétorqua Irina.

L'homme jeta un regard étonné à sa passagère.

– Qui donc ?

– Vous par exemple, de la route ! Or c'est dangereux… Et moi de…

Le conducteur éclata de rire.

– Quoi ! Vous aussi votre beauté vous distrait ?

– Mais qu'est-ce que avez à vous moquer de moi ! s'indigna-t-elle. Vous imaginez peut-être que parce que je sors d'un village, on peut me débiter n'importe quoi ?

– Moi aussi je sors d'un village, répondit le conducteur en haussant les épaules. À moi aussi vous pouvez débiter n'importe quoi !

– Moi, j'ai une fillette de trois mois, jeta Irina, offensée. Je ne suis pas une…

– C'est bon, excusez-moi.

Et l'homme ravala son sourire.

Pleine d'une colère absurde dont elle-même ne comprenait pas l'origine, Irina aperçut soudain, telle une planche de salut, telle la lueur d'une lanterne s'allumant dans la nuit, son minibus garé sur le bas-côté. Plusieurs passagers, qu'elle connaissait de longue date, se pressaient autour du chauffeur, lequel, à quatre pattes, semblait examiner la roue avant du véhicule.

– Oh ! mon bus ! s'exclama Irina. Laissez-moi descendre.

– Mais il est en panne ! Et vous devez aller à Kiev ! Vous allez vous geler sur le bas-côté, à attendre que votre engin soit réparé !

– Arrêtez-vous ! C'est la navette que je prends tous les matins ! s'obstina Irina.

L'homme haussa les épaules et freina.

Irina, oubliant même de le remercier, courut jusqu'à Vassia, le chauffeur.

– Pourquoi vous ne m'avez pas attendue ?! lui demanda-t-elle, fâchée.

– L'horaire a été avancé de cinq minutes. Je démarre plus tôt à présent…

– Et si je ne vous avais pas rattrapés ?!

– Écoutez, gronda Vassia d'un air excédé, on me dit de prendre mon boulot cinq minutes plus tôt, je fais ce qu'on me dit ! Tenez (il désigna les autres passagers) eux, ils sont tous là ! Parce que le matin, ils ne traînassent pas, eux, ils sont au bord de la route un quart d'heure en avance. Vous, vous préférez paresser au lit, alors vous ratez le bus ! Maintenant, fichez-moi la paix !

Irina le regardait sans pouvoir croire à pareille indifférence. Elle ne parvenait pas à concevoir que cet homme, dont elle connaissait malgré elle tant de détails de la vie intime, pût se comporter ainsi avec elle, qui voyageait en sa compagnie tous les jours.

Le chauffeur, cependant, poussa un soupir et se redressa.

« Allez, en voiture ! » dit-il. Et tout le monde remonta à sa place en silence, Irina, comme les autres, retrouvant son siège habituel, près de la portière. Le minibus s'ébranla. La journée commençait à son rythme ordinaire, au milieu de visages, comme de coutume, embrumés de sommeil.

Quand Irina descendit à la station Arsenal, le métro était à moitié vide. Elle arrangea son fichu et regarda autour d'elle : elle était absolument seule sur l'interminable quai. Elle prit l'escalator, monta un étage, puis deux. Toujours pas un chat. Et personne non plus qui descendît en sens inverse. Elle trouva le fait bizarre, bien qu'il en fût ainsi chaque jour : la station était morte, et voilà tout. Les gens, pour une raison mystérieuse, se pointaient là plus tard, elle était la seule à être aussi matinale.

Sa poitrine était toujours douloureuse, comme un poids écrasant. L'escalator montait avec lenteur. Lui n'avait aucune raison de se presser.

Irina se rappela l'automobiliste qui l'avait prise en stop. Elle commença par soupirer, jugeant s'être comportée comme une idiote, puis elle sourit. Quel drôle de type tout de même ! Mais pour ce qui était du fichu, il avait raison ! Il faudrait le reteindre.

5
Kiev. Rue Reïtarskaïa. Appartement n° 10.

— Où étais-tu passé ? Où étais-tu ? La voix de sa femme résonnait dans son crâne tel un marteau-piqueur.

Semion ouvrit les yeux. Sa tête bourdonnait. Il avait mal aux jambes, comme après une longue marche avec des chaussures inconfortables.

— Eh bien quoi, tu ne m'entends pas ?

Le timbre de sa voix trahissait les larmes qui lui montaient aux yeux. Semion se redressa et considéra sa femme, debout devant lui, en peignoir.

— Mais je n'étais nulle part, répondit-il d'un ton las. Pourquoi m'embêtes-tu ?

— Moi, je t'embête ?! s'exclama-t-elle, indignée. Tu t'en vas je ne sais où à une heure du matin, tu reviens trois heures plus tard et tu t'endors là, tout habillé dans le fauteuil ! Et tu n'étais nulle part ?! Et qu'est-ce que tu as là, sur la manche ?

Semion baissa la tête et examina sa chemise de jean. La manchette droite s'ornait effectivement d'une tache, comme une trace de boue. Son anorak bleu traînait à ses pieds, un anorak acheté en prévision d'un voyage en Alaska qui n'avait jamais eu lieu. Un groupe de riches amateurs de voyages de sa connaissance lui avait promis de l'embaucher là-bas en qualité de masseur, autrement dit d'homme de confiance doué d'une solide constitution physique et d'une bonne expérience de garde du corps. « Dégote-toi un équipement pour des températures de moins cinquante ! » lui avait-on dit alors. Il avait trouvé ce qui convenait, mais l'expédition avait été reportée *sine die*. L'anorak, en revanche, lui était resté. Et à présent traînait là, par terre, sans qu'on sût pourquoi…

Semion jeta un coup d'œil autour de lui. Puis ôta ses baskets.

— Alors, tu vas me répondre ? insista la voix au-dessus de sa tête.

— Que veux-tu que je te réponde ?!

Il leva les yeux vers sa femme, et celle-ci recula d'un pas devant le regard un peu trouble de son mari, un regard qui ne présageait rien de bon.

— Excuse-moi ! J'ai dû picoler avec quelqu'un cette nuit…

— Avec qui ? En pleine nuit ? Alors que même dans la journée tu ne bois pas ?

Semion haussa les épaules, et sur-le-champ ressentit un élancement dans la clavicule gauche. Il frotta l'endroit douloureux. Puis de nouveau regarda sa femme. Elle pleurait. En silence, Dieu merci.

Essuyant ses larmes, Veronika sortit dans le couloir et s'arrêta devant la lourde porte métallique. Elle l'ouvrit d'un geste décidé avant de la claquer violemment derrière elle. Le bruit retentit dans tout l'escalier.

Quand le silence revint, on entendit des pas résonner en contrebas. Veronika arrangea son peignoir et jeta un coup d'œil par-dessus la rambarde. C'était son voisin, Igor, qui remontait chez lui.

– Que se passe-t-il ? Votre porte s'est refermée toute seule ?

– Un courant d'air. Semion va m'ouvrir ! répondit-elle en pressant le bouton de sonnette.

Le voisin, comme pour compliquer les choses, se campa à côté d'elle et attendit lui aussi, visiblement disposé à prêter main-forte. Quand Veronika sonna pour la seconde fois, Igor frappa à la porte du dos de la main. Le vacarme, à nouveau, emplit toute la cage d'escalier.

– Vous pouvez y aller ! le rassura Veronika. Il doit être aux toilettes…

Igor marcha jusqu'à sa propre porte, située juste en face, mais avant d'entrer se retourna encore une fois.

– On a tué le pharmacien cette nuit, là, au coin de la rue, dit-il. Un brave homme, pourtant. Et un sacré expert en champignons ! Les gens qu'il connaissait, il les soignait avec des remèdes de son invention, mieux que n'importe quel Kachpirovski[1] !

Derrière Veronika, la clef grinça dans la serrure, et elle sentit dans son dos le déplacement d'air provoqué par la porte qui s'ouvrait et se refermait.

Un instant plus tard, celle de son appartement s'entre-bâillait à son tour.

– Tu t'en vas, tu reviens…

---

1. Anatoli Kachpirovski a connu son heure de gloire en Russie au début des années quatre-vingt-dix. Ce psychothérapeute prétendait soigner toutes les maladies par l'hypnose, et exerçait son art en direct, devant des millions de téléspectateurs, au cours d'une émission hebdomadaire. *(Toutes les notes sont du traducteur.)*

Semion considérait sa femme avec une moue perplexe.

– Laisse-moi entrer !

Veronika le bouscula pour s'engouffrer dans le couloir.

Elle fit halte devant le miroir et, les yeux pleins de tristesse, examina sa nouvelle coiffure que son mari, depuis la veille, n'avait toujours pas remarquée.

6
Borispol. Rue du 9-Mai.

Alors que Dima essayait de trouver le sommeil, il entendit sa femme, Valia, qui appelait :

– Mourik ! Mourik ! Où es-tu ?

Au même instant lui parvint le grondement déplaisant du chien du voisin, un pit-bull baptisé King. Ce chien était aussi mauvais que son maître, lequel, au lieu d'emmener promener l'animal, avait coutume de le flanquer dehors, tout bonnement, le laissant libre de filer sur-le-champ dans la cour de Valia et de Dima, d'y faire ses besoins, et de donner la chasse à leur matou, Mourik, si jamais celui-ci traînait dans les parages, avant de regagner son territoire.

Dima décolla la tête de l'oreiller et promena un regard fatigué dans la pièce plongée dans la pénombre par les rideaux masquant les deux fenêtres.

– Le diable les emporte tous, et ce cabot, et ce chat ! murmura-t-il.

Il regarda plus attentivement le meuble de télévision, dont les portes ouvertes laissaient entrevoir trois étagères destinées à ranger des cassettes vidéo et autres objets que le couple pour l'instant ne possédait pas. C'était là, sous la télé, sur l'étagère du haut, que leur chat gris – que Valia appelait Mourik, et lui, Mourlo – aimait lézarder. Le matou, qui ne pesait guère moins de dix kilos, répondait aux deux noms et engloutissait tout ce qu'on lui mettait dans l'écuelle.

– Mourlo ! Tss tss ! appela Dima, ayant repéré l'animal dans sa cachette favorite.

Le chat accourut vers son maître et inclina la tête, imaginant sans doute qu'on allait le gratter derrière l'oreille.

– Valia ! cria Dima. Il est ici !

La porte s'ouvrit. Valia entra, les pieds dans des mules ornées de duvet, un tablier sur sa robe de chambre de flanelle mauve.

Aussitôt se répandit une odeur de poisson frais coupé en morceaux. Le chat fonça comme un cinglé à la cuisine. La porte se referma. Dima s'apprêta à se rendormir. Mais l'odeur du poisson restait puissante, et le bruit des camions lui parvenait constamment aux oreilles : leur maison était située juste à côté de la route par laquelle on convoyait les éléments de construction préfabriqués produits par l'usine voisine.

Peut-être devrais-je prendre un petit somnifère ? pensa Dima. Il regarda la crédence dont les portes de verre laissaient voir le flacon d'un demi-litre destiné aux visiteurs importuns. Pour les opportuns, dans le même meuble, mais sur l'étagère inférieure, étaient réservées plusieurs bouteilles de gnôle maison où macéraient de jeunes feuilles d'ortie. Dima aimait additionner sa production d'herbes aromatiques et de baies. C'était plus goûteux, et pour ainsi dire plus sain pour l'organisme.

Il se leva du divan et se servit un petit verre d'alcool qu'il vida d'un trait. À ce moment, l'odeur de poisson se révéla fort bien venue : s'il n'avait rien à grignoter, au moins avait-il le nez satisfait !

Il se recoucha et s'endormit aussitôt, comme s'il ne manquait qu'un bon verre d'alcool à son corps fatigué pour sombrer dans un sommeil réparateur.

Le chat, une fois gavé d'entrailles de poisson, voulut retourner se glisser dans la pièce où dormait son maître et où régnait une chaleur étouffante. Mais il trouva porte close. Force lui fut de rester dans la cuisine à observer sa maîtresse depuis son poste, sous le radiateur en fonte à grosses colonnes. Elle, une fois le poisson mis au four, s'était attelée à la préparation de pieds de cochon. Une énorme casserole attendait sur la plaque de la cuisinière. Il va y avoir du *kholodets*[1] ! comprit le chat gris.

À ce moment, on frappa à la porte d'entrée. La maîtresse de maison abandonna son couteau pointu sur la planche à découper, et sortit de la cuisine.

– On bosse à l'aéroport, lui expliqua l'un des deux hommes qui se tenaient sur le seuil. On voudrait voir Dima…

– Mais c'est qu'il dort, il a terminé son service, répondit-elle, dans l'espoir de protéger le repos de son mari.

– On a vraiment besoin de le voir, rétorqua l'autre individu. On ne le dérangera que cinq minutes. Juste un truc à régler, et c'est tout !

Valia les abandonna sur le pas de la porte et fila dans la chambre secouer son époux.

– De la visite pour toi, des gens de ton travail, de l'aéroport… Tu y vas ? !

Dima poussa un profond soupir et laissa tomber ses jambes du divan.

– Qui est-ce ? demanda-t-il, bien qu'il sût fort bien qu'il était impossible qu'elle connût l'une ou l'autre des personnes qu'il côtoyait au boulot. D'abord, il n'avait là-bas aucun vrai copain. Ensuite, Valia elle-même n'avait jamais mis les pieds à l'aéroport de Borispol, ni dans aucun autre aéroport d'ailleurs.

---

1. *Kholodets* : sorte de potage glacé, à la viande et au concombre.

Une fois sur le seuil, il posa un regard fatigué sur ses visiteurs et les reconnut aussitôt : Boris et Génia, les deux manutentionnaires du service des bagages. Ceux-là mêmes qui l'avaient convaincu de « ne pas remarquer » la valise de plastique noir qui avait éveillé l'intérêt de Chamil.

— Nous l'avons apportée !

Boris hocha la tête en direction d'une Passat Volkswagen garée de l'autre côté de la clôture.

— Vous auriez pu vous débrouiller tout seuls, soupira Dima avec lassitude.

— Non. On ne l'ouvrira pas sans toi. Tout doit être fait honnêtement. On l'ouvre ensemble, on partage ensemble et on oublie tout. Compris ?

Dima acquiesça.

— Allons dans ton garage, proposa Génia.

Dima bâilla, puis retourna dans le couloir chercher la clef du local.

Une fois dans le garage, Dima fit halte dans l'espace subsistant entre le mur et sa vieille BMW.

Il alluma la baladeuse.

Les deux bagagistes déposèrent avec précaution la mallette sur le sol de béton. À la poignée se balançait encore l'étiquette réglementaire portant le code de l'aéroport de destination : Vienne.

— Tu n'aurais pas une paire de tenailles ? demanda Boris le moustachu.

— On va voir ça tout de suite !

Dima s'éloigna dans le coin où se dressait la malle-armoire en bois dans laquelle il rangeait ses outils. Il en tira un burin et un marteau.

— Dommage de la péter, soupira-t-il en s'accroupissant.

— T'en fais pas. De toute façon on risque pas de prendre l'avion avec : l'odeur partira jamais, ça ferait aboyer tous les clebs !

Dima colla la pointe du burin contre la serrure à code. Il donna dessus un coup de marteau, et la serrure se fendit en deux. Boris et Génia esquissèrent un sourire, goûtant à l'avance l'élucidation du mystère.

Dès que Dima souleva le couvercle de la mallette, une odeur douceâtre et vaguement familière lui frappa les narines. Sur le dessus reposait un rectangle de carton qui lui-même masquait une feuille de papier d'emballage gaufré, sous laquelle étaient rangées, serrées les unes contre les autres, des boîtes toutes identiques, de la taille d'un paquet de cigarettes. L'une des boîtes était mouillée. Dima l'ouvrit. Du bout des doigts, il en tira avec précaution une ampoule de verre brisée. Il la posa à ses pieds, pour extraire aussitôt de la boîte une autre ampoule, intacte, remplie d'un liquide un peu trouble, qu'il tendit à Boris.

Celui-ci approcha l'objet de la lampe de chantier.

– Aucune inscription ! s'exclama-t-il, surpris, avant de passer l'ampoule à son compagnon.

Génia la tripota lui aussi un moment, puis haussa les épaules et la rendit à Boris.

– Qu'est-ce ça peut être ? J'en sais foutre rien ! déclara ce dernier d'un ton pensif, puis détachant son regard de l'ampoule, il demanda au propriétaire du garage : tu connais un toubib, toi ?

Dima réfléchit. Il connaissait un infirmier, et aussi un vétérinaire. Celui qui avait guéri leur chat, l'an passé, d'une crise de constipation.

– Non, je ne connais pas de vrai toubib.

D'un geste appliqué, Boris brisa l'extrémité de l'ampoule et porta celle-ci à son nez.

– On dirait de la valériane.

– On va vérifier ça tout de suite !

Dima sortit du garage et revint une minute plus tard avec le chat Mourik dans les bras. Il le posa par terre et approcha de lui une assiette contenant un morceau de lard dur comme de la pierre. D'une chiquenaude, il expédia le bout de gras dans le coin du garage le plus proche, et versa à sa place le contenu de l'ampoule.

Boris ouvrit une autre ampoule, et la quantité de liquide servie au chat s'en trouva doublée.

Mourik regarda autour de lui, se pencha sur l'assiette, lécha la flaque qui s'étalait au fond, et s'affaissa brutalement sur son arrière-train pour se figer dans cette pose étrange, bien peu naturelle pour un chat, tel un chien bien dressé auquel on aurait ordonné de rester assis. Au bout d'un instant, ses pattes avant fléchirent à leur tour. Il se coucha et ferma les yeux.

— Ce serait bien de la valériane, alors? murmura Boris, déçu.

Mais Mourik se redressa soudain, promena autour de lui un regard hébété, puis se dirigea sans hâte vers la porte du garage restée entrouverte.

— Non, ce n'est pas de la valériane, déclara Boris. La valériane, ça met les greffiers de bonne humeur!…

Il allait poursuivre quand un cri leur parvint de la rue, suivi d'un fracas métallique et d'un hurlement de chat.

Dima se précipita dehors, les deux bagagistes sur ses talons. Un vélo était étalé par terre juste devant le garage. Deux mètres plus loin, à côté de la Passat de Boris, un homme gisait, face contre terre. Il était vêtu d'un survêtement de laine, et un bonnet de ski coiffait son crâne ensanglanté. Quant au chat Mourik, traînant bizarrement ses pattes arrière, il tentait de se glisser dans le jardin par l'étroit interstice entre sol et clôture.

— Emmenons-le dans le garage! commanda Boris.

On tira le cycliste à l'intérieur du local. Puis on y porta également la bicyclette.

— Il est vivant? demanda Dima en regardant Boris, penché sur la victime.

– J'en sais foutre rien.

Boris était en train de fouiller l'homme. Dans une poche de son pantalon de sport, il découvrit un portefeuille qui, outre un peu d'argent en petites coupures, contenait une convocation au tribunal. Le moustachu étudia le document avec attention, et un sourire rusé se dessina sur son visage. Il replaça le portefeuille où il l'avait trouvé mais conserva la lettre. Il cassa une autre ampoule et en versa le contenu directement dans la bouche du blessé. Celui-ci émit une sorte de râle et ouvrit les yeux.

– Regarde ça, il respire ! Allons, c'est bon, nous avons déjà son adresse. (Boris montra la convocation à Dima.) J'irai chez lui demain matin, je dirai que je l'ai trouvée dans la rue. J'apprendrai par la même occasion comment il va après l'accident d'aujourd'hui !

Ça, c'est une tête ! Et pourtant, on ne dirait pas ! pensa Dima, admiratif devant tant d'ingéniosité.

Peu après, Boris et Génia transportèrent le cycliste dehors et l'installèrent, assis par terre, le dos contre la palissade du voisin. Ils balancèrent son vélo à côté de lui, puis s'en furent, non sans avoir promis de repasser le lendemain soir.

Dima ferma le garage. Il se sentait inquiet et malheureux. Il s'en alla vérifier si Mourik allait bien. Le corps de l'animal gisait, inerte, dans la neige, sous la clôture.

Dima se pencha, prit Mourik dans ses bras et constata que le chat était mort. Il le reposa dans la neige, et à ce moment prit conscience de la menace qui pesait sur lui. Le fait était que sa femme adorait cette bête. Elle lui parlait, davantage et plus souvent même qu'à son mari ! Qu'allait-il se passer quand elle apprendrait que Mourik n'était plus ? !

Dima prit peur. Il dénicha dans le garage un vieux sac ayant contenu des pommes de terre. Il y fourra le chat crevé et s'en fut dans la rue, d'un pas vif et nerveux, tout en réfléchissant : où planquer cette charogne de manière que personne ne la retrouve? Un quart d'heure plus tard, il s'arrêtait devant les ruines noircies d'un vieux bâtiment détruit par un incendie deux ou trois ans plus tôt. Les gamins venaient couramment se planquer là, mais la cour envahie de mauvaises herbes et de gravats n'attirait guère les adultes. Seuls peut-être les ivrognes s'y réfugiaient parfois pour dégueuler ou bien satisfaire un petit besoin au passage. Or là, dans cette cour, il y avait un puits !

Dima jeta un coup d'œil aux alentours, et n'ayant repéré personne dans la rue, se faufila rapidement dans la cour de l'immeuble incendié. Il alla tout de suite inspecter le puits, pour découvrir qu'un monceau d'ordures y avait pris la place de l'eau. Il s'en fallait cependant encore de trois bons mètres pour que le tas atteignît la margelle.

– Eh bien, adieu, Mourlo ! prononça Dima.

Sur quoi il balança le sac.

– Tu n'as pas vu Mourik? lui demanda Valia, à peine était-il rentré à la maison.

– Non, répondit Dima en secouant la tête sans même s'arrêter.

7

Région de Kiev. District de Makarov. Village de Lipovka.
Dans la soirée.

Dehors, on eût dit qu'il neigeait. Des sautes de vent soulevaient parfois un nuage de neige pour le projeter à nouveau dans les airs, de sorte qu'il volait par-dessus le toit de la maison sans étage et retombait de l'autre côté, devant la fenêtre de la petite chambre où dormaient

elle. Peut-être cette longue station sans pouvoir s'asseoir ni redresser la tête l'avait-elle tant éprouvée qu'elle avait passé tout le trajet à s'apitoyer sur son sort et celui de sa fillette qui, bien qu'elle eût une maman bien vivante et en bonne santé, se voyait contrainte de rester toute la journée en compagnie de sa seule grand-mère.

Quand elle eut pleuré tout son saoul, Irina s'apaisa. Elle dîna. Puis, portant la main à sa poitrine, il lui sembla que ses seins, vidés trois heures plus tôt, se remplissaient de nouveau. Elle entra dans la chambre de sa mère, prit Iassia dans ses bras et l'approcha de ses mamelons. L'enfant se mit à téter avec une telle avidité qu'Irina en ressentit des picotements. Un sourire se dessina sur son visage.

– Prends donc garde à pas tant la cajoler, c'te pitchotte ! dit sa mère. Autrement ils trouveront demain que t'as pas assez de lait, et ils te diront de plus revenir…

– Je vais manger encore un morceau avant de me coucher, répondit Irina, nullement fâchée par cette remarque.

Avant de se mettre au lit, elle engloutit un sandwich au lard et une dernière assiette de purée, puis délaya dans une bassine un sachet de teinture vert bouteille pour tissu, qu'elle avait acheté à Kiev, et y mit à tremper son fichu d'angora gris. Pour que la couleur ne fût pas trop sombre, elle rajouta de l'eau.

8

Kiev. Rue Reïtarskaïa. Appartement n° 10. Midi.

Le matin, Veronika aimait revêtir sa tenue de ski. Celle-ci lui donnait un air si gracieux, une mine d'une telle fraîcheur, que l'idée même de gymnastique ou de séance à la salle de fitness éveillait un sourire ironique sur

33

son joli minois. Ce jour-là, elle avait réussi à faire la grasse matinée jusqu'à dix heures et demie. Et maintenant qu'elle était bien réveillée, elle avait envie de consacrer un peu de son énergie aux travaux du ménage.

Comme elle venait de charger le linge sale dans la machine à laver, elle se rappela soudain la chemise de Semion. Elle ouvrit le hublot de plastique et tira le vêtement de son mari par une manche. La manche en question était plus ou moins propre, mais la seconde, c'était une autre affaire ! Veronika alla à la fenêtre, la chemise dans les mains, et examina attentivement la tache brune. Elle la huma, la frotta doucement de la pulpe des doigts, et peu à peu conçut la certitude qu'il s'agissait bien d'une tache de sang. Elle réfléchit un moment. Et les conclusions auxquelles elle parvint lui donnèrent des frissons. « Mieux vaut se faire à l'idée que son mari a une liaison que de découvrir, après douze ans de vie commune, qu'il est un assassin ! »

Elle replaça la chemise dans la machine, appuya sur le bouton marche et, songeuse, s'en fut à la cuisine.

L'appartement était silencieux. Semion avait été appelé de bon matin par son employeur régulier, Guennadi Ilitch, et il était parti aussitôt. La nuit passée, il n'avait pas quitté le lit. Même si c'était inconfortable, Veronika avait gardé jusqu'à l'aube la main crispée sur son épaule.

Comme elle était assise à la table de la cuisine, près de la fenêtre par laquelle on pouvait voir de légers flocons de neige se déposer à terre, le meurtre du pharmacien lui revint à l'esprit. « Et si j'interrogeais le voisin ? Il a peut-être d'autres informations ! Il lit les journaux, il regarde les nouvelles sur toutes les chaînes ! Si ça se trouve, on a déjà arrêté le meurtrier… »

Le thé au miel l'aidait à se détendre et atténuait son anxiété. Elle aurait pu rester ainsi des heures assise devant la fenêtre. Mais les questions, même non formulées, réclament des réponses pour vous laisser en paix. Autrement elles démangent et lancinent comme des piqûres de moustiques. Aussi Veronika se résolut-elle à sortir sur le palier et à sonner à la porte du voisin. Elle attendit trente secondes, puis rentra chez elle.

– C'est que le sort ne le veut pas ! conclut-elle.

Et aussitôt elle se prit à méditer sur le sort.

Or qu'est-ce que le sort ? Elle aurait eu mauvaise grâce à se plaindre du sien. Fille unique d'un pilote de l'armée et d'une prof de géographie. Toujours des montagnes de bonbons à la maison, de l'esturgeon à chaque repas, et un gros globe terrestre posé sur une console, que maman époussetait soigneusement de temps à autre. Un mariage stupide à dix-huit ans. Divorce au bout de six mois. Un second mariage, pas du tout sot, celui-là, qui durait depuis treize ans. Dans l'intervalle, Semion était passé de vendeur de cassettes vidéo dans la rue Petrovka à patron d'une petite mais solide société de sécurité, spécialisée dans la protection de diverses réunions sérieuses et de manifestations festives à caractère corporatif. À dire vrai, c'était moins une société qu'une association entre deux vieux amis, Semion et Volodka, auxquels s'ajoutaient, en cas de besoin, trois ou quatre costauds de leur connaissance, généralement recrutés au pied levé. En quatre années de travail dans le domaine de la sécurité, Semion avait gagné assez d'argent pour acquérir un joli appartement rue Streletskaïa, en plein centre. Il n'avait pas besoin de bureau. Tout se décidait par téléphone.

Son principal commanditaire, Guennadi Ilitch, était député au Parlement, et par conséquent toute sa vie de représentant du peuple se résumait à des entretiens d'affaires et autres rencontres réclamant discrétion et protection rapprochée. Il connaissait Semion depuis longtemps, depuis l'époque de la rue Petrovka. Guennadi

Ilitch répondait alors au sobriquet de Guena-Crocodile, et s'occupait de la collecte quotidienne d'argent auprès de la gent commerçante. «Tous, nous venons du peuple, enfants de famille ouvrière…» se plaisait quelquefois à chantonner Guennadi Ilitch. Dans ces moments-là, Semion se rappelait sa place numéro 47, dans la troisième travée du marché. La ritournelle, tel un fruit de bardane, se détachait alors du député pour coller à Semion et lui titiller la langue jusqu'au soir. Il lui arrivait de la fredonner encore à son retour du travail, à l'instant où il franchissait la porte de l'appartement. Veronika, qui avait observé la régularité avec laquelle apparaissait cette chanson dans «l'éther» domestique, se contentait d'en sourire.

Elle avait en son temps beaucoup appris, grâce à Semion, des péripéties de la vie commerçante. Quand il travaillait comme vendeur, Semion avait plus d'une fois été arrêté par la milice, et il avait su en profiter pour nouer quantité de relations utiles. Les simples sergents d'alors étaient devenus majors ou colonels, ils occupaient à présent des postes importants et traitaient Semion comme un ami de jeunesse, témoin de leur avancement et de leur réussite professionnelle. Le fruit du sort? Bien entendu!

Veronika tressaillit. Elle se sentit tout à coup pénétrée de froid, projetée dans un abîme sans fond. Elle venait de se rappeler ce qui s'était passé sept ans plus tôt, et qui, selon la promesse de son psychothérapeute, ne devait plus jamais lui revenir à la mémoire.

Désespérée, elle regarda un moment par la fenêtre les gros flocons de neige qui ne cessaient de tomber. Sans qu'elle en eût conscience, sa main droite se déplaça sur le dessus de table et vint buter contre la tasse encore emplie de thé. Dans l'instant, celle-ci vola par terre. Le bruit de la faïence brisée la tira de ses réflexions. Elle se retourna et jeta un coup d'œil aux tessons blancs qui jonchaient le sol. La soudaine sensation de froid qui lui avait glacé le cœur était à présent physique. Elle grelottait. Veronika s'en fut dans la chambre à coucher et chercha dans l'armoire un sweater norvégien, bien chaud, qu'elle enfila par-dessus son blouson de sport Adidas. Elle passa ensuite dans la salle de bains et s'emmitoufla dans le peignoir émeraude que Semion lui avait offert pour la dernière Saint-Valentin. Elle en serra étroitement la ceinture. Cette brève agitation destinée à se réchauffer l'âme autant que le corps la ramena à la réalité.

Elle ramassa les plus gros débris avec les doigts, et usa d'une balayette pour recueillir le reste dans une pelle. Après quoi elle essuya par terre, puis décida de sortir sous la neige. Le blanc l'apaisait toujours, la faisait se sentir petite, curieuse et sans défense. Elle se rappelait comme elle avait peur de tout à l'âge de quatre ou cinq ans. Peur de rester seule au milieu des champs enneigés, quand elle allait avec ses parents visiter des amis, dans un village de la région de Kiev. Peur de s'approcher de la route sur laquelle d'énormes camions passaient dans un bruit d'enfer. Et le plus singulier était qu'elle aimait ce sentiment de peur, tout comme nombre d'enfants aiment les contes effrayants que l'on dit avant le coucher et qui les empêchent ensuite de s'abandonner au sommeil, les forcent à regarder sous leur lit ou bien à rester la lumière allumée pour que monstres et merveilles ne viennent pas envahir leur chambre.

Veronika quitta son peignoir émeraude pour passer un long manteau de fourrure, après avoir pris soin de s'enrouler autour du cou une écharpe de mohair.

La voici à présent qui longe le haut et puissant rempart défendant l'arrière du monastère Sainte-Sophie. Elle parvient à la rue Stretinskaïa, pousse jusqu'au passage Rylski, puis s'en retourne à son point de départ. Et ainsi trois ou quatre fois. C'est là l'itinéraire éprouvé des promenades apaisantes. Et s'il neige, et que Veronika marche le long de la haute enceinte blanche du monastère, alors le monde entier se réordonne. Son monde intérieur. L'autre monde n'est pas de son ressort.

9
Borispol. Rue du 9-Mai.

Après la « disparition » de Mourik, la vie chez Dima était devenue plus lugubre que lugubre. Valia errait des journées entières à travers la ville, interrogeant les vieilles, omniprésentes dans les rues, pour savoir si elles n'avaient pas aperçu un chat gris égaré. Quant à Dima, elle le dépêchait plusieurs fois par jour en différents quartiers de Borispol, là où, d'après des rumeurs non vérifiées, on avait vu un gros matou correspondant à la description de l'animal. Toute la ville était déjà tapissée de l'avis de recherche montrant un portrait de Mourik et promettant une « forte récompense » à qui le trouverait. Valia avait repoussé de manière catégorique la proposition de son mari de se borner à une « récompense raisonnable ». Dima lui-même était fâché de s'être immiscé avec ses conseils dans cette ingrate affaire. Ingrate, puisque personne n'était en mesure de retrouver leur Mourik et de le leur rapporter. Ou plutôt, il était bien théoriquement possible qu'on retrouvât ses restes, mais il était fort douteux qu'une telle conclusion fût de nature à réjouir Valia.

De sorte que Dima attendait patiemment que le cœur de sa femme s'apaisât. Il allait comme à l'habitude à son travail, assurait le contrôle olfactif des bagages en partance ou fraîchement débarqués, surveillait l'humeur de Chamil. Mais quand il rentrait chez lui, c'était pour replonger dans une atmosphère de malheur sans fin. Devançant la prière de sa femme, il déclarait lui-même d'emblée : «Bien, je m'en vais à la recherche de Mourik !», et allait se réfugier dans son garage où il s'était aménagé un coin confortable entre le mur du fond et sa vieille BMW. Il y avait même installé un radiateur à spirale pour avoir plus chaud.

C'est là, au garage, que le trouvèrent Boris et Génia. Tout d'abord, ils étaient passés à la maison. Valia leur avait appris que Dima était parti à la recherche du chat. Les deux hommes avaient l'esprit vif, et en sortant de la cour, ils s'étaient rendus tout droit au local.

– Écoute, c'est la totale ! lança Boris d'un ton agité, quand tout le monde eut trouvé place près du radiateur. Il est resté trois jours sans rentrer chez lui !

– Qui ça ? demanda Dima, dont l'esprit était principalement occupé par son chat « disparu ».

– Mais le type à vélo de l'autre jour ! lâcha Boris. Sa femme était au bord de la crise de nerfs ! Trois jours de suite, je suis allé à son adresse pour lui rapporter sa convocation, trois fois j'ai passé mon temps à essayer de la rassurer. Peut-être qu'il se planque, je lui disais, pour pas recevoir cette lettre ! Et ce matin, le voilà qui rentre chez lui, maigre comme un clou !

– Il n'était déjà pas bien gros quand on l'a vu ! rappela Dima.

– Eh bien il avait encore maigri. On aurait cru qu'il revenait de Büchenwald, une vraie tête de mort ! Et tu sais pas ce qu'il lui a raconté ? Qu'il était allé à vélo à Tchernigov voir son neveu !

– Mais pourquoi ? demanda Dima.

– Moi aussi, c'est ce que je lui ai posé comme question : pourquoi ? Il a haussé les épaules !

– Mm… non… fit Génia, qui jusqu'alors était resté silencieux. Il a parlé ensuite de quelque chose comme un défaut de fatigue… Il a dit qu'il s'était senti un trop-plein d'énergie dans le corps, et que du coup, il avait décidé de se taper un trajet bien long…

— On s'en jette un ? proposa Dima.

Boris secoua négativement la tête, mais Génia hocha la sienne avec enthousiasme.

Sur le tabouret, jouant le rôle de guéridon, Dima posa une assiette de concombres en saumure, puis il remplit deux petits verres. Mais avant de boire, il se plaignit de sa femme, que la perte de son chat rendait folle.

— Ça lui passera ! voulut le rassurer Boris.

— Mais quand ? Moi, je n'en peux plus ! Toute la baraque est en deuil, comme si on avait cinq macchabées dans chaque pièce en attente d'être pleurés.

— Dans ce cas, dégote-lui un autre chat tout pareil, ricana Boris. Et fais-le passer pour votre Mourik ! Après tout, il n'avait rien de particulier, ce greffier, il était gris ! Des comme ça, il en court des centaines par les rues…

— Son cœur lui soufflera que ce n'est pas le bon, objecta Dima, exprimant tout haut ses doutes.

— Son cœur ? Mais c'est des blagues tout ça ! Les gonzesses inventent ces trucs-là pour avoir l'air meilleures que les bonshommes ! Alors qu'en réalité…

Génia n'acheva pas. Il empoigna son verre et le vida d'un trait. Après quoi il croqua bruyamment un concombre.

— C'est bon, assez parlé des chats ! s'exclama Boris, résolu à changer de sujet. Tu as trouvé un toubib ?

Son regard plongea dans les yeux de Dima.

— Un toubib ? Quel toubib ? ! C'est un chat que je cherche…

— Tu commences à me courir avec ton chat. Trouve-nous un médecin. Ou un pharmacien ! Les pharmaciens s'y connaissent mieux en ampoules.

— Écoute ce que tu vas faire ! (Génia avait levé l'index pour attirer l'attention.) Tu prends une ampoule et tu entres avec dans une pharmacie. Tu dis que tu l'as trouvée et que tu sais pas ce que c'est !

– Ben, tu peux bien faire ça toi-même ! répondit le propriétaire des lieux. Pourquoi je devrais, moi, courir les pharmacies ?

– C'est vrai, renchérit Boris en lissant ses moustaches, les yeux fixés sur Génia. Tu n'as qu'à t'en occuper !

– D'accord, acquiesça l'autre après une brève hésitation. Filez-moi trois ampoules, et je… j'irai, quoi.

Dima sortit trois ampoules de la mallette en plastique appuyée contre le mur. Génia les fourra dans la poche de sa veste, salua d'un signe de tête, et sortit.

Boris et Dima échangèrent un regard.

– Qu'est-ce qui lui prend, il s'est vexé ? demanda Dima.

Boris leva la main en signe d'ignorance.

– Sers-moi un verre, à moi aussi, demanda-t-il.

Dima obtempéra.

– Il fallait boire avec nous, on aurait été trois à trinquer.

– Je ne bois plus à trois, déclara Boris d'une voix sombre. Boire à trois, c'est le second signe qui trahit l'alcoolisme.

– Et quel est le premier ?…

– Le premier ? C'est de boire en solitaire… Tu sais, je m'en fous de ce qu'elles contiennent, ces ampoules, drogue ou bien remède contre le cancer. Le seul truc qui compte, c'est de bien les vendre, confia le moustachu après avoir vidé sa vodka. Je pourrai alors envoyer ma fille à l'université privée. Quant à toi, vraiment, trouve-toi un autre chat à peu près pareil, roule-le bien dans la boue et ramène-le chez toi. Tu n'auras qu'à dire qu'il était allé courir la gueuse, et qu'il ne se ressemble plus… Elle se calmera, tu verras ! Et puis c'est pas d'un chat qu'elle a besoin, c'est d'un gosse !

– Ça, c'est notre affaire! protesta Dima, prêt à prendre la défense de sa femme.

– Bien sûr que c'est votre affaire, acquiesça Boris en se levant du tabouret de bois rudimentaire sur lequel il était assis. Mais la mallette, c'est la nôtre. Et mieux vaudrait conclure cette affaire-là au plus vite!

10
Région de Kiev. District de Makarov. Village de Lipovka.

Le lendemain matin, Irina entama sa journée quinze minutes plus tôt qu'à l'ordinaire. Elle transporta dans la chaufferie la bassine contenant le fichu d'angora encore imbibé de teinture et étendit celui-ci sur la corde à linge.

Elle se prépara, de fort bonne humeur. But du thé qu'elle accompagna d'une petite crêpe froide au fromage blanc. Elle dilua une dose de lait en poudre Mon Bébé pour Iassia. Mais au moment d'enfiler son manteau, elle fut prise d'un moment de désarroi: qu'allait-elle se mettre sur la tête? Son regard tomba sur le châle de laine de sa mère, noir à roses rouges, acheté un jour à des tsiganes, au marché de Fastovo. Sa mère en avait alors pris trois pièces, elle devait donc en avoir encore deux autres qui dormaient quelque part. Irina le noua sur ses cheveux, empoigna son sac et sortit.

La neige crissa sous ses pieds quand elle franchit le seuil.

Le minibus arriva pile au bon moment. Quand elle fut assise à sa place habituelle, Irina se laissa gagner par la torpeur et s'assoupit. Mais au lieu de voir des images en rêve, elle entendit une voix émerger de l'obscurité bizarrement teintée de bleu: «Il reviendra! C'est certain, il reviendra!»

– Qui reviendra? demanda-t-elle dans son sommeil.

42

– Lui, répondit la voix

– Mais qui, lui? demanda-t-elle de nouveau.

Et si ce «lui», c'était le père de Iassia? Elle n'avait absolument pas besoin d'un «lui» de cette espèce! Un «lui», en revanche, capable de devenir un papa aimant pour sa fille et un bon époux pour elle, ça, elle aurait bien aimé le trouver. Seulement il y avait peu de chance qu'il vînt tout seul! Or la voix avait dit qu'il *reviendrait*, pas qu'il *viendrait*! Or ne reviennent que ceux qui sont d'abord partis!

Assoupie dans le minibus, Irina poursuivait sa route au milieu des ténèbres. Kiev l'attendait, qui libérerait sa poitrine gonflée de lait, lui en réclamerait encore, lui pomperait tout jusqu'à la dernière goutte, puis la renverrait chez elle, après l'avoir payée, pas trop chichement, mais pas généreusement non plus, juste assez pour qu'elle gardât assez d'énergie pour prolonger cette routine jusqu'à ce que son lait tarît.

– Eh! On est arrivés! croassa au-dessus de sa tête la voix de Vassia, le chauffeur. Allez, presse-toi, tu vas être en retard!

C'est l'infirmière en blouse blanche qui lui ouvrit la porte, encore endormie. À l'évidence, elle avait passé la nuit dans ce centre de nutrition privé.

Irina se mit torse nu et s'assit à la table. Aussitôt elle sentit la chair de poule sur ses épaules et sur ses bras. Remarquant qu'elle avait froid, la vieille infirmière ferma le vasistas. Puis elle appliqua la téterelle en plastique au mamelon gauche de la jeune femme et enclencha la pompe. Celle-ci se mit à bourdonner comme un jouet à piles. Un filet de lait courut par le tuyau jusqu'au flacon collecteur.

– Lilia Petrovna a été licenciée, se plaignit l'infirmière. Maintenant c'est à moi de me débrouiller avec ces machins techniques!

Pour tenter de se distraire, Irina se remémora son rêve dans le minibus. Elle chercha à établir qui, parmi les hommes de sa connaissance, pouvait correspondre à celui mentionné par la voix. Les candidats, elle s'en rendit compte, n'étaient guère nombreux. Si l'on écartait les vieux voisins du village, ils se comptaient sur les doigts d'une main, et aucun d'eux, s'il venait à s'installer chez elle, ne lui serait source de bonheur particulier.

La téterelle était passée à son sein droit. Le vrombissement de la petite machine lui paraissait aussi familier que les pleurs de Iassia.

Une fois une solide portion de gruau d'avoine avalée, Irina laissa son sac accroché au portemanteau, dans le couloir, et s'en fut se promener dans le parc Mariinski.

On approchait des huit heures du matin. Navettes et autobus s'arrêtaient à la station, déversant des dizaines de passagers, chaudement et élégamment vêtus. Aucun d'eux n'entrait dans le parc. Tous traversaient la rue puis s'évanouissaient.

Irina était presque chez elle, dans ce parc jouxtant le Parlement et les bâtiments du palais à la délicate couleur turquoise. Peut-être était-ce à cause du délicieux petit déjeuner qu'elle venait de prendre qu'elle se sentait si bien en dépit du froid. Ou peut-être parce que les gens qui arrivaient là entamaient seulement leur journée de travail, alors qu'elle avait déjà achevé son premier service, et jouissait d'une pause plus longue que ce à quoi les employés ordinaires pouvaient prétendre !

Un sourire éclaira son visage. Elle arrangea le châle « tsigane » de sa mère, et s'engagea sans hâte dans une des allées.

– Ce châle ne vous va pas non plus ! fit derrière elle une voix masculine qui lui parut familière.

Elle se retourna pour se trouver face à un homme qu'elle reconnut aussitôt à ses yeux légèrement obliques, pétillant d'une lueur rusée. C'était lui qui l'avait prise à bord de sa voiture rouge le jour où le minibus était passé avant l'heure prévue.

– Il n'est pas à moi, il est à ma mère, répondit Irina.

– En effet, dit l'autre en hochant la tête. C'est le genre de chose qu'on porte quand on vient d'avoir des petits-enfants !

– Eh bien maman porte ça. Elle a une petite-fille.

L'homme était vêtu d'un long manteau de cuir noir pourvu d'un haut col de fourrure. En revanche il était tête nue. Du reste, il n'avait rien sur la tête.

– Vous n'avez pas froid ? demanda Irina en fixant ses cheveux coupés ras, comme si elle cherchait à attribuer les symptômes d'une calvitie naissante au fait de se balader tête nue en période de gel.

– Non, pas du tout, répondit l'autre d'une voix posée. À propos, je m'appelle Yegor. Et vous ?

– Irina.

– Venez, je vous offre un mauvais café ! proposa l'homme.

Irina le considéra avec suspicion.

– On ne peut trouver de bon café qu'à partir de dix heures, si bien qu'à présent, hélas, nous n'avons pas le choix.

Elle acquiesça, et Yegor l'entraîna vers l'entrée du parc. Cinq minutes plus tard, ils pénétraient dans une petite épicerie située quelques rues plus loin.

– Deux « Trois en un », commanda Yegor à la vendeuse.

Le café au lait sucré leur fut servi dans des gobelets en plastique jetables. Ils le burent debout à l'intérieur de la boutique, devant la vitrine.

– Il n'est pas si mauvais que ça ! s'exclama Irina en haussant ses frêles épaules.

– Tout est relatif, répliqua Yegor avec un sourire. Vous travaillez dans le quartier ?

45

– Oui. Et vous ?

– Moi aussi. Pas loin de l'endroit où je vous ai rencontrée.

– Au palais ?

– En quelque sorte, oui, au palais, répondit Yegor après une brève hésitation.

Tout à coup une voix mécanique retentit tout près. Effrayée, Irina se retourna, mais Yegor effleura sa main, et par ce contact ramena sur lui les yeux de la jeune femme. Du regard, il lui fit comprendre que « tout allait bien ».

– J'arrive, dit-il, comme s'il s'adressait à quelqu'un d'autre.

Irina remarqua alors que du col de fourrure de son manteau s'échappait un fil noir terminé par un minuscule écouteur de même couleur, de la dimension d'une mouche, collé tout contre le pavillon de son oreille. Elle avait déjà vu des appareils de ce genre à la télévision, utilisés par des gens habituellement chargés de la protection du président.

« Il va s'en aller », comprit Irina, et brusquement elle eut envie de pleurer. Cet homme avec ce machin noir à l'oreille lui paraissait toucher à l'accomplissement de son rêve. Calme, agréable, sûr de lui…

– Vous vous promenez tout le temps dans ce parc, n'est-ce pas ? lui dit Yegor en souriant.

Elle acquiesça et lui rendit son sourire.

– Alors je vous retrouverai. Peut-être même aujourd'hui. Je vous dois à présent un bon café !

– Celui-ci était déjà bon, protesta-t-elle d'une voix timide.

Après un dernier sourire, l'homme en noir sortit de la boutique.

« Il me dépasse presque d'une tête ! » s'étonna alors Irina.

– Eh! file-moi une hryvnia[1]! murmura un SDF barbu qui venait de s'arrêter devant elle, vêtu d'un manteau de drap élimé et chaussé de bottines sans lacets. J'ai froid!

Irina fouilla dans sa poche. Elle en tira de la petite monnaie, compta une hryvnia et versa les pièces dans la paume tendue du sans-logis.

– C'est bon! dit l'autre en guise de merci, puis, avisant soudain une femme en luxueux manteau de fourrure qui venait d'entrer dans l'épicerie, il se dirigea vers elle.

Irina aussi commençait à avoir froid. Elle acheva de boire son café et décida de retourner au chaud, dans son centre de nutrition.

La porte d'entrée était déjà ouverte quand la jeune femme en franchit le seuil. Mais elle se trouva aussitôt écartée par deux hommes à veste bleue qui trimballaient un grand bidon métallique. Ils portèrent leur fardeau jusqu'au bout du couloir, ouvrirent la double porte qui l'interrompait, et disparurent dans une autre galerie, beaucoup plus luxueuse, au plancher recouvert d'un tapis rouge et aux murs ornés de tableaux. Irina n'eut pas le temps de bien voir ce qu'ils représentaient, car déjà les deux battants se refermaient.

– Irina, ma petite, il reste de la bouillie sur le fourneau, dit avec douceur Véra l'infirmière. Ôte ton manteau et entre!

Irina hocha la tête, le regard encore rivé sur les deux portes de bois.

– Et qu'y a-t-il là-bas derrière? demanda-t-elle une fois dans la cuisine.

– C'est pour les clients et les clientes qui se présentent à l'entrée principale. Un médecin-conseil les reçoit dans son cabinet. Le précédent était chinois, mais le nouveau,

_____

1. Devise monétaire ukrainienne depuis 1996. La hryvnia se subdivise en 100 kopecks.

à ce qu'on dit, vient de Moscou, chuchota la vieille femme. Toi et moi, ici, nous sommes le petit personnel. Nous n'y avons pas accès.

Irina approuva. Et sitôt qu'elle eut entamé son bol de gruau d'avoine, elle ressentit une telle sensation de chaleur et de bien-être que toutes ses interrogations s'envolèrent.

11
Kiev. Rue Reïtarskaïa. Appartement n° 10.

L'hiver continuait de se faire doux et discret. La neige tombait pour fondre aussitôt sous un souffle de vent étrangement chaud, et puis soudain geler de nouveau et se changer en verglas. On marchait alors avec prudence sur les trottoirs déformés, et l'on attendait qu'une nouvelle chute de neige poudrât les sentiers glissants.

Semion était parti à l'aube, le jour n'était pas levé. Il avait promis de rentrer à cinq heures. Veronika était allée faire les courses le matin. Elle avait passé une bonne heure au téléphone avec sa copine Tania, qui lui avait fourni une foule de renseignements sur son nouveau et déjà troisième mari, qui se révélait de trois ans plus jeune qu'elle, mais qui, d'après ses dires, se distinguait par une stupéfiante expérience de la vie. Ce que sous-entendait Tania par «expérience de la vie», Veronika avait résolu de l'élucider lors d'une prochaine rencontre en tête à tête.

Mais le temps, ce jour-là, semblait ne pas vouloir s'écouler. Il ne neigeait que par intermittence. Et, l'oisiveté lui rappelant les bienfaits de l'air frais, Veronika sortit se promener. Étant de bonne humeur, au lieu de se diriger vers l'arrière du monastère Sainte-Sophie, elle gagna le coin des trois cafés, au croisement de la rue Streletskaïa et du boulevard de Iaroslav. Là, elle fut le témoin d'une scène qu'on peut bien qualifier de tragi-comique.

Une femme d'une cinquantaine d'années, élégamment vêtue d'une pelisse de renard bleu lui tombant jusqu'aux pieds et chaussée d'excellentes bottes, tenait dans une main un marteau et dans l'autre une petite couronne mortuaire faite de branches de pin piquées de quelques roses artificielles. Entre la femme et le mur du café d'angle se tenait un jeune homme en jean et blouson noir. Il paraissait avoir dans les dix-huit ans. Toute sa physionomie reflétait l'inquiétude. Il parlait à la femme en gesticulant gauchement.

Le visage de cette dernière, à la beauté sévère, exprimait quant à lui l'indignation et la colère. Veronika ressentit la nécessité absolue d'aller se camper à côté de cette femme et de la soutenir, quel que fût le sujet de la dispute. Mais il suffit qu'elle s'approchât pour que l'ensemble de la situation devînt claire comme un jour d'été.

– Il a été tué ici, et ce grand morveux prétend m'interdire d'accrocher une couronne à un clou! déclara la dame au manteau de renard. Vous imaginez! Tenez, là, rue Reïtarskaïa, devant le café des Portes, on a fait sauter une voiture, eh bien voilà près de cinq ans qu'il y en a une, de couronne, et ça ne dérange personne!

– Il s'agit d'une propriété privée, bredouilla le garçon, en considérant tour à tour Veronika et la dame brandissant marteau et couronne.

– Et si c'était ton père qu'on avait assassiné ici? lui demanda calmement Veronika, dont le regard de glace sembla clouer le jeune homme au mur.

– Mais qu'est-ce que mon père vient faire là-dedans? protesta l'autre d'une voix mal assurée. C'est un café tout

49

de même, pas un cimetière ! On vient ici pour boire de la bière !

– Mon mari aussi venait chez vous ! dit la dame au manteau de fourrure.

Et elle pinça la lèvre inférieure, exprimant ainsi tout le mépris que lui inspirait ce personnage de rien du tout.

– Allez voir le directeur et mettez-vous d'accord avec lui, moi, je n'y suis pour rien ! On m'a dit d'enlever la couronne, et point barre ! Je ne suis que vigile, vous savez…

– Mon mari en a quarante des vigiles comme ça ! s'exclama Veronika en colère. Je lui dirai…

– Inutile ! lui dit la dame au manteau d'un ton tranquille. Où est-il, ton directeur ? ajouta-t-elle, cette fois-ci à l'adresse du jeune homme.

– Là-bas !

Il désignait le café du regard.

– Tenez !

La dame tendit à Veronika couronne et marteau.

– Allons-y ! commanda-t-elle au garçon.

Et tous deux entrèrent dans l'établissement, tandis que Veronika demeurait seule sur le trottoir saupoudré de neige. Elle remarqua un clou planté dans le mur du bâtiment. Elle y accrocha la couronne, puis posa le marteau par terre, le manche appuyé au bas de la paroi. Elle se sentit ainsi plus à son aise pour attendre.

La dame au manteau ressortit cinq minutes plus tard. Son premier mouvement fut de rectifier la position de la couronne, pendue un peu de travers.

– Je me suis entendue, dit-elle d'une voix toujours tranquille. Ils l'ôteront les jours fériés, mais les autres jours, ils n'y toucheront pas…

– Allons chez moi boire un café, proposa Veronika. J'habite tout à côté.

50

12
Aéroport de Borispol.

Le service de Dima s'achevait à neuf heures du matin. La nuit s'était écoulée sans incident. Les passagers s'étaient tous révélés respectueux des lois, de sorte que Chamil avait eu beau renifler leurs affaires avec application, pas une fois ses yeux ne s'étaient allumés d'une étincelle de joie. Ce jour-là, les deux bagagistes, Boris et Génia, n'étaient pas présents dans l'aéroport; leurs horaires ne coïncidaient pas avec ceux de Dima.

– Eh bien, tant mieux, pensa celui-ci en jetant un coup d'œil à sa montre, alors même que le souvenir de la valise de plastique noir lui revenait à l'esprit. On devrait la balancer quelque part !

Restait encore un vol, puis ce serait la fin de son service, et un autocar de l'aéroport ramènerait chez eux les travailleurs de nuit accablés de fatigue.

Le talkie-walkie retentit soudain dans sa poche :

– Kovalenko ! Passez voir le directeur de la douane !

– Entendu, j'y vais ! répondit Dima dans sa « savonnette » noire.

Sur quoi il considéra Chamil d'un air perplexe.

Le directeur l'accueillit par un signe de tête et un regard dépourvu d'aménité. Il était assis à son bureau, occupé à tripoter des lunettes aux verres légèrement teintés. Écran et clavier d'ordinateur étaient repoussés au bord du plan de travail, à sa main droite, tandis qu'une pile de dossiers s'étageait à sa gauche.

– Le douze au matin, c'est bien toi qui étais de service ?

– Oui, répondit Dima.

– Un bagage a-t-il été retenu chez nous ce jour-là ?

– Non, je ne crois pas…

51

Dima s'appliqua de toutes ses forces à garder un visage impassible.

– Si on a confisqué quelque chose, il doit y avoir un procès-verbal…

Il tendit le menton vers l'ordinateur.

– Une petite valise…

Le directeur tira de sous sa pile de dossiers une feuille de papier, chaussa ses lunettes et lut :

– Noire, en plastique, de marque Smart-Case.

Il ôta ses lunettes et reporta son regard de glace sur le maître-chien.

– Elle a été enregistrée sur le vol du matin pour Vienne, mais n'est jamais arrivée à l'aéroport de destination. Ça ne te rappelle rien ?

– Il n'y a eu aucune saisie de bagage pendant que j'étais en service, nia Dima d'un ton ferme.

– Je vois ! Dans ce cas, c'est un coup des bagagistes ! Allons, c'est bon, tu peux te retirer ! soupira le directeur.

Ces derniers mots sonnèrent aux oreilles de Dima comme une menace de coup de feu dans le dos.

Entre-temps, un lot de valises en provenance d'Amsterdam était arrivé au service des bagages. Dima les inspecta en compagnie de Chamil, mais là encore, tout était en règle.

Comme il sortait de la salle de livraison, Dima fit halte devant le café, en se demandant s'il ne ferait pas bien de s'y asseoir pour une petite demi-heure. Il n'avait aucune envie de rentrer chez lui. Sur le rebord de la fenêtre de la cuisine, Valia avait posé une photographie encadrée de Mourik le chat, avec une bande de papier noir collée dans un coin en bas. Cette ambiance de deuil commençait à lui taper sur les nerfs.

Quand il pénétra chez lui, il avait le ventre noué. Valia n'était pas là. Sur la table de la cuisine, dans une petite assiette recouverte d'un bol en émail, l'attendaient deux petites crêpes au fromage blanc encore chaudes. La bouilloire sur le réchaud n'avait pas non plus eu le temps de refroidir.

Dima retourna la photo sur le rebord de la fenêtre, chat côté vitre, et prit tranquillement son petit déjeuner.

Se rappelant sa conversation avec le directeur préoccupé par la valisette de plastique noir, il se représenta tout à coup une perquisition effectuée à l'improviste chez lui, dans la maison et dans le garage. La frayeur l'empêcha d'imaginer plus loin. Il composa le numéro de portable de Boris, le bagagiste.

– On doit se voir de toute urgence, dit-il d'une voix nerveuse.

– Quoi, tu as trouvé un toubib? demanda l'autre.

– Pire.

– Je peux passer ce soir.

– Pas avant?

– Non, impossible, je suis au boulot.

Cette conversation ne suffit pas à rassurer Dima. Il tira deux cabas du coffre de l'entrée, et les emporta au garage. Il y transféra les boîtes d'ampoules, puis s'employa à détruire la mallette à coups de hache. Cependant le plastique de la Smart-Case se révéla coriace. La hache avait beau y laisser ici et là entailles et enfoncements, c'étaient là tous les dommages que Dima parvenait à infliger à l'objet. Renonçant à l'entreprise, il s'en retourna chez lui.

De nouveau il s'installa dans la cuisine. Il écrivit un message à l'attention de sa femme: «Valia! Je m'en vais chercher Mourik.» Il dégagea la photo du chat de son cadre et la glissa dans la poche intérieure de sa veste.

Une fois dans la rue, la fraîcheur de l'air le ragaillardit un peu, mais la fatigue accumulée en une nuit de travail continuait de peser sur ses épaules.

Sa décision, cependant, était prise. Ce jour même, il achèterait au marché aux oiseaux, à Kiev, le même animal exactement. Pour un chat gris, il doutait qu'on lui demande plus d'une vingtaine de hryvnia. Il en achèterait un, le rapporterait à la maison, et laisserait à Valia le soin de jouer au «jeu des sept erreurs», comme sur l'avant-dernière page des anciennes revues. Tous les chats gris étaient semblables, tous aimaient se goinfrer, et en conséquence paresser de même façon sous le radiateur brûlant de la cuisine, en observant d'un œil amoureux leur maîtresse préparer la nourriture.

Dans le minibus qui allait à Kiev, il faisait bon, et la radio, réglée sur *Chansons*, beuglait d'une voix atroce le refrain de *Tata Choura de Tobolsk*. Installé au dernier rang sur un siège confortable, Dima ne tarda pas à s'assoupir.

13
Kiev. Rue Grouchevski. Parc Mariinski.

Le lendemain matin, le parc Mariinski était tout entier recouvert d'un duvet de neige. Les branches nues des arbres, les allées, disparaissaient sous ce manteau dont la magnificence créait comme une atmosphère de fête.

Depuis une demi-heure Irina ne se lassait pas de contempler la blancheur de la neige rehaussée par le vert émeraude du palais qui s'apercevait derrière les troncs dépouillés. La plaisante couleur de l'édifice s'accordait si bien avec celle de son fichu fraîchement reteint. Il était si léger, ce fichu! Et puis il procurait une si douce chaleur! Une chaleur qui s'écoulait sur ses cheveux châtains. S'écoulait jusqu'à ses épaules. Peut-être parce qu'elle l'avait noué de la même manière qu'autrefois sa mère nouait un tout autre carré d'étoffe sur la tête de sa fille pour l'envoyer à l'école du village.

Le parc était désert. Et Yegor, bizarrement, ne se montrait pas. Il aurait dû pourtant arriver du côté du palais. Irina avait beau s'appliquer à réfléchir, ses pensées, ce matin-là, se bousculaient, indociles. Iassia s'était réveillée plusieurs fois pendant la nuit en pleurant. Irina lui avait donné un peu de son lait et Iassia s'était rendormie, les lèvres serrées sur son tétin. Irina avait dû glisser avec précaution son petit doigt dans la bouche de la fillette pour libérer le mamelon. Et dans le minibus, sur la route de Jitomir, elle n'avait pas réussi à rattraper son sommeil. Vassia, le chauffeur, partageait sa joie avec le gardien de chantier de Kiev, qui s'asseyait d'ordinaire juste derrière lui. Vassia, figurez-vous, connaissait le bonheur. Sa femme était revenue. Il lui avait d'abord collé une bonne beigne, pour ensuite la couvrir de baisers et lui affirmer qu'il ne lui en voulait pas. Il racontait la scène avec fierté, mais sans aller jusqu'au bout de son discours. Or Irina n'était pas sotte, elle savait bien ce qu'il voulait dire au gardien : « Puisqu'elle est revenue, c'est bien qu'elle a trouvé que je valais mieux que son soudeur qui ne picole pas ! »

À bord du minibus, Irina gardait les yeux clos, mais tout ce qu'elle entendait se mêlait à ses pensées et au souvenir de son récent rêve sans images.

Et à présent, dans le parc, alors qu'elle s'efforçait de se rappeler cette voix surgie dans son sommeil, c'était celle de Vassia, le chauffeur, qu'elle entendait. Or les mots comme « il reviendra », prononcés par la voix de Vassia, ne sonnaient de manière ni sérieuse, ni convaincante.

« Peut-être est-il allé boire un café dans l'épicerie de l'autre jour ? » se dit Irina.

Elle retrouva facilement l'endroit. Elle s'avança jusqu'au comptoir derrière lequel se tapissait une toute jeune blondinette à jaquette rouge.

– Un « Trois en un », demanda Irina.

– MacCoffee ou bien Jacobs ?

– MacCoffee.

Le gobelet de plastique fumant à la main, elle s'éloigna vers la vitrine et entreprit d'observer les passants qui défilaient devant la boutique. Tout à coup elle aperçut sa chef, celle qui lui remettait l'argent au centre de nutrition. Elle recula, effrayée. Le café gicla hors du gobelet, lui brûlant les doigts.

« Je ne suis pas à ma place ici, se dit-elle. Personne ici n'a besoin de moi. Juste de mon lait, pour nourrir un bébé que je ne connais pas… »

Irina n'éprouvait aucun sentiment pour cet enfant anonyme, ni sympathie ni rancœur. Seulement de la curiosité. Elle avait envie de savoir s'il s'agissait d'un garçon ou d'une fille et, si possible, quel était son nom. Pour pouvoir dire à Iassia, même dans sa tête : « Pardonne-moi, ma Iassia chérie, mais Tanetchka ou Michenka a plus besoin de ce lait que toi ! »

– Ah, voilà donc où vous étiez ! fit une voix derrière elle, une voix de baryton, agréable et familière.

Elle se retourna, et sourit à Yegor.

Il consulta sa montre.

– Finissez ! Dans cinq minutes on pourra déguster un bon café !

Peinant à dissimuler sa joie, Irina avala d'un trait le reste de son MacCoffee puis regarda Yegor, des pieds à la tête, tel un pionnier studieux vouant une confiance aveugle à son chef.

Le bon café était servi à deux pas de là. L'établissement était bien chauffé et confortable. L'unique inconvénient pour Irina était qu'on devait y ôter manteau et fichu. Elle demeura ainsi paralysée entre la table et le portemanteau auquel Yegor avait déjà pendu sa longue pelure de cuir.

– Mais asseyez-vous, l'important c'est que vous soyez à l'aise ! dit-il, ayant noté l'embarras de la jeune femme.

Les yeux d'Irina exprimèrent sa reconnaissance. Elle déboutonna son manteau et dénoua à moitié son foulard pour le rabattre en arrière, de manière qu'il couvrit ses épaules, tel un châle.

– Où avez-vous trouvé cette jolie chose ? demanda Yegor.

Irina sourit en coin. Elle n'avait pas envie d'expliquer qu'on pouvait reteindre n'importe quel vêtement et le porter comme un neuf. Surtout à cet homme qui arborait luxueux costume sombre, chemise blanche et cravate bordeaux.

Une serveuse s'approcha.

– Deux «americano» et… (Yegor se tourna vers Irina) deux cognacs ?

– Non, je ne dois pas.

– Alors une pâtisserie chacun ! (Yegor reporta son regard sur la toute jeune employée.) Qu'avez-vous de plus frais aujourd'hui ?

– Toutes nos pâtisseries sont fraîches ! Prenez un tiramisu !

– Très bien. Alors deux.

La jeune fille s'éloigna.

– Ainsi vous ne buvez pas du tout d'alcool ?

La voix de Yegor trahissait un étonnement qu'Irina jugea vexant.

– J'ai une fillette de trois mois. Et je la nourris encore au sein.

– Une fillette de trois mois, et vous allez tous les jours au travail ?! Mais qui reste pour la garder ? Votre mari ?

– Non, ma mère.

La joie que lui procurait leur rencontre s'évanouit. Irina n'avait aucun désir de raconter sa vie à ce bel inconnu. Raconter sa vie revenait à énumérer ses problèmes. Or les problèmes repoussent les gens. Irina le savait d'expérience. Sitôt qu'une personne plus ou moins étrangère lui confiait ses ennuis, elle n'avait qu'une envie : se boucher les oreilles et se sauver en courant. Lui aussi, à coup sûr, quand il serait las de l'entendre se plaindre, ne poserait plus sur elle un regard aussi brillant. Non, elle n'allait pas l'embarrasser.

– Et je n'ai pas de mari, ajouta Irina d'un ton un peu plus gai. Je l'ai viré. Et d'ailleurs ce n'était pas vraiment un mari !

– Et vous habitez là-bas, à Lipovka ? demanda Yegor.

Elle opina du chef.

– Mais d'où vous vient cette manière de parler citadine ? s'exclama Yegor, sincèrement étonné. Moi aussi je suis né dans ce coin, vers Kodra. Mais j'ai grandi ici, à Kiev.

– J'ai fait mes études à Kiev. Et puis j'adore regarder la télé ! avoua Irina dans un sourire. Maman me le disait tout le temps quand j'étais petite : répète tout à haute voix en imitant la télé, c'est comme ça que tu apprendras le beau langage ! Chez nous, vous savez comment on parle ! Mais voilà, la télévision n'a rien pu pour maman !

– Et où travaillez-vous ? insista Yegor.

Le regard d'Irina s'arrêta soudain sur son oreillette noire. Elle suivit des yeux le fil qui s'échappait du col de sa veste. Puis éclata de rire.

La serveuse apporta le café et les pâtisseries.

– Quoi, c'est un boulot secret ? dit Yegor.

– Parlez pour vous ! (Voyant la conversation s'éloigner de ses problèmes personnels, Irina s'était détendue.) Moi, je suis nourrice.

Yegor, qui à ce moment levait le pot de lait chaud au-dessus de sa tasse, figea un instant son geste.

– En effet. Vous n'avez pas une profession très courante !

– Quand je n'aurai plus de lait, je chercherai un autre emploi, déclara Irina d'un ton léger.

58

– Vous en voulez?

Yegor approcha le pot de lait de sa tasse.

Le tiramisu fondait dans la bouche. Yegor buvait son café, puisant de temps à autre, du bout de sa petite cuiller, un morceau de gâteau moelleux. Il regardait Irina, pensif.

– Vous n'avez pas besoin d'être aussi franche et sincère, lâcha-t-il soudain. Vous parlez si facilement de vous!

Irina haussa les épaules. Elle mourait de chaud dans son manteau, mais il était trop tard pour l'ôter à présent. D'autant qu'elle ne portait dessous qu'une jaquette informe vert salade passée sur un chemisier rose, et une longue jupe de laine vieille de plus de cinq ans à laquelle aucun bain de teinture n'aurait pu donner une seconde vie.

– Numéro 5, où es-tu? grésilla une voix mécanique dans l'oreillette noire.

– Près de la Maison des officiers, répondit Yegor.

– Il y a là une femme enceinte en manteau noir qui tourne en rond du côté du belvédère. C'est peut-être la même que celle d'avant-hier, celle qui voulait se tuer?

– Compris. Surveille-la! J'arrive dans un instant!

– Vous devez partir? demanda Irina.

– Pas tout de suite. Vous voulez un autre café?

Irina refusa.

– Vous savez, Irina… (Yegor se pencha par-dessus la table et poursuivit en chuchotant, tel un conspirateur d'opérette.) J'ai en effet un travail qui relève du domaine confidentiel. Bien sûr, je n'ai pas le droit de raconter mes secrets, en revanche je suis en mesure de connaître ceux des autres! Je pourrais même fouiller dans les vôtres, si je voulais.

– Des secrets? répéta Irina.

– Eh bien oui: qui, avec qui, pourquoi? Vous lisez le journal *Boulevard*?

– Oui, avoua Irina. Mais vous pouvez vraiment mettre à jour tous les secrets ?

– N'importe lesquels, sauf les secrets d'État.

Irina réfléchit.

– Vous savez, ce que j'aimerais bien savoir…

Yegor se pencha encore davantage, au point qu'il faillit renverser sa tasse d'un coup de coude.

– Je ne sais pas quel enfant je nourris de mon lait. On me le prélève avec une machine. Et ensuite, apparemment, on le remet à la maman ou à la nounou. Ils sont très stricts sur le chapitre de l'hygiène : toutes les deux semaines, j'ai droit à une visite médicale, avec toutes les analyses… Même les plus intimes !… Excusez-moi pour les détails… Eh bien, j'aimerais beaucoup en savoir plus sur ce bébé à qui je sers de nourrice.

Yegor se fendit d'un grand sourire.

– Très bien, dit-il. Venez, vous allez me montrer où se trouve votre lactarium !

Ils quittèrent la chaleur du café pour le froid du dehors, et Irina conduisit Yegor jusqu'aux portes de l'immeuble où elle donnait son lait. Tout en foulant la neige durcie en une croûte qui craquait sous le pas, elle reboutonna son manteau et remit son fichu en place.

14
Kiev. Rue Reïtarskaïa. Appartement n° 10.

Se sentant à son aise chez Veronika, Daria Ivanovna se relâcha. Elle pleura son défunt mari, pharmacien de son état. Se plaignit de son sort. Loua le café préparé par la maîtresse de maison. Interrogea celle-ci sur la vie de son ménage.

Veronika était encline, ce jour-là, à la sincérité, à condition toutefois qu'elle ne fût pas concernée. De Semion, elle ne dit que deux ou trois mots, qui plus est si positifs que sur le moment la veuve du pharmacien fronça les sourcils d'un air incrédule avant de reprendre son monologue où il était surtout question de sa propre personne.

– Le mien aussi était formidable! (Ses yeux sombres s'embuèrent d'une chaleur sincère.) Il lui arrivait de me passer un coup de fil pour m'annoncer d'une voix joyeuse: «J'arrive dans un instant ma chérie! Prépare le café!» Et je réussissais un café comme le vôtre. (Elle jeta à la maîtresse de maison un regard éloquent.) Je ne le réussissais que pour lui. Quand je le préparais pour moi ou pour une amie, il n'était jamais aussi bon! Dieu qu'il fait chaud chez vous! En revanche, ça ne sent pas le tabac! Vous ne fumez pas, n'est-ce pas? (Daria Ivanovna porta son regard sur les deux radiateurs italiens blancs.) Nous, quand nous avons refait l'appartement, nous avons laissés les vieux, en fonte. Nous les avons juste repeints. Du coup, il fait plus frais chez nous. Vous savez que le froid aide à prolonger la jeunesse!

La visiteuse se tut un instant, soudain songeuse.

– Vous n'avez pas d'enfant? demanda-t-elle enfin.

Et pile à ce moment, on entendit la porte d'entrée grincer. Veronika se leva d'un bond. Jeta un coup d'œil dans le couloir. Et découvrit son mari.

– Semion, nous avons une invitée, dit-elle.

Daria Ivanovna se prépara sur-le-champ à partir. Elle gagna elle aussi le couloir, enfila son manteau de fourrure. Puis jaugea du regard le mari de Veronika.

– J'ai laissé ma carte de visite là-bas, sur la petite table. Appelez-moi! lança-t-elle alors qu'elle franchissait déjà le pas de la porte. Maintenant, c'est à vous de venir chez moi prendre le café! Et puis tenez, donnez-moi vous aussi votre numéro de téléphone!

Veronika griffonna à la hâte le numéro de la maison et celui du portable. Elle se vit gratifiée par la veuve d'un dernier sourire amical au moment où celle-ci prit congé. Sur quoi elle s'en fut retrouver Semion à la cuisine.

– Pourquoi es-tu si maussade ? demanda-t-elle.

Semion était plus fatigué que maussade. Il avait eu le temps déjà de se servir un petit verre de cognac.

– Tu devrais te changer, lui dit Veronika en considérant son sweater et son jean râpé. Je vais faire la lessive…

– Qui était-ce ? s'enquit Semion.

– La femme du pharmacien, celui qui a été assassiné. Tu te rappelles, ce jour où tu es rentré au petit matin…

Elle se tut brutalement, sans achever sa phrase.

Il tressaillit, comme sous l'effet d'un effroi soudain, vida son verre et le remplit de nouveau.

– Sers-m'en un aussi.

Le regard de Semion s'alluma d'une lueur de bonté. Il sortit un autre verre, y versa une dose de cognac et le tendit à Veronika.

– J'ai fait sa connaissance par hasard, raconta-t-elle après avoir trempé ses lèvres dans le liquide ambré. Je suis sortie juste au coin de la rue, il y avait une femme qui s'engueulait avec un jeune type. Je regarde : elle tenait à la main une petite couronne mortuaire et un marteau. Elle avait déjà planté un clou dans le mur, là où on a tué son mari, mais le vigile du café voulait l'empêcher d'accrocher sa couronne. Ça risquait de faire peur au client, qu'il disait…

– Et alors ?

– Elle est allée voir le patron. Et ils ont trouvé un accommodement : les jours de semaine, la couronne restera accrochée, mais les jours fériés, elle devra l'enlever…

– Hmm, soupira Semion. Et nous, nous avons eu un pépin ! On sécurisait un pique-nique d'affaires de Guennadi Ilitch, et tout près, il y avait une bande de crétins qui chassaient, des députés aussi, apparemment. J'ai envoyé mes hommes pour écarter les chasseurs, et ces salopards ont exprès blessé l'un d'eux à la jambe d'un tir de chevrotine. Maintenant la milice va tout faire pour me rendre la vie impossible… Je vais être obligé de demander à Ilitch d'intervenir pour qu'on me foute la paix.

Contre toute attente, la conversation prenait un tour très chaleureux. Semion laissa même sa femme faire de son mieux pour le rassurer. Il accepta de se changer et passa des vêtements propres, bien qu'il n'eût aucune intention pour le moment de sortir. Dehors, le précoce crépuscule d'hiver s'imprégnait d'un froid de plomb. Des ramages de givre scintillaient sur les bords des vitres.

15
Kiev. Kourenevka. Marché aux oiseaux.

Après un peu moins d'une heure à déambuler dans le marché aux oiseaux, Dima était crevé. En fait de félidés domestiques, il ne se vendait là que des chatons, pour la plupart de race noble et hors de prix. Il y avait bien une vieille qui vendait deux chats siamois adultes, mais elle avait visiblement commencé à les porter au marché alors qu'ils étaient à peine sevrés. Le visage et les mains de la vieille étaient abondamment décorés de coups de griffes.

Dima se sentit davantage intéressé par un couple de perroquets dodus logés dans une belle et vaste cage. Après cinq bonnes minutes passées à observer ces oiseaux qu'on eût dit doués d'intelligence, il lui fallut bien revenir à son problème initial. Il alla faire un tour du côté de la ligne de tramway, au-delà de l'enceinte du marché. Aux dires de la vieille aux chats siamois, il y avait là des SDF qui pour trois hryvnia vous vendaient « n'importe quel bâtard à poil gris ». À ces mots, Dima avait tout de suite pensé à Mourik. Mais ce jour-là aucun SDF trafiquant de chats de gouttière n'était visible derrière la clôture du marché. Et pour finir, Dima, transi jusqu'à la moelle, se retrouva devant une femme aperçue auparavant, chaussée de grosses bottes et vêtue d'une chaude pelisse de paysanne, aux pieds de laquelle, dans un panier posé sur l'asphalte, plusieurs chatons gris se blottissaient sous un morceau de couverture.

– C'est d'un grand gris que j'aurais besoin, déclara Dima dans un soupir.

– Grand comment? s'enquit la femme emmitouflée.

Dima écarta les mains pour indiquer la taille approximative de Mourik. Puis il expliqua en quoi consistait son problème. Il parla du chagrin de sa femme et de la photographie du chat dans son cadre endeuillé d'un ruban noir.

– Oh! moi-même, quand ma Torchonette est passée sous une voiture, j'ai frisé l'infarctus! s'exclama la femme en levant les bras au ciel. Votre femme a de la chance d'avoir un mari comme vous! Le mien m'a traitée d'idiote durant trois semaines d'affilée!

Dima goûta le compliment. Il faillit débiner l'époux indélicat, histoire de prolonger la conversation, mais se retint à temps: il venait de remarquer qu'une lueur s'était allumée dans les yeux de la femme.

– J'en ai bien un en vue, de chat gris, qu'appartient à personne, dit-elle avec un sourire engageant. Je le nourris régulièrement, puisque je loge au rez-de-chaussée. Comment s'appelait-il, le vôtre?

– Il avait deux noms. Pour ma femme, c'était Mourik, et pour moi Mourlo… Mais l'important, ce serait qu'il réponde à Mourik!

– Il répondrait à n'importe quel nom, pour un bout de poisson ou de saucisson! Revenez dans une semaine. Le temps que je le prenne chez moi et que je l'habitue à son nouveau nom!

– Et combien ça me coûtera ? demanda prudemment Dima.

– Ben, le prix normal, plus le saucisson, et la nourriture en général… Mettons cinquante hryvnia…

Dima acquiesça, nota le numéro de téléphone de la femme, car il ne se rappelait pas quand il était de service la semaine suivante, puis se dirigea d'un pas alerte vers le troquet qu'il avait remarqué juste devant l'entrée du marché.

16
Région de Kiev. District de Makarov. Village de Lipovka.

Il était environ deux heures du matin quand Iassia se mit à pleurer. Dehors tout était calme. Irina se redressa, posa les pieds sur le plancher, passa ses mains brûlantes sur son visage et ouvrit les yeux. Elle prit Iassia dans ses bras, approcha sa menue bouche de son sein gauche, et de nouveau le silence retomba dans la maison.

Elle se prit à penser à Yegor. Ça c'était un gentleman ! Grand, fort, aimable. Et qui avait du goût quant aux vêtements. L'autre jour, dans la voiture, tout de suite il lui avait fait une remarque sur son fichu. Un homme ordinaire n'aurait rien dit. Un homme ordinaire se moque totalement de ce que porte une femme, et d'autant plus s'il s'agit d'une inconnue. Mais lui, non. Et pas parce qu'elle lui avait tapé dans l'œil cette fois-là ! Comment un épouvantail pareil, affublé d'un fichu gris, aurait-il pu plaire à quelqu'un ?! Au reste, c'était elle qui avait décidé de s'attifer en épouvantail. Pour qu'aucun des éternels poivrots du coin ne lui prêtât attention. Dieu lui épargne leur attention, et leur haleine empestant l'alcool, et leurs sales pattes. Avant, oui, elle pensait qu'il fallait toujours prendre soin de soi, qu'alors la vie se faisait plus douce. Elle avait pris soin d'elle, du mieux qu'elle pouvait, elle s'était maquillée, pomponnée ! Jusqu'au jour où Mikhaïl Yakovitch, son premier instituteur, l'avait entraînée chez lui. Pour lui montrer des photographies anciennes, avait-il dit. Et tout s'était terminé par du vin, du chocolat et un divan au-dessus duquel était accrochée une tapisserie représentant une sirène verte aux yeux exorbités. Fin de l'histoire romantique !

Iassia s'était rendormie, le tétin serré dans sa bouche. Irina, du bout du petit doigt, écarta ses lèvres et libéra le mamelon, mais elle garda sa fille dans ses bras, la serrant même plus fort contre son corps.

De nouveau elle évoqua le souvenir de son premier instituteur. Il ne lui avait rien appris ! Il s'était contenté de lui coller un « devoir à la maison » pour de longues années à venir : Iassia. Mais ça, Irina ne le regrettait pas.

Elle se rappela le jour où elle avait annoncé à Mikhaïl Yakovitch qu'elle était enceinte. Dans l'instant, il était devenu pâle comme un linge ! Il avait porté la main à son cœur. Et moins d'une semaine plus tard, la nouvelle était tombée : il avait vendu sa baraque et quitté le village !

La fuite de l'instituteur avait laissé Irina abasourdie. Elle ne parvenait tout bonnement pas à croire qu'un homme de la campagne, fût-il enseignant, pût aussi vite s'organiser, vendre sa maison et disparaître dans la nature. Tout de suite après son départ, une famille tsigane était venue s'installer dans la maison désertée : un couple avec trois enfants. Le mari n'avait pas tardé à être arrêté pour trafic de stupéfiants. Un mois plus tard, c'était le tour de la mère d'être emmenée par la milice pour le même motif. Elle fut cependant relâchée. Les gars du village commencèrent à venir chaque soir à la maison de l'ancien instituteur. Pour dix hryvnia, les petits tsiganes sortaient leur porter des sachets d'herbe à fumer.

La situation dura trois ou quatre semaines, puis un matin, la chaumière fut incendiée. Elle fut littéralement réduite en cendres. La tsigane réussit à sortir à temps avec ses enfants, mais eut les cheveux brûlés. Irina, le ventre déjà rond, et travaillée chaque matin par la nausée, s'en fut jeter un coup d'œil sur les lieux du sinistre. Elle repéra le divan carbonisé, sur lequel Iassia avait été conçue. Elle chercha des yeux la tapisserie à la sirène aux yeux globuleux, mais ne la trouva pas : les étoffes brûlent plus vite que le bois. Depuis lors, l'instituteur lui était sorti de l'esprit. Jusqu'à cette nuit.

Puis ses pensées se tournèrent à nouveau vers Yegor. Elle se rappela la scène du café. Comme elle s'était sentie mal à l'aise, assise à la table sans avoir ôté son manteau ! Il faudrait qu'elle s'offrît quelque chose d'un peu plus à la mode ! Mais avec quel argent ? Pour son lait, elle touchait soixante hryvnia par jour. Moins vingt et un pour le transport. Restaient trente-neuf. Moins la nourriture et de menues dépenses pour Iassia. Restait zéro. Zéro tout rond.

Le soir, après le feuilleton, elle avait vu les infos à la télé. Les mineurs du Donbass étaient en grève. Ils réclamaient le paiement de leurs arriérés de salaire. En Angleterre, c'étaient les hôtesses de l'air qui réclamaient une augmentation. Tout, dans le monde, tournait autour de l'argent ! Et si elle, Irina, demandait à sa chef d'être augmentée ? Après tout, la vie avait beaucoup enchéri ces derniers temps. La kacha de sarrasin, tenez, était montée à cinquante kopecks le kilo, et le lait en poudre Mon Bébé à quarante ! Mais combien pourrait-elle demander ? Disons au moins soixante-dix hryvnia par jour, ou mieux : soixante-quinze !

Curieusement, le projet d'Irina devint sur-le-champ réalité dans son esprit. Elle recalcula son budget en tenant compte du nouveau prix d'achat de son lait et trouva qu'au bout d'exactement trois semaines, elle serait en mesure d'ôter son manteau dans n'importe quel café sans éprouver le moindre embarras.

17
Kiev. Rue Reïtarskaïa. Appartement n° 10.

Une force mystérieuse contraignit Semion à se lever à une heure du matin. À s'habiller et se chausser. Puis à sortir dans la rue, malgré la neige. Il gagna l'angle des trois cafés. S'arrêta devant la couronne mortuaire accrochée à son clou. Demeura là un court moment, à examiner l'objet, perplexe. Après quoi il traversa le boulevard de Iaroslav et, parvenu en haut de ce qui constitue le début de la rue Ivan Franko, entreprit de descendre celle-ci. Il progressait à petits pas prudents, s'efforçant de ne pas glisser. Au bout d'une centaine de mètres, cependant, il dérapa et s'effondra de tout son poids, se heurtant la cuisse contre une marche recouverte de verglas. Il resta un instant accroupi, à frotter l'endroit meurtri à travers le jean, puis il reprit sa descente, en se tenant cette fois-ci à la rampe de métal.

Au matin, quand Semion se réveilla, Veronika remarqua l'énorme bleu qui décorait sa cuisse.

– Où t'es-tu fait ça ? demanda-t-elle.

Semion s'immobilisa et considéra l'hématome avec surprise.

– Je ne sais pas. Je me suis peut-être cogné contre un coin de table ?

La sonnerie du téléphone interrompit leur conversation. Veronika décrocha.

– Ninotchka, fit la voix sonore de Daria. J'ai un service à vous demander. J'ai rendez-vous chez le coiffeur, or hier soir je n'ai pas eu le temps d'ôter la couronne.

Vous habitez tout près. Vous pourriez vous en charger à ma place ?

– Mais qu'est-ce que j'en ferai ? demanda Veronika.

– Vous n'avez qu'à la garder chez vous, je passerai la reprendre lundi matin.

Veronika sortit. Une fois seul, Semion resta un long moment à examiner son bleu. Il se sentait fatigué. Et courbatu. Il avait bizarrement encore sommeil, mais une voiture devait passer le prendre dans une heure. Un groupe de députés avait décidé de s'offrir ce samedi une promenade à ski, suivie d'un pique-nique. Feu de camp, chachliks, et bâtons de ski plantés dans la neige – le tableau familier se dessina dans l'esprit de Semion. L'essentiel pour lui était de s'habiller chaudement. Mais d'abord, du café, et bien fort ! Autrement, jamais il ne pourrait se réveiller pour de bon.

18
Borispol. Rue du 9-Mai.

– Il a été vu ! annonça joyeusement Dima à sa femme depuis le couloir, tandis qu'il frottait ses lourdes bottines d'uniforme avec une balayette pour en faire tomber la neige. À l'autre bout de la ville, près de l'église baptiste !

Il tira la photo du chat de la poche de sa veste et la tendit à sa femme.

– Remets-la en place ! Tu devras bientôt décoller la bande noire !

Dima eut l'impression qu'un sourire fugitif se dessinait sur le visage de Valia. Lui-même sourit, mais pour une autre raison : il s'étonnait qu'il fût si facile de mentir aux femmes. Elles semblaient n'attendre que ça !

Vers sept heures, alors qu'il recommençait à neiger, et qu'ils regardaient les prévisions météo sur ICTV, quelqu'un frappa du poing à la porte. C'était Boris. Force fut à Dima de se rhabiller pour sortir.

Ils se rendirent au garage. Dima alluma la lumière et brancha la prise de son radiateur de fortune. Une fois chacun bien installé, Dima raconta au bagagiste la brève conversation qu'il avait eue avec le directeur de la douane.

– Mouais, soupira Boris. Peut-être bien qu'ils savent ce qu'il y a à l'intérieur… Mais si c'était quelque chose de sérieux, ils enquêteraient plus énergiquement, ils feraient du foin !…

Dima lui aussi avait le sentiment que les questions de son chef n'avaient pas tant d'importance. Bon, il l'avait interrogé à propos de la valise. Mais pour conclure par un : « C'est bon, tu peux te retirer ! » Pouvait-on appeler ça une enquête ?

– Tu sais quoi ? (Boris leva les yeux sur Dima.) Je vais balancer cette valoche près de l'enceinte de l'aéroport, pas loin du terminal des VIP. S'ils sont encore curieux, ils n'auront qu'à chercher là-bas !

L'idée parut pleine de bon sens à Dima. Il sortit deux verres et une bouteille de gnôle maison à l'ortie. Quand ils eurent vidé leur verre, Dima proposa à son complice de simplement partager la marchandise en trois, et qu'ensuite chacun s'occupe de sa part. Le bagagiste réfléchit durant trois bonnes minutes.

– C'est, vois-tu, que j'ai déjà joué les idiots une fois, déclara-t-il enfin. Je me suis pointé à la pharmacie de la rue Vladimir, à Kiev, avec une ampoule. J'ai demandé à un type en blouse de vérifier pour quoi c'était. J'ai dit que je l'avais acheté au marché, de la main à la main, comme médoc contre le cancer.

– Et alors ? s'enquit Dima.

– Quoi, « et alors ? » ! s'emporta Boris. Et alors rien ! Il a cassé le bout de l'ampoule. Il l'a longuement reniflée,

70

puis a versé une goutte sur une lamelle de verre pour l'examiner à la lumière. Et pour finir il a haussé les épaules en disant que ça ressemblait plus à un «corps vitré» qu'à un remède contre le cancer.

– Hum, fit Dima, perplexe. Mais alors quoi, on partage?

Boris esquissa un geste las de la main, comme pour signifier: «Ça va, t'as gagné, c'est d'accord.»

Dima sortit deux sacoches. Il étala par terre un exemplaire du journal *Ukraine démocratique*, et ils partagèrent les boîtes d'ampoules en trois lots. Il en resta une en trop que Dima céda à Boris.

– Je te rendrai la sacoche, déclara ce dernier.

Sur quoi il quitta le garage, emportant avec lui les deux tiers des ampoules – sa part et celle de Génia –, ainsi que la valise amochée. Dima referma la porte derrière lui. Son modeste repaire venait juste de se réchauffer grâce au fil spiral porté au rouge, enroulé autour d'un bout de tube d'amiante. Dima trouvait dommage que cette chaleur fût perdue pour rien. Il se versa un autre verre d'alcool. Le but. Baissa les yeux vers le sol, où sa part de boîtes d'ampoules s'alignait sur la feuille de journal. «Et qu'en faire à présent?» se demanda-t-il. Mais sa tête refusait de trouver une réponse. Dima se rappela soudain qu'il devait prendre son service le lendemain au lever du jour. Et par conséquent qu'il lui fallait dormir. Et il dormirait cette nuit-là d'un sommeil profond et réparateur, car la valise de plastique noir n'était plus dans son garage, pas plus que les deux lots d'ampoules revenant à Boris et à Génia, lesquels ne viendraient donc plus le déranger. Quant à ce qu'il ferait, lui, de sa propre part, il avait encore le temps d'y penser!

Il rentra chez lui. Se glissa sous la couverture et commença de s'assoupir. Il se serait même endormi sur-le-champ s'il n'était venu à Valia l'idée de s'offrir à lui pour le remercier d'avoir recherché le chat. Dima accepta à contrecœur les caresses de sa femme avant de sombrer dans le sommeil.

19
Kiev. Rue Grouchevski.

Bercée par le mouvement, Irina s'était endormie dans le minibus. Le ronronnement du moteur s'insinuait par instants dans son sommeil sans la gêner autrement. Vassia, le chauffeur, conduisait son GAZelle en silence. Si la route était visiblement plus enneigée que d'habitude en hiver, à deux ou trois reprises, seulement, Irina avait senti que le véhicule, au lieu de rouler droit, se mettait à zigzaguer.

Elle sortit de sa torpeur juste au moment où le GAZelle aurait dû freiner devant la station de métro. Le poussif minibus venait d'atteindre le sommet de la dernière colline, du haut de laquelle on embrassait la ville d'un seul regard. Cette vision acheva de réveiller Irina tout à fait. D'abord partout l'obscurité, aussi bien à l'avant du bus que sur les côtés. Et puis soudain émerge devant vous l'éclat diffus des lumières citadines, et bien qu'elles soient encore loin, à une dizaine de kilomètres, votre cœur accélère son tic-tac, lequel peut renseigner sur l'état de votre âme, mais non sur l'heure, non sur le temps. Bien sûr, tout cela est un leurre. Tout cela n'est que néons, enseignes. Simple publicité pour la vie citadine. Les lumières brillent, mais la ville dort encore. Elle fait seulement semblant d'être éternellement en éveil. Le village, lui, est honnête, mais il est pauvre. Quand le village dort, pas une lueur ne subsiste !

Comme elle approchait du grand immeuble stalinien à façade grise, au moment d'atteindre la porte d'entrée au-dessus de laquelle était placardé un écriteau indiquant

72

les numéros d'appartements 25 à 37, Irina se rappela ses réflexions de la nuit. Elle redressa son fichu de laine. Emplit ses poumons d'air glacé, et entra.

Véra, l'infirmière, l'accueillit chaleureusement. Elle l'obligea tout d'abord à avaler une tasse de thé dans la cuisine, puis la conduisit dans le bureau où l'air, chauffé par une lampe à quartz, semblait lui-même inviter à se déshabiller.

Une fois sa poitrine soulagée, Irina dévora deux écuelles de gruau d'avoine sucré, et reprit du thé. Après quoi elle se prépara à sortir en promenade, le temps de refaire du lait pour le «second service». Au moment de franchir la porte, elle s'arrêta.

– Quand est-ce que la directrice sera là? demanda-t-elle à Véra.

– Nelly Igorevna?! Mais son chauffeur ne l'amène jamais avant dix heures! Tu vas te geler dehors, reviens donc un peu plus tôt, j'ai de la confiture de framboise!

Irina traversa le parc pour atteindre le belvédère. Elle s'arrêta à la balustrade. Elle voulait contempler la ville, de l'autre côté du fleuve, mais elle ne vit qu'une tempête de neige qui se rapprochait. Peut-être pas une tempête, juste une chute de neige venant de l'autre rive, qui d'abord effaça de sa gomme blanche les bâtiments et la moitié du pont du Métro. Puis le Dniepr, à son tour, disparut. Et cinq minutes plus tard, elle tombait droit sur elle, saupoudrant son fichu et son manteau. Irina tourna la paume vers le ciel, et vit une nuée de gros flocons s'y déposer aussitôt.

Le palais Mariinski et les arbres s'étaient évanouis à leur tour. Un vrai conte de fée! «Ah! si Iassia avait été un tout petit peu plus grande, comme elle aurait été surprise par toute cette beauté!» se disait Irina.

Le vent, cependant, avait forci, le froid commençait de lui brûler les joues. Irina décida de retourner au centre de nutrition. La confiture de framboise lui était revenue à l'esprit.

– Tout va bien ? demanda une voix qui la fit sursauter.

Un homme en long manteau noir venait d'émerger du blizzard. À son oreille droite était fixé un petit écouteur, en tout point identique à celui que portait Yegor.

– Oui, tout va bien, répondit Irina avec un sourire.

Et aussitôt l'homme disparut. Un pas en arrière avait suffi pour le ramener derrière le rideau de neige opaque.

– Eh bien ! te voilà changée en bonhomme de neige ! s'exclama Véra en s'effaçant pour laisser entrer Irina dans le couloir. Dévêts-toi vite et file à la cuisine !

Irina secoua son fichu et le pendit soigneusement, destinant son manteau à une autre patère. Elle jeta un coup d'œil à la double porte qui fermait le large couloir. Elle s'approcha, attentive au martèlement de ses propres bottes à gros talons. Puis revint auprès du portemanteau de bois. Elle se déchaussa pour enfiler des pantoufles tirées de son sac, et gagna de nouveau le fond du couloir. Elle entrouvrit très légèrement les deux battants, et regarda par la fente. Elle aperçut une femme d'une cinquantaine d'années, qui tenait dans ses bras un minuscule carlin, et un homme entre deux âges vêtu d'un costume. Au revers de sa veste, un insigne de député.

La porte d'entrée claqua derrière elle. Elle se retourna. Deux hommes en combinaison verte venaient de pénétrer dans l'appartement, porteurs d'un grand bidon de lait. Ils le déposèrent au pied du mur et ressortirent, sans doute pour aller chercher le suivant. D'ordinaire, ils livraient toujours trois bidons à la fois.

Le thé accompagné de confiture eut pour effet de réchauffer Irina et de lui remonter le moral. Le téléphone portable sonna dans la poche de la blouse de l'infirmière.

– Oui, Nelly Igorevna, ils l'ont livré ! Oh ! doux Jésus, comment est-ce possible ? ! Très bien. Irina est là aussi, à deux, nous saurons nous débrouiller !

Elle rangea le téléphone et tourna la tête, la mine préoccupée, vers la porte ouverte par laquelle on apercevait les trois bidons déposés dans le couloir.

– Les gardes du corps de la directrice se sont fait agresser, confia la vieille femme. Ils sont tous les deux à l'hôpital. Et maintenant il n'y a plus personne pour trimballer ces bidons jusqu'au cabinet de soins. Tu pourrais m'aider ?

– Bien sûr, répondit aussitôt Irina.

– Tiens, mets ça !

L'infirmière tendait à Irina une blouse blanche toute propre.

– Sans ce truc-là, impossible d'aller nulle part !

Irina se contempla dans le petit miroir accroché dans la cuisine au-dessus de l'évier. Avec la blouse, elle ressemblait à une infirmière elle aussi.

Elles saisirent un bidon, chacune par une poignée. Quand elles le décollèrent du sol, Irina sentit ses jambes flageoler. Jamais de sa vie elle n'avait eu à soulever un tel poids.

– Nous allons y aller par étapes, déclara Véra, sensible au désarroi qui se peignait sur le visage de la jeune femme.

Elles soulevèrent et reposèrent le premier bidon une bonne vingtaine de fois avant de parvenir enfin à la double porte. Véra, à l'évidence, n'en pouvait plus, mais elle ne pipait mot. Quant à Irina, elle avait les bras et les épaules en compote.

– Il faut bien le faire, la directrice l'a demandé, dit la vieille infirmière d'une voix chagrine.

Elle ouvrit un des battants. Elles empoignèrent de nouveau le bidon par les oreilles et lui firent franchir le seuil. Après quoi elles le traînèrent tant bien que mal jusqu'à la troisième porte à gauche, et enfin le poussèrent à l'intérieur de la pièce. Celle-ci était entièrement carrelée de faïence bleue, et renfermait une sorte de baignoire à usage médical, avec pupitre de commande sur le flanc extérieur : boutons, leviers, loupiotes de toutes les couleurs. Irina n'en avait jamais vu de pareille. Dans un angle, à un portemanteau, étaient accrochés quelques peignoirs en tissu éponge d'une blancheur immaculée. Par terre, tout à côté, s'alignaient plusieurs paires de pantoufles identiques.

– Eh bien, ma petite, allez, encore un effort ! soupira la vieille femme, épuisée. Il faut verser le lait dans la baignoire.

– Mais on ne pourra jamais ! s'effraya Irina.

– Comment ça, on ne pourra jamais ? ! Regarde-moi bien, j'ai déjà soixante-sept ans ! Et je ne me plains pas !

Véra fit basculer le couvercle du bidon, et prit une des oreilles à deux mains, tandis qu'Irina se saisissait de l'autre.

– Ça n'est pas compliqué, ajouta l'infirmière. L'essentiel est de l'incliner correctement, pour ne pas faire couler à côté…

À la troisième tentative, elles réussirent à verser tout le lait dans la baignoire. Une fois vide, le bidon parut à Irina presque aussi léger qu'une plume.

– Mais pourquoi doit-on verser le lait là-dedans ?

– C'est du lait de chèvre, répondit Véra d'un ton indifférent. Pour les soins.

Elles n'auraient pu transporter les deux autres bidons sans l'aide d'une tierce personne. Par bonheur, le médecin occupant le cabinet voisin répondit à la prière de l'infirmière. Le dernier récipient enfin vidé, l'homme consulta encore une fois sa montre et secoua la tête d'un air mécontent. « Heureusement que Guennadi Ilitch est toujours en retard ! » dit-il.

La tasse de thé tremblotait dans la main d'Irina, comme si elle était vivante. À présent elle avait mal dans tout le corps. Elle avait déjà connu pareil état quand elle avait accouché. Mais à l'époque, malgré la douleur et la fatigue, elle se sentait radieuse.

Le moment arriva du second prélèvement. Le contact glacé de la téterelle contre son sein lui fut comme une morsure. Au reste, tout le processus de traite mécanique lui parut cette fois-ci extrêmement déplaisant.

– Allons, un peu de patience, lui dit Véra en maintenant la téterelle en place d'une main tremblante. Moi non plus, je ne me sens pas bien après avoir trimballé ces bidons.

Ensuite, on n'entendit plus que le bourdonnement de la pompe aspirant le lait. L'infirmière se tenait silencieuse. Sur son visage se lisait la pitié qu'elle éprouvait pour elle-même. Toujours sans un mot, elle tendit une lingette humide à la jeune femme pour qu'elle s'essuyât les seins avant de se rhabiller.

– Et la directrice, où est son bureau? demanda Irina, une fois sa jaquette de laine rouge entièrement boutonnée.

– Eh bien, là-bas, en face de la salle de soins, celle où il y a la baignoire.

Irina remonta le couloir puis s'arrêta devant la porte close de la pièce à la baignoire. Elle venait d'entendre une voix d'homme, une voix grave, qui chantonnait une vieille chanson connue. Elle demeura là un instant, à écouter. Le clapotis du lait dans la baignoire parvint jusqu'à ses oreilles. « Tous, nous venons du peuple! » fredonnait l'homme dans la salle de soins.

Irina frappa à la porte d'en face.

– Entrez, je vous prie! répondit la directrice d'une voix accueillante.

Mais sitôt qu'Irina apparut dans l'embrasure de la porte, sa voix changea du tout au tout.

77

– Qu'est-ce que tu veux ? Il est interdit de venir ici sans y être invité !

La directrice était assise derrière un magnifique bureau brun foncé. Derrière elle, sur le large rebord de la fenêtre, s'étalait un vrai jardin d'hiver : pas moins d'une dizaine de pots où poussaient, plantés serrés, jeunes palmiers, agaves et autres fougères décoratives.

– Nelly Igorevna… (Irina rassembla tout son courage.) J'ai une demande à vous faire…

– Oui ? (La directrice regardait la jeune femme avec un ostensible dédain.) Je t'écoute…

– Vous ne pourriez pas m'augmenter un peu… Ne serait-ce que de… disons soixante-dix…

Les yeux de Nelly Igorevna s'emplirent de colère. Son visage s'empourpra. Comme si elle manquait d'air, elle déboutonna le bouton du haut de sa jaquette bordeaux.

– Tu touches déjà presque quatre cents dollars ! Ça ne te suffit pas ?!

– Si, mais voyez-vous, pour le transport je dois…

Irina n'acheva pas. Une larme roula sur sa joue.

– Et ta nourriture, tu l'as comptée ? Mais je serais la première à vouloir prendre ta place ! En l'espace d'une heure, on me trouvera une femme prête à venir ici pour moins que ça ! Tu as compris ?!

Les larmes inondaient à présent les joues d'Irina. Elle hocha la tête et sortit dans le couloir. Elle s'arrêta devant le portemanteau. À gestes lents, se rechaussa, prit dans ses mains son fichu d'angora vert émeraude. Le téléphone, dans la cuisine, s'était mis à sonner.

Derrière elle, la vieille infirmière s'en fut à l'autre bout du couloir pour en revenir presque aussitôt, une boîte de bonbons dans les mains.

– Tiens, prends, dit-elle à Irina qui avait déjà enfilé son manteau. De la part de la chef.

Irina prit la boîte. Son sac dans l'autre main. Et sortit sans même dire au revoir à Véra. Elle avait une envie folle de pleurer.

Dehors, il neigeait toujours. Le jour déclinait déjà. Le crépuscule d'hiver soulignait l'aspect féerique des réverbères à moitié effacés par les flocons voletant dans les airs.

Elle traversa la chaussée en direction du parc, attentive à la douleur qui lui tenaillait les genoux. Elle entendit une voiture klaxonner tout près, et dans le même moment se sentit projetée en l'air. Elle volait les yeux ouverts. Il lui semblait planer le dos à la terre et la face vers le ciel. Et puis soudain, un choc. Le ciel qui, un instant plus tôt, était d'une blancheur laiteuse, s'assombrit. Seule la douleur dans ses genoux est encore présente. Et le monde autour d'elle s'amenuise, s'éloigne, est emporté, s'enroule en un cylindre pour aller se ranger dans une petite boîte, tel le décor d'un théâtre de marionnettes.

20
Kiev. Kontcha-Zaspa.

Le froid qui régnait ce samedi-là était vivifiant. Pourtant Semion, lui, ne se sentait pas frais du tout. Il n'avait aucun mal à se connecter en « mode plein régime » – c'est ainsi qu'il désignait lui-même la mise en œuvre des mesures permettant d'assurer la protection d'un client. Simple habitude. En chaque homme dort un soldat. Lequel, cela dit, dort 24 heures sur 24, et ne bondit sur ses pieds que lorsque retentit un commandement intérieur impératif. Si l'on apprend à gouverner ce soldat qui est en chacun de nous, on peut atteindre n'importe quel objectif. Mais l'homme d'aujourd'hui est un citadin, aussi bien au-dehors qu'au-dedans. Le but de sa vie se réduit au ramollissement de ses extrémités et de son esprit. Des individus comme, tenez, Semion par exemple, il s'en rencontre très peu sur terre.

C'était Volodka, un vieil ami de Semion, qui était au volant de la Niva. Il était vêtu d'une combinaison de camouflage. Ils étaient déjà engagés sur l'ancienne route d'Oboukhovo. Il ne restait qu'une dizaine de kilomètres jusqu'au lieu de la promenade à ski.

– Tu sais quoi? dit Semion à son ami. J'ai quelque chose à te demander. Quelque chose de délicat. Il faudrait suivre quelqu'un durant une ou deux nuits…

– Un homme? Une femme? demanda le conducteur.

– Un homme.

– Très bien. Quand faudrait-il commencer?

– Demain, aux alentours de minuit.

– Tu me fileras une photo?

– Tu n'en auras pas besoin. Tu le connais.

– C'est l'un d'entre nous?

Détachant son regard de la route, Volodka tourna la tête et jeta à Semion un coup d'œil inquiet.

– Eh oui, répondit Semion en poussant un profond soupir.

Volodka se prit à réfléchir aux traîtres éventuels. Il passa mentalement en revue la petite équipe que Semion avait rassemblée. Tous étaient des gars sans histoire. À première vue.

– Dis son nom!

– Ça doit rester entre nous, déclara Semion, bien qu'il eût conscience que cet avertissement totalement inutile risquait de vexer son vieil ami : les vrais hommes ne prononcent pas de mots superflus. Le fait est que… allait-il poursuivre, mais il se retint.

– Je t'écoute, dit Volodka, les yeux rivés à la route parfaitement déblayée.

– Ces derniers temps… (La voix de Semion se raffermit.) Ces derniers temps, il m'arrive des trucs bizarres… Je voulais te demander de me prendre en filature…

Volodka freina, s'arrêta sur le bas-côté, juste sous les pins de la forêt qui s'étendait des deux côtés de la chaussée. Il se tourna vers Semion et le regarda un bon moment sans rien dire.

– Je ne comprends pas ! déclara-t-il enfin sans ciller. Tu es sûr que tu vas bien ?

– Si j'allais bien, je ne m'adresserais pas à toi. (Semion consulta sa montre.) Ce n'est pas grave si nous sommes en retard, dit-il d'une voix tranquille, d'un ton froid et neutre de professionnel. Alors, tu acceptes ?

Volodka acquiesça.

– Dans l'immeuble en face du mien, au premier étage, il y a une lucarne donnant sur la cage d'escalier. Il y fera plus chaud que dehors. Poste-toi là à partir de minuit. Si je sors pendant la nuit et que je fais un truc qui cloche, arrête-moi. Par la force au besoin.

Volodka ramena la voiture sur la route. Bientôt ils stoppèrent à une patte-d'oie, au tout début du chemin forestier, parfaitement damé par les larges pneus des jeeps. Ils se garèrent à côté d'une Deviatka dans laquelle attendaient trois autres hommes à la solide carrure. À présent l'équipe était au complet. Restait une demi-heure avant l'arrivée des « skieurs ». Mais une première voiture – deux gars de l'entourage des clients – s'était déjà enfoncée plus loin dans la forêt. Ils devaient préparer l'emplacement du pique-nique. Monter le barbecue, installer les chaises et la table pliantes.

Semion put très vite se convaincre du professionnalisme de ces deux-là. Laissant deux jeeps, arborant drapeau ukrainien et numéro d'immatriculation à trois chiffres, s'engager devant eux sur la piste forestière, ses hommes et lui prirent la queue du « convoi » et bientôt débouchèrent dans une grande clairière. Du bois brûlait déjà dans le brasero ; un grand carré de neige avait été damé ou foulé, et changé en agréable terrain de pique-nique, au milieu duquel se dressait une petite table recouverte de toile cirée, et entourée de quatre tabourets de bois. Un miniréfrigérateur de couleur rouge semblait ajouter à ce tableau idyllique une note de confort *high tech.*

Dès que les deux jeeps « numérotées » eurent stoppé, les gars coururent aux voitures et détachèrent des galeries quatre paires de skis identiques.

Semion connaissait déjà deux des skieurs : l'un était Guennadi Ilitch, l'autre un député d'opposition qui aimait donner des interviews à la télé. Il n'avait jamais vu les deux autres. Et d'ailleurs peu lui importait de savoir qui c'était.

Il s'approcha des quatre hommes au physique, à l'évidence, fort peu sportif, contrairement à leur tenue, et se contenta de saluer son seul commanditaire. Puis il s'écarta aussitôt pour rejoindre son équipe.

La Niva fut renvoyée à deux cents mètres environ du côté de l'ancienne route d'Oboukhovo, tandis que la Deviatka restait garée à proximité du pique-nique. Ils allumèrent leurs talkies-walkies et se répartirent sur le périmètre de la zone. Règle numéro un : se montrer le moins possible aux clients. Ils étaient là pour se reposer, et donc aussi pour reposer leurs yeux.

Et puis l'air de la forêt hivernale était pour Semion et ses hommes comme un verre de jus d'orange fraîchement pressée. Les troncs des pins étaient étroits, la forêt encore jeune, et par conséquent la visibilité était parfaite entre les arbres. Le travail ne serait pas compliqué ; en outre, dès que le jour commencerait à décliner, les skieurs refréneraient forcément leur ardeur sportive pour passer à table. On boirait de la vodka, on mangerait des chachliks et on parlerait d'argent, celui de l'État et le sien, deux notions qu'on avait régulièrement tendance à confondre. À l'approche du soir, le danger serait plus grand, mais tous ces clients députés vivaient avec leur peur comme avec leur femme, sans presque jamais s'en séparer. Ils savaient pourquoi ils devaient avoir peur. Chacun savait pour quel motif il pourrait s'attirer un châtiment. Mais tous ignoraient à quoi ressemblerait l'exécuteur.

Les skieurs ne consacrèrent à la glisse qu'une petite demi-heure. Après quoi l'un des gars de leur escorte rattacha tous les skis sur les galeries des jeeps, puis se changea en maître d'hôtel.

Semion s'était posté sous les pins, à une quarantaine de mètres de la clairière. Il écoutait le chant des oiseaux d'hiver. Il pensait à Veronika. Il se disait qu'il devrait se montrer avec elle plus tendre, plus attentif. Qu'il ne serait pas mal non plus de rapporter quelquefois des fleurs à la maison.

L'odeur des brochettes lui parvenait déjà aux narines. Le soir commençait à tomber. Les conversations des skieurs s'étaient faites plus bruyantes, des phrases entières volaient par instant jusqu'à ses oreilles. Et Semion, à son grand étonnement, se rendit compte que les skieurs débattaient de la question de l'Église, et plus précisément de savoir quelle était la meilleure.

On ralluma le feu, mais cette fois-ci pour créer une atmosphère romantique, et non pour obtenir de nouvelles braises pour les chachliks. Le feu répandait une odeur de sapin, de goudron. Or on ne fait pas cuire des chachliks sur des braises de sapin. N'importe quel gamin le sait.

Enfin les conversations se turent, et Semion comprit que le pique-nique touchait à sa fin. Il se rapprocha de la clairière. Attendit que les convives se fussent levés de table. Deux d'entre eux s'approchèrent du brasero dans lequel le feu crépitait encore. Les deux autres restèrent à côté de la table.

Guennadi Ilitch, avant de monter en voiture, fit signe à Semion de le rejoindre.

– Nous allons chez moi, dit-il d'une voix chaleureuse bien que lasse. Je veux montrer quelque chose à mes amis. Nous ferons servir du thé à tes hommes, ajouta-t-il en désignant de la tête les autres gardes du corps postés non loin.

La Niva et la Deviatka démarrèrent à la suite des trois jeeps. Parvenu à la route, on prit à droite, en direction d'Oboukhovo. Puis, au bout d'une dizaine de kilomètres, on tourna à gauche, pour suivre un chemin asphalté serpentant le long d'une haute palissade derrière laquelle se découpaient de jeunes pins de grande taille, pareils à ceux de la forêt.

Enfin les jeeps ralentirent et franchirent un portail ouvert. La Niva et la Deviatka se garèrent sur le bord du chemin, près de l'enceinte. Semion donna l'ordre à ses hommes de ne pas sortir de voiture sans nécessité, puis, accompagné de Volodka, s'engagea à pied sur le chemin du domaine.

De l'autre côté de la palissade, l'allée, éclairée par des lanternes installées à ras de terre, menait tout droit à une villa de deux étages à l'architecture massive.

– Eh! Semion, viens vite! lança une voix en provenance des jeeps déjà rangées au pied du perron de la propriété.

Semion accéléra le pas. D'une démarche décidée, Guennadi Ilitch entraîna tout le groupe par un sentier bien dégagé qui contournait le bâtiment.

Là, il n'y avait plus aucune lumière. La neige, dans le crépuscule, paraissait grise, et les troncs des arbres d'une noirceur d'aquarelle.

– Tout le monde est là ? demanda le propriétaire des lieux d'un ton de commandement.

Et sans attendre de réponse, il braqua le faisceau d'une lampe de poche sur un arbre voisin au tronc duquel était fixé un boîtier métallique au couvercle orné d'un éclair rouge, en manière d'avertissement. Guennadi Ilitch souleva le couvercle et empoigna un levier d'interrupteur qu'il releva d'un coup sec. Une étincelle jaillit, mais comment eût-elle rivalisé avec les puissants projecteurs montés sur les troncs de plusieurs pins à dix, vingt mètres au-dessus du sol ? Les projecteurs illuminèrent par trois côtés une église de brique rouge couronnée de trois dômes d'or. Une église qui passait en hauteur et en vigueur architecturale les deux pauvres étages de la villa.

– Alors, comment trouvez-vous ça ?! demanda Guennadi Ilitch, goûtant avec délice l'étonnement qui se peignait sur le visage de ses invités. Allons, entrons ! lança-t-il en levant la main pour faire signe de le suivre.

Sur quoi il se dirigea vers les portes bardées de fer de l'édifice religieux.

Semion trouva qu'il faisait plus froid à l'intérieur qu'au-dehors. Plusieurs veilleuses diffusaient leur maigre lumière sur les murs. Les éléments d'un échafaudage démonté s'étalaient sur le sol dallé.

– Pétia, où est le cognac ? demanda le député à son lieutenant, et celui-ci sortit de l'église comme une flèche.

L'écho de ses pas rapides semblait résonner encore quand il revint avec une bouteille de Hennessy et une pile de gobelets en plastique jetables.

– J'inviterai tout le monde à la première messe ! lança Guennadi Ilitch. Mais pour l'heure, buvons à Dieu ! Puisse-t-Il ne jamais nous abandonner !

Volodka et Semion s'étaient placés un peu à l'écart. Le patron ne leur offrit pas de cognac. Et à dire vrai, ils ne virent pas davantage la couleur du thé qu'il leur avait promis.

Semion ne put s'empêcher de sourire au spectacle de ces quatre bonshommes bien en chair, chacun en tenue de ski, buvant du cognac dans des gobelets en plastique, au milieu d'une église, à la santé de Dieu. Volodka s'évertuait à lever la tête pour essayer de distinguer la coupole de l'édifice, mais en vain. La lumière des veilleuses était trompeuse et créait l'illusion d'un plafond bas.

De retour en ville, les deux voitures s'arrêtèrent sur le quai. Là, Semion distribua l'argent reçu du client, soit cent dollars à chacun. En tant que chef, il en garda deux cents pour lui. La Deviatka poursuivit sa route en direction de Podol, tandis que Volodka raccompagnait Semion chez lui.

– Alors, que dit-on ? Demain, à partir de minuit ?

Semion acquiesça.

Au moment d'entrer chez lui, il songea enfin à consulter sa montre : minuit et demi. « Veronika doit déjà dormir », pensa-t-il en ouvrant la porte.

Il alluma la lumière dans le couloir, et le premier détail qui lui sauta aux yeux fut la couronne mortuaire posée par terre sous le portemanteau. Saisi d'angoisse, il passa en revue dans sa tête tous ses proches parents.

« Mais je l'ai déjà vue quelque part ! » se dit-il soudain. Il réfléchit et se rappela l'angle de la rue Streletskaïa, et le mur de façade du café. Lui revint également sa conversation avec sa femme à propos de la veuve du pharmacien. Il jura tout bas, et s'en fut se coucher.

21
Kiev. Kourenevka. Marché aux oiseaux.

Coïncidence : ce fut à nouveau après une nuit de veille que Dima s'en retourna voir la marchande de chats du marché aux oiseaux. À l'aéroport, son service s'était

86

déroulé on ne peut mieux. Chamil avait repéré dans un sac en provenance de Damas la présence de deux cents grammes d'opium. Dima avait appelé, comme de juste, son chef d'équipe. Procès-verbal avait été dressé, et le passager alpagué sur-le-champ, près du point de livraison des bagages. Mais ça, Dima ne l'avait pas vu. Ce n'était plus son affaire ni celle de Chamil. En revanche, son chef l'avait félicité, et il s'en était senti rassuré.

Il rentra chez lui avec la navette du personnel, et après un brin de toilette, composa le numéro de la femme au chat.

– Vous pouvez venir chercher votre Mourik, lui dit-elle. Il est neuf heures, c'est ça ? Eh bien, retrouvons-nous à la même place à onze heures ! Ce sera juste un peu plus cher que prévu. Soixante-quinze.

L'idée que le chat de gouttière se négociât à présent au prix du cognac de luxe arracha à Dima une grimace. Mais il ne protesta pas pour autant.

Au-dessus de Kiev, le ciel était bleu éclatant. Les trottoirs étaient recouverts de neige damée. Le trolley de la ligne 18 roulait sans hâte. Il y avait peu de passagers. Dima s'était assis à l'arrière. Son blouson doublé en polyester importé de Turquie lui tenait bien chaud, comme le lui avait promis le vendeur au marché. Il avait enfilé un caleçon de laine sous son pantalon d'uniforme, si bien qu'il ne craignait aucun froid, fût-il mordant. Sur ses genoux reposait un cabas vide destiné à l'animal – un des cabas qui lui avait servi pour ranger les ampoules, et dont il avait vidé le contenu, au garage, sur un papier journal.

– Ce n'est pas encore le marché aux oiseaux ? demanda-t-il à un vieux qui venait de monter avec deux sacs en papier remplis de bouteilles de bière vides.

– Non, c'est l'arrêt suivant, répondit l'homme.

Une fois descendu du trolley, Dima fit halte devant le troquet repéré la dernière fois et jeta un coup d'œil à sa

87

montre. Il lui restait encore dix minutes avant le rendez-vous. Il entra, commanda un petit verre de vodka qu'il avala d'un trait, et se sentit redoubler de vigueur.

La marchande de chats l'aperçut de loin. Elle portait les mêmes vêtements et occupait la même place que la fois précédente. À ses pieds reposait également le même panier, mais à côté du panier, il y avait un sac gris.

Il s'approcha, tira de l'argent de sa poche et compta soixante-quinze hryvnia. La femme désigna le sac d'un mouvement de tête.

– Il est à vous !

– Quoi, le chat est dans le sac ? s'étonna Dima, puis, se rendant compte de ce qu'il venait de dire, il éclata d'un rire joyeux. Car il s'agissait bien, en effet, d'« acheter chat en sac ».

Elle dénoua le sac, l'abaissa un peu, et Dima découvrit un énorme chat gris, à l'évidence beaucoup plus grand et gras que leur défunt Mourik.

– Mais, il… fit Dima en écartant les bras d'un air déçu… Mais il est trop gros…

– Ben oui, il bouffe comme quatre ! C'est d'ailleurs pour ça que j'ai augmenté le prix…

– Mais il n'a rien d'un chat de gouttière…

– Mourik, Mourik ! appela la femme, et le chat, aussi-tôt, tourna vers elle sa gueule replète, puis miaula. Vous voyez ? J'ai passé la semaine à le dresser.

– Mourlo, prononça Dima en un demi-murmure, tout en examinant de haut en bas ce gros lard à poil gris affublé d'une queue.

Le chat posa sur Dima un regard intrigué.

– Prenez-le ! Prenez-le ! Il n'y en a pas d'autre comme lui ! débita la femme d'un trait, manifestement désireuse de se débarrasser de l'acheteur au plus vite.

– Avec le sac ? demanda Dima, maussade.

– Mais oui, c'est cadeau !

Dima s'accroupit et transféra sac et matou dans son cabas. Puis, sans dire au revoir, se dirigea vers la sortie du marché aux oiseaux. Son humeur avait tourné à l'aigre. La bête pesait plus de dix kilos. Personne ne pouvait éprouver de pitié pour un chat pareil. Personne. Et d'autant moins Valia.

Arrivé dans sa rue, Dima alla porter son cabas à son garage. Il le laissa là, avec le chat dedans, puis rentra chez lui.

Il fut accueilli par la voix de sa femme :

– Où étais-tu ?

– Bof, nulle part…

– Tu n'es pas allé à l'église ?

– Aujourd'hui, non.

– Vas-y, s'il te plaît. Peut-être retrouveras-tu Mourik.

Ce dont Dima avait envie, c'était d'un solide déjeuner, et pas de courir jusqu'à l'église baptiste. Mais il ne voulut pas contrarier sa femme. Il avait de l'argent pour s'offrir une portion de *pelmeni*, et déjeuner en solitaire, ce n'était pas si mal après tout. Surtout quand on avait décidé de ce qu'on allait faire d'un chat obèse qui répondait au nom de Mourik, de Mourlo, et sans doute aussi à n'importe quel autre sobriquet !

Dima se rendit au boui-boui le plus proche, une simple baraque posée en bord de route. Et une fois devant une assiette de *pelmeni* fumants, il résolut de laisser le chat quelques jours sans manger, enfermé dans le garage. Jusqu'à ce qu'il eût maigri. Ensuite seulement, il pourrait l'apporter à la maison. En sortant du café, il aperçut une annonce collée sur un poteau.

Vend médicament contre le cancer. Produit d'importation. 1 ampoule : 20 d. Appeler le 8 063 4320985, et demander Génia.

« Ah tiens ! apprécia Dima en souriant. Génia se lance dans l'escroquerie ! »

89

Et il rentra chez lui annoncer à sa femme que Mourik avait bien été vu ce matin-là près de l'église, mais qu'il l'avait cherché en vain. Il lui faudrait y retourner.

22
Kiev. Rue Grouchevski.

Tout paraissait jaune dans la pièce à la lumière des trois lampes directionnelles fixées au plafond étonnamment bas.

– Surtout, ne vous inquiétez pas ! Vous n'avez aucune fracture. Juste des bleus et des contusions…

Yegor se pencha sur le visage d'Irina et lui adressa un sourire engageant.

– Ne minimisez pas ! fit à côté une autre voix d'homme, inconnue celle-là. On peut toujours craindre une commotion cérébrale !

Irina reporta son regard sur le médecin en blouse blanche. Un jeune type. Fines moustaches, nez droit, début de calvitie, et minuscule boucle à l'oreille. Elle regarda autour d'elle, et comprit qu'elle se trouvait étendue sur un brancard à l'intérieur d'une ambulance. Par le rectangle de la vitre, on voyait qu'il faisait nuit déjà. Elle se sentait le corps vide et creux.

– Mais où m'emmenez-vous ?

– Nulle part, répondit le médecin avec calme. Vous devez rester allongée un moment. Essayez de remuer les doigts et les orteils.

Irina obtempéra. Aussitôt elle se sentit mieux.

– Irina, je vais vous ramener chez vous. N'ayez crainte ! Vous n'aurez pas droit aux urgences de l'hôpital !

– Oui, c'est mieux de l'éviter, approuva le médecin. Il y a là-bas une telle collection de germes infectieux que mieux vaut encore aller directement au cimetière !

– Vous en avez des plaisanteries lugubres ! s'exclama Yegor sur un ton de reproche. Allons, ce qu'il lui faut, ce sont des paroles positives !

– Attendez de vivre avec ce que je gagne, rétorqua le médecin, je serais curieux alors d'entendre vos blagues…

Étendue sur la civière, Irina écoutait le dialogue entre les deux hommes et pensait elle aussi à l'argent, se demandant si elle en gagnait plus que le docteur ou non.

– Allons, levez-vous ! lui dit Yegor, la tirant de ses réflexions. D'abord descendons lentement les jambes… Maintenant, debout…

Irina se leva, constata qu'elle n'avait pas son manteau, et fut saisie de honte à cause des vêtements qu'elle portait.

Yegor l'aida à s'extraire de l'ambulance. À côté d'eux, les automobiles défilaient sur la neige froissée par le passage des roues. L'arrêt de bus familier était là, et puis le parc, plongé dans l'obscurité.

– Seigneur ! Mais il est déjà tard ! s'inquiéta Irina.

– Allons-y, lui murmura Yegor. J'ai garé ma voiture dans la cour de votre centre de nutrition.

Tandis qu'ils marchaient, Irina jeta un coup d'œil aux fenêtres du lactarium. Celles du premier étage brillaient d'une vive lumière jaune.

Yegor fit monter Irina à l'avant. Quand il eut claqué la portière, elle se sentit comme à l'intérieur d'une chaumière ensevelie sous la neige. Il faisait sombre et froid. Elle percevait le frottement de la brosse avec laquelle il déblayait les vitres de l'auto. Pour éviter de penser à son corps douloureux et d'essayer de faire la part de ce qu'elle devait aux bidons de lait et au fait d'avoir été renversée par une voiture, elle raconta à Yegor sa conversation avec la directrice, et son expérience de portefaix partagée avec la vieille infirmière.

Son récit se trouva achevé trop vite, et le silence s'installa dans la voiture. Irina avait envie d'entendre la voix de Yegor. Une voix ferme, décidée et, si possible, attentionnée. Mais Yegor se taisait. Il resta silencieux durant cinq bonnes minutes. Puis il déclara :

– Elle ne s'appelle pas du tout Nelly Igorevna. Elle s'est rebaptisée comme ça parce que ça sonne plus chic. Quant à avoir réclamé un plus gros salaire, vous avez eu bien raison !

– Et vous avez appris quelque chose sur l'enfant ? demanda Irina, la voix chargée d'espoir.

– Pas encore. Les gars s'en occupent. Nous avons un système de renvoi d'ascenseur. Je leur procure les contacts dont ils ont besoin, et en échange ils me passent au scanner n'importe qui. Pour l'instant, ils n'ont obtenu de renseignements que sur elle. D'après eux, votre Nelly Igorevna s'appelle en réalité Galina Timofeevna Sleptchenko. Il n'y a pas trois ans, elle gagnait encore sa vie en levant les sorts et les maléfices pour vingt hryvnia, et maintenant voilà…

– Mais alors c'est peut-être elle qui a dirigé la voiture sur moi, pour me punir d'avoir réclamé une augmentation ? s'exclama Irina, sincèrement effrayée.

– Irotchka ! Pas de pensées négatives, s'il vous plaît !

– Oh ! mon sac ! se rappela Irina. Mon sac et la boîte de bonbons ! Quelqu'un a dû les ramasser !

– Je les retrouverai, promit Yegor.

Une demi-heure plus tard, la Mazda rouge tournait vers Makarov, puis s'engageait dans Kodra. Yegor conduisit Irina jusque devant sa porte et l'aida à descendre de voiture.

– Tenez, dit-il en lui tendant plusieurs grosses coupures. Considérez cela comme l'augmentation demandée, ajoutée à une prime de congé. Restez au calme pendant une petite semaine. Vous donnerez le sein à Iassia ! Quant à moi, je passerai bientôt prendre de vos nouvelles.

Irina hocha la tête et demeura immobile devant sa porte jusqu'à ce que la voiture rouge se fût fondue dans les étranges ténèbres de cette nuit d'hiver, qui tout à coup lui paraissaient teintées de mauve.

23

Kiev. Rue Reïtarskaïa. Appartement n° 10.

Semion dormait encore quand Veronika entra dans la chambre, une tasse de café à la main, et s'assit sur le bord du lit. Elle se pencha vers son mari plongé dans le sommeil.

– Semion!

Il marmonna quelques mots indistincts sous la couverture.

– Mon chéri, réveille-toi! Il est déjà onze heures!

– Onze heures?!

Sa main effleura sa cuisse récemment blessée. Il eut l'impression d'avoir gigoté toute la nuit à cause de cette contusion. Il se redressa sur un coude.

– Comment as-tu dormi, demanda-t-il à Véra. Je ne t'ai pas filé de coups de coude pendant la nuit?

– Non, pas du tout. Tu dormais à poings fermés!

Semion se leva. Passa dans la salle de bains. Prit une douche froide. Il jeta un coup d'œil au bleu qui ornait sa cuisse. L'hématome avait viré au vert foncé. Il s'essuya soigneusement, et comme il passait devant le portemanteau du couloir, avisa la couronne posée par terre.

– Nika! Fais-moi disparaître ce truc. Hier soir, j'ai failli avoir une attaque!

– Tu parles de la couronne? Daria Ivanovna va la récupérer aujourd'hui. Elle a promis de passer vers midi.

Semion fourra l'objet dans un sac provenant d'un magasin de chaussures qu'il accrocha au portemanteau.

Il enfila un survêtement, et tout de suite les «skieurs» de la veille lui revinrent en mémoire. Il se dit qu'il en faisait partie lui aussi. Car il ne pratiquait aucun sport hormis le port du costume Adidas. Il avait pourtant bien besoin de garder la forme !

Il mangea une banane en guise de petit déjeuner. But une tasse de thé vert. Pensa : et si je proposais à Veronika d'aller se promener quelque part ? Après tout, on est dimanche.

Il venait d'entrer dans la chambre quand le téléphone sonna. Veronika décrocha, et aussitôt Semion, à l'expression de son visage, sut que la conversation ne durerait pas moins d'un quart d'heure. Il retourna à la cuisine pour entendre à ce moment la sonnerie de son portable laissé la veille dans la poche de sa veste. C'était Volodka.

– Écoute, Senia, retrouvons-nous pour une petite demi-heure ! proposa-t-il. Je ne suis pas loin, au MacSnack.

Le café était désert. Seule une jeune fille était assise à une table, un ordinateur portable ouvert devant elle.

– Eh bien, on peut dire que tu m'as fait passer une sacrée nuit ! déclara Volodka en s'asseyant en face de son ami.

Volodka en effet paraissait fatigué. Semion posa sur lui un regard d'incompréhension.

– Tu m'avais demandé de te prendre en filature pendant la nuit ! lui rappela Volodka.

– Oui, c'est vrai. Mais je pensais à la nuit prochaine…

– Quelle différence ? Hier soir je n'avais pas sommeil. Si bien que…

– Attends. (Semion réfléchit.) Tu veux dire que je suis sorti de chez moi cette nuit ?

Volodka opina du chef.

Semion se remémora son réveil. Il se rappela la relative fraîcheur de son corps. Veronika ne lui avait adressé aucun reproche, et il n'avait vu que deux fois la couronne dans le couloir : quand il était rentré chez lui à onze heures et demie, et le matin après sa douche.

– Et où suis-je donc allé ? demanda-t-il, désemparé.

– À deux heures vingt, tu es sorti de chez toi. Tu as marché jusqu'à l'angle de la rue Streletskaïa et du boulevard de Iaroslav. Tu as longé l'hôtel Radisson, pour tourner ensuite dans le début de la rue Franko et prendre l'escalier qui descend jusqu'à la rue Khmelnitski. Je peux te dessiner tout l'itinéraire sur un plan. Mais ce n'est pas le plus intéressant !

– Ah bon ? Et qu'est-ce que c'est alors ?

– Le plus intéressant c'est que tu étais attendu. Au coin du passage Tchekhov et de la rue Gontchar. Une belle grande blonde en long manteau de fourrure…

– Non, tu blagues ? ! murmura Semion, stupéfait. Et ensuite ?

– Vous vous êtes embrassés. Presque sans un mot. Tu l'as accompagnée plus haut, dans le passage Tchekhov. Vous êtes restés cinq ou six minutes sous le porche de son immeuble, et c'est tout. Elle est rentrée chez elle, et toi aussi. En remontant par la rue Gontchar.

Semion se sentait terriblement gêné. Il regarda autour de lui.

– Et où habite-t-elle, cette blonde ?

Volodka esquissa un sourire et tendit à Semion un bout de papier avec une adresse inscrite dessus.

– Et comment s'appelle-t-elle ? demanda Semion dans un chuchotement.

– Je ne lui ai pas parlé. C'est toi qui lui as fait la causette et qui l'as embrassée !

Il y eut un silence.

– Tu devrais aller voir un toubib ! murmura Volodka en se penchant par-dessus la table. Je ne plaisante pas ! Tu as besoin d'un psychiatre ou d'un psychologue !

– Mais je ne suis pas fou ! (Semion secoua la tête.) Dans l'ensemble je suis normal…

– Tu es somnambule, murmura de nouveau Volodka. Et je vais t'apprendre quelque chose d'autre encore. Il y

95

avait un gars qui te suivait, et puis il a remarqué ma présence et il s'est éclipsé.

Semion avait mal à la tête soudain. Il se sentait une atroce lourdeur dans tout le corps.

– Allez, c'est bon, va te reposer ! dit-il à Volodka.

– Si tu veux, je peux encore te surveiller deux ou trois nuits, proposa son compagnon.

Semion hocha la tête.

– Ce sera sans doute nécessaire.

24
Borispol. Rue du 9-Mai.

Il semblait que la joie de Valia ne connaîtrait pas de borne. Dima se tenait près de la fenêtre de la cuisine et, avec un sourire un peu crispé, observait sa femme qui valsait, en peignoir mauve, le chat gris dans les bras. « J'aurais bien aimé voir comment tu aurais dansé avec lui s'il n'était pas resté enfermé une semaine, à la diète, au garage ! » pensait-il. Amaigri et copieusement barbouillé de crasse et de poussière du garage, le chat ressemblait à présent comme deux gouttes d'eau à Mourik.

Valia s'était littéralement pétrifiée quand son mari l'avait introduit dans la maison « familiale ». Incapable d'articuler un mot, elle était restée immobile durant cinq bonnes minutes. Puis elle avait essuyé ses larmes. S'était approchée. Avait pris l'animal des mains de son époux, comme un bébé. Et l'avait emporté à la salle de bains.

Le chat, après son jeûne forcé, avait perdu non seulement toute énergie, mais aussi tout désir de résister. Il ne montrait guère plus de vivacité qu'un col de fourrure mité arraché à un vieux manteau. Dima avait déversé dans un coin du garage un plein seau d'ordures récoltées au moyen d'un vestige de balai, puis avait soigneusement et longuement roulé le chat dans ces détritus. Le chat n'avait même pas réagi. Il se contentait de tourner la tête de temps à autre vers Dima, et son regard était aussi vide que celui d'un SDF ivre mort.

Mais maintenant que Valia l'avait lavé et brossé, le chat, en dépit de son évidente maigreur, avait pris l'aspect d'un animal de compagnie soigné et pomponné. Et ses yeux n'étaient plus stupides, mais rusés. Et c'est avec ces yeux-là qu'il inspectait le plancher de bois peint, en quête, manifestement, d'une écuelle remplie de Kitty-cat ou d'autre nourriture de même espèce.

Il n'eut pas à attendre bien longtemps.

– Viens, Mourik, couche-toi à ta place préférée ! dit Valia en posant le chat près du radiateur, sous la fenêtre. Nous allons te donner à manger !

Dima en avait assez d'observer la comédie dont sa femme et le chat affairiste jouaient les premiers rôles. Même s'il se sentait à cet instant le cœur empli d'une modeste fierté. La fierté du metteur en scène dont le spectacle est un succès.

Une demi-heure après, satisfaite d'avoir vu Mourik dévorer son repas, Valia proposa à son mari d'aller au restaurant.

– Nous devons fêter le retour de Mourik, déclara-t-elle simplement.

Ils sortirent de la maison, et aussitôt entendirent un grondement familier. King, le pit-bull du voisin, était là, de leur côté de la clôture, exhibant d'un air mauvais ses crocs pointus et luisants.

La porte du voisin était ouverte. Le propriétaire du chien, un bonhomme d'une cinquantaine d'année, affligé d'un crâne un peu chauve et d'une bedaine du buveur de bière, se tenait sur le seuil, cigarette à la main. La rumeur prétendait qu'il travaillait autrefois au marché comme boucher.

– Eh, rappelez votre chien ! cria Dima.

– King, ici ! Ici, au pied ! ordonna le voisin d'une voix enrouée.

Passant par un trou de la palissade, le pit-bull s'en retourna sans hâte sur son territoire. Dima contempla la brèche et sentit la colère monter en lui. Cinq fois déjà, il y avait cloué des planches. Le chien n'avait pas pu les forcer tout seul, et par conséquent c'était son maître qui chaque fois les ôtait pour que l'animal allât souiller la cour voisine.

« Il faudrait l'empoisonner, cette charogne ! » pensa Dima.

Quand ils atteignirent le boui-boui du coin, sa colère était cependant déjà retombée. Ils commandèrent chacun une assiette de *pelmeni* et un grand verre de vodka pour deux. Ils mangèrent les yeux dans les yeux. Ils n'avaient pas besoin d'autre conversation. Dans la baraque, un poste de télé fixé au ras du plafond soliloquait tout bas. Les voix des héros étaient indistinctes. Par moment émergeait un motif musical.

Valia remplit elle-même les verres d'alcool. Et c'est elle encore qui porta un toast : « Au retour de Mourik ! »

Ils burent. Ayant déjà achevé leurs *pelmeni*, ils en commandèrent une seconde portion.

– Avant, les portions étaient plus grosses, dit Valia avec une pointe de regret dans la voix. Avant, il y avait dans une portion quatorze *pelmeni* ou sept *vareniki*[1].

Et elle poussa un profond soupir, comme si elle venait de renvoyer sa jeunesse dans un lointain passé à jamais révolu.

---

1. Les *pelmeni* sont des sortes de tortellini, farcis d'un mélange de boeuf et de porc, assaisonné d'aneth, et généralement servis arrosés de crème fraîche. Les *vareniki* en sont la version ukrainienne. Au moins deux fois plus gros, en forme de demi-lune, ils peuvent aussi être garnis de fromage blanc ou de fruits, notamment de cerises.

– Allons ! fit Dima, tout à coup désireux d'apaiser sa femme. On peut aussi bien en faire soi-même à la maison, des *pelmeni*. Autant que tu voudras.

– Mais Mourik aussi aime ça ! se rappela Valia. Je vais lui en rapporter deux ou trois.

Ils rentrèrent chez eux sans se presser, bras dessus bras dessous. La neige tombait à l'oblique. Des gens passaient à côté d'eux, mais tous solitaires, comme s'il n'y avait pas eu d'autre couple à ce moment dans les rues de Borispol marchant main dans la main.

En ouvrant la porte, Dima découvrit un message. « Quand tu reviendras, appelle-moi d'urgence sur mon portable. Boris. »

Ils furent accueillis par le nouveau Mourik, qui sur-le-champ entreprit de se frotter contre les jambes de sa maîtresse.

– Tu t'es ennuyé ! s'exclama-t-elle, ravie. Mais regarde, je t'ai rapporté des *pelmeni* !

Tandis que sa femme allait dans la cuisine avec le chat, Dima gagna le salon. Il appela Boris, le cœur plein d'inquiétude.

– Je dois passer te voir une minute, lui dit Boris d'une voix parfaitement calme. J'ai à te causer.

Il arriva une vingtaine de minutes plus tard et invita Dima à le rejoindre dehors.

– Écoute, si tu veux, je te rachète tes ampoules, proposa-t-il. Dix hryvnia pièce.

– Mais tu as réussi à savoir ce qu'elles contenaient ? s'enquit Dima.

– Non, mais j'ai quand même trouvé des clients ! Allez ! Ne réfléchis pas !

Dima se rappela l'annonce à propos d'un médicament d'importation contre le cancer. Il esquissa un sourire à peine perceptible.

– Dix hryvnia, c'est peu, dit-il.

– Bon, disons vingt, concéda Boris sans difficulté.

– Trente, enchérit Dima.

L'autre était manifestement pressé. Dima eut le sentiment qu'un client attendait quelque part, au coin de la rue, le retour de Boris avec les ampoules.

– D'accord, soupira Boris.

– Attends-moi au portillon !

Muni du sac qu'il avait reçu en « cadeau » avec le chat, Dima s'en fut à son garage.

Là, il plaça dans le sac presque toutes les ampoules, ne gardant pour lui qu'une dizaine de boîtes, à tout hasard. Et s'il s'agissait vraiment d'un médicament contre le cancer ?

Boris le paya en gros billets. La transaction eut lieu dans sa voiture, à la pâle lumière de la veilleuse de l'habitacle. Dima recompta trois fois la somme, sans jamais parvenir au même résultat. Il se trompait, tarabusté qu'il était par une idée sournoise qui pouvait se résumer en deux mots : « Tu brades ! »

Enfin l'affaire fut conclue. Boris repartit dans sa voiture. Dima, en guise d'adieu, sourit au véhicule qui s'éloignait. Il avait le sentiment qu'avec Boris le déplaisant épisode de la valise noire s'en allait rejoindre le passé.

25
Région de Kiev. District de Makarov. Village de Lipovka.
Au matin.

– Eh ben, Va t'en voir qu'elle s'est vengée ! répétait la mère d'Irina après avoir entendu ce qui était arrivé à sa fille la veille au soir. File donc à c'te heure à Kiev ! Va donc lui présenter tes escuses. Dis-y que t'as été prise d'une lubie !

Irina posa les yeux sur son réveil électronique. Les grosses coupures que lui avait données Yegor la veille étaient glissées dessous.

– Et n'espère point! ajouta sa mère, surprenant son regard. Y va point te donner constamment des sous! Il a eu pitié de toi, v'là tout!

Irina considérait l'argent, les billets de cent, en s'efforçant de ne pas écouter sa mère. Mais à ce moment, Iassia se réveilla de nouveau et se mit à pleurer. Et Irina comprit qu'il était déjà dix heures! Qu'elle avait dormi longtemps et profondément, et que son minibus était depuis belle lurette arrivé à Kiev. Elle n'irait nulle part aujourd'hui. De la paume, elle toucha, l'un après l'autre, ses seins gorgés de lait. Prit son bébé dans ses bras. Approcha la bouche de Iassia d'un mamelon et aussitôt sentit l'étreinte chaude et puissante des lèvres de la fillette.

Dehors, le soleil brillait, et les motifs que dessinait le givre sur la vitre scintillaient sous ses rayons.

– Je vais aller la promener, annonça Irina.

– P'têt ben que tu penses qu'on pourra se dépastouiller avec ma retraite? lui lança sa mère en guise de conclusion.

Elle se leva et sortit de la chambre. Entra dans la sienne, alluma la télé, monta le son, puis s'en fut à la cuisine.

Bizarrement, la voix du speaker, bien qu'inintelligible, ramena la paix dans leur modeste maison. Irina décolla Iassia de son sein droit, lui tourna la tête de l'autre côté et l'approcha du gauche. Cinq minutes plus tard, Iassia lâchait le mamelon.

– Elle s'est endormie! murmura Irina doucement.

Elle posa l'enfant sur le lit et remonta la couverture sur elle. Puis elle jeta un manteau sur ses épaules et sortit en pantoufles dans la cour. Sentant la morsure de l'air glacé sur ses mollets nus, elle passa derrière la maison, où se trouvait la remise qu'on ne fermait

101

jamais. Les poules caquetaient dans le poulailler. Irina y jeta aussi un coup d'œil. Depuis trois mois, elle vivait au rythme d'un horaire terriblement contraignant. Et à présent que la première navette pour Kiev était partie sans elle, et qu'elle avait vu poindre l'aube hivernale dans sa maison, elle se sentait envahie d'une curiosité quasi enfantine. Comme si, pendant qu'elle était absente, tout le monde s'était livré à un jeu passionnant auquel elle n'avait pu prendre part.

Tout à coup Irina se rendit compte qu'elle ne savait plus pourquoi elle allait à la remise. Si la maternité aiguise les instincts, en revanche elle obscurcit le cerveau. Elle avait déjà maintes fois entendu prononcer cette sage sentence, mais ne se rappelait pas par qui.

« Ah oui ! La vieille luge ! » se souvint-elle.

La porte du local s'ouvrit avec un grincement terrible. Son père n'en avait jamais graissé les gonds, prétextant que les voleurs eux-mêmes prendraient peur si les portes grinçaient bien fort. Peut-être en effet était-ce la raison pour laquelle ils n'avaient jamais été cambriolés, alors que les voisins faisaient continuellement état de vols dans le village.

Se glissant le long du tas de bûches empilées contre le mur de gauche, Irina parvint tant bien que mal jusqu'à l'autre coin, où étaient appuyés deux vieux vélos Ukraïna, aux pneus crevés. Au-dessus, accrochée à un clou, pendait une luge à dossier en bois et patins métalliques.

Une demi-heure plus tard, elle promenait Iassia, emmitouflée dans une chaude couverture, sur le sentier gelé menant à la frontière du village, vers la pinède. Quand elle était enfant, quelques années plus tôt, c'était là, sur la butte, qu'elle faisait de la luge avec ses copines. Bien sûr, Iassia était encore trop petite pour goûter les joies des descentes sur la neige. En outre, Irina sentait sa poitrine gorgée de lait lui peser au point d'en être douloureuse. Mais tant pis, elles allaient s'élancer, toutes les deux, du haut de la colline de son enfance.

Parvenue au bord de l'escarpement, Irina prit Iassia dans ses bras, s'assit sur la luge et se pencha légèrement en avant pour la faire basculer dans le sens de la pente. Le vent glacé fouetta son visage. Elle cligna les yeux. Et un sourire naquit tout seul sur ses lèvres, indifférent au vent, au froid, et à la neige dont on ne savait si elle tombait du ciel ou de la cime des pins.

Irina rentra chez elle au bout d'une heure. Heureuse comme une enfant, ne pensant à rien d'autre qu'à sa fille. Elle laissa la luge au seuil de la maison.

– Y a un gars qu'a passé te voir, lui annonça sa mère en désignant du regard la porte de sa chambre. Çui qui t'a donné des sous, pour sûr.

Sur le lit, à côté d'une grande enveloppe vide, reposaient une boîte de bonbons, une brique de jus de pomme, des oranges et du chocolat.

– On croirait un colis pour l'hôpital ! s'exclama la mère d'un ton réprobateur en entrant dans la chambre à la suite de sa fille.

– C'est lui qui a tout étalé comme ça ? demanda Irina, étonnée, en même temps qu'elle déposait Iassia à présent réveillée à côté des cadeaux.

– Non point, c'est moi. Je voulais voir ce qu'c'était, avoua sa mère avec ingénuité. Mais y te faut point d'agrumes, ça te ferait tourner le lait, ajouta-t-elle.

– Eh bien, ma Iassia, tu as faim ?

Irina entreprit d'extraire la fillette du cocon que formait la couverture.

– Bois un peu du lait de ta maman, autrement mes seins vont éclater !

La mère d'Irina regarda sa fille et poussa un gros soupir.

– Mais a boira jamais tout ça. Et puis d'ailleurs, elle a point besoin d'autant ! Regarde donc comme ils sont tout gonflés ! Faut tirer le lait ! File à Kiev, qu'au moins on te donne des sous en échange !

Irina poussa les cadeaux de Yegor jusqu'au bord du lit, puis elle-même s'étendit sur le côté, le dos tourné à sa mère, et la poitrine vers Iassia.

26
Kiev. Rue Vorovski. Appartement n° 17.

Pendant que Daria Ivanovna était à la cuisine pour refaire du thé, Veronika, promenant son regard autour d'elle, nota d'une part l'absence de tout portrait du défunt mari de la maîtresse de maison, et d'autre part la marque de l'excellent goût dont celle-ci faisait preuve pour tout ce qui touchait au mobilier et à la décoration. Au reste, elle s'habillait elle-même avec beaucoup d'élégance, même si ses vêtements n'avaient rien d'une tenue d'intérieur. Jamais Veronika ne se serait promenée en tailleur dans son appartement... Son ensemble – jupe resserrée aux genoux et jaquette cintrée, le tout de couleur bordeaux – s'accordait à merveille avec son séjour. Le divan et les deux fauteuils de cuir havane, la table basse au milieu, avec, posé dessus, un bouquet de roses rouges en un vase. Et aussi deux tasses de porcelaine sur leurs soucoupes. Et sur les tasses, des roses rouges encore. Une petite commode, sur laquelle une antique horloge massive égrenait son tic-tac. Sur le rebord intérieur de la fenêtre, des plantes vertes en pot, et dans l'angle, près du radiateur, une caisse de bois plantée d'un citronnier. Sur la commode : le portrait de la maîtresse des lieux. Huile sur toile, cadre doré.

Veronika se rendit compte soudain qu'il n'y avait pas une seule trace de présence masculine dans cette pièce. Comme si aucun homme n'y avait jamais vécu. Mais Daria

Ivanovna, à ce moment, revint au salon pour déposer sur la table basse une théière de faïence.

– Je vous suis si reconnaissante ! J'ai tellement de choses à faire, à penser, et il faut encore que j'ôte cette couronne pour le week-end… Vous rentrez chez vous tout de suite après ?

Veronika opina du chef.

– La nuit tombe de bonne heure à présent, poursuivit Daria Ivanovna. Je pense que si vous la raccrochez à sa place en passant, personne ne le remarquera !

Un instant plus tard, les tasses étaient de nouveau emplies de thé parfumé. Le regard de Veronika se posait constamment sur l'anneau d'or orné d'un rubis de son hôtesse. Celle-ci s'en aperçut.

– Elle ne s'enlève plus, déclara-t-elle en sirotant son thé. Il faudrait la retirer en utilisant du savon et un fil, et la porter au joaillier pour qu'il l'élargisse ! C'est Edik qui me l'avait offerte pour mes trente ans. Peut-être… ajouta-t-elle, hésitante, en jetant un regard songeur à l'horloge. Non, vraiment, je ne sais pas comment vous prendrez ça…

– Quoi donc ? demanda Veronika.

– Vous n'êtes pas une timorée, n'est-ce pas ? (Daria Ivanovna fixa son invitée dans les yeux.) Vous vous êtes même interposée pour moi… Vous avez un peu de temps ?

– Oui, oui.

– Alors très bien. (La voix de Daria Ivanovna se fit soudain sérieuse.) Finissez votre tasse. C'est à deux pas d'ici.

Dehors, l'air avait fraîchi. Il commençait à faire sombre. Daria Ivanovna n'avait pas oublié de rendre le paquet contenant la couronne mortuaire à Veronika, si bien qu'à présent celle-ci sentait le froid lui mordiller la main qui le tenait. Elle avait enfoui son autre main dans la poche de son manteau, plus élégant cependant que vraiment chaud.

– C'est tout à côté, disait Daria Ivanovna en entraînant Veronika à sa suite.

Elles débouchèrent sur le boulevard de Iaroslav, puis descendirent la rue Franko. Elles tournèrent alors dans la rue Tchapaev et, avant d'atteindre le moche bâtiment à la façade écaillée du ministère des Situations d'urgence, s'arrêtèrent devant un portail métallique qui barrait l'accès, autrefois libre, à un passage voûté ouvrant sur une enfilade de cours intérieures.

Daria Ivanovna appuya sur le bouton de l'interphone et une voix d'homme au timbre mal éclairci se fit entendre :

– Je vous écoute !

– Abonnée 32-1, énonça-t-elle en guise de réponse.

La voix la pria de patienter une minute, mais un des battants de la porte s'ouvrit au bout d'exactement dix secondes. Un homme en combinaison verte matelassée – portrait type du vigile contemporain – salua les dames d'un signe de tête, referma le portail derrière elles et les invita à le suivre.

Elles franchirent une seconde arcade, pour faire halte derrière le gardien qui, armé de son trousseau de clefs, s'affairait à ouvrir une lourde porte d'acier, entrée principale d'un bâtiment moderne à un étage.

La rue Tchapaev donnait souvent à réfléchir à Veronika. C'était une rue étrange, courte et courbe, comme un boomerang. Quelquefois elle était absolument déserte. Quelquefois le passant qu'on y croisait se révélait être une personnalité célèbre ou simplement connue du petit écran. Peut-être vivaient-ils là ? Mais pourtant, quand de tels gens se déplaçaient à pied, c'était forcément accompagnés de gardes du corps ! Or là, ils étaient toujours seuls. En entendant le cliquetis des clefs, elle se rappela ceux qu'elle avait déjà rencontrés, par hasard, dans cette rue. Des ministres, des politiciens. Mais ses efforts pour se souvenir du nom de ces gens ne furent guère couronnés de succès. Ils avaient tous des visages familiers et des noms facilement oubliables.

– Vous en avez pour longtemps ? demanda le vigile en cédant le passage aux visiteuses.

– Entre quinze et vingt minutes, répondit Daria Ivanovna d'une voix où perçait une note d'affliction.

– Alors je vais vous préparer du thé, promit l'homme. Autrement, vous allez geler !

Un vaste ascenseur, ou plutôt un monte-charge, les déposa deux étages plus bas. L'homme alluma la lumière, et elles découvrirent une autre porte d'acier d'aspect imposant. Le local derrière la porte tenait à la fois de la salle de consigne automatique grand luxe et du café mortuaire. Trois des murs étaient carrelés de céramique jusqu'au plafond, composant autant de damiers noir et rouge. Le sol était en marbre noir. Trois petites tables rondes y étaient disposées, chacune entourée de quatre chaises. Le quatrième mur, de trois mètres de hauteur sur dix de long, constituait comme un bloc compact de cellules pour bagages de grande taille. Seulement, à côté des portes munies de poignées ne se voyaient ni appareil à monnaie ni mode d'emploi. En revanche, à droite de chaque poignée était fixée une plaque de métal dépoli du plus grand chic, gravée d'un numéro à trois chiffres.

– 32-1, voilà… dit le vigile en approchant un long chariot à roulettes.

Il s'arrêta. Tira sur la poignée correspondant au numéro, et du mur sortit un grand tiroir qui demeura suspendu en porte-à-faux au-dessus du sol. À l'intérieur reposait le corps d'un homme vêtu d'un costume.

107

Le vigile, au prix de quelques manipulations élémentaires, abaissa le tiroir métallique pour le déposer sur le chariot, puis il se tourna vers Daria Ivanovna.

– Le salon des rencontres ? Ou bien préférez-vous rester ici ?

– Il n'y a personne, répondit la veuve du pharmacien en écartant les mains. Installons-nous là !

Elle désignait la dernière table à droite.

Le vigile acquiesça et, laissant le chariot à côté de la table indiquée, sortit de la salle.

– Assieds-toi, Ninotchka ! dit Daria Ivanovna.

Elle épongea ses yeux avec un mouchoir, déboutonna son manteau mais se garda de l'ôter.

Veronika obtempéra. Elle regardait le corps couché dans le tiroir de fer. C'était la première fois de sa vie qu'elle percevait le souffle de la mort. Le souffle glacé de la mort de l'autre. Une sensation de froid métallique, très particulière, tenace, émanait de la longue boîte pour se communiquer à ses bras, son cou, ses joues. Veronika esquissa un mouvement de recul pour s'en libérer. Puis, sentant tout à coup deux mains se poser doucement sur ses épaules, elle sursauta de frayeur.

C'était Daria Ivanovna qui venait de s'approcher sans bruit derrière elle.

– Allons, allons !… la sermonna-t-elle. Tu n'es tout de même pas aussi impressionnable !… Tiens, je te présente. C'est mon cher Edik.

Elle posa un regard affectueux sur le visage de son défunt mari.

– Je pensais que vous l'aviez déjà inhumé, murmura Veronika.

– Je n'ai pas envie, avoua la veuve. Ça ne me paraît pas humain. Décider d'enterrer. D'ensevelir dans la terre… Ça revient à oublier tout de suite, à se défaire du corps et de tout ce qui, dans ta vie, lui est lié, une fois pour toute !

Or te rappelles-tu le poème *Ne vous séparez pas de ceux que vous aimez*[1] ?

Daria Ivanovna tira d'une poche de son manteau une flasque de métal, et de l'autre deux petit gobelets en argent.

– Du whisky, dit-elle en désignant le flacon. On gèle ici !

Veronika se prit à réfléchir. Plus exactement elle essaya d'établir si oui ou non elle avait froid. Chose étrange, elle n'éprouvait rien physiquement. Une sensation déterminée de froid avait bien été là quelques secondes plus tôt, mais à présent s'était dissipée. Simplement parce que entre la source de ce froid et Veronika venait de s'interposer Daria Ivanovna.

– Quelle sorte de whisky ? demanda soudain Veronika, juste pour détourner la conversation.

– Quelle sorte ?… répéta la veuve. Mais je n'en sais rien. Edik aimait le whisky. Il y en a une dizaine de bouteilles dans le bar, toutes différentes. Toutes offertes par des personnalités connues, des hommes politiques. Il les soignait, voyez-vous…

– Comment cela, il les soignait ? s'exclama Veronika, surprise. Mais il était pharmacien, pas médecin !

– Il était pharmacien préparateur. Il élaborait sur commande des remèdes individuels, d'après d'anciennes formules aujourd'hui interdites. Même notre Iouletchka[2] allait le consulter ! Il préparait pour elle un puissant

---

1. *Ne vous séparez pas de ceux que vous aimez* ou *La Ballade du wagon enfumé*: poème d'Alexandre Kotchetkov (1900-1953), devenu célébrissime en Russie pour avoir été cité dans un des épisodes-clefs du film d'Eldar Riazanov, *L'Ironie du sort* (1975), oeuvre culte du cinéma soviétique.
2. *Notre Iouletchka*: Ioulia Timochenko, égérie de la Révolution orange, aujourd'hui Premier ministre du gouvernement ukrainien.

médicament contre la fatigue. Il avait beau lui dire que les effets secondaires étaient très importants, elle lui répondait: «Je ne crains aucun effet secondaire!» Elle a continué à lui commander d'autres préparations, mais elle ne venait plus en personne. Elle envoyait un des adjoints, un chauve, tu l'as sûrement vu à la télé. Oh! mais pourquoi parlons-nous de ces gens! Toujours est-il que depuis ce temps, le bar n'est plus pourvu que de bouteilles d'importation.

Daria Ivanovna remplit les gobelets d'argent.

– Enfin, voilà… reprit-elle. Je suis contre le fait d'enterrer. Enterrer, déterrer… Buvons à sa mémoire! Je crois que bien des gens sont malheureux aujourd'hui de l'avoir perdu. Ce qu'il faisait, les autres auraient tout bonnement eu peur de le faire!

Veronika trempa ses lèvres dans l'alcool. Un filet de chaleur un peu aigre coula à l'intérieur de son corps, réchauffant son larynx au passage.

– On peut le garder ici plusieurs années, même si ça coûte cher, poursuivit Daria Ivanovna. En fait, c'est une morgue privée. C'est plutôt destiné aux étrangers qui doivent être rapatriés chez eux pour y être inhumés. Bon, tu comprends, en attendant que la famille arrive, qu'on rassemble tous les documents, etc. Je crois que mon Edik est le seul Kievien ici… Mais il n'y restera pas longtemps… Nous le reprendrons bientôt à la maison!

Veronika leva sur la veuve un regard effrayé.

– Pas loin d'ici, il y a un atelier, dit-elle dans un chuchotement. Autrefois on y empaillait les chiens et les chats dont les propriétaires voulaient garder le souvenir. Mais ils ont récemment acheté aux Allemands la licence pour la plastinisation des corps…

– Qu'est-ce que c'est que ça? demanda Veronika qui, de nouveau, sentait le froid lui mordre le cou et les joues.

– C'est comme un embaumement, mais en moins cher, plus rapide et plus durable, expliqua Daria Ivanovna. En outre, on peut commander n'importe quelle position du défunt, et ensuite la faire modifier, contre un supplément. Edik aurait approuvé cette idée : il adorait la science. Avant sa mort, à la demande de sa cliente régulière, il travaillait à l'élaboration d'un remède spécial. Contre la peur. Il l'avait baptisé « Antifrousse »…

La flasque de whisky brilla entre les mains de la veuve, et le noble breuvage au parfum pénétrant coula en un mince filet dans le gobelet de Veronika. Daria Ivanovna leva les yeux sur sa compagne.

– Peut-être est-ce à cause de ce médicament qu'on l'a assassiné ? Sa commanditaire a tellement d'ennemis ! Nos politiciens sont totalement dénués d'humanisme ! Ils se surveillent les uns les autres, s'espionnent, se mettent sur écoute. Et ce n'était pas pour elle-même que notre amie voulait cette préparation. Dans ce monde, elle n'a peur de rien. C'était sans doute pour un de ses partisans qui n'avait pas son courage ! Edik avait réussi à mettre au point un premier lot expérimental, mais il était très inquiet quant aux effets secondaires. Il disait que ces effets étaient « d'ordre psychique ».

Daria Ivanovna se frappa la tempe de l'index, puis sourit d'un air triste.

Veronika eut un instant l'impression qu'après ce geste juvénile, le visage de la veuve avait rajeuni. Ses rides semblaient avoir disparu, son nez s'était un peu aminci. « Mais non, c'est l'effet de l'éclairage ! » se dit-elle, revenant enfin à la réalité, et sous le coup de l'angoisse, elle avala d'un seul trait son deuxième gobelet de whisky.

– « Des effets d'ordre psychique », qu'est-ce que ça signifie au juste ? demanda-t-elle avec prudence. C'est quand les gens deviennent fous ?

111

– Non. C'est quand tout à coup, du jour au lendemain, ils deviennent honnêtes et bien élevés… Je veux parler des politiciens, bien sûr! Les gens normaux achètent leurs médicaments en pharmacie. À dire vrai, je n'ai jamais interrogé Edik en détail. Mais ce qu'il m'a raconté de lui-même, je me le rappelle très bien. À la pharmacie, il avait son cabinet. Et quelquefois il préparait ses lots expérimentaux, la nuit, quelque part à Darnitsa. Il avait là-bas un ami à l'usine pharmacologique. (Elle marqua une pause.) Je vais vendre l'officine. Si tu veux, nous pouvons y passer, je te montrerai le cabinet d'Edik!

Veronika n'avait aucun désir de voir le cabinet du mort, mais elle avait encore moins envie de rester assise à cette table avec sous les yeux, même en partie dissimulé par Daria Ivanovna, le tiroir métallique dans lequel gisait le cadavre congelé d'Edik. Lequel, au fait, avait été assassiné à deux pas de chez elle, la nuit même où Semion était rentré à la maison au petit matin, avec une tache brune sur la manche et dans un état bizarre.

À force d'y penser, son mari s'imposait dans son esprit comme possible candidat au rôle de meurtrier de sang-froid. Mais Semion, en dépit de son travail, était un homme doux et bon, incapable de brutalité. C'était simplement une absurde coïncidence! ·

Veronika avait froid, et du regard, elle demanda à Daria Ivanovna de remplir à nouveau son gobelet.

27
Borispol. Rue du 9-Mai.

Avec le «retour» de Mourik, les relations entre Dima et Valia s'étaient passablement détendues. Valia avait décidé de travailler, et sans aucun problème s'était trouvé une place de caissière dans une petite salle de machines à sous, à côté de la gare routière. Elle travaillait de huit heures du matin à cinq heures de l'après-midi, et à présent, quand Dima rentrait chez lui après son service de nuit, il se voyait contraint de préparer lui-même son petit déjeuner. En premier lieu, il soulevait le couvercle de la poêle, posée sur la cuisinière. En partie par curiosité, en partie pour se stimuler l'appétit. N'importe quel plat faisait son bonheur : restes de *pelmeni* de la veille qui, réchauffés à la poêle devenaient délicieusement croustillants, kacha de sarrasin et *kotlet*, omelette froide aux lardons.

Et ainsi ce matin-là, de retour de l'aéroport après une nuit de travail, fatigué et affamé, avant d'allumer sous la poêle, il leva le couvercle. Le menu qui l'attendait consistait en une cuisse de poulet accompagnée de vermicelles.

Le nouveau Mourik, après avoir observé son maître depuis son refuge, sous le radiateur, s'approcha et se frotta contre sa jambe. Dima baissa les yeux sur l'animal qui avait repris un considérable embonpoint. Le chat gris, surprenant le regard de son maître, s'éloigna aussitôt pour aller se planter devant son écuelle vide.

– Mais fiche-moi le camp, usurpateur ! grommela Dima avant de lui tourner le dos.

Une fois repu, Dima gagna la chambre, baissa les stores et s'allongea. Il dormit longtemps, d'un sommeil profond, bien au chaud sous la lourde couverture matelassée qu'il avait remontée sur sa tête, repoussant au bord du lit l'oreiller qui l'encombrait.

Et puis, soudain, il y eut du bruit, un claquement de porte, un martèlement de pas rapides sur le parquet.

Valia fit irruption dans la chambre, encore en manteau et chaussures. Le visage bouleversé, les yeux emplis de désarroi. Elle se précipita sur son mari endormi et rabattit brutalement la couverture.

– Dima, Dima ! Lève-toi ! Viens voir !

Dima commença par consulter le cadran du réveille-matin. Celui-ci indiquait midi et demi.

– Qu'est-ce qui se passe ? demanda-t-il à contrecœur.

Il enfila son pantalon, acheva de se rhabiller, glissa ses pieds nus dans ses pantoufles, puis suivit sa femme dans le couloir. Mais c'est dehors que Valia l'entraîna.

Elle ouvrit toute grande la porte et se figea. Sur le seuil, Dima découvrit un chat gris, crasseux, à ce point efflanqué qu'il semblait bien qu'il n'eût plus que la peau sur les os. Ses oreilles étaient maculées de sang coagulé. Il gisait par terre, inerte. Seuls ses yeux ternes étaient braqués sur Dima. Le chat émit un faible miaulement rauque, comme s'il allait rendre l'âme.

Valia se tourna vers son mari.

– Regarde !

Elle-même s'était déjà accroupie auprès du chat.

– C'est toi, Mourik ? demanda-t-elle à voix basse.

L'animal gémit de nouveau et tenta de se redresser sur ses pattes.

– C'est ma faute, murmura Valia dans un sanglot.

Elle prit le chat à bout de forces dans ses bras et l'emporta à l'intérieur de la maison. Dima s'écarta pour lui livrer passage. Il ne quittait pas des yeux la bête épuisée. Il avait l'impression de reconnaître en lui le vrai Mourik. Celui-là même qu'il avait, de ses mains, jeté dans le puits de la cour d'immeuble devenue terrain vague. Seulement le chat, à ce moment-là, était mort !

Valia ôta son manteau, se déchaussa. Demeura un instant, comme pétrifiée, au-dessus du chat. Puis ayant remis un peu d'ordre dans ses pensées, elle s'empara de la serpillière placée devant le seuil. La retourna du côté où personne ne s'était encore essuyé les pieds, l'étala sous le portemanteau et y installa le revenant.

– Mon Dieu! s'exclama-t-elle en levant les bras au ciel. Mais il est plus mort que vif! Attends un peu, je reviens tout de suite.

Elle s'en fut à la cuisine. Dima profita de l'occasion pour s'accroupir à son tour et examiner la tête de l'animal.

– Mourlo, c'est bien toi? demanda-t-il comme s'il attendait au minimum un hochement de tête pour réponse.

Mais ces mots n'éveillèrent aucune réaction chez le chat qui continuait de considérer Dima d'un œil pitoyable où se lisait le dévouement. Dima tressaillit. Il venait de se rappeler que Valia s'était accusée d'avoir commis une faute.

Valia, justement, revenait de la cuisine avec une tasse de lait. Elle posa la tasse sous le nez du chat qui aussitôt y plongea la tête. Il but avidement, frissonnant de tout son corps émacié chaque fois qu'il déglutissait.

Le nouveau Mourik apparut lui aussi dans le couloir, et dès qu'il le vit, émit un feulement et bondit vers son congénère éreinté.

Valia attrapa le gros Mourik et le prit dans ses bras.

– Allons, que fais-tu? le gronda-t-elle en le caressant derrière l'oreille. Toi aussi tu étais tout maigre et en bien piteux état au début. Et maintenant, vois comme tu es beau!

Du haut de la poitrine de Valia, le nouveau Mourik regardait avec hostilité le chat gris couvert de crasse gisant à présent, repu, sur la serpillière.

– Viens, je vais te donner du lait à toi aussi, dit Valia avec douceur en remportant le gros lard à la cuisine.

– Alors, pourquoi dis-tu que c'est ta faute? demanda Dima quand Valia, enfin apaisée, fut revenue dans la chambre, non sans avoir soigneusement fermé la porte de la cuisine, pour que le gros Mourik ne pût aller dans le couloir s'en prendre au rescapé.

Valia poussa un soupir et s'assit dans le fauteuil.

– Sers-moi un verre !

Dima sortit la bouteille de gnôle maison parfumée à l'ortie. Il en versa un verre à sa femme, qu'elle vida d'un seul trait.

– Je suis allée plusieurs fois à l'église, prier pour le retour de Mourik. Et comme les prières n'y faisaient rien, j'ai été voir une extralucide. Elle m'a dit que Mourik était vivant, mais qu'il était tombé dans une fosse profonde, qu'il ne pourrait en ressortir que lorsque quelqu'un viendrait y jeter autre chose. Et puis elle m'a dit aussi que j'entendrais dans mon sommeil la voix de Sabaoth : « Il reviendra ! » Et que je devrais compter le nombre de fois qu'il prononcerait ces mots. Et qu'à la trentième, hop ! Mourik reviendrait. Ces mots, eh bien, je ne les ai entendus que sept fois. Et puis tu l'as retrouvé tout seul… Les extralucides tiennent leurs pouvoirs du diable, tu sais… Par conséquent j'ai demandé de l'aide en même temps à Dieu et à Satan. C'est donc Dieu qui nous a rendu le premier Mourik, et le second, c'est le diable…

Dima essaya de percevoir le sens de ce que venait de lui raconter sa femme, mais s'en trouva incapable. La faute sans doute à la nuit blanche qu'il avait passée. Néanmoins, fâché de son impuissance à comprendre, il se renfrogna et prit un air boudeur.

– En d'autres termes, ce sont un seul et même chat, mais envoyés par des voies différentes, ajouta Valia.

– Quoi ! tu es entrée dans une secte ? demanda Dima, effrayé, entendant pour la première fois sa femme formuler d'aussi longues et étranges propositions.

– Je n'y suis allée que deux fois, reconnut Valia. Je pensais que ça aiderait Mourik à revenir…

Dima fixa sur Valia un regard vitreux. « Elle ne serait pas devenue folle, par hasard ? » se dit-il.

– Je vais faire un tour au garage, j'ai besoin d'être seul, déclara-t-il.

Une fois installé sur un tabouret de bois, dans son coin de garage, Dima brancha le radiateur de fortune, puis se versa un verre d'alcool autant pour se réchauffer que pour s'aider à rassembler ses idées. Il se rappela en détail le jour où les deux bagagistes avaient apporté la valise. Il se souvint de Mourlo lapant le liquide de l'ampoule avant de se sauver hors du garage pour tomber droit sous les roues d'un cycliste.

Il retourna rapidement chez lui, prit le chat enveloppé de la serpillière sur laquelle il reposait, et l'emporta au garage. Il avala encore un verre, puis tira une ampoule d'une boîte, en brisa l'extrémité et vida le contenu dans une assiette où traînait encore un reste de sprat. Il plaça l'assiette devant le chat gris. Celui-ci releva le museau. Des lueurs s'allumèrent dans ses yeux. Il rapprocha sa tête d'un mouvement frénétique, et lapa tout le liquide, jusqu'à la dernière goutte.

Dima ricana en observant l'animal. Il était bien conscient que s'il s'était agi de valériane, n'importe quel chat se serait précipité dessus !

« Peut-être devrais-je aller jeter un coup d'œil dans le puits ? On ne sait jamais, c'est peut-être un imposteur lui aussi ? » pensa-t-il avant d'aussitôt renoncer à cette idée.

28
Région de Kiev. District de Makarov. Village de Lipovka.

Le réveil, pour Irina, fut doux, comme en son enfance. Elle resta allongée dans son lit, sous la couverture, avec Iassia, presque jusqu'à neuf heures du matin.

La porte d'entrée pendant ce temps grinça plusieurs fois. Sa mère sortait nourrir les poules.

Elle n'avait pas envie de se lever. Ce dont elle avait envie en revanche, c'était de chocolat, et elle tendit la main vers la tablette de marque Alionouchka apportée par Yegor. Elle ouvrit l'emballage, attentive au léger bruissement du papier d'aluminium. Et soit à cause de la douceur du goût teinté de sensuelle amertume, soit pour une autre raison totalement différente, ou peut-être même sans raison du tout, elle se rappela le parc Mariinski et le petit palais couleur d'émeraude derrière les minces troncs noirs des arbres. Et aussi le crissement de la neige sous les pas.

Et bien qu'elle eût chaud sous la couverture, et qu'elle s'y sentît parfaitement bien, ses souvenirs du parc la taraudaient. S'y ajoutait en outre la douleur dans sa poitrine. Iassia ne buvait pas autant de lait que les seins de sa maman en fabriquait.

Dehors, entre-temps, une voiture s'était arrêtée.

«Yegor!» se dit Irina, toute joyeuse.

En hâte, elle se leva, s'habilla et jeta un coup d'œil par la fenêtre. Non, ce n'était pas la voiture de Yegor qui était garée de l'autre côté de la clôture. Yegor avait une voiture rouge, or celle-ci était noire.

On frappa à la porte d'entrée. La mère d'Irina entra dans la chambre.

– Ce serait-y pas pour toi? demanda-t-elle. Je m'en vas ouvrir!

– Irina Anatolievna est chez elle? s'enquit une voix d'homme, une voix grave qu'Irina ne connaissait pas.

– Elle est là, oui pour sûr, répondit la mère.

– Dites-lui de se préparer!

La mère fit irruption dans la chambre, la mine effrayée.

– Y a là deux crânes rasés en manteaux noirs, qu'on dirait sortis de *La Pègre de Saint-Pétersbourg*! se lamenta-t-elle à voix étouffée. Savoir, t'as dû fâcher quelqu'un d'important! Imagine que t'aurais privé de lait un pitchoune de ministre!

Gagnée par l'effroi de sa mère, Irina acheva en toute hâte de s'habiller. Ses mains tremblaient, ses jambes refusaient d'entrer dans les collants de laine marron. Il s'écoula une bonne dizaine de minutes avant qu'elle sortît enfin dans le couloir. Son regard rencontra deux hommes de haute taille vêtus de manteaux de cuir. Ils se tenaient sur le seuil, immobiles, comme en sentinelle. Leurs yeux étaient froids, indifférents.

– Et quand pourrai-je rentrer chez moi? demanda Irina, qui déjà les suivait dans la cour.

– Vous rentrerez comme d'habitude.

L'un des hommes s'installa au volant. Le second fit monter Irina à l'arrière, puis alla s'asseoir à côté du conducteur.

Le moteur vrombit. Des particules de glace volèrent de sous les roues avant. Et la voiture noire démarra de manière si brutale sur la terre gelée qu'il s'en fallut de peu qu'elle n'emportât la barrière de bois.

Le conducteur était pressé. Irina regardait la route et voyait avec terreur la même scène se reproduire constamment: il se rapprochait à toute vitesse, presque à toucher les feux arrière du véhicule qui les précédait, puis il donnait un coup d'avertisseur, qui rappelait la sirène des alertes aériennes dans les films de guerre. Et la voiture de devant aussitôt s'écartait, comme effrayée.

«Si au moins ils avaient mis la radio», soupira Irina.

Peut-être l'auraient-ils fait si Irina le leur avait demandé. Mais elle restait silencieuse, et en silence s'étonnait que la peur, en elle, cédât la place à une muette soumission. Soumission au destin. Et sa poitrine emplie de lait, incroyablement pesante, lui faisait mal. Et son dos l'élançait, et sa jambe, dans sa botte, était devenue insensible.

Mais la voiture filait vers Kiev, à une allure folle, par la route de Jitomir. Un agent de la police de la route, par simple curiosité, braqua son radar sur cette Lexus noire et émit un sifflement admiratif.

– Cent quatre-vingt-treize ! annonça-t-il à son collègue, en désignant de la tête le bolide.

– J'espère qu'ils iront s'encastrer dans un arbre, et pas dans un autobus, maugréa son collègue.

Un quart d'heure plus tard, la voiture s'arrêtait devant l'immeuble familier. L'acolyte du conducteur accompagna Irina jusqu'à la porte derrière laquelle elle avait laissé déjà bien des dizaines de litres de lait. Il appuya lui-même sur le bouton de sonnette. Ce fut Véra, l'infirmière, qui vint ouvrir. L'homme au manteau de cuir poussa Irina à l'intérieur et claqua la porte derrière elle.

– Pourquoi as-tu fait ça ? dit la vieille femme d'un ton de reproche.

À ces mots, Irina se sentit honteuse. Elle ôta le châle de ses épaules et pendit son manteau dans l'entrée.

– La directrice t'attend, déclara l'infirmière, inquiète.

La porte de la pièce en face du bureau de la directrice était entrouverte, et Irina vit du coin de l'œil que la baignoire était à nouveau emplie de lait. Une jeune femme en peignoir blanc en mesurait la température avec un thermomètre.

– Ferme la porte ! fit soudain une voix mécontente qu'Irina connaissait bien.

Et elle comprit qu'elle était déjà dans le bureau, alors qu'elle n'avait même pas remarqué qu'elle en franchissait le seuil.

– Tu crois peut-être que tu peux me pourrir la vie impunément ? déclara la directrice. Tout à coup, Madame trouve qu'elle ne gagne pas assez ! Mais je te jette à la rue, moi, à poil et pieds nus !

Irina regarda Nelly Igorevna avec plus d'étonnement que de frayeur. Elle se demandait bien pourquoi on avait eu besoin d'envoyer une voiture la chercher dans son village pour simplement la menacer de la flanquer dehors.

La directrice, n'observant pas sur le visage de la jeune femme l'effet qu'elle escomptait, demeura un instant silencieuse.

– Combien voudrais-tu toucher pour ne plus sécher le boulot ? demanda-t-elle d'une voix glacée.

La question prit Irina au dépourvu. Elle considéra sa supérieure avec une perplexité redoublée.

– Pourquoi ne réponds-tu pas ?

Irina haussa les épaules. Et sentit aussitôt une douleur dans sa poitrine.

– Va travailler. Reviens après le déjeuner et nous causerons !

Une fois ses deux seins désengorgés, Irina éprouva un grand soulagement. Et elle fut prête, comme à l'ordinaire, à aller se promener au parc Mariinski. Mais au moment où elle approchait du portemanteau, son envie de sortir s'évanouit. Et si elle rencontrait là-bas Yegor ? Il lui avait ordonné de rester chez elle toute une semaine !

Elle mangea la bouillie servie par la vieille infirmière. Gagna la fenêtre, se mesura du regard à l'hiver qui régnait au-dehors, essayant de s'imaginer vêtue à la dernière mode, toute belle, marchant au bras de Yegor dans l'allée enneigée du parc. Puis, devant le miroir du cabinet de toilette, elle examina ses cheveux, et les trouva moches. Ni couleur, ni coupe. Ni courts, ni longs. Peut-être devrait-elle les teindre ? Mais qu'est-ce qui plaisait aux hommes de nos jours ?

Quand, après le déjeuner, elle eut donné une seconde fois son lait, Irina se souvint de la directrice. Elle se rendit à son bureau, s'attendant à subir de nouvelles injures. Mais l'autre l'accueillit cette fois-ci avec une mine indifférente et lui tendit une enveloppe.

– Tu toucheras trois cents hryvnia de plus par mois. Et ceci est une prime ! Mais ne va surtout pas imaginer que c'est de ma part !

Semion se réveilla là où il s'était endormi tantôt : dans son fauteuil. Il consulta sa montre : cinq heures et demie. La nuit tombait déjà. Tout était silencieux dans la maison.

Il colla son nez contre la vitre glacée.

« Je me demande bien où Veronika est allée », se dit-il. Penser à sa femme absente l'amena assez naturellement à d'autres sujets de réflexion : par exemple à la blonde qu'il avait embrassée la nuit dernière, aux dires de Volodka. « C'est une farce, évidemment », supposa-t-il.

Il trouva le bout de papier avec l'adresse. Revêtit son cher anorak, et sortit.

À l'angle de la rue Streletskaïa et du boulevard de Iaroslav, il fit halte un instant. Regarda la couronne mortuaire à présent familière.

Et se promenant ainsi sans hâte, il se retrouva bientôt, sans s'en rendre compte, rue Tchekhov, devant l'immeuble indiqué par Volodka.

Il fut arrêté dans l'entrée par un vieux concierge à pull bleu et à la mine décidée.

– Vous allez à quel appartement ?

– Numéro 11.

Le vieux hocha la tête. Semion monta au troisième étage. Hésita un instant devant la porte. Pressa la sonnette. Entendit des pas résonner.

– Que voulez-vous ? demanda la femme venue ouvrir, tout en examinant Semion, les paupières légèrement plissées.

Elle était blonde, en effet. Une petite blonde, svelte, d'environ trente-cinq ans. Vêtue d'un jean et d'un polo noir.

– Vous ne me reconnaissez pas ? demanda prudemment Semion.

– Non, répondit l'occupante de l'appartement numéro 11.

Semion ressentit des picotements dans les talons : une soudaine envie de partir au plus vite. La situation commençait à lui paraître épouvantablement stupide.

– Vous vous appelez Véra ? demanda-t-il, optant pour le sketch de « je me suis trompé d'adresse », avec l'espoir que la blonde se nommât tout autrement.

– Non, Alissa, répondit la femme. Vous devez faire erreur.

– Oui. Semion afficha un sourire un peu benêt. Je me suis trompé. Excusez-moi !

Et tournant le dos, il s'empressa de redescendre l'escalier.

« Quel salaud ! pensa Semion à propos de son ami Volodka. Il s'est bien foutu de moi ! »

En rentrant chez lui, Semion entendit le téléphone sonner.

– J'ai des nouvelles pour toi, lui annonça la voix de Volodka.

– J'en ai aussi pour toi ! Tu es loin ?

– On peut se retrouver dans une demi-heure à La Quinte, proposa Volodka.

30
Borispol. Rue du 9-Mai.

Trois jours avaient passé, et Dima avait perdu ses derniers doutes, quant à l'identité du chat gris retrouvé gisant devant leur porte : c'était bel et bien leur Mourik. Il n'avait rien dit à Valia. Le délire mystique de celle-ci à propos des deux Mourik qui ne seraient qu'un seul et même chat ne l'effrayait plus. Mieux, il l'arrangeait plutôt, car il n'avait plus ainsi à lui fournir aucune explication. Pour tout le reste, Valia était toujours aussi pleine de bon sens qu'auparavant.

Les deux Mourik, quant à eux, s'étaient partagé le territoire de la maison, de telle manière qu'ils ne se retrouvaient jamais nez à nez. Le premier Mourik à être «revenu» ne sortait tout simplement plus de la cuisine dont la porte restait toujours close. Le second, le vrai Mourik, était devenu le maître de toutes les autres pièces, du couloir et des menus recoins. Le seul inconvénient de cette situation était la présence sous la table de la cuisine d'une seconde caisse remplie de sable pour les besoins du chat.

Dima avait compris tout seul que l'usurpateur, commandé et acheté par lui à la femme du marché aux oiseaux, appartenait maintenant à Valia, et qu'il lui revenait par conséquent de défendre les intérêts du vrai Mourik. Certes, d'intérêts particuliers, celui-ci n'en avait guère, Valia nourrissant les deux bêtes très généreusement. Mais si le Mourik «cuisinier» cajolait davantage sa maîtresse et se frottait contre ses jambes plus souvent que le vrai, ce dernier avait en revanche reporté l'essentiel de son attention sur son maître.

– Eh bien quoi, Mourlo? demandait Dima quand il se levait du lit.

Et Mourlo-Mourlik accourait et le fixait dans les yeux. D'un regard non pas doucereux et implorant, comme savait le faire le «cuisinier», mais amical et exigeant.

Dima savait ce qui plaisait à son chat. Et le quatrième jour après son retour, quand Mourlo-Mourlik commença à se déplacer de manière plus assurée sur son territoire, il entraîna de nouveau l'animal dans le garage, et lui servit dans une assiette le contenu d'une nouvelle ampoule. Sans trop savoir pourquoi, il soupçonnait que ce médicament aiderait le chat à recouvrer ses forces.

Après le repas, Dima reboucha le trou de la palissade, par lequel le pit-bull du voisin se glissait pour passer chez eux. Il le masqua au moyen de deux planches, plantant dans chacune une bonne dizaine de clous.

De retour à la maison, il alluma la télé. La chaîne câblée locale passait une interview d'un coureur cycliste dont le visage parut familier à Dima. En y regardant mieux, il reconnut l'homme tombé de vélo devant la porte de son garage, le jour même où Boris et Génia avaient apporté la valise aux ampoules.

Dima monta le son. Et apprit ainsi que l'homme, un certain Vassyl Ledenetz, exerçant le métier de facteur, avait battu l'avant-veille un record de vitesse au cours d'une compétition de cyclisme amateur au stade de la ville.

«Pas étonnant, pensa Dima avec ironie. Si j'étais facteur et que je devais dix fois par jour détaler à vélo pour échapper à une saloperie de clebs, sûr que je serais champion moi aussi!»

31

Région de Kiev. District de Makarov. Village de Lipovka.

Au retour, le soir, dans le minibus, Irina se sentait bien au chaud et à son aise. Même le chauffeur, Vassia, lui avait souri, et s'était inquiété de savoir où elle était passée ces derniers jours. Et deux autres passagers réguliers avaient hoché la tête à son adresse en guise de «bonsoir». Tout était comme à l'habitude. Elle avait même réussi à trouver un siège confortable, au-dessus de la roue arrière gauche. La jeune femme avait depuis longtemps oublié les lois scolaires de la physique, mais celle-ci, qui disait que tout siège perché au-dessus d'une roue était toujours plus chaud que les autres, elle la connaissait encore fort bien.

Alors qu'elle était déjà installée et attendait que le véhicule démarrât pour ramener chez eux les *Gastarbeiteren* de la capitale, Irina sortit de son sac l'enveloppe reçue de la directrice. Elle en tira deux billets de cinq cents tout neufs, avec le portrait de Grigori Skovoroda. Mille hryvnia !

Son moral s'en trouva relevé. Irina sourit. Elle remit l'argent dans l'enveloppe, et l'enveloppe dans son sac. De nouveau elle prêta l'oreille à son corps. Les mouvements intérieurs de celui-ci l'intéressaient à présent davantage que les mouvements de son âme ou simplement ses pensées. Ainsi la chaleur émanant du siège moelleux avait-elle déjà traversé l'étoffe et la doublure de son manteau pour pénétrer ses autres vêtements. Elle sentait à présent cette chaleur sur sa peau. Et la douceur et la légèreté qu'elle en éprouvait l'inclinaient au sommeil. Seules ses mains continuaient de serrer fermement la poignée du sac posé sur ses genoux. Mais il n'y avait rien là de singulier. Simple réflexe défensif. Sommeiller certes, mais se cramponner à son bien.

Quand elle lui ouvrit la porte, sa mère arborait un sourire. Étrange. Tout d'abord, Irina n'y accorda pas d'attention, mais quand, une fois ôtés ses chaussures et son manteau, elle entra dans la cuisine, elle comprit que quelqu'un était venu chez elles.

Il y avait deux tasses vides sur la table. Et la petite tarte déballée et déjà à moitié consommée.

– Un homme est venu pour toi.

– Yegor ? demanda Irina.

– C'est ça, un droulas ben comme il faut. Il a joué avec Iassia, il l'a tenue dans ses bras. Il se trouve qu'il est d'à côté, de Kodra. Sa m'man est paralysée, alle reste enfermée tout le jour chez elle, et lui, il paye une vésine pour qu'alle aille y voir et lui donne le manger. J'y ai dit qu'il avait qu'à la vendre, c'te mainson, et en acheter une près de cheu nous. Y en a ben trois qui sont vides, rin que dans not'rue. Je pourrais alors la veiller, sa m'man…

Irina regarda sa mère avec stupéfaction. Et alors seulement elle remarqua qu'elle s'était habillée avec plus de soin que d'habitude. Elle avait ainsi ressorti son vieux corsage bleu marine, le plus élégant de sa garde-robe. Et y avait même agrafé une broche.

— Et comment fera-t-on avec Iassia? demanda soudain Irina. Si tu t'occupes d'une paralysée, qui restera garder Iassia quand je serai au travail?

— Bah! (La mère se contenta de répondre par un vague geste de la main.) Tout ça, c'est des conversations, hein? Vendre une mainson, en acheter une autre, c'est pas des choses qui se font du jour au lendemain! Mais tiens, le gars t'a apporté un autre présent. Et pis, il a dit qu'il repasserait demain matin vers dix heures.

— Vers dix heures? murmura Irina. Mais à dix heures, je serai déjà à Kiev…

— P't-être que tu pourrais l'espérer? C'est un garçon qu'a si bonne mine…

La nuit, Irina eut du mal à s'endormir. Elle pensait à Yegor, à sa mère qui, si soudainement, l'avait pris en affection. Au parc Mariinski et à cet hiver interminable. Encore un mois, un mois et demi, et viendrait le dégel. Irina s'imagina au printemps, les cheveux teints, sortant d'un salon de coiffure de Kiev. Vêtue de manière à ressembler à Svetlana Leontieva, la présentatrice de télévision.

Elle se réveilla de bonne heure, comme à l'accoutumée. S'habilla. Gagna la cuisine. Mit de l'eau à bouillir. Y dilua du lait en poudre Mon Bébé, pour Iassia. Un vague sentiment de culpabilité la poussa à retourner dans sa chambre et à coller la fillette encore endormie contre son sein. Sans ouvrir les yeux, Iassia se mit à travailler des lèvres. La sensation était presque la même que celle causée par le tire-lait du centre de nutrition. Seulement la téterelle là-bas était toujours froide, alors que les lèvres de la petite fille étaient brûlantes.

Le silence de l'aube hivernale renforça le grincement du portillon lorsque Irina partit pour l'arrêt de bus. La route était muette, rien n'y bougeait. Toutes les étoiles brillaient encore dans le ciel. Dans cinq heures, Yegor viendrait la voir, et elle ne serait pas à la maison.

Deux yeux jaunes émergèrent au loin. Aux phares et au bruit du moteur, Irina reconnut la navette qu'elle attendait. Elle se sentit soudain nerveuse. De nouveau Yegor vint occuper son esprit.

– Et s'il était fâché ?

Irina recula pas à pas du bord de la route. Et quand le véhicule stoppa, elle s'accroupit derrière le vieux chêne qui marquait le début de sa rue. Le minibus attendit deux ou trois secondes, et redémarra. Irina le suivit des yeux puis, sortant de sa cachette, s'en retourna chez elle par le même chemin.

32
Kiev. Boulevard de Iaroslav. Café La Quinte.

Volodka parti, Semion commanda un autre café. Il n'avait pas envie de quitter tout de suite cette petite cave confortable. Il s'y sentait comme dans l'enceinte d'une forteresse, protégé de tout ce qui était incompréhensible et dangereux. De tout ce qui, dans d'autres circonstances, lui eût paru pur délire d'ivrogne.

En attendant son café, il se remémora tous les détails de sa conversation avec Volodka. Celui-ci avait interprété la requête de Semion comme un ordre. Peut-être aurait-il même risqué sa vie pour exécuter cet ordre. Mais il n'avait pas eu besoin d'aller jusque-là. Le type qui suivait Semion s'était révélé être son voisin de palier, Igor. Et celui-ci prétendait avoir agi à la demande de Veronika !

Volodka, désireux d'apaiser son ami et chef, déclara avoir intercepté Igor avant que Semion rencontrât la femme blonde.

« Ç'aurait été le bouquet ! » pensa Semion, qui déjà ne doutait plus de la véracité des dires de Volodka. Il imaginait Igor rapportant à Veronika que son mari avait une maîtresse.

« Et qu'est-ce que je vais faire maintenant ? se demanda-t-il. C'est complètement dingue ! Et cette Alissa qui ne m'a pas reconnu ! »

Le meurtre du pharmacien lui revint tout à coup en mémoire. Ainsi que le regard de sa femme, franchement inquisiteur, quand elle lui avait parlé du crime et de la tache bizarre qui ornait sa chemise. À présent, elle allait prendre le café avec la veuve du pharmacien et demandait au voisin de filer son propre époux ! De quoi le soupçonnait-elle ? De la tromper ou bien d'avoir tué le mari de sa nouvelle amie ?

Semion poussa un soupir.

– Oh ! et puis zut ! conclut-il, en s'efforçant de libérer son esprit, ne fût-ce qu'un moment, du tourbillon de doutes qui l'assaillait.

33
Borispol. Salle des machines à sous.

Le mercredi matin, quand Dima se présenta au travail pour prendre son service, une surprise l'attendait.

– On a emmené ton Chamil, lui annonça Vania, un jeune maître-chien.

– Où ça ?

Vania haussa les épaules. Il se tenait devant Dima, en veste et pantalon verts matelassés, l'écuelle du chien vide à la main.

– Ça s'est passé hier soir, reprit-il, laissant entrevoir l'éclat d'une dent en or. Il paraîtrait que le chien serait malade.

Dima alla trouver le directeur du chenil.

– Je ne sais rien, dit celui-ci avec un geste d'impuissance, en se levant de son bureau sur lequel reposaient un album photo consacré aux chiens employés par la douane, ainsi qu'une large feuille de papier où un crayon bien taillé avait tracé un « tableau de service ». Dans chaque case était inscrit au stylo le nom d'un animal. Le directeur du chenil utilisait cette feuille à la fois comme document de travail et comme nappe, ainsi qu'en témoignaient les taches rondes laissées par le cul des verres et des tasses à thé.

– Le commandant a dit que tu pouvais prendre deux, trois jours de repos…

– De repos ? s'exclama Dima, soupçonnant une embrouille.

Il rentra à Borispol par le bus régulier. Le moral au plus bas. Il se pointait au boulot et on lui disait : « Va te reposer ! », sans lui fournir la moindre explication !

Il descendit près de la gare routière et décida d'aller jeter un coup d'œil au nouveau lieu de travail de Valia.

Dans la salle des machines à sous régnait un grand calme. Seuls les automates émettaient de temps à autre un tintement de pièces de monnaie ou un gargouillis de sons électroniques. Dima inspecta le local et aperçut dans un coin le guichet de la caisse. Il sortit un billet d'une hryvnia. Le tendit par la lucarne. La main de sa femme prit le billet et déposa en échange deux pièces de cinquante au creux de la sienne.

« Très bien, résolut-il. Je joue, et ensuite je fourre carrément ma tête dans l'ouverture pour qu'elle voie que je suis là ! »

Il inséra une pièce dans une machine et pressa le gros bouton « Start ». Des bananes et des pommes devant lui. La machine tinta. Les images s'immobilisèrent plusieurs fois, mais sans résultat. Il inséra la seconde pièce. Pressa de nouveau le bouton. Et cette fois-ci trois bouteilles identiques de Coca-Cola vinrent se ranger l'une à côté de l'autre. Une cascade de pièces dégringola en un grand vacarme, pour se déverser dans le bac de métal destiné à recueillir les gains. Dima recula d'un pas, regardant, pétrifié, l'amas sonnant de pièces de cuivre. À cause du bruit, il n'entendit pas sa femme s'approcher derrière lui.

– Mais qu'est-ce que tu fiches ici ? s'étonna-t-elle.

– Chamil est malade, et on m'a renvoyé à la maison. Alors voilà, je suis passé te voir.

– C'est toi qui as gagné ça ? s'enquit Valia, en désignant du menton le bac de la machine.

Dima opina.

– Attends ! intima Valia d'un ton sévère.

Elle s'éloigna vers la caisse pour revenir avec un petit sac de toile verte. Puisant à pleines poignées, elle entreprit de transvaser les pièces de monnaie dans le sac.

– Je pourrais peut-être rejouer ? demanda prudemment Dima.

Valia secoua la tête.

– Normalement on n'a pas le droit ! Les parents et les proches des employés ne sont pas admis à jouer.

Ils se mirent à deux pour vider entièrement le bac. Valia pendit à la porte un écriteau « Pause technique ». Après quoi ils entrèrent tous deux dans l'étroite guérite où était installée la caisse. Là, sur une petite table bricolée, trônait un étrange appareil muni d'une manivelle, évoquant un hachoir à viande.

– Verse les pièces, moi, je vais tourner la poignée ! commanda Valia.

La boîte noire métallique possédait elle aussi, sur le dessus, un bac de réception pour les pièces de monnaie, mais pas aussi grand que celui de la machine à sous. Dima versa le contenu du sac dans ce réceptacle, tandis que Valia actionnait la manivelle. Les pièces se trouvaient englouties comme dans un entonnoir.

– Qu'est-ce que c'est ? demanda Dima.

– Une compteuse.

– Et nous allons les récupérer ensuite ?

– Bien sûr !

Quand la machine eut fini d'avaler toutes les pièces, elle indiqua que le montant s'élevait à cent quarante-huit hryvnia.

Valia reversa toute la monnaie dans le sac et fourra celui-ci dans un cabas qu'elle tendit à Dima.

– Tu rentres à la maison tout de suite ?

C'était plus un conseil qu'une question. Dima acquiesça.

Comme il pénétrait dans la cour de sa maison, il remarqua de nouveau une brèche dans la palissade. Il s'en approcha et s'accroupit. Des deux grosses planches qu'il avait clouées ne restaient plus que des débris portant des marques de coups de hache.

– Très bien, soupira-t-il d'un ton menaçant.

Laissant le cabas et le sac de banque dans le couloir, il ressortit dans la rue, passa au garage chercher un sécateur et se rendit à la cour d'immeuble abandonnée. Alors qu'il était en train d'ôter le fil barbelé de la palissade effondrée, pestant d'avoir oublié d'emporter une paire de tenailles, Dima s'en fut jeter un coup d'œil au puits dans lequel il avait jeté la dépouille de Mourik. Il s'approcha, regarda au fond. Le tas d'ordures avait encore monté. Il y avait là à présent une chaise cassée, ainsi qu'un lustre et des plafonniers brisés.

«Comment a-t-il pu se sortir de là?» se demanda Dima, perplexe.

Au bout d'une demi-heure, Dima avait réussi à arracher et couper une vingtaine de bouts de fil barbelé, qu'il rangea dans un carton trouvé sur place, ayant contenu du poisson fumé. Il rentra chez lui et se mit aussitôt à l'ouvrage. Il enfila des gants de sécurité, se munit d'une pince plate et, au moyen du fil barbelé, ravauda soigneusement la clôture.

34
Région de Kiev. District de Makarov.
Villages de Marianovka et de Lipovka.

Yegor n'avait jamais songé auparavant à Saratov. Il savait qu'il existait une ville de ce nom, et c'était tout. Pour lui, Saratov ou Istanbul, c'était du pareil au même, des villes étrangères, à cette seule différence qu'à Saratov, on parlait russe.

Le jour commençait à se lever. Sa mère paralysée dormait encore dans son lit métallique aux montants chromés. Dès qu'elle s'éveillait, elle se mettait à tousser. C'était signe qu'il fallait mettre la bouilloire sur le feu et préparer une infusion de feuilles de framboisier et de groseillier séchées. Pour l'aider à respirer. C'était la voisine qui s'en occupait d'ordinaire. Elle aurait déjà dû être là, mais sachant que Yegor passait la nuit chez sa mère, elle ne se pressait pas.

La maison était petite, et chaque fois que Yegor y venait, il se sentait honteux. Non pas honteux d'y être né. On n'a pas honte de naître. Mais honteux que sa mère y vécût encore. Que le pays eût changé de nom, mais que la vie dans ce village et dans cette maison n'en eût pas été le moins du monde affectée. Son père,

133

déjà de son temps, avait eu l'intention de construire une maison de brique, mais à l'époque, c'était avant l'indépendance, le conseil de village lui en avait refusé l'autorisation. Et à présent, bâtir n'avait tout simplement plus de sens. Son père était mort. Sa mère n'en avait plus pour longtemps. Et s'il devait bâtir, quant à lui, ce serait nécessairement plus près de Kiev, or pour cela il fallait infiniment plus d'argent. De l'argent que Yegor n'avait pas. Alors quand venait ce questionnaire transmis, comme à ses autres collègues, par le chef de sécurité, « pour réflexion »…

Certes, celui-ci avait demandé de ne pas montrer le document à des personnes étrangères au service. Le questionnaire était destiné aux gens désireux d'obtenir un travail à haut salaire et un logement de fonction dans la ville russe de Saratov. À ceux qui décidaient de partir avec leur famille, on garantissait une surface habitable adaptée et une compensation pour les frais de déménagement.

Yegor remit du bois dans le poêle, ouvrit le robinet de la bonbonne de gaz sous le réchaud, et alluma le brûleur. Il posa la bouilloire sur le foyer et sortit dans la cour, comme il était, pieds nus dans ses pantoufles, en pantalon de survêtement et maillot noir.

Le froid lui mordit agréablement les bras et les pieds. La cour était petite. En face de la porte se dressait la cuisine d'été, tout en bois. Sur la gauche s'élevaient un grand noyer et une palissade derrière laquelle s'étendait le vieux verger. Tout était ancien, mais vivant et fécond. Et s'il était gelé en hiver, le pied de vigne de la grosseur du poing tissait à la belle saison un ciel de nouveaux sarments au-dessus de la cour. C'était le père de Yegor qui avait soudé l'armature de ce « ciel » pour, l'été, s'attabler à l'ombre et boire le thé, ou même parfois la vodka, en écoutant le chant des oiseaux.

Il n'est pas de bonheur éternel. Celui-ci aussi touchait à sa fin, comme touchait à sa fin la vie de sa mère, et la maison elle-même, et jusqu'au gaz dans la bonbonne.

Il était encore dans la cour quand la voisine, madame Sonia, arriva pour prendre son poste. Elle passa le portillon, salua d'un signe de tête et disparut aussitôt dans la maison.

– Tu ferais mieux de garer ta voiture dans la cour, dit-elle quand Yegor fut rentré au chaud. Il y a plein d'ivrognes qui se baladent la nuit. D'ici là qu'il leur prenne l'idée de te crever les pneus avec un clou ! Les gens n'aiment pas les riches !

– Mais je ne suis pas riche ! Tout ce que je possède, c'est une voiture ! Je n'ai ni maison, ni appartement ! Ni…

Une demi-heure plus tard la Mazda rouge démarrait après quelques toussotements de moteur. En premier lieu, Yegor s'en fut rendre visite à Irina.

– Oh ! entrez, entrez ! s'exclama avec un grand sourire grand-mère Choura en le voyant. Seulement Irina est partie faire de la luge avec Iassia, par là-bas ! ajouta-t-elle en montrant la direction de la main.

Yegor trouva facilement le monticule dominant le lac gelé. Il commença par observer de loin Irina. La vit s'asseoir sur la luge, Iassia dans les bras, emmitouflée d'une couverture, et se laisser glisser au bas de la pente. Comme une petite fille.

Puis il s'approcha.

– Je dois être à midi au travail, dit-il. Pas de séquelles de l'autre jour ?

– Non, répondit Irina. Mais aujourd'hui j'ai raté la navette…

– Vous aviez pourtant promis de rester toute une semaine chez vous !

– Je voudrais vous raconter quelque chose en chemin, murmura-t-elle d'un air coupable. Il faut que j'aille à Kiev…

Elle raconta à Yegor qu'une voiture était venue la chercher la veille au matin. Puis elle lui rapporta sa conversation avec la directrice.

Yegor se rembrunit.

– Vous ne devez pas retourner là-bas, déclara-t-il après un court silence.

Ils marchèrent quelque temps sans rien dire. Mais lorsque enfin les premières maisons commencèrent à se dessiner des deux côtés de la route, ils échangèrent un regard interrogateur.

– Vous savez quelque chose de Saratov? demanda Yegor en observant Irina du coin de l'œil.

– Non. J'ai toujours été très moyenne en géographie…

Yegor eut un petit sourire triste.

35
Kiev. Loukianovka.

Le matin, Semion téléphona à une vieille connaissance de la rue Petrovka, Serioga, un ancien sergent de la milice, devenu colonel. Il lui demanda de se renseigner pour savoir si le meurtre du pharmacien avait été élucidé.

Serioga rappela une demi-heure après.

– Il n'y a aucun dossier de ce genre, lui apprit-il. Peut-être y en a-t-il eu un, mais il n'y en a plus. Personne ne sait rien !

Interloqué par la nouvelle, Semion resta assis immobile dans le fauteuil devant le téléphone. Puis il se leva, s'habilla et sortit dans la rue. Il marcha jusqu'à la pharmacie qui, aux dires de Veronika, appartenait au défunt. Une femme entre deux âges, vêtue d'une blouse blanche, trônait au comptoir, occupée à lire un journal.

– Excusez-moi, dit Semion, la distrayant de sa lecture. Votre patron a bien été assassiné ?

– Vous venez pour parler ou pour acheter un médicament ? demanda la pharmacienne d'un air sévère.

– Donnez-moi ça, là, répondit Semion en pointant le doigt sur une boîte de préservatifs exposée sous la vitre du comptoir.

– Huit hryvnia, annonça l'autre d'un ton sec.

Semion paya, glissa les préservatifs dans la poche de son anorak, puis posa sur le visage de la femme un regard interrogateur.

– Bon, mais tout de même… Il a été assassiné ?

– C'est une patronne que nous avons, pas un patron, maugréa la pharmacienne en se réinstallant à sa place.

À l'expression qu'elle affichait, on comprenait qu'il était inutile d'insister.

Semion sortit de l'officine, regarda autour de lui et aperçut une vieille femme avec un petit chien, assise sur un banc près de la porte voisine. Il s'approcha et l'interrogea sur le pharmacien assassiné.

– Et comment donc ! Ils l'ont tué ! Entièrement lardé de coups de couteau ! On dit qu'il fabriquait des potions rajeunissantes pour les députés ! C'est bien pour ça qu'ils l'ont expédié… (Elle leva les yeux vers le ciel.) Là-haut !

Semion aurait aimé prolonger sa conversation avec cette grand-mère bien informée, mais son portable sonna.

– Semion ! fit dans l'écouteur la voix de Guennadi Ilitch. J'ai un truc pour toi ! Rendez-vous à l'hôtel National. Je suis à l'Assemblée, nous sommes en train de défendre la tribune contre ces connards du BIouT[1], mais

1. *BIouT* : Bloc Ioulia Tymochenko, parti créé en 2003 par son éponyme.

je serai relevé dans une petite demi-heure. Attends-moi là-bas, au bar ! Compris ?

Pour atteindre le National, il fallait justement une demi-heure. À contrecœur, Semion prit congé de la vieille. Il se rappela en chemin l'un des derniers pique-niques de Guennadi Ilitch, au cours duquel celui-ci avait trinqué et débattu de questions d'affaires justement avec ces « connards du BIouT ». « Ils se traitent tous de connards au Parlement quand ils se hurlent dessus. Mais quand ils se retrouvent dans les bois pour un barbecue, il faut voir : il n'y a pas d'amitié plus solide », pensa-t-il.

Il arriva le premier au bar de l'hôtel. Commanda une tasse de café, s'assit à une table, et inspecta la salle du regard. La clientèle autour de lui était occasionnelle, du tout-venant.

Quand Guennadi Ilitch entra, en revanche, il fut tout de suite évident qu'il ne s'agissait pas d'un simple mortel. Son manteau n'avait rien de quelconque, ses bottines non plus.

– Bien ! soupira le député une fois installé à la table de Semion. Écoute ! J'ai viré mon assistant. Je voudrais te proposer sa place. Ça ne changera rien pour toi, sinon que tu toucheras plus d'argent, sorti de la caisse de l'Assemblée, et non plus de ma poche. Tu n'auras qu'à présenter là-bas ton livret de travail, et en échange tu recevras une carte. Pour toi, ça veut dire des honneurs, une expérience professionnelle, du respect, et moi, ça me fait plaisir !

– D'accord, répondit Semion.

Guennadi Ilitch sourit et commanda un verre de cognac.

– Guennadi Ilitch, peut-être avez-vous entendu parler d'un médicament « rajeunisseur » importé d'Allemagne ? demanda Semion à voix basse.

138

Le député éclata de rire et posa sur son lieutenant un regard amusé.

– Un médicament ? Mais les médicaments, c'est de la chimie ! Or la chimie ça fait crever les gens plutôt que les rajeunir ! La jeunesse, on la retrouve grâce à autre chose.

– Et grâce à quoi ?

– Grâce aux produits laitiers frais, déclara Guennadi Ilitch, toujours le sourire aux lèvres, puis adoptant soudain le chuchotement, il ajouta : Et le meilleur de tous, c'est le lait maternel ! Fini le temps des lactariums pour les gosses. À présent, ils sont pour les adultes ! Et pour les dames, ce sont les « restos hormones ». Ne me demande pas ce qu'on leur sert au menu, je n'ai pas envie de dégueuler ! Ma femme aussi est adepte de ces trucs-là. Elle va sur les quarante-cinq berges, mais je peux te dire que ce qu'elle a sur le cul, c'est de la peau de bébé. Et sans chimie, sans chirurgie… Mais pourquoi demandes-tu ça ? Tu as l'intention de te lancer dans la politique ?

– Pourquoi la politique ? dit Semion, interloqué.

– Eh bien, parce que en politique, le plus important c'est d'avoir un teint de jeune fille, une mine de porcelet bien nourri, au sens naturel du terme. C'est pour les gens comme ça qu'on vote le mieux.

Semion regarda Guennadi Ilitch et se dit qu'il parlait pour lui-même. Car en effet l'homme n'avait pas une ride, ses joues étaient bien colorées, ses lèvres pleines, fermes et pulpeuses. Tout comme la majorité des députés d'ailleurs. Lisse, brillant, radieux.

– Bon, alors, pourquoi posais-tu cette question ? s'enquit soudain Guennadi Ilitch, curieux.

– Près de chez moi, un pharmacien a été assassiné il y a quelque temps. Et la rumeur a couru qu'il trempait dans un trafic de médicaments pour rajeunir.

– Foutaises ! Les pharmacos vendent du Tramadol et autres saloperies du même genre. Je suis bien placé pour le savoir. Bon, il faut que j'y aille. (Il consulta sa montre.) Ah, qu'ils me font chier, avec cette tribune! Mais alors c'est entendu: on va t'appeler, on te dira où aller porter ton livret. Compris? Et on se revoit bientôt!

Resté seul, Semion mit un long moment à achever son cognac. Tout en sirotant l'alcool, il réfléchit au pharmacien qui soit avait été tué, soit n'avait jamais existé. Il pensa à sa femme qui malgré tout s'était liée d'amitié avec la veuve de ce pharmacien. Il pensa au lait maternel que les politiciens devaient boire pour avoir une chance d'être élus. Et puis finalement, Semion cessa de penser, car toutes ses réflexions, qu'on les mît ensemble ou qu'on les considérât une par une, pouvaient prétendre à être qualifiées de délire de fou. Or il ne se tenait pas pour fou.

36
Kiev. Rue Reïtarskaïa. Appartement n° 10.

Le soir, Semion annonça à Veronika qu'il allait devenir l'assistant du député. Il annonça la chose d'une voix froide, indifférente. Il livra cette information le soir, et durant la nuit, il s'éclipsa de la maison. Veronika fondit en larmes quand, une fois réveillée, elle découvrit son absence. Elle pleura jusqu'à trois heures du matin, puis se rendormit.

Or au matin, il était là de nouveau. Il se prépara comme si de rien n'était, et sortit. Une demi-heure plus tard, une fois lavée, habillée et maquillée, Veronika sonna chez son voisin.

Igor l'invita tout de suite à entrer. Il alluma une bruyante cafetière électrique et ouvrit un paquet de biscuits. Bien qu'il fût encore tôt, il était déjà en costume et cravate, avec aux pieds d'épaisses chaussettes rouges.

140

Il s'apprêtait à l'évidence à sortir, mais il sut avec talent faire mine que rien ne le pressait.

— Vous avez appris quelque chose ? demanda Veronika en s'installant à la table de la cuisine.

— Oui, mais peu, répondit Igor, en la regardant dans les yeux avec un air d'adulation. Et je ne pourrai rien savoir d'autre. On m'a menacé…

— Qui vous a menacé ? s'exclama Veronika, sincèrement étonnée.

— Voyez-vous, il y a deux nuits, comme je l'avais promis, je l'ai pris en filature. Or il s'est trouvé qu'il était déjà suivi. Par un type en civil, pas très grand, mais bien bâti. Il m'a coincé contre un mur, et j'ai compris tout seul que je gênais. En d'autres termes, vos soupçons sont plutôt confirmés.

— Mais d'où sortent-ils ? Ceux qui le suivent, je veux dire, demanda-t-elle après un long silence.

— Pas de la milice en tout cas, répondit Igor, pensif. Plutôt des services de sécurité.

— J'y vais.

Veronika se leva de table et, incapable de se contenir plus longtemps, fondit en larmes.

— Et le café ? Rasseyez-vous donc ! lui conseilla le voisin. Le temps de vous calmer !

Veronika s'en alla malgré tout. Mais même une fois rentrée chez elle, elle ne parvint pas à s'apaiser.

Elle téléphona à Daria Ivanovna pour lui demander si elle pouvait passer la voir, bien qu'à dire vrai elle n'eût pas besoin de se faire inviter, toute conversation avec la veuve du pharmacien s'achevant immanquablement par une proposition de ce genre. Cependant elles ne restèrent guère longtemps à l'appartement. À peine la maîtresse des lieux avait-elle posé la bouteille de cognac sur la table basse que le téléphone sonna. Daria Ivanovna écouta son correspondant invisible durant trois bonnes minutes avant de déclarer : « J'arrive avec une amie ! »

– Tu sais quoi, dit-elle à Veronika quand elle eut raccroché, nous allons emporter le cognac avec nous. Je dois aller réconforter une amie proche. C'est tout près d'ici, rue Vorovski.

En chemin, Daria Ivanovna et Veronika s'arrêtèrent un instant devant la couronne. La veuve la redressa, et elles poursuivirent leur route.

– Ne t'étonne pas si elle est un peu bizarre, dit la veuve chemin faisant. Il lui est arrivé, à elle aussi, un malheur. Juste un peu avant moi. Son mari voulait la quitter pour une jeunette, mais il n'a pas pu. Il est mort d'un infarctus. Si jeune encore, et si beau ! C'était un passionné d'échecs. On l'a ramené aujourd'hui chez elle. Elle était en larmes au téléphone. Mais il faut bien s'habituer ! La solitude, c'est encore pire !

– On l'a ramené pour l'inhumer ? demanda Veronika.

– Non, déjà tout prêt. Mais tu vas voir. Ils vont faire la même chose avec mon Edik. Il est inscrit pour après-demain.

– Pour la plastinisation ?

Veronika n'avait déjà plus aucun mal à prononcer ce mot nouveau pour elle.

– Eh bien, oui, acquiesça Daria Ivanovna.

L'occupante de l'appartement, une brune d'une quarantaine d'années, les accueillit avec un sourire chaleureux sur un visage éploré.

– Ania, dit-elle à Veronika pour se présenter.

Au centre du salon se dressait une table ronde sur laquelle étaient posés trois grands verres à cognac. Daria Ivanovna sortit de son sac une bouteille d'Ararat. Elle regarda autour d'elle, pour enfin fixer leur hôtesse avec curiosité.

– Et Vassia, où est-il ? demanda-t-elle.

– Dans la chambre.

Ania indiqua une porte close.

Les trois femmes s'installèrent à la table. Le cognac fut servi. Le silence qui régnait dans l'appartement avait pour Veronika quelque chose d'inquiétant, qui ne faisait que renforcer le poids de ses propres doutes.

– Ah ! les filles… soupira-t-elle avec tristesse.

Daria Ivanovna et Ania posèrent aussitôt sur elle un regard attentif et concentré.

– J'ai de gros soucis, poursuivit Veronika. Mon Semion est suivi. Ou par la milice, ou par d'autres.

– Mais qu'a-t-il fait ? demanda Ania, soudain chuchotant.

– Je ne sais pas. Peut-être même a-t-il tué quelqu'un…

À cet instant Veronika fut si effrayée de sa propre franchise qu'elle se versa un demi-verre de cognac et en avala une gorgée. « Quoi, espèce d'andouille, tu as l'intention de raconter à Daria Ivanovna que Semion est peut-être l'assassin de son mari ? ! » s'exclama une voix dans sa tête.

– Et pourquoi pensez-vous qu'il a pu tuer quelqu'un ? demanda Ania avec prudence. Seulement parce qu'il est suivi ?

Veronika se sentit tout à coup totalement nue et sans défense face à ces deux femmes très calmes et nullement agressives. Des larmes perlèrent toutes seules à ses yeux et du même coup, sa tension intérieure se relâcha.

– Il ne faut pas, lui dit Daria Ivanovna d'un ton impérieux. Et il ne faut pas penser des choses pareilles de son époux ! Peut-être est-ce le mari d'une autre qui le suit, et pas la milice !

– Un mari ? répéta Veronika à travers ses larmes.

Elle se tourna vers Ania qui hochait la tête.

– Un mari, bon, peut-être… murmura Veronika d'une voix faible. Mais pourquoi un mari en aurait-il après Semion ?

– Ninotchka… (Daria Ivanovna tendit la main et caressa l'épaule de Veronika.) Tu dois concevoir ta vie de femme avec plus de sérénité. En chaque femme habite une veuve. De toute façon nous vivons plus longtemps que les hommes, n'est-ce pas ? Ainsi, regarde, Ania et moi sommes déjà veuves pour de bon. Toi, pas encore. C'est pourquoi tu ferais mieux de penser à lui de manière positive. Tôt ou tard, tu te retrouveras seule. Tu crois peut-être que mon Edik était idéal ? Oh que non ! Mais je n'ai toujours dit que du bien de lui. Et à présent je m'en tiens au vieil adage : *D'un défunt, ou l'on dit du bien, ou l'on ne dit rien*. Tu comprends ?

Daria Ivanovna se tourna alors vers la maîtresse de maison.

– Ania, tu veux bien nous montrer ton Vassia ?

Ania quitta la table et alla entrouvrir la porte de la chambre. Daria Ivanovna s'approcha la première et jeta un coup d'œil par l'embrasure. Veronika l'imita.

Un homme en pantalon de velours et veston de jean était étendu sur le lit, les yeux clos. Il reposait sur le dos. Au teint de son visage, on eût pu croire qu'il était vivant et qu'il dormait. Veronika eut même l'impression que sa poitrine se soulevait et s'abaissait comme s'il eut respiré.

– Je ne sais pas encore où le mettre, soupira Ania un peu désemparée. On m'a dit que le mieux serait de l'asseoir dans un fauteuil tourné vers la fenêtre.

– Oui, dans un fauteuil, ça paraît bien. Seulement il faut vérifier d'abord ce qu'en dit le Feng Shui, intervint Daria Ivanovna.

Veronika trouvait que la pièce sentait le médicament. Elle commença à se sentir oppressée. Et puis les paroles de Daria Ivanovna, selon laquelle toutes les femmes étaient des veuves en puissance, l'avaient amenée à réfléchir à son futur veuvage. Et elle n'en avait que plus envie de sortir respirer l'air frais. Elle prétexta un mal de tête, et Daria et son amie la laissèrent rentrer chez elle.

Veronika remonta la rue Vorovski en direction de la place de Lvov. Chemin faisant, elle pensait à Semion. Elle pensait à lui et pleurait presque tant il lui faisait pitié. Elle comprenait qu'elle aimait son mari. Elle comprenait aussi qu'il ne lui était rien arrivé pour l'instant.

À l'épicerie qui fait l'angle de la rue Gontchar et du boulevard de Iaroslav, elle acheta un gros saucisson sec, celui que Semion aimait, du pain noir frais et une bouteille de bière brune. Tout cela pour lui.

– Quand il rentrera à la maison, je l'embrasserai tout de suite dans le couloir, résolut-elle.

37

Borispol. Rue du 9-Mai.

À travers son sommeil, Dima entendait sa femme se préparer pour aller au travail. Il dormait encore vaguement, mais attendait déjà avec impatience le moment où il serait seul à la maison. Bientôt le silence matinal reprit possession des lieux, un silence «tout propre», tel un drap bien lavé. Dehors un oiseau d'hiver chantait. La lumière du soleil filtrait par l'interstice des rideaux de couleur sombre.

Dima fit un brin de toilette, se rasa, enfila un survêtement, en un mot, se fit beau. Puis il ouvrit la porte de la maison, se campa dans l'embrasure et constata à sa grande joie que le fil barbelé fermait toujours la brèche pratiquée dans la palissade. Il retourna alors dans la cuisine.

Il venait juste d'allumer le feu sous la poêle contenant son petit déjeuner quand on sonna à la porte. Sur le seuil se tenait une femme d'une quarantaine d'années, vêtue d'un long manteau en peau retournée, et à côté d'elle, un tout jeune milicien.

– Nous recherchons monsieur Khanski, déclara ce dernier. Il ne serait pas passé vous voir au cours de ces deux derniers jours ?

– Khanski ? répéta Dima, déconcerté. Mais qui est-ce ?

– Il travaille avec vous à l'aéroport. Au service des bagages, expliqua la femme. Il m'a souvent parlé de vous !

– Ah ! Boris ! s'exclama Dima en reculant d'un pas pour inviter la femme et le milicien à entrer. Non, il n'est pas passé. Pourquoi, il est arrivé quelque chose ?

– Il se livrait à une espèce de trafic de médicaments ces derniers temps, répondit la femme. Il y a deux jours, un acheteur l'a appelé. Il lui a commandé pour mille hryvnia de marchandise. Boris est allé au rendez-vous et n'est pas revenu.

Dima sentit un frisson glacé lui parcourir l'échine. Son regard un instant figé éveilla les soupçons du milicien.

– Il ne vous aurait pas raconté, au fait, où il prenait ces médicaments ? demanda l'agent.

Dima secoua négativement la tête. Mais son visage était devenu livide, et à présent la femme, elle aussi, le fixait avec une ombre de méfiance dans les yeux.

– Il a un copain, qui s'appelle Genia, bredouilla Dima, dans l'espoir de détourner l'attention de ses visiteurs sur une autre personne que lui. Peut-être ont-ils monté ce plan ensemble...

– Génia a été enterré il y a quatre jours, dit la femme d'un ton détaché.

– Que lui est-il arrivé ?

– Il s'est empoisonné avec de la vodka frelatée.

Dima soupira de soulagement.

– Je pourrais vous poser une question seul à seul ?

Le milicien désignait de la tête la porte de la cuisine.

146

– Ne vous inquiétez pas, il a l'habitude de prendre des cuites! murmura le jeune homme quand ils se furent isolés. Il lui est déjà arrivé de disparaître pendant deux jours, et même trois. Sa femme est dans tous ses états, ça se comprend. Mais moi aussi j'ai besoin du médicament: mon frère aîné est malade. J'ai acheté à Boris quelques ampoules. Mon frère, ça l'a tout de suite soulagé. Il est revenu à la vie, littéralement à vue d'œil. Il est sorti se promener dans la rue et il a bondi devant une voiture au moment où le gosse des voisins allait passer dessous. Non seulement il a sauvé le gosse mais lui-même a réussi à s'écarter à temps! Alors que la veille encore il ne pouvait pas se lever de son lit. Boris vous a peut-être dit où il se fournissait? Je paierai ce qu'il faut.

– Non, répondit Dima, lui aussi dans un murmure. Non, mais je vais essayer de savoir.

Le milicien tira de la poche de sa veste d'uniforme un bloc-notes et un stylo, et inscrivit son numéro de téléphone.

– Je vous le revaudrai, promit-il en fixant Dima d'un regard implorant et presque amical.

Puis les importuns s'en allèrent, laissant Dima dans un état de légère inquiétude quant au sort de Boris et à son propre avenir. Le milicien était très jeune, et Dima était enclin à penser qu'il avait effectivement besoin de ce médicament, et que ce n'était pas là un piège qu'on lui tendait.

Il but un verre de gnôle à l'ortie pour se remettre, puis se recoucha et ferma les yeux. Il sommeilla longtemps, et quand il se releva, le soir commençait à tomber.

Il sortit pour se rafraîchir les idées à l'air glacé et s'en fut inspecter la palissade qui séparait sa cour de celle du voisin. Le fil barbelé était toujours en place.

Il revint sur ses pas et alluma une cigarette. La porte du voisin, à ce moment, grinça, et King, le pit-bull, en jaillit comme une flèche, comme propulsé par un coup de pied au cul. Il se précipita aussitôt vers la brèche pratiquée dans la clôture, mais pour s'arrêter net juste devant. Il resta là immobile, l'air perplexe. Puis s'éloigna vers le jeune pommier planté dans sa cour, et levant la patte arrière y fit ses besoins.

– Eh bien voilà, tu n'as plus qu'à prendre le pli! murmura Dima avec une joie mauvaise. Chacun doit pisser sur son territoire, et pas sur celui du voisin.

38
Kiev. Rue Grouchevski.

– Pourquoi es-tu autant en retard? demanda Véra, l'infirmière, en guise de bienvenue, tandis qu'elle s'effaçait devant Irina pour la laisser pénétrer dans le couloir. Heureusement qu'il nous est arrivé deux nouvelles aujourd'hui, autrement on n'aurait pas eu assez de lait!

– Des jeunes? s'enquit Irina en ôtant son manteau.

– Oui, d'une vingtaine d'années! répondit la vieille femme, retrouvant sa voix chaleureuse. Bon, allez, va t'asseoir, et ôte le reste!

Irina déboutonna sa jaquette de laine rouge et releva son soutien-gorge. Deux minutes plus tard, la pompe émettait son bourdonnement familier, et un filet de lait coulait dans le réceptacle.

Irina sentait son sein gauche s'alléger.

– Ces deux juments, de vraies ogresses… soupira Véra. Elles ont liquidé toute la bouillie. Il n'y a plus rien pour toi à manger à la cuisine… Tu devrais peut-être aller voir Nelly Igorevna pour t'excuser de ton retard.

Les yeux d'Irina s'embuèrent aussitôt. La vieille femme s'en aperçut.

– Allons, ce n'est pas la peine ! fit-elle en balayant l'idée d'un revers de main. Je le lui dirai moi-même quand je la verrai. Tu vas bien revenir tout à l'heure ?

Irina confirma. Jeta son manteau sur ses épaules et sortit.

L'habitude de manger après le prélèvement de lait se manifestait par une sensation de faim croissante. Elle marcha jusqu'à l'avenue, et scruta les allées du parc Mariinski dans l'espoir d'y apercevoir Yegor. Mais les allées étaient désertes. Elle longea alors la Maison des officiers, en direction d'une épicerie. Elle s'acheta là du saucisson et une petite boule de pain, ainsi qu'un gobelet de «mauvais café» dont le goût, lui sembla-t-il, ne se distinguait en rien de celui du «bon».

Une fois restaurée, elle s'en fut vaguer dans les allées du parc. Ses pensées se mêlaient à des rêves, quand elle déboucha sur la place du belvédère, d'où l'on pouvait contempler le Dniepr pris par les glaces et toute la rive gauche au-delà. Irina eut alors l'impression que derrière elle ce n'étaient que forêts, montagnes et silence, et que seule la contrée loin devant, en contrebas, était habitée. Peuplée de gens qui vivaient leur vie sans se soucier le moins du monde de la sienne. Se débrouillant à leur façon, gagnant leur pain par toutes sortes de moyens, mais pas en vendant leur lait. Élevant leurs enfants avec peut-être plus d'amour qu'elle. Et alors ? Peut-être apprendrait-elle, elle aussi, à vivre mieux et de manière plus sensée. Et peut-être même y aurait-il quelqu'un pour le lui apprendre. Yegor, pourquoi pas ?

Elle se tenait ainsi, immobile, tandis qu'à une centaine de mètres d'elle, là où une barrière métallique barrait l'accès à la placette située devant le Parlement, Yegor l'observait, vêtu de son long manteau de cuir noir, col relevé. À ses côtés, deux vieux communistes brandissaient des banderoles contre l'OTAN. Yegor ne se souciait aucunement de leur présence. Les ennemis de ces deux vieux se trouvaient au Parlement, or lui, Yegor, n'était pas chargé de la sécurité de ce bâtiment. Le Parlement possédait son propre service de sécurité, tandis que le palais Mariinski avait le sien. Les uns et les autres vigiles se connaissaient de vue. Ils se saluaient de temps à autre d'un hochement de tête, mais n'entretenaient aucun lien d'amitié. Aucune inimitié non plus. Chacun accomplissait son travail, tel un chien obéissant. Une période de service, deux de repos.

Mais le temps, en hiver, passe vite. L'air perd sa transparence plus rapidement qu'en automne. Irina ne remarqua pas tout de suite que les lumières, sur l'autre rive du Dniepr, se faisaient plus nombreuses. Quand elle s'en aperçut, elle regarda sa montre. Elle avait froid, tout son organisme réclamait de la chaleur. Or il n'était qu'un seul endroit, à l'heure présente, susceptible de lui en procurer.

– Tant pis, se résigna Irina. Je vais passer deux heures à la cuisine, le temps de me réchauffer. Je donnerai mon lait du soir, et je pourrai rentrer chez moi !

Le signal pour les piétons passa au vert. Irina traversa l'avenue en courant, et s'arrêta de l'autre côté pour reprendre souffle. Comme elle approchait de l'entrée, elle rencontra deux hommes qui déchargeaient des bidons vides d'une Niva. Elle pénétra à leur suite dans le bâtiment.

– Eh bien, tu as pu casser la croûte quelque part ? lui demanda la vieille Véra.

Irina hocha la tête. Elle ôta son manteau et le pendit au portemanteau de bois, à côté de deux vestes en peau retournée, une courte et une longue.

Par curiosité, elle jeta un coup d'œil dans la salle de prélèvement, d'où lui parvenait le bourdonnement familier du tire-lait. À la table était assise une toute jeune fille

150

aux cheveux courts et à la poitrine énorme. Le filet blanc coulait dans le tuyau transparent à un rythme joyeux et énergique, et le réceptacle de la pompe était déjà bien rempli. La fille balançait la tête d'une manière bizarre. En y regardant mieux, Irina s'aperçut qu'elle avait des écouteurs dans les oreilles.

– Viens nous rejoindre ! lui lança Véra.

À la table de la cuisine était assise une autre jeune femme inconnue qui, sur-le-champ, tendit la main à Irina.

– Janna, dit-elle pour se présenter. Et toi, comment t'appelles-tu ?

– Irina, répondit l'infirmière à la place de l'intéressée. C'est une star chez nous !

Irina jeta à la vieille femme un regard étonné.

– Allons, tu le sais bien ! répliqua l'infirmière en agitant la main. Tu crois que Nelly Igorevna te garderait sinon, comme ça, juste pour tes beaux yeux ? Oh que non !

Après un bref silence, elle posa sur Janna un regard lourd de sens et ajouta :

– Son lait… (elle désigna Irina de la tête) vaut de l'or ! On vient en Mercedes noire pour en prendre livraison !

En entendant ces mots, Irina se troubla. Elle regarda par la fenêtre. Dehors, le ciel vespéral tirait sur le bleu foncé.

39

Kiev. Rue Reïtarskaïa. Appartement n° 10.

« Qu'est-ce qu'elle a ? » se demanda Semion, étonné de voir Veronika soudain si tendre à son égard. Tantôt elle se jetait à son cou quand il rentrait à la maison. Tantôt elle lui apportait du café alors qu'il ne lui avait rien demandé.

Certes, les femmes sont des créatures imprévisibles. Semion n'en avait jamais douté. En revanche il commençait à douter davantage de la véracité des rapports de son ami Volodka qui, la veille au soir, alors qu'ils étaient attablés à La Quinte, avait de nouveau confirmé que Semion avait des rendez-vous avec la femme blonde.

«Foutaises! pensait Semion tandis qu'il faisait sa toilette. Quoi, je serais normal le jour, et le soir je me changerais en loup-garou? Il faut que j'aie une conversation sérieuse avec lui.»

Mais le programme de la journée était déjà tout tracé. Il rentrerait tard le soir. Seulement le soir, il ne ressortirait plus: il recevrait de sa femme baisers et autres caresses. Il fallait profiter du moment: ça ne durerait pas éternellement!

Tandis qu'il achevait de se préparer, Semion jeta un coup d'œil par la fenêtre. La Niva de Volodka était déjà garée devant la grande entrée, à côté de la Bentley noire du voisin – juge de district.

Avant de partir, Semion courut à la cuisine et embrassa Veronika sur les lèvres.

– Je prévois le dîner pour quelle heure? demanda-t-elle.

– Neuf heures.

Soixante minutes plus tard, Volodka et lui pénétraient sur le territoire de la propriété de Guennadi Ilitch. Un vigile leur ouvrit le portail et leur dit d'attendre le patron dans la voiture, car celui-ci était pour l'instant occupé à l'église.

Ils durent patienter ainsi au moins une demi-heure. Ils écoutèrent la radio. Plusieurs fois, Semion fut tenté d'entamer une conversation personnelle avec Volodka, mais il se retint. Il savait qu'on pouvait les appeler à n'importe quel instant, et qu'il se verrait alors contraint de tout reprendre du début.

Guennadi Ilitch ne sortit pas seul de chez lui. Un prêtre barbu à l'allure imposante, sous la longue pelisse noire duquel s'entrevoyait une soutane encore plus longue, marchait à côté de lui sur le sentier déblayé.

– C'est le père Onoufri, annonça Guennadi Ilitch à Semion. Il va venir avec vous. Votre coffre est vide ?

Volodka acquiesça.

– Vous allez vous rendre dans un bâtiment situé en face du Parlement. Vous y prendrez trois bidons de lait de chèvre que vous porterez à un orphelinat. Le père Onoufri connaît l'adresse. Ce n'est pas loin, vers Vychgorod.

Durant les dix premières minutes de route, le prêtre se tint silencieux sur la banquette arrière.

– Dieu nous a enseigné de partager avec les pauvres, n'est-ce pas ? demanda-t-il soudain d'une belle voix de baryton, cependant que bourdonnait en fond sonore le programme de *Chansons*.

Volodka coupa aussitôt la radio et regarda dans le rétroviseur.

– Eh bien, moi, je vous le dis, il faut partager avec les pauvres, répéta le prêtre. Parce que les pauvres sont toujours en plus grand nombre, et que lorsqu'on est en plus grand nombre, on représente une force.

– Mais pourquoi nous parlez-vous des pauvres ? s'enquit poliment Semion.

– Oh, juste comme ça, pour me disposer à la bonté, bâilla le prêtre.

Et comme il bâillait, la voiture s'emplit d'une odeur de bon cognac.

– Comment trouvez-vous l'église de Guennadi Ilitch ? demanda Semion qui avait perçu la senteur d'alcool.

– C'est une belle église, imposante. Elle n'a qu'un seul défaut. Elle n'a pas de paroissiens ! À part Guennadi Ilitch, personne n'y va à la messe.

153

– Mais lui, il y va ? s'exclama Semion, surpris.

– Oui. Il n'a appelé qu'une seule fois pour annuler. Au moins, ça m'a évité de me déplacer pour rien.

Semion tenta d'imaginer la scène : Guennadi Ilitch tout seul, debout au milieu de l'immense église, et devant lui le père Onoufri prononçant son sermon.

– Des églises sans paroisse, comme ça, nous en avons pas mal aujourd'hui, poursuivit le prêtre. Beaucoup de députés s'en font construire près de leur maison de campagne, des fonctionnaires aussi. Tant mieux, après tout ! Un député est un mortel, et à sa mort, que feront ses enfants ? Ils offriront l'église au peuple en mémoire de leur père chéri… Tenez, prenez l'adresse de l'endroit où nous devons aller !

Ils n'eurent aucun mal à trouver le bâtiment indiqué sur le bout de papier. Le prêtre et Semion montèrent au premier étage. Ils sonnèrent à la porte correspondante qui s'ouvrit aussitôt. Deux hommes en combinaison verte descendirent trois grands bidons de lait qu'ils chargèrent avec précaution dans la Niva. Puis une femme d'environ quarante-cinq ans, un manteau de fourrure jeté par-dessus sa blouse blanche, s'approcha de la voiture.

– Vous vous rendez bien directement à l'orphelinat ? demanda-t-elle au prêtre, d'un ton inquiet.

– Oui, oui, nous y filons tout droit !

– Si jamais le lait venait à tourner, qu'ils en fassent du fromage blanc, dit-elle alors en guise d'adieu. Mais surtout qu'ils ne jettent rien, en aucun cas !

– Je transmettrai, promit le père Onoufri.

Comme à son habitude, Volodka allait démarrer sur les chapeaux de roues, mais apercevant les bidons dans le rétroviseur, il modéra son ardeur. La Niva décolla lentement du trottoir et se mit en route.

Tandis qu'ils roulaient vers la place Chevtchenko, ils furent pris dans trois bouchons successifs. Ensuite la voie était libre, et ils trouvèrent rapidement l'orphelinat.

Un bâtiment à un étage en forme de U. Des couloirs d'une propreté impeccable. Aux murs, les portraits de cinq députés joliment encadrés, avec au-dessus l'inscription : *Nos sponsors*. Celui de Guennadi Ilitch occupait la place centrale.

Des pensionnaires de dernière année se chargèrent des bidons, tandis que Semion, le prêtre et Volodka étaient invités par le directeur à passer dans son bureau. Là, le directeur commença par remercier ses visiteurs pour le lait qu'ils venaient d'apporter. Puis, arrêtant son regard sur le père Onoufri, et le prenant, non sans raison, pour le chef du groupe, il lui demanda de transmettre une requête à Guennadi Ilitch : celle d'offrir à l'orphelinat de quoi équiper une minifromagerie. Il tendit aussitôt au prêtre une liasse de documents récupérés sur Internet, présentant descriptions et photographies de matériel de toute sorte.

– Vous comprenez, tous les enfants n'aiment pas le lait de chèvre, même si tous comprennent combien il est bénéfique ! Mais une fois transformé, je pense qu'il plaira à tout le monde.

– Si c'est la volonté de Dieu, vous aurez votre fromagerie, gronda le père Onoufri de sa voix de baryton, en prenant les papiers des mains du directeur.

40
Kiev. Rue Reïtarskaïa. Appartement n° 10.

Ce matin-là, Veronika avait envie d'être un peu seule.

Dehors, le soleil était radieux. Il préparait la ville et les citadins au printemps. Au reste, Veronika était d'humeur printanière. Le lendemain, c'était samedi, et si Semion n'était pas occupé, ils pourraient partir en promenade. Il y avait longtemps qu'ils n'allaient plus nulle part ensemble.

Veronika réfléchit, se demandant ce qui serait le mieux : théâtre ou restaurant ? Ou bien ciné, pourquoi pas ? Daria Ivanovna disait beaucoup de bien du cinéma qui avait ouvert dans l'enceinte du grand magasin Ukraine.

— Non, mieux vaudrait aller au théâtre, murmura-t-elle en clignant les paupières sous l'ardeur du soleil.

Elle soupira, rêveuse, imaginant comment elle habillerait Semion pour sortir. Lui-même ne prêtait aucune attention à ses vêtements. Toutes ses chemises étaient blanches, et de ses deux costumes, l'un était noir, l'autre était gris ! Elle irait ce jour même lui acheter une chemise. Orange, ou brique. Les chemises, c'était facile à acheter. On savait que la taille de col était du 41-42, et ça suffisait.

Un coup de sonnette à la porte d'entrée la tira de ses réflexions. Veronika resserra la ceinture de son peignoir émeraude et gagna le couloir.

— Je peux vous voir une minute ? lui demanda sur le seuil son voisin, Igor.

Comme l'autre jour, il arborait costume et cravate.

Veronika opina du chef. Igor alla aussitôt à la cuisine et prit place à la table.

— Du thé, peut-être ? proposa Veronika.

— Oui, du thé ! Excusez-moi de vous déranger…

La bouilloire était encore chaude. Il faudrait trois minutes pour que l'eau soit bouillante. Plus dix pour prendre le thé et bavarder, et l'on pourrait poliment dire au revoir. Ainsi pensait Veronika en quittant la bouilloire des yeux pour regarder son visiteur.

— N'allez pas croire que je suis un trouillard, déclara le voisin en fixant son interlocutrice. On a cherché à me faire peur, c'est vrai. Mais si vous le voulez, je continue ! Vous le voulez ?

— Non, ce n'est plus la peine.

156

Veronika esquissa un geste vague de la main.

– Mais pourquoi? s'étonna Igor. Je pourrais par exemple vérifier s'il est encore suivi.

Cette idée plut à Veronika.

– D'accord, dit-elle.

– Alors je le prends en filature?

– Juste une dernière fois.

À ce moment, on sonna à la porte. Déconcertée, Veronika regarda Igor qui, la tête soudain rentrée dans les épaules, se tassait sur sa chaise, comme s'il redoutait d'être trouvé là par Semion.

Veronika alla ouvrir. Sur le seuil se tenait Daria Ivanovna, l'air bouleversé, sa couronne mortuaire à la main.

– Je la laisse là pour l'instant, dit-elle en posant l'objet par terre.

Elle ôta son manteau de fourrure et s'en fut tout droit à la cuisine.

– Je te présente Igor, mon voisin, dit Veronika.

Daria jeta à l'hôte de son amie un regard si méprisant qu'il se leva aussitôt d'un bond.

– Je dois filer, dit-il en hâte.

Et il sortit.

– Plutôt insignifiant, comme type, lâcha Daria Ivanovna.

– On ne choisit pas ses voisins, plaisanta Veronika.

– Tu ne sais pas? La pharmacie a été cambriolée cette nuit! annonça la veuve d'une voix tremblante. Ils ont tout retourné sens dessus dessous. Il faut que je vende cette officine au plus vite. Je ne sais pas quoi faire à présent. Appeler la milice ou non?

– Il faut l'appeler bien sûr!

– Mais si jamais ils n'avaient pas trouvé ce qu'ils cherchaient, et que la milice arrive et réussisse, elle, à le découvrir?!

Veronika regarda Daria Ivanovna avec des yeux ronds.

157

– À dire vrai, j'ai trouvé moi-même un truc. Juste après sa mort. Je l'ai trouvé et je l'ai caché ailleurs. Mais que faire maintenant?

– Peut-être alors vaudrait-il mieux se passer de la milice? suggéra Veronika. Si tu veux, je t'accompagne là-bas. Nous remettrons de l'ordre…

Veronika se sentit tout à coup effrayée par la proposition qu'elle venait de formuler. Mais Daria Ivanovna s'en trouva ragaillardie.

– C'est vrai? Tu viens avec moi? À deux, ça fait moins peur! La vieille qui tient la boutique s'est pointée ce matin et, terrifiée, elle s'est aussitôt sauvée en courant! Encore heureux qu'elle m'ait appelée d'abord, moi, et pas la milice!

41

Borispol. Rue du 9-Mai.

À l'idée que Boris, le bagagiste, fût simplement parti en virée, Dima avait retrouvé un certain calme. Mais un calme tout à fait relatif. Dima avait déjà téléphoné deux fois à son travail pour demander quand il pourrait retourner exercer ses fonctions. Mais on lui avait répondu de manière évasive que Chamil était encore à la clinique vétérinaire et qu'il fallait par conséquent attendre.

L'inaction chez soi est une chose pénible. Tout comme la solitude, qu'il faut absolument partager avec quelqu'un sous peine de sombrer dans l'alcoolisme. Or Dima, pendant la journée, ne pouvait partager sa solitude qu'avec Mourik-Mourlo. Valia partait dès le matin s'occuper des machines à sous, et laissait sans autre scrupule son mari aux prises avec les deux chats: celui de la cuisine qui, du fait de l'étroitesse de l'espace dont il disposait, continuait de grossir, et celui d'origine qui, recevant sa nourriture des mains de sa maîtresse, n'allait pourtant se frotter le dos que contre les jambes de son maître, ce qui parfois agaçait ce dernier, mais parfois aussi l'amusait. En tout cas, le Mourik-Mourlo d'origine avait à présent la cote auprès de Dima.

Quoi qu'il en soit, ce matin-là, Dima se souvint de la demande du jeune milicien, et s'efforça de se rappeler combien d'ampoules il lui restait.

Dehors, il neigeait. Des flocons menus et légers. Dima regardait cette « manne tombant du ciel » et se demandait s'il était bien indispensable qu'il allât au garage. Boris pouvait revenir à n'importe quel moment à la sobre réalité, et alors la possibilité de gagner un peu d'argent avec les ampoules s'évanouirait. Or, il y avait moyen ici de faire monter un peu les prix. Les miliciens n'étaient pas des anges, eux aussi avaient un tarif pour tout. Et de l'argent pour payer au prix du marché.

À l'heure présente, imaginait Dima, le prix du marché d'une ampoule au contenu encore mystérieux pourrait bien, en l'absence de concurrence, atteindre les quarante-cinq dollars. L'important était de ne pas dépasser les bornes ! Dima en était pleinement conscient. C'est pourquoi, quand le bout de papier portant le numéro de portable du milicien apparut entre ses doigts, dans sa tête mûrit aussitôt un prix ressemblant à un cours officiel : quarante-trois dollars et cinquante-cinq cents. Dima ne savait trop pourquoi ce chiffre lui était venu à l'esprit, mais non content de s'imposer à lui, il avait rapidement acquis une remarquable stabilité, comme s'il avait été annoncé à la télévision.

Le milicien réagit positivement à l'appel de Dima. Il lui demanda de prendre un lot de dix ampoules chez le vendeur virtuel inventé pour l'occasion par Dima.

159

Ils convinrent de se retrouver à sept heures chez ce dernier.

Son petit déjeuner terminé, Dima s'en fut au garage en compagnie de Mourik-Mourlo. Il préleva dix ampoules sur sa réserve, plus une onzième qu'il offrit au chat dans la même assiette toujours sale.

Ils regagnèrent tous deux la cour. King, le pit-bull, était assis sur le seuil de la maison voisine. En voyant le chat, il grogna et fonça vers la brèche pratiquée dans la clôture. Mourik, lui aussi, se précipita vers la palissade et se prit à cracher, les babines retroussées sur ses petits crocs pointus.

– Eh, grand nigaud! lui cria Dima. Allez, vite, à la maison! Il pourrait bien te changer en chair à pâté!

Dima eut l'impression que le chat obéissait à son appel. En tout cas, ils pénétrèrent ensemble dans la maison, sous les aboiements furieux du chien.

Vers cinq heures, la neige cessa. Valia rentra du travail.

Elle se débarrassa de son manteau de fourrure artificielle et ôta ses bottes made in Roumanie pour chausser ses pantoufles et filer aussitôt à la cuisine.

Le milicien arriva avec un peu de retard. Dima lui offrit du thé, et lui servit un petit verre de gnôle à l'ortie qui lui plut beaucoup. Puis il en vint aux affaires et aligna les dix ampoules sur la table.

– Voilà! Ce que vous aviez commandé. Seulement le prix a augmenté! Ce n'est pas moi qui vends, mais un collègue à vous…

– De la milice? s'exclama le visiteur, étonné.

Dima hocha la tête.

– De Borispol?

– Eh oui.

– Combien je vous dois?

Le milicien avait tiré un portefeuille noir de la poche de sa tunique.

– Quatre cent… cinquante, déclara Dima.

L'autre s'acquitta de son dû, serra la main de son hôte et s'en alla.

Dima, pour fêter ça, remplit deux verres de gnôle. Il en vida un et porta l'autre à Valia qu'il trouva à la cuisine, occupée à lire un magazine. Elle lui sourit avec gratitude, en se disant qu'elle avait un mari tout de même attentionné. Elle but, puis reprit sa lecture des malheurs de la pauvre Britney Spears.

42
Région de Kiev. District de Makarov. Village de Lipovka.

La Mazda rouge filait comme une fusée sur la route de Jitomir, déserte à cette heure de la nuit. Elle passa et laissa loin derrière elle un poste de la police routière dont la fenêtre était allumée. La flèche du compteur de vitesse marquait «180». Yegor ne pensait pas à la route. Dans sa tête résonnait encore la voix criarde de la directrice d'Irina. «Qu'elle ne remette plus les pieds ici! Mais qu'est-ce que j'en ai à foutre de ta gonzesse!» Or que lui avait-il dit de si terrible? Il était seulement entré, s'était assis en face d'elle et lui avait fermement demandé de laisser Irina en paix. Pouvait-il imaginer qu'elle ferait un tel scandale!

«Bon d'accord», songeait Yegor, tout en scrutant la route seulement éclairée par la lumière des phares. «Maintenant, il va falloir lui trouver un boulot normal quelque part. Et pas forcément à Kiev.»

Il se rappela qu'un de ses vieux amis, fils de l'ancien commissaire de la milice de Makarov, possédait un café de routiers à Kalinovka. Peut-être Irina pourrait-elle y trouver un job? L'établissement était propre, il y avait là un bar et un téléviseur.

161

Yegor s'imagina s'arrêtant en chemin, en allant au travail. Il entre dans le bar, Irina lui prépare un café. Puis au retour, il fait halte de nouveau et la ramène chez elle.

Une pancarte s'éclaira un instant sur le bord de la route, indiquant le nom de la localité traversée : Kalinovka. Rien ne tombait plus à propos. Yegor écrasa la pédale de frein et gara sa voiture juste devant le café en question. Il consulta sa montre : une heure et demie. Il y avait encore de la lumière à l'intérieur.

Il jeta un coup d'œil. Un groupe d'hommes passablement éméchés étaient installés à une table. Ils considérèrent avec sympathie le nouvel arrivant. Devant eux trônaient deux bouteilles de vodka et plusieurs cannettes de bière décapsulées. Un film passait à la télévision. Derrière le bar se tenait une femme d'une quarantaine d'années. Cheveux teints couleur rouge feu, veste ouatinée jetée sur un gilet de laine bleu.

– Vous avez du café ? demanda Yegor en s'approchant du comptoir.

– La machine est cassée, répondit la femme. Elle ne sera réparée que demain.

Plus loin, après qu'il eut obliqué sur Makarov, Yegor adopta une conduite plus prudente. La route ici était étroite et glissante.

Arrivé à Lipovka, il freina. Il tira un stylo et une feuille de papier de la boîte à gants et rédigea un message. Puis il roula par le chemin verglacé jusqu'à la maison d'Irina, et ficha le billet roulé en tube dans l'interstice de la porte.

Après quoi il remonta en voiture et s'en fut chez lui.

Il faisait froid dans la maison. Apparemment, la voisine n'avait guère forcé le poêle.

Sa mère dormait, sous deux couvertures matelassées.

162

Yegor ralluma le foyer, y plaça quelques bûches de pin et referma étroitement la porte de fonte. La pièce s'emplit d'une odeur de suie.

À tout hasard, Yegor sortit dans la cour et observa la cheminée sur le toit. Une colonne de fumée montait avec assurance vers le ciel. Il n'y avait pas de vent.

Il s'installa pour dormir sur le vieux divan. S'allongea, et se couvrit d'un plaid. Dans la pièce voisine, il entendit sa mère parler dans son sommeil. Puis quelque part, derrière le réfrigérateur, une souris gratter.

Yegor reposait, les yeux fixés sur le plafond, attentif au silence. Il n'avait pas sommeil.

43
Kiev. Rue Reïtarskaïa. Appartement n° 10.

Au matin, Semion avait mal à la tête en se réveillant. Même la tasse de café que Veronika lui apporta au lit ne lui procura aucun plaisir. Contre toute attente, sa journée de la veille s'était assez mal terminée. Le soir, alors que tous deux venaient de s'installer dans un bar, Volodka s'était brusquement mis en pétard en entendant Semion qualifier de farce son histoire de blonde. Bien sûr, Semion, à ce moment-là, avait déjà descendu un cognac, tandis que Volodka était à jeun. Peut-être s'était-il mis en colère justement parce qu'il n'avait rien bu. Il s'était relevé d'un bond. « J'ai passé plusieurs nuits blanches à cause de toi ! » avait-il déclaré, d'un air outragé. Puis il avait promis à son camarade une surprise qui ne lui ferait certainement pas plaisir.

— Tu es tout pâlot aujourd'hui ! s'inquiéta sa femme en s'asseyant sur le bord du lit.

— Tu as déjà bu du lait de chèvre ? lui demanda Semion tout à trac.

163

— Je crois que non, répondit-elle après un temps d'hésitation.

— Et du fromage de chèvre, tu en as déjà goûté ?

Elle secoua négativement la tête.

— Il faut que je me lève, déclara Semion en s'efforçant de regarder sa femme avec des yeux tendres et reconnaissants.

Debout sous la douche froide, il reprit du poil de la bête. Il avait presque oublié sa dispute avec Volodka, mais le lait de chèvre, en revanche, ne sortait plus de sa tête.

— Je vais faire un tour, dit-il à Veronika.

Tandis qu'il enfilait son anorak, Semion découvrit soudain la couronne mortuaire désormais familière, posée par terre dans le couloir.

— On est quoi aujourd'hui, dimanche ?

— Non, samedi, corrigea Veronika. Oh ! Daria a oublié sa couronne. Hier sa pharmacie a été cambriolée. Nous y sommes allées ensemble ensuite…

— Qu'est-ce qu'on lui a volé ? s'enquit Semion, glissant un pied dans une chaussure.

— Je ne sais pas, répondit sa femme avec un haussement d'épaules. Les médicaments semblaient tous à leur place.

— Il devait trafiquer de la drogue…

— Non ! Que dis-tu là ! s'exclama Veronika, prenant instinctivement la défense du défunt. Il expérimentait de nouveaux remèdes !

— Pour rajeunir ?

— Pour tout ! Hier Daria Ivanovna et moi avons trouvé sa cachette. Celle que les voleurs devaient justement chercher !

— Et qu'y avait-il dedans ?

— Des carnets, des formules chimiques, des bocaux, des ampoules. Et même un bloc-notes avec des dessins érotiques ! Daria Ivanovna me l'a offert. Tu veux que je te le montre ?

– Ce n'est pas la peine, répondit Semion en repoussant de la main la proposition. Au fait, tu es sûre qu'il a bien été tué ?

– Mais je l'ai vu mort, de mes yeux !

Semion haussa les épaules d'un air bizarre et quitta l'appartement.

Une fois seule, Veronika sortit de sa table de nuit le bloc-notes dans lequel le défunt avait crayonné d'assez jolie manière des silhouettes de femmes dénudées. Elle le feuilleta. Remarqua des séries de notes inscrites au stylo sur les premières et les dernières pages. Elle essaya de les déchiffrer, mais n'y parvint pas. L'écriture était tout bonnement abominable.

Semion revint moins d'une heure après avec un pain frais et un fromage de chèvre français emballé. Veronika prépara du thé et tartina le fromage.

Semion, quand il eut goûté une tartine, émit un grognement de déception.

– Eh bien, moi, j'aime bien ! dit Veronika, pour aussitôt proposer de manière inattendue : Et si nous allions au théâtre ce soir ?

Les yeux de Semion s'arrondirent d'étonnement.

– Voir quoi ? demanda-t-il.

– Une opérette ! C'est toujours léger et un peu bébête, pas besoin de réfléchir ! (Elle joua des épaules, la mine espiègle.) Il y a longtemps que nous ne sommes pas sortis tous les deux.

– D'accord, concéda Semion. Seulement je dois m'absenter une petite heure en cours de journée. Il faut que je fasse la paix avec Volodka.

Les deux hommes se retrouvèrent au café le plus proche. Volodka affichait la même mine offensée que la veille.

Semion déposa sur la table un morceau de fromage de chèvre français enveloppé dans une feuille d'alu.

165

– Tu sais ce que c'est?

– Du fromage?!

– Le même que celui qu'ils veulent fabriquer à l'orphelinat où on est allés hier. Du fromage de chèvre. Vas-y, goûte!

– Je vais y goûter, ne t'en fais pas, mais toi, en attendant, regarde un peu ça!

Volodka tira de la poche intérieure de sa veste une enveloppe qu'il tendit à son compagnon.

L'enveloppe contenait des photographies. Sur toutes, Semion figurait en compagnie de la même fille blonde de la rue Tchekhov. Sur les trois premiers clichés, ils étaient simplement côte à côte et semblaient bavarder. Mais sur les deux derniers, ils se tenaient enlacés et s'embrassaient.

– Alors, c'est une farce? murmura Volodka avant de se fourrer dans la bouche un morceau de fromage. Il faut t'en dire plus?

Semion, dont le moral était brusquement tombé plus bas que zéro, hocha imperceptiblement la tête.

– Avant-hier, tu as passé trois heures chez elle, dans son appartement! La nuit! Qu'est-ce que tu y as fabriqué, à ton avis?

Semion ne répondit pas.

– Un grand verre de cognac, commanda Volodka au serveur. Et pointant le doigt sur Semion, il ajouta: Pour lui!

44
Borispol. Salle des machines à sous.

Au matin, Valia demanda à son mari de l'accompagner au travail. Ils s'y rendirent à pied, malgré la neige fraîchement tombée. Certes ils auraient pu y être en dix minutes en prenant le minibus, mais le temps invitait à la promenade. Ils suivirent la route sur laquelle, l'un après

166

l'autre, filaient des GAZelles pleins à craquer, en direction de Kiev. Ils marchaient en silence, chacun plongé dans ses pensées.

– Dima, dit soudain Valia en se tournant vers son mari. Qu'est-ce qui se passe avec ton travail ?

– Mais je te l'ai dit. Chamil est malade. Peut-être vais-je devoir prendre un autre chien.

– Ou peut-être ferais-tu mieux de laisser tomber ce boulot ?

Valia le fixait d'un air sérieux et concentré.

– Et puis ?

– Tu m'aiderais.

Sous le coup de la surprise, Dima s'arrêta.

– Je t'aiderais à quoi ?

– Nous allons avoir un bébé, murmura Valia avec un sourire un peu bête, un sourire satisfait.

– Oh ! lâcha Dima. Et quand ?

– Dans environ sept mois. Pendant que je serais en congé de maternité, tu pourrais tenir la caisse à ma place. Et ensuite on se relaierait ! (La voix de Valia s'était faite presque suppliante.) C'est une bonne place, on voit l'argent de près. Et c'est bien payé…

– Il faut y réfléchir, répondit Dima.

Mais c'est d'un œil tout neuf, d'un œil résolu qu'il regarda en avant, du côté de la gare routière, encore invisible.

Ils poursuivirent leur chemin en silence, chacun songeant à ses propres affaires.

Dans la salle des machines à sous, Valia prit la relève de sa collègue Sonia. Elle attendit que celle-ci s'en allât. Puis elle donna à Dima vingt hryvnia en pièces de cinquante kopecks.

– Tiens, joue ! C'est peut-être jour de chance aujourd'hui !

Il passa en revue la rangée d'automates et s'arrêta devant l'un d'eux qui, à son approche, s'était comme figé d'effroi, cessant brusquement de clignoter. Dima glissa une pièce dans la fente de la machine. Appuya sur le bouton «Start». Et sur les trois fenêtres défilèrent bananes, citrons et oranges. Cinq minutes plus tard, une cascade de pièces tintinnabulait dans le bac à monnaie. Dima se retourna et croisa le regard de sa femme qui avait passé la tête par la lucarne de la guérite où était installée la caisse. Elle le rejoignit avec un sac de banque gris à la main.

– Ce sera pour le gosse! déclara Dima en désignant son gain d'un hochement de tête.

Et il sentit en lui une fierté qu'il ne parvenait pas entièrement à expliquer. Fierté d'avoir gagné ou fierté d'être bientôt père.

45
Région de Kiev. District de Makarov. Village de Lipovka.

Irina lut le message dans le couloir en rentrant.

Ira. Tu as été licenciée. Tu n'as plus besoin d'aller à Kiev. Je passerai demain matin vers 11 h et je t'expliquerai tout. Yegor.

Elle ôta son fichu, son manteau. Se déchaussa et, le billet toujours à la main, s'en fut à la cuisine. Elle se rappela combien elle avait eu du mal à quitter le lit à son réveil. Visiblement, son cœur pressentait quelque chose.

– Bon d'accord, conclut-elle. Ils m'ont licenciée, très bien.

Elle revint à sa chambre, et comme sa fille était réveillée, elle la prit dans ses bras, s'allongea avec elle dans le lit. Et sombra tout naturellement dans le sommeil.

Elle fut réveillée par le jour qui pointait au carreau. Et par le bruit qui se fit entendre au même moment.

Des portes claquèrent, des pas martelèrent le plancher. Ouvrant les yeux, elle découvrit sa mère.

– Moi que je pensais que t'étais partie! s'exclama celle-ci, surprise.

– J'ai été licenciée, lui dit Irina à voix basse pour ne pas réveiller Iassia.

– Oh mon Dieu! Et pourquoi donc? fit la mère, levant les bras au ciel.

– Aucune idée… répondit Irina d'une voix triste, ne sachant encore trop s'il s'agissait pour elle d'une bonne ou d'une mauvaise nouvelle. Yegor va passer vers onze heures. Il nous racontera.

– Onze heures?! s'exclama la mère. Et moi qui suis dans cet état!

Et elle s'éclipsa. La porte se referma toute seule derrière elle. Irina repoussa doucement Iassia et se leva du lit. Elle jeta un coup d'œil au réveil: neuf heures et demie. Rien ne pressait.

Elle était dans la chaufferie, les cheveux lavés et coiffés, quand on frappa à la porte d'entrée. Ce n'était pas Yegor qui se tenait sur le seuil, mais la vieille infirmière Véra, engoncée dans un lourd manteau gris, un cabas noir dans les mains. Campés à ses côtés, un peu en retrait, deux hommes aux crânes rasés, aux visages quelconques et peu avenants, vêtus de longs manteaux de cuir noir.

– On nous a envoyés chez toi, tu vois… commença Véra.

L'un des hommes l'écarta et pénétra dans le couloir.

– Où est la cuisine ici? demanda-t-il sévèrement à la mère d'Irina.

La vieille Choura désigna du regard la porte close.

– Allez-y, dit-il à Véra.

Sans prendre la peine de se dévêtir, Véra s'assit à la table avec lassitude. Elle considéra Irina d'un œil triste.

Puis sortit de son cabas un tire-lait et tout l'attirail allant avec.

– Excuse-nous, murmura-t-elle. Ce n'est pas Nelly Igorevna qui nous envoie ! Elle, elle s'en moquait totalement ! C'est le client qui a fait tout un scandale. Il a menacé de toutes nous faire renvoyer s'il n'avait pas ton lait. Il y est habitué. Faut croire que le tien a un goût particulier…

– Le client ?… bredouilla Irina, interloquée.

– Eh bien oui, dit Véra avec un hochement de tête, en même temps qu'elle approchait la téterelle de plastique du sein gauche dénudé d'Irina. Tiens, appuie-la !

Irina, d'un geste machinal, pressa l'objet contre son mamelon, et sentit la table tout à coup vibrer sous son coude. Elle vit son lait courir par le tuyau transparent jusqu'au verre collecteur.

– Quel client ?! demanda Irina tout bas.

– Guennadi Ilitch, répondit Véra. C'est un homme très important. Il vient tantôt avec deux gardes du corps, tantôt avec trois. C'est d'ailleurs avec des hommes à lui qu'on m'a envoyée ici. Je ne sais pas comment les choses vont se dérouler maintenant.

Une vingtaine de minutes plus tard, quand la pompe eut vidé la poitrine d'Irina jusqu'à la dernière goutte, l'infirmière rassembla ses affaires. Elle referma hermétiquement le bocal plein de lait avec un bouchon de caoutchouc. Puis s'en alla, sans prononcer un mot, sans un regard.

À son arrivée, Yegor trouva Irina en pleurs, et sa mère d'une pâleur inhabituelle, l'air terrorisé.

Irina s'agrippa à ses épaules, colla son visage trempé contre sa poitrine et éclata en sanglots, tandis que grand-mère Choura, des larmes dans la voix, racontait ce qui s'était passé.

Yegor demeura ainsi un instant, Irina dans ses bras, puis il força la jeune femme à s'asseoir sur le lit, et, sans même prendre congé, il quitta la maison.

46

Kiev. Passage Bekhterevski.

Une fois seul, tandis qu'il examinait encore les photos remises par Volodka, Semion acheva son cognac et composa sur son portable le numéro du service de renseignements. Il demanda l'adresse d'un psychiatre exerçant dans le centre dans un cabinet privé. Les psychiatres, dans le centre-ville, se révélèrent assez nombreux. Le plus proche recevait ses patients au 8, passage Bekhterevski, à côté du monastère de l'Intercession.

C'est là que Semion se rendit. Il déboucha par la rue Reïtarskaïa sur la place de Lvov, puis poursuivit par la rue Artema. Tout en marchant, il comparait les cours des devises dans les différents bureaux de change, accompagnait du regard les minibus et les trolleys. Il atteignit bientôt le bar Le Berlin et s'étonna de le voir rebaptisé en Courchevel. « Dans ce pays, seuls les noms changent rapidement », pensa-t-il.

Il n'eut aucun mal à trouver le cabinet du psychiatre. Une belle porte de bois. À droite, une enseigne : Docteur P. Naïtov.

Semion avait à peine pressé le bouton de sonnette que la porte s'ouvrait déjà. Une toute jeune fille en blouse blanche, portrait craché de ces anges qui peuplaient autrefois les cartes postales de Noël, lui sourit et l'invita à entrer.

– Vous avez rendez-vous ? s'enquit-elle en refermant derrière lui.

– Non, répondit Semion, soudain inquiet.

– La première fois, on vient toujours comme ça, sans même passer un coup de fil ! dit-elle. Heureusement pour vous, Piotr Issaïevitch est libre en ce moment.

La porte d'entrée donnait sur un salon carré aux murs tapissés de posters géants représentant des paysages exotiques. Îles, palmiers, plages de sable et eau couleur d'émeraude. Pile sous les palmiers : un divan de cuir marron. À la gauche d'une autre porte, intérieure celle-là, était placé un petit bureau sur lequel reposait un cahier ouvert. La jeune fille ange s'y assit, prit un stylo et posa sur Semion un regard plein de bonté et d'innocence.

– S'il vous plaît, dites-moi votre nom et votre adresse.

Semion s'exécuta.

Le cabinet du docteur se révéla d'une blancheur éclatante. Couchette blanche garnie de similicuir. Chaises et table peintes également en blanc. Le psychiatre portait bien sûr une blouse blanche, mais ses cheveux roux coupés en brosse détonnaient dans le désert chromatique ambiant.

– Asseyez-vous ! (La voix du maître des lieux était douce, une vraie voix de velours.) Et racontez…

Semion prit place en face du docteur. Il remua pensivement sa langue dans sa bouche, et sentit à nouveau le goût du cognac avalé un peu plus tôt.

– J'ai des problèmes… commença-t-il, mais il n'alla pas plus loin.

– Ne vous inquiétez pas, vos problèmes deviendront les miens.

Le regard pénétrant de Piotr Issaïevitch s'était posé sur le visage de Semion.

– La relation entre médecin et patient passe toujours par la confiance. Autrement il ne peut y avoir de résultat, dit-il. Vous êtes d'accord ?

Semion hocha la tête. La voix du psychiatre s'insinuait avec une facilité inattendue tout au fond de ses oreilles et paraissait n'en plus sortir. Ça ressemblait à de l'hypnose.

La jeune fille ange à blouse blanche entra dans le cabinet et déposa sur le bureau deux tasses de thé, un sucrier et des petites cuillers. Semion attendit qu'elle se fût retirée pour verser dans son thé deux cuillerées de sucre, puis brusquement, à sa grande surprise, il se mit à parler. Il raconta au psychiatre qu'il se soupçonnait somnambule, qu'il avait demandé à un ami de le suivre et qu'il avait appris grâce à lui qu'il sortait la nuit pour retrouver une femme. Il pensa un instant montrer les photos au médecin, mais il y renonça, se contentant d'ajouter que cette femme ne l'avait pas reconnu quand il était allé la trouver le jour.

– Très intéressant ! C'est donc qu'elle est une de vos collègues de malheur, dit simplement le docteur d'un ton bienveillant. Ou de bonheur. Tout dépend de quel point de vue on se place. Mais si j'étais vous, je ne demanderais plus à mon ami de s'en mêler… De son point de vue à lui, à l'évidence, le somnambulisme est une terrible maladie !

Le psychiatre se leva et d'un geste invita Semion à s'allonger sur la couchette. Il lui demanda de suivre attentivement le crayon qu'il tenait entre ses doigts. Il promena le crayon de droite et de gauche. Puis vérifia les réflexes de son patient.

– Relevez-vous ! Vous êtes en pleine santé. Aucun signe de pathologie psychique. Et quant à votre somnambulisme… Vous rappelez-vous quand ça vous est arrivé pour la première fois ? Dans votre enfance, ou bien plus tard, disons, à partir de votre vingtième année ?

Semion réfléchit.

– Non, je ne me souviens pas. Quand j'étais petit, oui, il m'est arrivé des trucs comme ça ! Ma mère disait que je me promenais dans l'appartement les yeux ouverts…

– Bon, presque tous les enfants connaissent des épisodes de somnambulisme. C'est normal. Mais après l'enfance ?

Semion secoua négativement la tête.

– Et vous avez déjà touché à la drogue ?

– J'ai essayé de fumer de l'herbe, mais c'était il y a longtemps. Rien de plus.

– D'accord, soupira Piotr Issaïevitch. Il y a là autre chose alors. Vous êtes marié ?

– Oui.

Semion reprit sa place en face du médecin.

– Si votre somnambulisme vous gêne, vous pouvez demander à votre femme de verrouiller la porte d'entrée la nuit de manière que vous ne puissiez sortir de votre appartement. Si les crises ne sont pas intenses, tout ce qui vous arrivera sera de vous réveiller de temps à autre et, comme dans votre enfance, de vous balader à travers votre appartement. Il se peut même que le phénomène s'atténue pour un temps. Si elles sont intenses en revanche… Vous habitez à quel étage ?

– Au troisième.

– C'est dangereux. Vous ne voudriez pas installer des barreaux à toutes vos fenêtres ?

– Non !

– Vous voyez, dit le psychiatre, en fait, le somnambulisme est pour ainsi dire incurable. On peut l'étouffer durant un certain temps, mais c'est le genre de cas où lorsqu'on comprime en un point, ça ressort à un autre. Cela dit, si vous parvenez à vous contrôler au moins un peu, c'est déjà bien. Si vous voulez être sûr de pas sortir de chez vous la nuit, il vous suffit de boire un bon coup avant de dormir. Quelque chose de fort, pas du vin ni du champagne.

– Et je ne risque pas de devenir fou ? s'inquiéta Semion.

– Maintenant que vous êtes au courant de ce dont vous souffrez, vos chances de connaître un déséquilibre psychique se trouvent augmentées. Habituellement, quand on ne sait pas qu'on est somnambule, on vit sa vie, sans autre souci ni embarras. Dans deux univers à la fois.

– Vous avez dit que cette femme, que je retrouve la nuit, serait elle aussi somnambule ? demanda Semion, songeur.

– Bien sûr, confirma Piotr Issaïevitch. Je vous conseillerais toutefois de ne plus chercher à la rencontrer le jour. Le psychisme féminin est beaucoup plus fragile que le masculin.

Avant de partir, Semion paya cent hryvnia à la jeune fille à blouse blanche. Il reçut en échange la carte de visite du cabinet, puis sortit dans la rue.

Et il ressentit alors une incroyable légèreté. Comme si le printemps, qu'il attendait depuis si longtemps, avait commencé à l'intérieur de son être.

Le temps, pourtant, était toujours aussi froid et maussade. Il ne gelait plus, certes, mais il régnait à présent une humidité déplaisante. La neige devenue noire avait été entassée dans les creux au pied des arbres. Et les voitures qui passaient étaient toutes couvertes de boue. Le monde ne correspondait tout bonnement pas avec l'état d'esprit de Semion. Or, c'est dans cet état d'esprit qu'il souhaitait rentrer à la maison. Il le transportait donc avec précaution, pour ne pas risquer de le perdre ou de l'altérer.

Le soir, Veronika et lui s'en furent au théâtre voir une opérette. Bien qu'ils eussent des places d'orchestre, au cinquième rang, Semion demanda des jumelles au vestiaire. Et durant tout le spectacle, il passa plus de temps avec son instrument à inspecter les loges des deuxième et troisième balcons qu'à observer la scène.

– Tu ferais mieux de regarder l'actrice ! chuchota Veronika surprise par l'attitude de son mari. Autrement je vais finir par croire que tu cherches quelqu'un !

Semion, que le spectacle n'intéressait guère, se prit à méditer : peut-être en effet cherchait-il à repérer avec ses jumelles de théâtre une personne bien précise.

Il réfléchit encore et comprit. Il avait envie de voir Alissa. De la voir de près.

47

Borispol. Rue du 9-Mai.

La nouvelle de la mort de son chien Chamil prit Dima au dépourvu. Il y avait plusieurs jours qu'il ne pensait plus à son compagnon de travail. La raison en était des plus sérieuses : Dima pensait à son futur état de père ; aux bouleversements qu'allait engendrer la naissance du bébé. Il avait depuis longtemps envie de changement. Il n'était pas non plus contre l'idée de changer de boulot. Quelquefois il se disait même qu'il pourrait aussi bien changer de maison, et même de femme. Changer de femme, après tout, n'était ni si rare ni si difficile. Pas difficile, c'est vrai, mais assez désagréable.

Et voilà que Valia semblait avoir elle-même senti qu'il était temps pour eux de passer à autre chose. Et si à l'annonce de la naissance prochaine d'un bébé il était resté abasourdi, il s'était ensuite résigné à l'idée des corvées et des soucis qui les attendaient et était arrivé à la conclusion qu'il revenait en premier lieu à la mère de s'en occuper.

Ainsi, juste avant qu'on appelât de l'aéroport, il était en train d'imaginer Valia, le bébé dans les bras. Et brusquement, cette nouvelle !

Bien sûr, il avait de la peine pour Chamil. Une peine d'homme. Ils avaient tout de même travaillé sept longues années ensemble, sept années à se regarder les yeux dans les yeux, sept années durant lesquelles Chamil donnait la patte à Dima avant chaque prise de service. Mais quoi qu'il en soit, on a beau tourner les choses dans tous les sens, une peine d'homme se distingue d'abord par son caractère parcimonieux.

Après avoir promis à son chef de passer discuter le lendemain soir à six heures, Dima avait longuement réfléchi : «Pourquoi discuter ? De quoi ? »

Le chat Mourik-Mourlo se frotta contre ses jambes, comme s'il percevait l'humeur de son maître. Dima le regarda. Il se souvint que Mourik était déjà mort une fois puis revenu. Et s'il en allait de même avec Chamil ?

L'idée lui vint qu'il importait de boire un verre, de célébrer la mémoire d'un ami. Chamil était bien son ami après tout, et non un simple clebs.

Dima soupira et s'en fut au garage. Il posa une bouteille et un verre sur le minuscule tabouret. Se servit. Évoqua dans sa mémoire l'image du chien berger. Approuva d'un hochement de tête son imagination docile, et sans un mot vida son godet. La gnôle à l'ortie coula, tel un mince filet de feu, tout droit à son âme. Il se servit un autre verre qu'il assecha aussitôt. Se remémora comment il arpentait avec Chamil les interminables rangées de sacs et de valises. Comment Chamil s'arrêtait pour renifler. Comment il était tombé en arrêt, ce fameux jour, devant la valise de plastique noir, valise que les deux bagagistes avaient ensuite apportée à ce même garage. Dima n'eut pas envie d'aller plus loin dans ses souvenirs.

À un moment, il eut froid. Il monta dans sa voiture, mit le moteur en marche et alluma le chauffage. Il inclinait au sommeil, l'habitacle du véhicule se faisait de plus en plus accueillant et confortable. Il ne pensait même plus au chien. Et puis soudain il lui sembla que quelqu'un frappait de toutes ses forces du poing contre la porte close du garage. Il se réveilla, ouvrit la portière et sentit combien sa main était faible. Une odeur de moutarde lui piquait les narines. Il inspira profondément, mais l'air semblait manquer, refusait d'entrer dans ses poumons. Quelque chose n'allait pas, qui faisait que l'air, dans

177

la voiture, n'était pas bon à respirer. Et là il sentit comme une violente piqûre au talon : c'était la mort ! Le banal accident mortel par asphyxie au monoxyde de carbone. Déployant ses dernières forces pour s'extraire de la voiture, il parvint à esquisser quelques pas chancelants en direction de la porte du local. Il ouvrit en grand le battant gauche, sentit l'air glacé le frapper au visage, et s'affala à plat ventre dans la neige. Sur-le-champ une masse brûlante effleura son visage. Mais il lui fallut dix bonnes minutes pour que, enfin revenu à lui, le souffle retrouvé, il tendît la main vers sa joue. Ses doigts rencontrèrent une boule duveteuse, douce et chaude comme un pelage de chat. C'était Mourik. Mourik-Mourlo qui de son flanc réchauffait le front et la joue droite de son maître livide et presque mort d'effroi.

« Imbécile ! Sombre crétin ! » se répétait-il encore une demi-heure plus tard, tandis qu'il aérait le garage.

Quand il rentra, accompagné du chat, il n'y avait de lumière que dans la cuisine. Valia dormait déjà, et l'horloge indiquait dix heures et demie. Dima but du thé, se déshabilla en silence et s'allongea au chaud sous la couverture auprès de sa femme.

– Chamil est mort, murmura-t-il.

Mais Valia ne l'entendait pas. Elle avait de nouveau sombré dans le sommeil.

48

Région de Kiev. District de Makarov. Village de Lipovka.

La poursuite engagée par Yegor après la voiture bleu marine, au numéro d'immatriculation uniquement composé de six, ne fut pas couronnée de succès.

Ayant atteint en moins d'un quart d'heure le poste de police routière situé à l'entrée de Kiev, Yegor se gara sur le bas-côté et coupa le moteur, le regard braqué sur le muret de neige sale, presque noire, qui séparait la forêt de la chaussée. Il tenta de se concentrer. Essaya d'imaginer ce qui se serait passé s'il avait rattrapé cette voiture. Qu'aurait-il fait ? Qu'aurait-il fait exactement ?

Son soudain désarroi pouvait n'être que le résultat de la fatigue. Un quart d'heure de poursuite, de tension, de colère. Et à présent c'était fini. Sitôt qu'il avait coupé le moteur de sa Mazda, son propre moteur interne s'était arrêté.

Il sortit de voiture. De la pointe de sa bottine, il fit sauter la croûte sale recouvrant la congère. Puis il se pencha, et s'aidant des deux mains, détacha de ses doigts vigoureux deux blocs de neige de la masse glacée et entreprit de s'en frotter le visage, les joues, le front.

Le contact de la neige le ragaillardit un peu, à la manière d'un brin de toilette matinale à l'eau froide. Il essuya ses paumes humides contre son pantalon et reprit sa place au volant. L'indignation qui l'avait plongé dans cet état de fatigue peu à peu s'effaçait, très lentement.

– Qu'aurais-je fait ? se demandait-il, plus calme à présent. Mon poing dans la gueule ? Mais la gueule de qui ? Les deux zigs dont a parlé la mère d'Irina sont des types comme moi. La garde rapprochée de je ne sais qui. On leur a donné un ordre, il l'ont exécuté. Seulement voilà, qui leur a donné l'ordre ?!

Yegor réfléchit et se rappela sa dernière conversation avec la supérieure d'Irina. Plutôt un « échange d'amabilités » du reste. Se pouvait-il que ce fût elle ?! Il pourrait emprunter un flingue à un copain, et tirer la nuit dans les fenêtres de ce lactarium… À titre de dernier avertissement. Mais si ça ne donnait rien ? Que ferait-il alors ? Cacher Irina et Iassia ? Il pourrait les emmener chez lui… Mais où était-ce, « chez lui » ?

179

La Mazda rouge redescendit sur la chaussée, effectua un demi-tour et s'éloigna de la ville. Yegor avait envie d'un café. Envie de s'asseoir seul à une table dans un petit bistro confortable de bord de route. Or il connaissait un établissement de ce genre : encore une quinzaine de kilomètres, et juste après la station-service apparaîtrait une petite bicoque verte, tassée sur elle-même. Il s'arrêterait là et examinerait encore une fois la situation. Il fallait absolument faire quelque chose. Seulement il fallait aussi décider quoi.

Quand Yegor quitta la route de Jitomir pour obliquer sur Makarov, brusquement il se mit à tomber de la neige fondue. Il avait encore sur la langue l'amertume du café qu'il venait de boire.

Déjà, il arrivait à Lipovka. Avant d'atteindre le cimetière du village, Yegor tourna dans la rue qui lui était à présent familière. La voiture s'engagea dans l'allée gelée, recouverte de neige fondante, et roula vers la maison d'Irina.

Ce fut elle qui lui ouvrit la porte. À l'intérieur de la maison, il faisait bon et calme.

– Veux-tu du thé ? murmura-t-elle, et aussitôt elle se troubla car il lui semblait que c'était la première fois qu'elle tutoyait Yegor.

– Oui, répondit-il, lui aussi à voix basse.

– Maman s'est endormie avec Iassia. Ses nerfs ont été mis à rude épreuve aujourd'hui…

– Demain, je t'achèterai un portable, dit Yegor. (La fermeté de sa voix rendit dans l'instant à Irina toute son assurance.) S'il se passe quoi que ce soit, tu m'appelles aussitôt. Et si ceux-là reviennent encore une fois, c'est bien simple, ne leur ouvre pas. Et préviens-moi immédiatement !

49

Kiev. Rue Reïtarskaïa. Appartement n° 10.

Semion était tourmenté par l'insomnie. Il se tournait et se retournait dans le lit, tantôt pour étreindre Veronika endormie, tantôt pour s'éloigner d'elle. Et le vacarme dans sa tête tantôt s'apaisait, tantôt s'amplifiait de nouveau. Sa cuisse récemment meurtrie recommençait à le faire souffrir. À travers son mal de tête, des idées absurdes couraient d'un bord à l'autre de sa conscience. Puis à leur suite, brutalement, surgit l'image d'Alissa. Et le nom de celle-ci, qui lui aussi, indépendamment de l'image, traversa plusieurs fois son esprit. Fatigué de lui-même, Semion se leva et alla à la cuisine. Sans allumer la lumière, il s'assit à la table, les coudes appuyés sur la froide surface de formica.

Après plusieurs minutes à demeurer ainsi, immobile sur sa chaise, il se sentit un peu soulagé. Le bruit dans sa tête s'était apaisé. Mais un poids terrible pesait sur ses épaules, et à dire vrai, sur tout son corps.

– Je suis malade ! murmura Semion.

Il repensa à Piotr Issaïevitch, le psychiatre aux cheveux roux qu'il avait consulté quelques jours plus tôt. Celui-ci avait dit que le somnambulisme ne se soignait pas. Mais somnambulisme et insomnie, ce n'est pas la même chose. L'insomnie le laissait brisé, moulu à l'intérieur comme à l'extérieur, alors que le somnambulisme ne l'affectait en rien. Le somnambulisme ne lui était que source d'étonnement.

– Quel con je fais ! laissa échapper Semion, se rappelant soudain que Veronika avait quelque part des somnifères.

Elle aussi avait souvent des insomnies auparavant. C'était plus rare à présent. Inutile, par conséquent, de sombrer dans la dépression ! Semion alluma la lumière. Trouva la boîte à médicaments et en sortit une plaquette de Luminal. Il avala deux comprimés et retourna se coucher.

Il fut réveillé par une intense odeur de café. Une tasse d'espresso était posée juste devant lui sur la table de chevet. Et Veronika, assise au bord du lit, dans sa chemise de nuit vert salade.

– Tu as passé une mauvaise nuit ? demanda-t-elle avec compassion.

– J'avais mal au crâne.

– Et maintenant ?

– Maintenant, ça va.

Semion prit la tasse de café, mais quelques gouttes du breuvage coulèrent sur la soucoupe, et il reposa le tout. Il s'assit sur le lit à côté de sa femme. Tendit de nouveau la main vers la tasse. Quelques gorgées et l'énergie caféinique retendrait les cordes de son organisme, les remettrait en harmonie.

Veronika s'en fut sous la douche. Lui, à la cuisine. Le bruit de l'eau qui coulait avait un effet apaisant. Dans l'appartement, il faisait bon.

Après le petit déjeuner, il ne cessa d'observer sa femme à la dérobée. Son peignoir émeraude lui allait décidément à merveille. Surtout ce matin-là.

– J'ai promis à Daria de passer la voir vers onze heures, déclara Veronika. Elle a besoin d'aide. On lui ramène son mari dans la journée…

– Mais il n'a pas encore été inhumé ? demanda Semion, surpris.

– Non. Et toi, tu restes à la maison aujourd'hui ?

– Jusqu'à l'heure du déjeuner, oui, ensuite je ne sais pas. Guennadi Ilitch doit m'appeler.

À dix heures et demie, Veronika s'en fut à son rendez-vous. Semion téléphona à Volodka pour lui demander comment il allait. Il lui trouva une voix fatiguée.

– Quand tu as l'intention de pioncer comme un loir, préviens-moi avant. Ça m'évitera de passer des nuits blanches ! lui dit son ami.

– Moi aussi j'ai passé la moitié de la nuit sans dormir, se plaignit Semion.

– Eh bien alors, fallait sortir. On aurait causé ! Je t'aurais montré un truc intéressant.

– Encore ? ! s'exclama Semion, irrité.

– Vois d'abord ce que c'est, tu te fâcheras ensuite. On a du boulot aujourd'hui ?

– Apparemment oui, mais dans la soirée. Tu en profiteras pour me montrer ton « truc ».

Semion se changea pour passer un survêtement et ressentit soudain une inquiétude grandissante. Il gagna la porte-fenêtre, regarda le balcon envahi de neige et réfléchit. Volodka, malgré tout, l'avait intrigué. Qu'avait-il donc l'intention de lui montrer ?

La nervosité alliée à la curiosité l'emporta, et il composa de nouveau le numéro de son ami.

– Tu ne vas pas dans le centre par hasard ?

– J'y serai dans une heure, répondit Volodka, dont la voix joyeuse laissait deviner qu'il savait que Semion le rappellerait aussitôt.

50
Kiev. Rue Vorovski. Appartement n° 17.

Edouard Ivanovitch fut ramené chez lui nu. Pas entièrement nu, bien sûr, mais juste vêtu d'un peignoir blanc. Il y avait près d'une heure que Veronika était chez Daria Ivanovna, alors qu'Ania, qui avait promis de venir à l'aube, n'était toujours pas là. Deux brancardiers en blouses blanches portèrent le défunt plastinisé. Sur l'ordre de la veuve, ils l'étendirent sur le lit.

– Mais il était en costume! déclara Daria Ivanovna d'un ton sévère, les yeux fixés sur les pieds nus de son mari. Et il avait des chaussures et des chaussettes…

– Tout vous sera rapporté! promit l'un des deux hommes.

Dès qu'elles se retrouvèrent en tête à tête, Daria Ivanovna et Veronika échangèrent un regard.

– Ania est en retard on dirait, s'inquiéta la veuve du pharmacien.

À cet instant, on sonna à la porte.

– Quand on parle du loup!…

Daria Ivanovna hocha la tête et alla ouvrir.

– Excusez-moi, fit dans le couloir la voix d'Ania. J'ai été retenue au cimetière de Baïkovo. En revanche j'ai réussi à trouver un accord. Les deux tombes seront côte à côte, à l'ombre d'un vieux pin. L'endroit est littéralement divin!

Ania entra dans la chambre à coucher, accompagnée de la maîtresse des lieux.

– Bien… (Daria Ivanovna embrassa ses amies du regard.) Commençons par l'habiller! Je pensais qu'ils le ramèneraient en costume…

Elle ouvrit l'armoire et promena la main sur les vestes, les chemises et les costumes de son mari.

– Quelque chose d'informel… murmura-t-elle pour elle-même, tout en tirant les vestes vers elle pour les repousser aussitôt. Tenez celle-ci, la bleu marine n'est pas mal je crois!

La veuve du pharmacien consacra encore près d'un quart d'heure au choix du pantalon et de la chemise. Puis elle sortit caleçon et chaussettes.

Veronika au début était pleine d'appréhension. En outre la chaussette gauche refusait de se laisser enfiler sur le pied.

– Attends, je vais t'aider, proposa Ania.

184

À deux, elles vinrent rapidement à bout de la tâche.

– Il n'est pas du tout froid, s'étonna Veronika après avoir dû soulever les jambes du pharmacien tandis qu'Ania lui enfilait habilement les chaussettes.

– Le mien aussi est à la température de la pièce, répondit Ania.

Veronika se rappela un instant la chaleur du corps de son Semion qui toute la nuit s'était tourné et retourné dans le lit, l'étreignant, s'écartant… Sur son visage se dessina un sourire tendre.

– En principe, ils proposent d'incorporer un système de chauffage électrique réglé sur 36,6, ajouta Ania. Mais je n'ai pas besoin de ça. Ça me ferait bizarre : brancher mon mari sur une prise électrique !

Le reste de l'habillage – chemise, pantalon et veste – se déroula sous le sévère contrôle de Daria Ivanovna.

– Et les souliers ? s'enquit Ania.

– Les chaussons, corrigea la veuve. De toute façon il va rester assis dans un fauteuil !

Ledit fauteuil fut installé, selon les préceptes du Feng Shui, de manière que le regard de son occupant embrassât à la fois la fenêtre et le coin droit de la chambre où, sur une étroite console d'angle, trônait un grand vase empli de roses séchées.

Une fois le pharmacien habillé et assis, les femmes reprirent leur souffle et ressentirent un certain soulagement.

– Il faut boire à son retour à la maison, déclara Daria Ivanovna d'un ton solennel.

Et elle posa sur la table une bouteille entamée de Martell.

– Anetchka, là-bas, dans la cuisine, il y a un citron déjà coupé ! Apporte-le ! commanda-t-elle.

Quand elle fut attablée, Veronika se laissa gagner par une légère panique. Si elle regardait droit devant elle, elle ne voyait plus que la nuque du pharmacien.

Elle se releva d'un bond, transporta la lourde chaise de bois de l'autre côté de la table et se rassit en tournant le dos à celui du défunt.

Daria Ivanovna et Ania échangèrent un sourire.

– Ma chérie ! Tu ferais mieux de t'y habituer tout de suite ! Le tien non plus, tu ne l'auras pas toujours vivant ! lui lança la maîtresse de maison.

– Mais pour qui avez-vous besoin de deux tombes à Baïkovo ? demanda Veronika, gratifiant d'un regard interrogateur sa plus proche voisine de table, avant de se tourner vers Daria Ivanovna.

– Comment ça « pour qui » ? s'exclama celle-ci d'un air étonné. Mais pour nos hommes, à Ania et à moi…

– Mais vous les avez chez vous ! Pourquoi fallait-il alors… bredouilla Veronika.

– Tu n'as vraiment pas l'esprit pratique, répondit la veuve du pharmacien. Officiellement, ils sont morts, aussi bien Edik que Vassia. Or les morts sont censés avoir une sépulture. Si jamais l'on décerne à Edik une médaille posthume, où le représentant du gouvernement ira-t-il déposer sa couronne de fleurs ? Il n'aura nulle part où aller, s'il n'y a pas une tombe et une pierre ! C'est comme pour le certificat de résidence. Tu dois en avoir un, mais tu peux bien vivre où tu veux. Pour Edik, sa résidence aux yeux de l'administration, c'est le cimetière, mais il loge toujours à la maison.

Veronika hocha la tête, songeuse. Elle regarda la bouteille de Martell, les rondelles de citron jaune pâle dans la soucoupe, les verres. « Ce soir, c'est décidé, Semion et moi nous boirons du cognac en tête à tête ! » pensa-t-elle, comprenant combien sa vie était plus enviable que celle des deux veuves.

– Eh bien, les filles ! (Daria avait empoigné la bouteille.) On s'en jette un ? !

51

Borispol. Rue du 9-Mai.

Au matin, quand Valia se leva et commença de s'habiller, Dima entrouvrit les yeux. Il avait la tête un peu lourde. Apparemment, il ne devait pas non plus avoir l'air très frais.

– Tu as trop bu hier ? lui demanda sa femme.

– Chamil est mort, dit-il d'une voix affligée.

– Mort ? ! Mais de quoi ?

– On m'a dit qu'il était malade. Une infection. Mais moi, je crois que…

Dima secoua la tête en signe de désaccord, mais sans achever sa pensée à haute voix.

– C'est un signe qui t'est adressé. (Valia leva légèrement la tête pour désigner le plafond.) Tu dois partir de là.

– Mais, la retraite ? !

– Bois un verre, lui conseilla Valia de manière inattendue. Cette idée de retraite passera toute seule !

Dima se leva sans se presser. Il considéra sa femme avec étonnement et respect, et pensa que le fait d'être enceinte l'avait changée en bien. À croire qu'elle était devenue plus futée !

Dès que son épouse eut claqué la porte, Dima gagna la cuisine. Il se servit un verre de vodka, pêcha une tomate marinée dans un bocal d'un litre, coupa un morceau de pain ukrainien et en frotta soigneusement la croûte avec une tête d'ail. Son regard se posa sur le Mourik « cuisinier », qui se prélassait, couché sous le radiateur. Le chat, pour sa part, considérait Dima d'un œil vide et rassasié.

Dima eut soudain envie de balancer sur la bête un objet lourd. Il regarda autour de lui et arrêta son attention sur un vieux mortier de bronze posé sur le rebord de la fenêtre. Mais il avait la flemme de se lever de table. Ou bien son envie n'était pas si impérieuse. Au reste, ce n'était même pas une envie, mais un secret sentiment d'injustice : les bons chiens fidèles mouraient d'un mal incompréhensible, pendant qu'un chat obèse n'appartenant à personne lézardait tranquillement sous le radiateur sans témoigner le moindre respect à son maître.

Ayant enfilé un survêtement, Dima téléphona à son chef. Il s'excusa de n'être pas venu pour la « discussion », et s'enquit de l'endroit où Chamil avait été inhumé.

– Attends, tu perds la boule ou quoi ? aboya son chef au bout du fil. Comment ça l'inhumer ? On parle d'un clebs, pas d'un être humain !

– Mais il existe bien un cimetière pour les animaux domestiques. Je l'ai lu dans le journal… bredouilla Dima.

– Ce n'était pas un animal domestique, c'était un animal de l'État. Or, ceux-là, on les balance dans un trou ou bien je ne sais où. Pigé ? Et ne viens plus me faire chier avec des conneries de ce genre !

Et le chef lui raccrocha au nez.

« Moi aussi, je suis un animal de l'État, et un jour on me balancera dans un trou », pensa Dima, le cœur chagrin.

Il se rappela alors les paroles de sa femme, le matin. C'était vrai, c'était un signe ! Il devait partir de là, redevenir « domestique » et échapper à l'État.

Il s'imagina travaillant à la place de Valia dans la salle des machines à sous. Ou bien assis à la caisse tous les deux, ou même tous les trois, l'enfant se réveillant et se rendormant au bruit de la monnaie dégringolant dans les bacs. « C'est normal, se dit-il. Vie tranquille, travail tranquille, famille heureuse. »

Le soir, Dima passa chercher sa femme. Ils rentrèrent à pied chez eux, et tout au long du chemin observèrent un silence apaisant, chacun se sentant nécessaire à l'autre. Ils dînèrent de poisson frit et de purée. Après le dîner, Valia eut mal au ventre. «C'est à cause de la grossesse», pensa Dima. Il aida sa femme à se mettre au lit, et lui-même s'installa à la cuisine et entreprit de feuilleter un paquet de journaux gratuits, dans l'espoir d'y trouver des idées nouvelles. Il fut surtout inté-ressé par la rubrique *vente d'automobiles*. Il étudia avec attention les marques et l'âge des véhicules proposés, et compara tout cela avec les prix affichés, s'efforçant de comprendre la logique qui présidait à leur établis-sement. Il repéra dans les journaux pas moins d'une dizaine de «cousines» de sa propre voiture, remisée au garage. Leur prix se révélait plus ou moins stable : de trois à cinq mille dollars. Ce n'était pas beaucoup, mais ce n'était pas rien non plus.

Avant d'aller dormir, Dima ouvrit le vasistas de la cui-sine. L'air glacé de la nuit s'engouffra à l'intérieur de la pièce, apportant aussitôt avec lui d'étranges bruits métal-liques. À gauche, juste derrière la clôture, un homme était assis à croupetons. Et de nouveau ce bref «bjik» suspect !

«Mais il est devant le trou !» se dit Dima, reconnais-sant son voisin, le propriétaire du pit-bull.

Le bruit reprit, et il devint évident que le voisin était occupé à cisailler le fil barbelé que Dima avait posé.

La colère de Dima n'était pas suffisante pour qu'il bondît dans le vent glacé à seule fin d'entrer en conflit ouvert avec son voisin. En outre il était difficile de prédire ce que serait l'issue d'un tel conflit. Le pit-bull pouvait fort bien se poser en défenseur de son maître.

«Très bien, pensa Dima en descendant du tabouret. Il y a encore là-bas un tas de barbelés, demain je reboucherai.»

Région de Kiev. District de Makarov. Village de Lipovka.

Irina avait rapidement appris à se servir du téléphone portable. Elle avait simplement écouté Yegor et retenu ce qu'il disait, puis, du premier coup, avait su composer toute seule le code PIN et enregistrer le numéro de l'homme qui lui avait offert l'appareil. Seul le choix de la mélodie avait nécessité de l'aide. Aucune des sonneries préprogrammées ne plaisait à Irina, et celle-ci avait fini par demander à Yegor de lui trouver une simple berceuse pour que Iassia ne fût pas effrayée, si elle était dans ses bras au moment où le téléphone sonnait. À force de fouiller dans la mémoire du portable, Yegor réussit à y dénicher une ritournelle qui avait échappé jusque-là à leur attention.

Irina jeta un coup d'œil à sa montre : huit heures et demie. Elle s'était levée ce matin-là plus tard que d'habitude, mais elle se sentait beaucoup plus fraîche.

Iassia téta un peu de lait maternel, mais très vite repoussa de sa petite main le sein de sa maman. Et se mit à pleurer.

– Dounne-lui donc du lait en poud'. Le matin, c'est toujours ça qu'elle boit.

Grand-mère Choura avait raison. Iassia vida le biberon de trois cents grammes en un clin d'œil, puis s'endormit.

Mais le lait resté dans sa poitrine pesait à Irina, l'empêchant de penser à autre chose. À ce moment, elle entendit dehors une voiture s'arrêter. Un frisson lui parcourut l'échine. Elle regarda par la fenêtre, et vit deux hommes pousser le portillon, suivis de Véra, l'infirmière, munie de son fameux cabas.

Quand le premier coup de sonnette retentit à la porte, Irina était toujours assise à la table de la cuisine, paralysée par la peur.

Deuxième coup de sonnette. Puis troisième. Après quoi la sonnerie se fit insistante, continue. Irina craignit que Iassia ne se réveillât et se mît à pleurer. Elle entra au salon où elle trouva sa mère. Celle-ci, terrorisée, s'en fut ouvrir la porte.

– Il ne faut pas… supplia Irina.

Sa mère s'arrêta dans le couloir. Elle regarda sa fille et écarta les mains, comme pour dire : « Mais que pouvons-nous faire ? »

La sonnerie s'arrêta, mais sur-le-champ une lourde main d'homme frappa contre le vantail.

– Ouvrez ! exigea une voix grave au timbre grossier.

– Voilà ! Voilà ! s'écria la mère d'Irina avant de se précipiter vers la porte.

Les deux hommes de la dernière fois s'engouffrèrent dans le couloir. À Véra, entrée derrière eux, l'un désigna de la tête la porte de la cuisine, et la vieille femme, sans rien dire, s'avança. Irina avait couru à la cuisine avant même que sa mère ouvrît la porte.

Véra, les mains tremblantes, sortit de son cabas le matériel portatif nécessaire et l'étala sur la table. Elle s'appliquait à ne pas regarder dans les yeux Irina assise en face d'elle. Irina, quant à elle, pleurait en silence. Elle n'était même pas consciente de ses larmes. Une à une, elles glissaient sur ses joues, tantôt hésitant, tantôt recevant le renfort d'une autre, pour alors se décrocher et s'écraser sur les genoux dénudés de la jeune femme ou bien sur l'ourlet de sa méchante robe de chambre.

Une fois la poitrine d'Irina soulagée, Véra, toujours sans un mot, referma le bocal d'un bouchon de caoutchouc, rangea le tout dans son sac et sortit. Un des hommes passa la tête dans l'embrasure de la porte.

– Tu nous compliques la vie, dit-il d'un ton posé, mais une ombre de menace perçait dans sa voix. Si tu ne te présentes pas au boulot demain matin à sept heures, tu risques d'avoir de gros problèmes ! De toute manière, nous te retrouverons n'importe où.

Et sur ses mots, il claqua la porte de la cuisine.

Quand la voiture fut repartie, Irina prit le cadeau de Yegor entre ses mains tremblantes. Elle composa son numéro et dit simplement : « Ils sont revenus. »

Irina ne put voir combien Yegor était pâle quand il rangea son portable dans sa poche de manteau. Il s'efforçait de simplement réduire sa rage, de l'aplatir en martelant de ses pas les allées poudrées de neige. Cependant la colère, la lourde et obsédante colère, ne le quittait pas. Il gagna l'autre côté du parc, derrière le palais Mariinski. Cette partie-là était placée sous la surveillance attentive de son collègue Sergueï. Un type du même âge que lui, vivant à Brovary, dans la banlieue de Kiev, et qu'il connaissait un peu, assez en tout cas pour savoir qu'il était grand amateur de chasse.

Yegor le trouva à une vingtaine de mètres des tentes militaires où ne logeaient plus à présent que quatre ou cinq « touristes politiques » de garde. Le camp avait été dressé en face du Cabinet des ministres. Auparavant, en 2004, il abritait les « tambours orange ». À présent, les drapeaux blanc et bleu flottant en haut des mâts des deux côtés du camp montraient que le pouvoir, à l'intérieur des tentes, avait changé de mains.

Les deux hommes se saluèrent avec chaleur. Yegor entama une conversation sur la chasse, et Sergueï raconta comment il avait pisté tout récemment un lièvre. Yegor l'écouta longuement et attentivement. Puis il lui demanda de lui prêter pour deux ou trois jours un fusil avec un bon système de visée. Il prétendit vouloir prendre un congé et s'essayer, lui aussi, à chasser.

53

Kiev. Grande rue de Jitomir. Café La Quinte.

Vers midi, le ciel d'hiver s'éclaircit et le soleil parut.

Semion eut le temps de se commander un café et d'inspecter les lieux avant que Volodka, en veste de cuir noir et bonnet de ski, descendît les marches fort raides de La Quinte.

– Excuse-moi de t'avoir emmerdé au téléphone aujourd'hui.

Semion affichait un air coupable.

– Mais je t'en prie ! S'il n'y avait que toi pour m'emmerder, la vie serait belle. Au moins, toi, tu me verses un salaire ! Les autres, ils me paient des queues, et ils m'emmerdent bien plus !

– Un cappuccino et un verre de Hennessy, commanda Semion au barman, et se rappelant leur dernier rendez-vous, il ajouta en pointant le doigt sur son ami : Pour lui !

Volodka eut un sourire.

– Eh bien, que voulais-tu me montrer ? demanda Semion d'une voix faiblarde.

– Prenons les choses dans l'ordre.

Volodka déboutonna sa veste et tira une enveloppe de la poche intérieure.

Il en sortit des photographies, dont il tendit la première à Semion. Le cliché représentait Alissa, le regard perdu, fixant un point sur le côté.

– Je pense qu'elle t'attendait, murmura Volodka.

– Quand était-ce ?

– La nuit dernière, vers une heure du matin.

– Et là, c'est quoi ?

Semion désignait du menton les clichés restés dans la main de son ami. À la différence du premier, ils avaient été pris à la lumière du jour. Et Alissa y paraissait beaucoup plus séduisante. Elle se tenait au bord de la route, la main levée : elle arrêtait un taxi. Elle entrait dans un bâtiment. Elle en ressortait.

– Où est-elle allée ?

Semion leva les yeux vers Volodka.

Celui-ci décolla le verre de cognac de ses lèvres et loucha sur la photographie que Semion tenait entre ses doigts.

– Ministère de la Santé publique, répondit-il. Ton Alissa y travaille.

– Ce n'est pas « mon Alissa », murmura Semion.

– Pas la tienne ! Pas la tienne ! Tu veux en savoir plus sur elle ? demanda Volodka avec un sourire rusé. Ou bien est-ce inutile ?

Un silence s'installa à la table, durant lequel Semion examina encore une fois les photographies. Le dernier cliché, surtout, resta un long moment sous ses yeux : il montrait le visage de la jeune femme, en gros plan. Regard désemparé, lèvres délicates un peu tendues, et minuscules taches de rousseur parsemant les deux ailes de son nez droit et fin.

– Alors, c'est la peine ou ça l'est pas ? s'enquit de nouveau Volodka.

– C'est la peine ou ça l'est pas ?… répéta machinalement Semion. Non, je pense que non. Je ne compte pas l'épouser. Pas de jour en tout cas. Et la nuit les mairies sont fermées. Mais qu'est-ce que tu as d'autre là ?

Semion venait de remarquer une espèce de formulaire entre les mains de son ami.

– Tu vas rire… dit Volodka de la voix la plus sérieuse du monde.

– Je t'assure que non, lui promit Semion avec la même gravité.

– Formulaire numéro 3 du Bureau de gestion des logements, commenta Volodka. Née en 73, vit seule, pas de colocataire déclaré… Tu regarderas ça chez toi, fais gaffe seulement à ce que ta femme ne tombe pas dessus !

Quand il eut pris congé de Volodka, Semion s'achemina vers le quartier de Loukianovka. Ses jambes le conduisirent d'elles-mêmes jusqu'au passage Bekhterevski.

Au bout de la rue se dressaient les portes du monastère de l'Intercession. Bleu ciel, fraîchement repeintes. À leur droite : deux mendiantes tsiganes.

Semion n'était pas certain de vouloir parler à nouveau avec le médecin. Mais ses jambes l'avaient amené là !

La porte lui fut ouverte par le même ange que la fois précédente.

– Oh ! mais pourquoi n'avez-vous pas téléphoné ? Entrez, entrez ! Piotr Issaïevitch est occupé pour l'instant. Je peux vous proposer du thé ?

Semion accepta, s'assit sur le canapé et ferma les yeux.

Un quart d'heure plus tard, une jeune et jolie brune sortit du cabinet du psychiatre. Jean moulant et court manteau de fourrure rase. Elle regarda Semion au passage, paupières mi-closes, puis s'arrêta devant la secrétaire.

– Innotchka, inscrivez-moi pour vendredi, trois heures, dit-elle d'une voix chantonnante avant de lorgner de nouveau en direction de Semion.

La jeune fille ange, du nom d'Inna, nota dans son cahier le désir de la patiente, après quoi celle-ci sortit, élégante, splendide.

– Quoi, c'est une malade ? demanda Semion à Inna, d'une voix pleine de compassion.

– Que dites-vous là ! Nous ne recevons pas de vrais malades. Ne viennent nous consulter que des gens qui ont des problèmes. Entrez, le docteur vous attend.

– Ah ! c'est vous ! s'exclama Piotr Issaïevitch avec un sourire bienveillant. Asseyez-vous ! Racontez…

195

– Raconter quoi ?

– Rappelez-vous ce que vous vouliez me raconter en venant ici. C'est cela que j'attends de vous.

– Eh bien oui, soupira Semion. Je voulais vous demander... Vous vous rappelez ce que je vous ai dit à propos de cette femme qu'il m'arrive de rencontrer quelquefois la nuit ?

– Oui, bien sûr !

– Je pense constamment à elle, avoua Semion. J'ai envie de la retrouver, de la voir...

– Mais vous savez où elle habite, n'est-ce pas ?

– Oui, mais vous avez dit qu'il vaudrait mieux que je ne la rencontre pas de jour.

– C'est exact, approuva le docteur. À propos, comment votre femme réagit-elle à votre somnambulisme ? Ou bien n'a-t-elle rien remarqué ?

– Non, elle s'est plusieurs fois aperçue de quelque chose. Elle m'a fait des scènes. Mais à présent ça va bien entre nous.

– Tant mieux. Dans votre vie diurne vous avez une femme, dans votre vie nocturne vous en avez une autre. Je vous conseillerai de vous en tenir strictement à ces périodes de la journée... Vous n'avez pas besoin de voir durant le jour votre femme de la nuit.

– J'ai encore une question... (Semion regardait le médecin avec une mine d'élève studieux.) Serait-il possible de déterminer depuis combien de temps je fréquente cette femme ?

Piotr Issaïevitch esquissa un geste d'impuissance.

– Les somnambules ne tiennent pas de journal intime. Vous pouvez la connaître depuis un an comme depuis un mois.

Semion fronça les sourcils.

– Cela veut donc dire que je suis incapable de me contrôler la nuit ?

– Le mercredi, je reçois en nocturne, dit le psychiatre en dévisageant bizarrement son patient. Si vous venez me consulter en état de somnambulisme, je pourrai vous aider beaucoup plus. Mais ne vous inquiétez pas. Pour votre tranquillité d'esprit, je peux vous signer un certificat comme quoi vous souffrez véritablement et que vous ne pouvez être tenu pour responsable des actes que vous commettriez la nuit.

– Quoi, c'est vrai, je n'en suis pas responsable ?

– Formellement, non. D'un point de vue juridique, la nuit vous êtes malade, et le jour en parfaite santé. Mais seulement le jour. Vous n'aurez qu'à garder constamment sur vous cette attestation, dans votre portefeuille ou bien votre passeport. Au cas où. Imaginez que vous soyez arrêté par la milice ? Vous pourrez y adjoindre ma carte de visite. Il peut arriver n'importe quoi.

Semion accepta. Le psychiatre tira de son tiroir un formulaire qu'il remplit avant d'y apposer un tampon imprégné d'une encre grasse et violette.

Dehors, le soleil brillait, et à présent Semion sentait nettement sa chaleur sur ses joues. Parvenu à l'angle de la rue de l'Observatoire, il s'arrêta, pour relire encore une fois attentivement le papier remis par le médecin. Il le plia, inséra à l'intérieur la photo d'Alissa, puis glissa le tout dans son portefeuille.

– À partir de maintenant, je ne suis plus responsable de moi, murmura-t-il.

Et sur ses lèvres naquit un sourire songeur.

54
Borispol. Rue du 9-Mai.

Le chat Mourik allait et venait dans la pièce d'un drôle d'air agité. Il devait sentir l'approche du mois de mars.

Il se frottait contre les jambes de son maître, pour ensuite passer sa queue touffue sur les mollets de sa maîtresse.

– Attends un peu, lui dit Valia. Je me prépare d'abord, et après je te donne quelque chose.

Valia ne tarda pas à partir au travail. Dima ouvrit le vasistas et vit une goutte d'eau briller dans le soleil et se détacher de l'extrémité d'un glaçon.

«Le dégel», se dit-il, ravi.

Il entendit alors, provenant de la cour, le grognement déplaisant d'un chien. Collant la joue contre la vitre froide, il regarda vers la gauche et aperçut le pit-bull du voisin. Le chien, apparemment, venait juste de faire ses besoins, et piétinait à présent à côté du jeune pommier dont la partie inférieure du tronc avait été, dès le début de l'automne, enveloppée de chiffons en prévision de fortes gelées.

– Salopard ! lâcha Dima.

Il se rappela le bruit de pince coupante perçu la veille au soir. Il enfila à la hâte sa veste de survêtement et courut dans le couloir. Là, il chaussa ses bottes par-dessus ses pieds nus, sans même prendre le temps d'en tirer la fermeture éclair, jeta un coup d'œil dans le placard de la chaudière, s'empara d'un balai-brosse, et d'un bond se trouva dehors.

– Ah ! tu vas voir, mon salaud ! lança-t-il, fixant la gueule du pit-bull, une bille de bois taillée à coups de serpe et hérissée de dents. Allez, casse-toi ! Tu m'entends ? !

Mais le chien ne fut nullement effrayé. Il prit son élan et sauta sur Dima. Un coup de balai l'atteignit en pleine poitrine. Cependant, King se révéla plus lourd et plus dangereux que Dima pouvait l'imaginer. Malgré le choc, il retomba simplement dans la neige, se reçut sur ses quatre pattes qui se plièrent comme des ressorts, et fonça de nouveau sur le propriétaire de la cour.

Or, à ce moment se produisit un phénomène étrange. Quelque chose heurta avec bruit la corniche de la fenêtre. Dima se retourna vivement et vit Mourik qui déjà courait dans la neige vers son maître.

King s'immobilisa un instant. Il reporta son regard sur le chat comme s'il cherchait à décider lequel des deux il haïssait le plus. Mais il considéra alors de nouveau Dima et, gueule ouverte, s'en fut au petit trot vers lui. Mourik émit un feulement et se jeta sur le chien.

Dima ne pouvait en croire ses yeux. Le chat avait planté griffes et crocs dans la nuque du pit-bull, et restait ainsi pendu à son cou, tel un col de fourrure.

King secouait la tête, se roulait sur le flanc, se contorsionnait en tout sens pour tenter de happer soit une patte soit la queue de Mourik. Mais celui-ci résistait habilement, et il fallut que le chien se renversât sur le dos et l'écrasât de tout son poids pour qu'il lâchât prise. Mourik s'écarta d'un bond. King se rua sur lui. Mais au lieu de prendre la fuite et de grimper dans un arbre, le chat fit face et s'élança sur le chien. À la manière d'un boxeur, il le frappa au passage de sa patte droite, toutes griffes dehors, et Dima vit le pelage ras du pit-bull se zébrer de trois sillons de sang. King poussa un grognement encore plus mauvais que les précédents. Mais Mourik avait eu le temps de s'éloigner et se tenait à présent à plus de deux mètres du chien qui tardait à réagir.

Les petits yeux ronds du pit-bull se voilèrent de sang. Dima sentit la peur l'envahir. Il serra dans sa main le manche du balai, au cas où le chien se retournerait contre lui. Mais King préféra encore une fois s'en prendre à Mourik.

Celui-ci alors sauta en l'air très haut pour atterrir sur le dos de son adversaire, et de nouveau planta ses crocs dans le cou épais de la bête. King se mit à tourner en rond, dans l'espoir de faire perdre prise au chat. Il se laissa tomber sur le flanc dans la neige, roula sur le dos.

Mourik desserra un instant ses mâchoires, pour les refermer aussitôt sur la gorge du chien. Le pit-bull bascula sur lui-même, pour se coucher à plat ventre, écrasant le chat sous sa poitrine, lui enfonçant la tête dans la neige. Mais Mourik ne le lâcha pas. La neige autour de sa tête se teinta de rouge. Dima regarda plus attentivement, s'efforçant de comprendre si c'était le sang du chat ou celui du chien.

Et à ce moment il prit conscience que le chat était perdu. Que Mourik ne ressusciterait pas une seconde fois. Alors, il abattit de toutes ses forces son balai sur la tête de King. Sous le choc, la brosse se brisa et vola à l'écart, tandis que King, d'un coup, devenait tout flasque et laissait retomber sa gueule ensanglantée dans la neige. La tête du chat, elle aussi en sang, s'apercevait à peine par-dessous.

S'aidant du manche du balai, Dima repoussa le corps du chien pour dégager Mourik. King gisait à présent sur le flanc dans la neige sale, Mourik toujours cramponné à lui, ses dents pointues solidement plantées dans la gorge de son adversaire. Sa fourrure grise était toute poisseuse. Dima essaya de la main de séparer les deux bêtes. Il y réussit à la troisième tentative, mais un lambeau de chair demeura pendu à la gueule du chat.

— Il n'est pas crevé tout de même ! soupira Dima.

Et il fut pris d'un terrible sentiment de pitié pour l'animal qui était mort déjà une fois. Et qui à présent n'était pas simplement mort, mais avait péri de manière héroïque en voulant défendre son maître. Des larmes perlèrent aux yeux de Dima. Il eut envie de boire un verre pour le repos de l'âme du chat.

C'est alors que Mourik-Mourlo remua la patte.

— Il est vivant ! s'exclama Dima, tout heureux.

Il prit dans ses mains le petit corps collant de neige et de sang et le porta jusqu'à la maison. Il gagna la salle de bains et le déposa dans la bassine émaillée qui servait à laver le linge. Il commença par se laver les mains, puis nettoya Mourik au moyen d'une serviette humide en nid-d'abeilles, passa au désinfectant ses plaies, et l'emmitoufla dans une autre serviette, sèche celle-là, avant de le poser par terre. Lui-même s'en fut alors à la cuisine et regarda par la fenêtre. King était toujours immobile, étendu dans la neige écarlate.

« Et s'il était encore en vie, lui aussi ? » s'inquiéta Dima.

Il ressortit, s'accroupit auprès de la gueule du pitbull, renversée sur le côté. Il tendit l'oreille, examina le corps avec attention. Le chien était bel et bien mort. Dima poussa un soupir de soulagement. Il jeta un coup d'œil vers la maison du voisin. Celui-ci devait être absent, autrement il aurait eu tôt fait de rappliquer en entendant le boucan.

Dima fila à la remise chercher une pelle. La planta dans la neige et réfléchit à un plan d'action : il allait fourrer King dans un vieux sac de patates et le porter jusqu'à la cour d'immeuble abandonnée. Là il le balancerait dans le puits qui avait hébergé Mourik quelque temps plus tôt. Après quoi il ferait disparaître la neige du lieu du combat afin de n'éveiller aucun soupçon chez son voisin qui, à coup sûr, allait entreprendre des recherches pour retrouver son chien.

Dima mit cinq bonnes minutes à enfermer le chien dans le sac de pommes de terre puant l'humidité. Puis il traîna le sac jusqu'au portillon. Il regarda derrière lui et constata que le sac avait laissé dans la neige une traînée sanglante.

Avec un claquement de lèvres mécontent, Dima hissa le sac sur ses épaules et le porta jusqu'au garage. Il inspecta les environs : la rue était déserte. Une fois à l'intérieur, il dissimula dans le coffre de sa voiture le sac qui serait trop lourd à trimballer à dos d'homme jusqu'à

la cour d'immeuble. Sans parler du fait qu'un type colti-
nant dans la rue un fardeau éveille toujours le soupçon.
Même dans le cas où ledit fardeau ne laisse pas échapper
de gouttes de sang.

De retour dans sa cour, Dima tenta de recouvrir de
neige propre les traces du carnage, mais les taches ressor-
taient aussitôt. Après un instant de réflexion, il déblaya
entièrement cette partie du terrain. Le rectangle de terre
noire ainsi découvert faisait bien sûr un peu bizarre, mais
ça ne regardait personne : c'était sa cour, et il était maître
chez lui, tout de même ! « Mais le voisin va le remarquer »,
pensa Dima en regardant la terre, vierge de tout brin
d'herbe. Et de nouveau il empoigna la pelle et nettoya
tout le reste du terrain.

De retour chez lui, il jeta un coup d'œil dans la salle
de bains. Emmailloté comme un bébé dans une serviette
éponge, le chat enduit de produit désinfectant reposait
dans la bassine en émail posée par terre.

À la nuit tombée, Dima transporta le sac contenant
le chien jusqu'à l'immeuble abandonné, et le jeta dans
le puits.

Une fois de retour, il emporta Mourik au garage et
l'installa sur un matelas de vieux pulls à côté du radiateur
allumé. Se rappelant que le chat aimait le contenu des
ampoules, il en sortit une qu'il vida dans l'assiette toujours sale. Puis il ressortit en s'efforçant de ne pas faire
claquer la porte.

55
Région de Kiev. District de Makarov. Village de Lipovka.

Au matin, Irina se leva : seul grinça le sommier métallique. Pieds nus, elle alla à la cuisine. Posa la bouilloire
sur le feu. Regarda par la fenêtre. Il faisait encore nuit,

mais sans doute plus aussi froid. Le printemps approchait. L'aube se levait plus tôt. Dans quelque temps l'hiver serait fini pour de bon, il y aurait de l'herbe, des fleurs ! Iassia se dorerait au soleil dans son landau ! Et si l'on rapportait du sable de la rivière et qu'on le tamise pour le débarrasser d'éventuels tessons de bouteilles, on pourrait aménager une petite aire de jeux pour elle. Juste là, devant la porte.

Irina était plongée dans ses rêves quand la porte de la cuisine s'ouvrit. Sa mère entra.

– C'est que tu te prépares à aller à Kiev ?

Irina fit non de la tête.

– Alors les autres, là, vont revenir ! dit la mère, résignée. Y vont te prendre ton lait et point payer un sou. Déjà qu'ahier, ils ont rin payé du tout.

Irina réfléchit. En effet, ils ne lui avaient rien donné la veille. Mais elle n'y avait même pas pensé, tant elle était effrayée.

– Ton Yegor, y fera rin contre eux, tu verras, déclara la mère d'une voix accablée.

– Ce n'est pas vrai, lui répondit Irina, têtue.

La mère haussa les épaules et referma doucement derrière elle la porte de la cuisine.

Vers huit heures, Yegor appela sur le portable d'Irina.

– Dès que la voiture arrivera, compose mon numéro ! lui commanda-t-il.

Irina comprit que les autres viendraient de toute manière et cessa d'avoir peur. Elle se lava à l'eau froide. Se coiffa. Enfila un collant de laine et passa une robe facile à déboutonner. Puis attendit.

La voiture ne s'arrêta devant la cour qu'à neuf heures et demie. Irina téléphona aussitôt à Yegor. « Compris ! dit-il. Rappelle-moi dès qu'ils partiront ! »

Irina alla elle-même leur ouvrir. Les deux mêmes hommes entrèrent sans un mot. Visages de glace, soit à cause de l'hiver, soit par absence d'âme. Véra, l'infirmière, gagna aussitôt la cuisine, munie de son cabas. Irina la suivit. Et tout se répéta comme la veille, à cette différence près que le lait d'Irina, ce matin-là, était beaucoup plus abondant que la fois précédente.

Elle regarda tristement la voiture s'éloigner, appela tout de suite Yegor et retourna auprès de Iassia. Iassia ne dormait plus. Ses yeux ronds comme des boutons contemplaient le plafond blanc.

Yegor, pendant ce temps, s'était embusqué sur le bascôté de la route, derrière un haut tas de neige sale, une carabine dans les mains. Son œil était déjà habitué à la lunette de pointage. Il s'était entraîné, visant dans cette lunette passagers et conducteurs. La vue était parfaitement dégagée, et il en tirait comme la certitude d'être dans son bon droit.

Il avait choisi un endroit commode qui offrait un large champ de vision. Les voitures allant vers Kiev descendaient une longue pente douce et il était ainsi possible de repérer de loin le véhicule désiré. En outre, la circulation, à cette heure, était fort peu dense.

Yegor consulta sa montre. Il calcula encore une fois combien il leur faudrait de temps pour parcourir cette distance, et en conclut qu'il devait se tenir prêt. Il colla son œil à l'oculaire de la lunette. Observa les voitures qui descendaient, scruta les visages des inconnus qui se trouvaient à bord. Dans celle qu'il guettait, tous les visages lui seraient inconnus, mais il reconnaîtrait le véhicule grâce à son numéro d'immatriculation. Pour obtenir un numéro de ce genre, il fallait payer cher. Au reste, c'est bien ce qui allait arriver : ils allaient payer très cher pour ce numéro !

Six ou sept minutes plus tard, il aperçut la BMW bleu marine, à la plaque uniquement composée de six. Elle roulait à bonne vitesse, mais un minibus venant de

Jitomir occupait la voie gauche de la route et pour l'instant ne réagissait pas aux appels de phares énervés du véhicule en passe de le rattraper.

Yegor avait le doigt sur la détente. Il observa le conducteur dans la lunette de pointage, puis son passager. Il nota également la présence sur la banquette arrière de la vieille femme dont Irina lui avait parlé. Quelque chose l'empêchait de tirer. Qui étaient ces gens ? On les avait envoyés, ils avaient exécuté un ordre ! Cela ne voulait pas dire qu'ils n'étaient pas coupables ! Mais pourquoi tirer sur l'un plutôt que sur l'autre… Yegor hésitait, et sa propre indécision le rendait furieux. Le minibus de Jitomir avait cependant fini par se rabattre à droite, cédant le passage à la BMW. Craignant de la perdre de vue, Yegor braqua brusquement son arme sur la voiture et, sitôt que la roue avant se dessina dans la lunette, il pressa la détente. La roue explosa en pleine course. Yegor eut le temps de le voir dans l'oculaire. La suite, il l'observa à l'œil nu, ayant posé la carabine sur la neige. La voiture dérapa sur la droite, accrocha le minibus et sortit de la chaussée pour escalader le bas-côté, où elle effectua trois tonneaux avant de heurter le pied métallique d'un énorme panneau publicitaire. Elle demeura là, immobile, tordue autour du poteau, tel un fer à cheval. De la fumée s'échappait du capot relevé et plié en accordéon.

Yegor était toujours étendu dans la neige et regardait la BMW fracassée. Il fut tenté d'appeler les secours. Mais il s'aperçut qu'un camion venait de s'arrêter, tout de suite imité par une Jigouli. Les chauffeurs des deux véhicules coururent vers le lieu de l'accident.

L'un tenta d'ouvrir les portières, côté conducteur, mais elles étaient coincées. Elles ne s'ouvrirent pas davantage côté passager. Seul le hayon, à l'arrière, céda aux efforts des sauveteurs bénévoles. En sortit la vieille femme, qui roula sur le sol. Son visage était en sang, mais elle respirait encore : de la vapeur s'évadait de sa bouche. Elle serrait solidement entre ses mains un cabas déchiré d'où un filet de lait s'échappait pour aller se perdre dans la neige.

Ce détail, Yegor n'en fut pas témoin. Il était déjà reparti par les bois en direction du chemin de traverse où il avait laissé sa Mazda.

56
Kiev. Rue Reïtarskaïa. Appartement n° 10.

Tard dans la matinée, quand Veronika réussit enfin à se lever, et encore, à cause de la sonnerie du téléphone, autrement elle eût pu dormir jusqu'à l'heure du déjeuner, elle trouva sur la table de la cuisine un message laissé par Semion : *Je rentre dans la soirée. G.I. m'a appelé d'urgence. Je t'embrasse.*

Rien là d'extraordinaire. En revanche, dans le couloir, juste à l'entrée, elle aperçut les bottines de son mari, entièrement couvertes de boue, et dans une bassine posée par terre, sous le lavabo de la salle de bains, son pantalon de survêtement tout aussi sale et humide. Sans le coup de téléphone de Daria Ivanovna, Veronika eût été beaucoup plus troublée par sa découverte. Mais après un quart d'heure de conversation avec son amie, elle avait autre chose à penser. La veuve du pharmacien l'avait invitée à faire les magasins. La proposition venait on ne peut mieux à propos. Le soleil était chaque jour plus chaud. Les glaçons pendus aux façades des maisons tintaient sous les gouttes d'eau, annonçant un printemps précoce. Veronika n'avait presque plus un seul collant intact, et sa garde-robe réclamait un renouvellement.

C'est une fois dans la rue, alors qu'elle remontait d'un pas assuré la rue Streletskaïa, que Veronika se souvint des

206

bottes et des vêtements sales de son mari. Où avait-il bien pu ramasser toute cette boue en plein hiver, quand tout était encore gelé ? !

Veronika se rappelait qu'ils s'étaient couchés en même temps. Elle se rappelait aussi qu'elle n'avait pas très envie de se livrer cette nuit-là à des jeux conjugaux. Mais, connaissant bien Semion, elle avait tout de suite cédé pour ne pas ajouter à son excitation en lui résistant. Et tout s'était passé comme cela arrivait très souvent autrefois. Il l'avait embrassée sur le visage, lui avait caressé les seins d'un geste un peu fruste, avait tenté de se montrer tendre, pour autant qu'il se souvenait encore de la manière de procéder, mais avait fini par se laisser aller à l'égoïsme sexuel, ou, comme elle le disait, à «piquer un cent mètres» qu'il avait couru à toute vitesse, avant de retomber le nez dans l'oreiller, et de s'endormir, le bras droit encore passé autour de ses épaules.

Qu'était-il arrivé ensuite ? Elle aussi s'était assoupie, non sans avoir au préalable repoussé la main pesante de son époux qui avait glissé sur ses reins. Elle ne se rappelait rien d'autre.

«Peut-être est-il sorti ? Il sera tombé je ne sais où, puis une fois rentré, se sera changé pour ressortir… » se dit-elle.

— Ninotchka ! lança la voix familière et amicale de la veuve. Et moi qui pensais que tu serais en retard ! Partons vite, il y a des soldes chez Vidivan !

— Mais c'est un magasin pour hommes ! s'exclama Veronika, étonnée, en regardant Daria Ivanovna, vêtue ce jour-là moins élégamment qu'à l'ordinaire, mais plus chaudement : pantalon bleu marine, bottes par-dessus, et long manteau de cachemire d'un bleu identique.

— C'est vrai ! Mais il faut d'abord acheter ce qui s'achète vite ! J'ai besoin de trois paires de chaussettes et de deux chemises pour le mien. Et toi, tu n'auras qu'à chercher toi aussi un truc pour ton homme, s'il l'a mérité, bien sûr !

Elles prirent un minibus à moitié vide pour descendre à Maïdan. Chez Vidivan, en dépit des promesses criardes de rabais affichées en vitrine, il y avait fort peu de monde. Daria Ivanovna se dirigea immédiatement vers le rayon des chemises.

– Puis-je vous aider ? lui demanda un jeune homme au costume impeccable et aux yeux discrètement maquillés. Veronika eut même l'impression qu'il avait du rouge sur les lèvres.

– Si vous voulez ! répondit la veuve du pharmacien. Il me faudrait deux ou trois chemises. Taille 44. Pour un homme qui n'a ni goût ni prétentions.

– Dans quels prix ? Cher, pas cher ? s'enquit le vendeur-conseil à la tenue si soignée.

– Allons, qui irait mettre le paquet pour un homme comme ça ! s'exclama Daria Ivanovna avec un grand sourire. Quoique… vous savez, c'est bientôt son anniversaire… Disons alors une chère, et deux à prix réduit !

Le jeune homme conduisit Daria Ivanovna à une armoire ouverte partagée en casiers où s'empilaient des chemises emballées de cellophane transparente. Pendant ce temps, Veronika s'attardait auprès d'une autre armoire où devaient se trouver les chemises bon marché.

« Et si j'en prenais une pour Semion ? » pensa-t-elle.

Elle se souvint du soir où ils étaient allés au théâtre. Il l'avait empêchée de lui repasser sa chemise neuve : il l'avait déballée et enfilée comme ça.

Elle prit dans ses mains une sympathique chemise verte à manches longues. Regarda le prix : quatre-vingt-dix-neuf hryvnia.

– Vous avez besoin d'aide ? fit derrière elle une douce voix masculine.

Elle se retourna. Devant elle se tenait un jeune homme en costume, arborant une figure de garçon de café heureux.

– Où sont donc vos articles soldés? demanda Veronika.

– Montez au premier étage, lui conseilla le jeune homme.

Ayant jeté un coup d'œil à Daria Ivanovna et au vendeur-conseil obligeamment occupé à lui présenter la marchandise, Veronika sut qu'elle avait au minimum une vingtaine de minutes devant elle. Au premier étage, elle choisit sans l'aide de personne trois chemises pour son Semion : une rouge vif, une vert foncé, et une noire très élégante. Les trois pour les mêmes quatre-vingt-dix-neuf hryvnia. Quand elle redescendit, Daria Ivanovna était à la caisse en train de compter des billets.

– J'ai acheté deux chemises fantastiques! se vanta-t-elle. Et des chaussettes... une vraie merveille. Cent pour cent coton !

– Mais pourquoi lui achètes-tu ça? demanda Veronika à son amie, alors qu'elles étaient déjà ressorties boulevard Krechtchatik[1].

– Comment, pourquoi? s'étonna Daria Ivanovna. Ses cols de chemises se salissent comme s'il transpirait. Il sent aussi dessous les bras. C'est la poussière sans doute. Je suis même obligée de laver ses chaussettes. Aucune différence entre avant, quand il était en vie, et maintenant ! Un corps humain, ce n'est pas de la pierre. Qu'il soit vivant ou non, aucune importance, quelque part il respire ! Il réagit au temps qu'il fait, à la pression atmosphérique. Et toi, qu'as-tu pris pour le tien?

– Allons nous asseoir dans un café, je te montrerai, proposa Veronika.

---

1. Artère principale de Kiev.

– Si nous nous asseyons, nous n'aurons plus le temps d'acheter pour nous! Filons d'abord au Tsoum. Et ensuite, au café, promis!

57
Kiev. Centre-ville.

Guennadi Ilitch était depuis le matin d'excellente humeur. C'est peut-être pourquoi il prêta attention au regard maussade de Semion quand ils se retrouvèrent au parc Mariinski, devant le monument.

– Qu'est-ce qui t'arrive? demanda le député à son nouvel assistant.

– Rien, de menus désagréments domestiques, mentit Semion en s'efforçant d'effacer de son visage toute trace de morosité.

– Des problèmes d'argent dans la famille, c'est ça? supposa Guennadi Ilitch, compatissant. Veux-tu que je te décroche une aide sociale?

Semion haussa les épaules. Quelles que soient les circonstances, il est toujours idiot de refuser de l'argent. Il avait un peu honte de se plaindre de l'état de ses finances, mais cela valait mieux que de tenter d'expliquer à son chef et principal commanditaire qu'il se baladait la nuit il ne savait où, et rentrait trempé et couvert de boue, quand tout était encore gelé dehors et qu'il n'y avait pas une flaque d'eau dans la rue!

– Eh bien moi, j'ai dû dormir à l'hôtel. (Guennadi Ilitch agita la main en direction du Kiev.) Nous avons siégé au Parlement jusqu'à trois heures du matin. Nous avons fait passer une excellente loi, pour laquelle même les futurs députés nous diront merci! Désormais, chaque représentant du peuple se verra délivrer en même temps que son attestation une croix pendentif en or. Et pas une petite ! À partir de maintenant, l'Ukraine sera plus près de Dieu !...

Semion écoutait avec attention. Savoir que Guennadi Ilitch avait passé la moitié de la nuit au Parlement l'aidait curieusement à accepter ses propres mésaventures.

– Où est ta bagnole ? demanda Guennadi Ilitch.

Semion consulta sa montre.

– Elle sera là dans quinze minutes, dit-il.

– Bien. Aujourd'hui, vous aurez à escorter un camion. Jusqu'à l'orphelinat, là-bas, à Vychgorod. À midi, un camion-grue arrivera pour le décharger. Vous veillerez à ce que les choses se fassent en douceur et que tout soit installé proprement.

– Et que transporte-t-il ce camion ? s'enquit Semion.

– Un laboratoire d'occasion pour fabriquer du fromage de chèvre, expliqua le député. Tu diras bien au directeur de l'orphelinat qu'il ne s'agit en aucun cas d'un don, mais d'un investissement. Il devra me livrer la moitié de la production !... Mais d'abord tu iras prendre des bidons de lait rue Grouchevski. Au même endroit que la dernière fois.

Semion hocha la tête.

– Le camion avec le matériel vous attendra place Chevtchenko, à côté de la gare routière. Un Kamaz à bâche bleue. C'est tout. (Le député jeta un coup d'œil à sa montre.) Il est temps pour moi d'aller servir le peuple !

Il prit congé et se dirigea vers le Parlement. Un instant après, il apostrophait de nouveau Semion.

– Ah oui ! Dis aussi que l'on ne commence pas la production avant que le prêtre ait consacré la fromagerie !

Quand Semion atteignit l'avenue, il aperçut tout de suite la Niva de Volodka. Elle était garée juste à côté de la grande entrée du bâtiment, où ils devaient prendre à nouveau livraison de bidons de lait.

– Tu ne m'aurais pas suivi, par hasard, la nuit dernière ? demanda Semion à son ami, tandis qu'il lui serrait la main.

– Non.

– Dommage. Je suis allé me traîner dans une de ces gadoues… Je ne sais même pas dans quel endroit… Mais bon, allons-y !

De la tête, Semion désigna l'entrée de l'immeuble.

Ils transportèrent les trois lourds bidons qui les attendaient dans le couloir du lactarium dans le coffre de la Niva. Aussitôt une odeur un peu aigre envahit l'habitacle.

– Nous sommes, toi et moi, comme deux joyeux laitiers ! s'exclama Volodka en riant, au moment de mettre le moteur en marche.

– L'un est joyeux, l'autre pas tant que ça, rectifia Semion.

La Niva s'engagea prudemment dans l'avenue puis tourna à gauche, en direction de la place de l'Europe.

Semion repéra tout de suite le Kamaz à bâche bleue. Ils s'arrêtèrent devant lui et klaxonnèrent. Après quoi les deux véhicules s'en furent par la route de Vychgorod du côté de la mer de Kiev.

Semion rentra chez lui à la nuit tombée. Fatigué et toujours mécontent. Certes, son mécontentement était d'une autre nature qu'au matin. Ils avaient dû attendre plus de deux heures l'arrivée du camion-grue. Le déchargement lui-même avait duré presque cinq heures. Le matériel était conditionné dans un solide conteneur en bois qui ne passait absolument pas par la double porte du local qui lui était destiné, un atelier où l'on enseignait jusqu'alors le travail manuel. Outils et établis avaient été sortis et disposés à même la neige. Une bande d'adolescents pensionnaires de l'orphelinat, tous dans un terrible état d'excitation, s'était employée à pousser la caisse soulevée par la grue dans l'embrasure de la porte, mais en vain. On avait alors démonté en partie l'enveloppe de bois et à la énième tentative, le bloc laboratoire avait passé la porte pour se trouver aussitôt coincé dans le passage. Semion, Volodka et le chauffeur du Kamaz avaient dû aider les gosses à pousser l'ensemble à l'intérieur de l'atelier. Enfin, quand le matériel eut été mis en place selon les marques indiquées sur le sol, Semion avait repris son souffle et transmis le message de Guennadi Ilitch au directeur de l'établissement.

– Un investissement?! s'était exclamé celui-ci, interloqué. Comment ça un investissement?! Qu'est-ce que je suis censé faire encore? Lui expédier des rapports sur la production de fromage?

– Ça, vous verrez avec lui, avait répondu Semion préférant détourner la conversation. On m'a dit de vous transmettre, je transmets. Maintenant il faudrait décharger le lait de la Niva.

Le directeur ne leur avait même pas dit au revoir. Il était rentré dans l'orphelinat et avait claqué la porte derrière lui.

– Tu veux dîner?

Veronika venait d'entrer dans la salle de bains, juste au moment où Semion s'aspergeait le visage d'eau froide, dans l'espoir de se remonter un peu.

– Mouais, répondit-il, maussade.

– Tu as des problèmes? demanda Veronika avec douceur, en posant devant lui sur la table de la cuisine une assiette de kacha de sarrasin avec des *teftels* à la sauce tomate.

Elle s'assit en face de son mari.

– Plus que tu n'imagines! Mais d'où sors-tu ça?

Semion désignait du regard le nouveau chemisier qu'elle portait, d'un beau rose tendre.

Veronika se contenta de sourire.

– J'ai lavé ton pantalon de survêtement. Et aussi tes bottes. Elles sont sur le radiateur.

Semion se tendit. La fourchette où était embroché un morceau de boulette de viande manqua rater sa bouche.

– Merci, prononça-t-il d'un ton nerveux.

– Tu es tombé quelque part ?

Semion s'attendait à cette question, mais ne pensait pas qu'elle lui serait posée dans un climat aussi chaleureux et amical.

– J'ai visité la cave, répondit-il quand il eut enfin formulé dans son esprit une fable plus ou moins vraisemblable. En sortant ce matin, je regarde : il y avait de la vapeur qui s'échappait du soupirail. J'y suis allé voir. Je pensais qu'une canalisation avait dû péter. J'ai glissé. J'ai dû me changer.

– Ça avait pété ?

– Non, c'était juste humide. Des gouttes tombaient des tuyaux, il y avait de la boue tout autour…

– Je t'ai acheté des chemises neuves. Daria Ivanovna et moi avons fait les magasins, commença Veronika, mais elle se tut brusquement, effrayée à l'idée d'en dire trop, de mentionner quoi que ce fût en rapport avec la présence du défunt pharmacien dans l'appartement de sa veuve. Je les ai même déjà repassées…

– Ah ! fit son mari, d'un air approbateur. Et tu as bien ôté les épingles ? L'autre fois, au théâtre, il en restait une qui m'a sacrément piqué.

– Mais c'est toi-même qui l'avais déballée, pour l'enfiler tout de suite comme ça ! Personne ne fait des trucs pareils ! Au fait, que dirais-tu de sortir tous les deux demain ?

– Demain ? (Semion réfléchit.) Oui, ça doit être possible. Il faudra juste que j'aille chercher ma paye le matin.

Après le dîner, Veronika s'en fut au salon regarder *Danse avec les stars* à la télévision. Semion demeura seul à la cuisine. Pour la première fois de la journée, il était content de lui, ou plutôt de son histoire d'exploration matinale de la cave. Mais quand sa femme eut quitté la cuisine, il ressentit une vague inquiétude. Et il comprit tout à coup que son mensonge pouvait parfaitement se révéler être l'absolue vérité. «Il faut que j'y descende voir», conclut-il.

Mais la nuit était déjà tombée, et il faisait toujours noir dans la cave. Il n'avait pas de lampe de poche. Or sans lampe, aller traîner là-bas n'avait aucun sens.

– Je reviens tout de suite, dit-il à Veronika depuis la porte du salon.

Il sortit sur le palier et sonna chez le voisin d'en face.

Igor entrebâilla sa porte autant que le permettait la chaîne de sécurité, comme s'il craignait un cambriolage ou une visite d'importuns.

– Bonsoir, lui dit Semion très poliment. Vous n'auriez pas une lampe de poche par hasard?

– Si, répondit Igor, un peu surpris. Qu'est-ce qui vous arrive, coupure de courant?

– Non, j'en ai besoin pour moi. Je vous la rends demain.

Igor remit à Semion une puissante lampe de randonnée, et referma aussitôt sa porte, sans prononcer un mot.

Semion chaussa ses vieilles bottines, passa un coupe-vent sur son pull et descendit l'escalier. L'accès à la cave de leur immeuble se trouvait dans le hall d'entrée voisin. La porte n'était pas fermée à clef. Semion alluma la lampe et pénétra dans le monde éternellement imprégné d'humidité des communications souterraines. Il s'avança, s'accroupit et promena lentement le puissant faisceau de lumière autour de lui. Des canalisations, des soupapes de sécurité, des détritus. Il éclaira le sol de terre battue devant lui et repéra tout de suite des traces laissées par de lourdes bottes. Il étudia ces empreintes de plus

215

près. Elles lui parurent familières. À dire vrai, c'étaient celles de ses propres bottes d'hiver. Cette découverte ne lui procura ni joie ni soulagement.

Il se redressa et, s'éclairant toujours de la lampe, s'enfonça plus avant dans la cave, marchant sur ses propres traces. Il franchit des flaques d'eau, puis de boue, enjamba des traverses de béton séparant les différentes sections de cave, et enfin aboutit à un cul-de-sac. Les traces suivaient le mur transversal pour aller à l'autre coin. Semion s'arrêta devant un enchevêtrement de tuyaux d'où se dégageait de la chaleur. Il fouilla ce nœud de métal du faisceau de sa lampe, puis s'accroupit pour éclairer les canalisations par le dessous. De nouveau il inspecta chaque interstice. Rien d'intéressant. Il progressa encore, et plaça la lampe sous les tuyauteries. Et aussitôt il perçut une sorte de froissement en même temps que sa main gauche éprouvait le contact d'une feuille de papier. Il glissa la main derrière le tuyau et en retira une grosse enveloppe. Dans le silence humide des ténèbres, le bruit qu'il produisit en dégageant le paquet lui parut presque assourdissant.

Le faisceau de la lampe plongea à l'intérieur de l'enveloppe, immédiatement suivi par la main de Semion. Il en tira un carnet à couverture cartonnée, de la dimension d'un passeport. Sur la couverture, une inscription imprimée en lettres argentées: *Église Ambassade de la Lune*. Il l'ouvrit aussitôt et découvrit sur la page de droite une photo de lui, et sous la photo, sa propre signature. Il porta alors son regard sur la page de gauche.

Le frère Seramion, ayant reçu le baptême en l'Église Ambassade de la Lune le 23 novembre 2006, est admis à connaître tous les mystères d'icelle, mystères qu'il s'engage à ne divulguer à aucune personne à lui étrangère ou bien proche. S'il venait à trahir son vœu de silence quant aux mystères qui lui sont révélés, il s'exposerait à la mort par l'eau, à titre d'excommunication.

Le carnet tremblait dans la main de Semion. Il éclaira sa photo : sur le cliché, il portait un chandail noir. Il ne regardait pas l'objectif. Ses lèvres étaient entrouvertes.

Semion plongea une nouvelle fois la main dans l'enveloppe et en tira un chapelet de perles vertes. Il observa, effrayé, avec quelle facilité, quelle familiarité même, l'objet se lovait au creux de sa main. Il lâcha le chapelet qui retomba dans l'enveloppe. Il y rangea son attestation de membre de l'Église, et replaça le tout derrière les tuyaux, là où il l'avait trouvé. Il ressortit de la cave par le même chemin, en suivant ses traces.

Dehors, les voitures étaient garées à touche-touche sur le trottoir pour la nuit. Une seule et unique étoile brillait au-dessus de la rue Streletskaïa. Semion tira son portable de sa poche de pantalon et composa le numéro de Volodka.

– Salut monsieur le laitier ! dit-il.

– Pourquoi as-tu cette drôle de voix ? lui demanda son ami. Tu as pris froid ?

– Non… Tu pourrais aujourd'hui ? J'ai un mauvais pressentiment…

– D'accord. Seulement essaie de ne pas te coucher avant minuit, autrement je risque d'être en retard.

– J'y ferai gaffe, promit-il. À tout à l'heure.

– Bonne nuit ! lâcha Volodka, perfide, avant de raccrocher.

58

Borispol. Rue du 9-Mai.

Dima, cette nuit-là, n'arrivait pas à dormir. Il avait beau se sentir bien au chaud, blotti contre Valia, une sorte d'inquiétude le forçait à se tourner et se retourner dans le lit, et l'empêchait de fermer l'œil. Par deux fois

Valia s'était déjà à moitié réveillée pour lui demander, d'une voix pleine de sommeil, ce qui lui arrivait. Il finit par se lever sans bruit. À tâtons, dans le noir, il tira à lui son survêtement, glissa les pieds dans ses pantoufles puis sortit de la maison.

Dans le ciel, un large croissant de lune brillait d'un vif éclat. Des étoiles scintillaient, froides et lointaines. Le ronronnement d'un avion s'entendait quelque part, très haut. À gauche de la porte se dessinait le carré de terre noire déblayé trois jours plus tôt. Au-delà se dressait la palissade dont la brèche n'avait toujours pas été réparée, et derrière la palissade, dans le silence de la cour d'à côté, la maison voisine dont toutes les fenêtres étaient noires.

Dima avait décidé de laisser passer un peu de temps avant de reboucher le trou de la clôture. Le pit-bull n'étant plus, il n'y avait plus personne pour utiliser ce passage.

Certes, le voisin avait bien soupçonné quelque chose. Il avait interrogé Dima, le soir même où celui-ci s'était débarrassé du cadavre de King en le jetant dans le puits de la cour désertée : « Vous n'auriez pas vu mon chien par hasard ? » Dima avait failli lui répondre grossièrement, mais il s'était retenu. Des chiens, il en existe de toute espèce après tout. Prenez son Chamil par exemple, quelle bête intelligente ! Aussi avait-il répondu d'un ton bref : « Non, je ne l'ai pas vu. » Il avait même ajouté : « Il doit être quelque part à courir la gueuse. On est bientôt en mars ! Nous, ç'a été pareil avec le chat. On l'a cherché pendant plusieurs semaines, et pour finir il est revenu tout seul !

– Je devrais peut-être passer une annonce ? avait dit alors le voisin, en quête d'un conseil.

– C'est une idée. Le mieux est de faire des photocopies de l'avis de recherche avec une photo du chien et

218

de les placarder partout dans Borispol. N'oubliez pas la récompense.

– Et combien je propose, à votre avis ? s'était enquis le voisin.

– Autant que vous êtes prêt à donner pour un chien !

Le voisin avait demandé ensuite pourquoi Dima avait déblayé et bêché une partie de sa cour.

– J'étais saoul, avait improvisé Dima. Je me suis engueulé avec ma femme. J'ai bêché pour lui faire les pieds !

À ces mots, le voisin esquissa un petit sourire qui ne disait rien de bon : à l'évidence, il ne pensait guère de bien de Dima. Mais celui-ci s'en moquait.

Et voici que cette terre retournée lui rappelait à présent Mourik, pour lequel il avait installé au garage un coin infirmerie chauffé vingt-quatre heures sur vingt-quatre. Dima alla décrocher la clef pendue à un clou dans le couloir de l'entrée, et s'en fut rendre visite à son chat.

Quand il pénétra dans le garage, il rentra la tête dans les épaules tant il faisait froid à l'intérieur. Mais dans l'angle droit, à l'opposé de la porte, là où se trouvait le radiateur de fortune, l'atmosphère était plus plaisante. Il y régnait en outre un parfum familier d'essence et d'huile de moteur.

Dima s'approcha, et le chat aussitôt se leva et regarda son maître entre ses paupières mi-closes.

– Recouche-toi, recouche-toi ! lui dit Dima en s'accroupissant auprès de lui.

Il caressa Mourik, et remarqua qu'il n'y avait plus trace de sang sur son pelage. La veille, Valia avait de nouveau enduit ses plaies de plusieurs pommades empruntées à une vieille femme de sa connaissance et avait déclaré que tout cicatriserait à une vitesse surprenante.

– Alors, encore un peu de dopage ? proposa Dima en souriant.

Dima plongea son regard dans les yeux grands ouverts du matou et sentit qu'il existait entre eux une sorte de lien secret de parenté. S'il s'était agi d'un être humain, on eût pu dire : une sorte de parenté d'âme. Mais dans la situation présente, Dima ne savait trop comment exprimer ce qu'il ressentait.

Il caressa de nouveau l'animal, d'une main très douce, pour éviter d'appuyer sur une blessure. Puis il sortit une ampoule, d'une chiquenaude en brisa la fine extrémité supérieure, puis versa le contenu dans l'assiette sale où Mourik avait déjà lapé plus d'une fois son breuvage favori. Le chat tendit aussitôt le cou et de sa langue nettoya l'assiette non seulement des gouttes de liquide, mais aussi des vestiges de nourriture restés collés à la faïence.

Dans le garage, Dima s'apaisa, sentit s'évanouir l'inexplicable anxiété qui le taraudait. Il rentra chez lui et retourna se glisser sous la chaude couverture.

Réveillé par des coups sonores frappés au carreau, il ouvrit les yeux et comprit qu'il était déjà tard et que Valia était depuis longtemps partie au boulot.

Il vit au-dehors le milicien de l'autre jour, son récent acheteur d'ampoules, qui lui faisait de grands signes de la main.

Dima, tandis qu'il s'habillait, tenta de se rappeler combien il lui restait encore de ces ampoules dissimulées au garage.

Cependant, quand il lui ouvrit la porte, son attention fut attirée par l'extrême pâleur de son visage et sa mine effrayée. Au reste, le milicien, en entrant, au lieu de le saluer déclara : « Il faut que nous ayons une conversation de toute urgence. » Dima lui proposa de s'installer à la cuisine.

– Il y a un problème, commença l'importun d'une voix nerveuse. J'ai besoin de rencontrer ce type de la milice. Celui qui vend des ampoules…

Dima ne comprit pas tout de suite de qui il était question.

– C'est un vrai problème, poursuivit le milicien. Pour tout dire, mon frère, pour lequel j'avais acheté le médicament, est mort…

– Du cancer, fit Dima en opinant du chef avec compassion.

Le milicien secoua la tête.

– Non. Il s'est jeté à mains nues sur trois bandits armés. Ils étaient en train de forcer la femme d'un businessman à monter dans leur jeep. Elle criait à l'aide. Tous les autres passants changeaient sagement de trottoir, comme des gens normaux, mais lui s'est précipité à son secours. Ils l'ont tué !

– Bon, ça veut dire que vous n'avez plus besoin du médicament alors, soupira Dima, déçu.

– En effet, je n'en ai plus besoin, murmura le milicien, mais pour ajouter aussitôt en haussant la voix : Ce dont j'ai absolument besoin, en revanche, c'est de ce type de la milice !

– Mais je ne peux pas livrer cet homme comme ça, s'énerva Dima. Je dois d'abord l'appeler, lui expliquer qui veut le voir et pourquoi…

– Alors ne te fâche pas (le milicien chuchotait de nouveau), mais je vais devoir te livrer, toi, et les autres gars auront vite fait de t'extraire de la mémoire le nom de ce flic.

– Quels autres gars ? ! De quoi parlez-vous ? s'exclama Dima, pour de bon effrayé.

– Des gars sérieux, d'autres services, répondit le visiteur. En ce moment, ils étudient tous les cas de courage civique survenus dans le pays. Ils ont perquisitionné chez mon frère après sa mort. Ils ont trouvé les ampoules, or celles-ci contenaient exactement ce qu'ils cherchaient ! Ils sont venus chez moi, ils ont demandé à ma femme où je les avais achetées. Ils ont dit que les ampoules avaient été dérobées à un laboratoire secret, et que le savant qui travaillait sur ce médicament avait été assassiné. Ils ont raconté qu'après ingestion de ce produit, les gens devenaient mabouls, le sentiment de justice, chez eux, s'aiguisait et plus rien ne leur faisait peur… Mon frère aîné était un vrai trouillard ! Jamais, dans son état normal, il n'aurait couru au secours de personne ! Par conséquent, ce doit être vrai.

– Mais alors quoi, ils veulent arrêter le type qui vend les ampoules ? demanda Dima d'une voix un peu tremblante.

– Ils aimeraient bien lui causer, répondit le milicien en plantant son regard dans celui de son hôte.

– Mais Boris, le bagagiste… ils ont parlé avec lui ? s'enquit prudemment Dima.

– Ils l'ont déjà retrouvé. Mort. Je doute qu'il leur apprenne grand-chose.

Dima en eut le souffle coupé. Il fut pris d'une quinte de toux, se plia en deux et se mit à râler de manière si impressionnante que le milicien bondit de sa chaise et lui flanqua une grande claque dans le dos. Quand Dima parvint enfin à s'arrêter de tousser, il leva les yeux sur son visiteur.

– J'ai peur, gémit-il.

– Moi aussi, j'ai peur, répliqua le milicien. J'ai une femme et une gosse de dix-huit mois. Qui vous a fourni ces ampoules ?

Dima ne répondit pas.

– Comme vous voulez. (Le milicien se leva.) Ce soir ils reviendront chez moi, et je les enverrai ici.

Après son départ, Dima resta une longue demi-heure assis dans la cuisine, les coudes appuyés sur la table, le visage dans les mains.

Puis il ferma la maison à clef et s'en fut au garage. Il s'installa au chaud, dans le coin infirmerie. À côté de Mourik. Et bientôt se sentit mieux.

Elle était là, sa forteresse ! Tout homme a besoin ou bien d'une cave ou bien d'un garage. Bref, d'un coin secret bien à lui, où il peut se retirer seul à seul avec ses problèmes, où il peut passer un moment avec ses amis, sans la crainte de voir sa femme débarquer. Un garage, bien sûr, vaut mieux qu'une cave. Un garage, ce n'est pas seulement une forteresse. C'est aussi un alibi, une justification. Même si ledit garage n'abrite plus de voiture depuis longtemps.

Or Dima possédait une voiture. Assis sur son tabouret, il tourna la tête vers sa BMW. Il pensa à s'enfuir. Il s'imagina, avec Valia, rassemblant le strict nécessaire avant de quitter Borispol en pleine nuit. Pour aller où ? Chez les parents de Valia, en Biélorussie ? Ou bien chez son oncle à lui, à Pridnestrovié ?

Il était si occupé à ruminer ses idées d'évasion qu'il n'avait pas vu Mourik-Mourlo se traîner jusqu'à lui pour se frotter contre ses jambes. Dima baissa les yeux sur le chat et constata que celui-ci tenait à peine sur ses pattes. Il le recoucha avec précaution sur sa litière.

– Il y a des choses plus dangereuses que les pit-bulls, dit-il en regardant l'animal dans les yeux.

Puis il sortit un verre et une bouteille de gnôle à l'ortie, se servit, et considéra de nouveau le chat.

– Ouais, soupira-t-il. Boire seul, c'est une bien mauvaise habitude !

Il pêcha une ampoule, en brisa l'extrémité d'une pichenette et la vida dans l'assiette.

– À la tienne ! dit-il au chat en levant son verre.

Ayant bu, il chercha des yeux de quoi grignoter, bien qu'il sût pertinemment qu'il n'y avait rien à manger.

– J'ai peur, murmura-t-il en regardant Mourik. J'ai les foies.

Ses yeux se posèrent sur l'ampoule vide. Il émit un grognement, prit l'objet dans sa main et le porta à son nez. Il renifla. L'odeur douceâtre de valériane lui frappa les narines.

Dima jeta alors un coup d'œil à l'étagère à outils. Il sortit une autre ampoule de derrière sa boîte à clefs anglaises. De l'ongle, il la brisa et versa le contenu dans son verre. Puis, comme s'il buvait de la vodka, il expira un bon coup et vida le verre dans sa bouche.

59
Kiev. Parc Mariinski.

Une voix familière grésilla dans l'oreillette de Yegor.

– Numéro 5 ! Va contrôler la place du belvédère ! La fille enceinte vient d'y retourner.

– Reçu, répondit Yegor.

Il regarda autour de lui. On approchait des onze heures. Le soleil brillait à peine, mais on pataugeait dans la neige fondante. Un bourdonnement continu lui vrillait le crâne. Soit il avait pris froid la veille, couché dans la neige avec sa carabine, soit il se ressentait d'avoir mal dormi.

Il passa devant le monument, scrutant avec attention l'allée qui conduisait à la placette. À sa rencontre venait un couple d'un certain âge, accompagné d'un carlin en laisse. Le chien était habillé d'une petite combinaison en piqué rouge vif.

Plus loin, l'allée était déserte. Yegor courait presque quand il arriva sur la petite place, mais il n'y vit personne. À tout hasard, il se pencha par-dessus le muret et regarda en bas.

– Numéro 4, dit-il. Il n'y a personne au belvédère.

– Reçu. Mais continue à ouvrir l'œil ! répondit Sergueï.

Yegor s'en fut d'un pas rapide en direction du Parlement et bientôt aperçut celle dont parlait son collègue. Vêtue d'un manteau noir et coiffée d'un bonnet de fourrure pour homme d'où s'échappaient de lourdes boucles de cheveux, la jeune femme enceinte s'approchait d'un banc dans l'allée.

« Elle va s'asseoir, pensa Yegor. Elle va ôter ses moufles et commencer à se ronger les ongles. »

Elle prit place en effet sur le banc, mais garda ses moufles. Elle regarda autour d'elle, puis fixa son attention sur le bâtiment du Parlement.

« Elle a la tête un peu dérangée », se dit Yegor, pour aussitôt se rendre compte que lui aussi avait la tête un peu dérangée depuis le matin. Non seulement elle lui faisait mal, mais elle menaçait d'éclater !

Son regard avait dérivé vers le piquet anti-Otan quand il vit soudain du coin de l'œil la fille quitter son banc et se diriger d'un pas rapide vers le groupe de manifestants. Yegor, d'abord surpris, eut tôt fait de comprendre que son but n'était pas ces retraités hostiles à l'Otan, mais un homme à la silhouette trapue qui venait de sortir du Parlement par la porte principale. L'homme s'était arrêté pour parler dans son portable. Tourné face à l'avenue, il ne remarqua pas tout de suite la femme qui se hâtait vers lui. Mais quand il la vit, il recula aussitôt d'un pas et regarda alentour, comme s'il cherchait du secours. Yegor ne put entendre la scène qui éclata entre eux. Mais leurs mimiques et leurs gestes étaient plus éloquents que n'importe quelles paroles. Après que l'homme l'eut giflée, la femme fondit en larmes et s'en retourna en courant dans le parc, le visage dans les mains.

Yegor la suivit des yeux jusqu'au banc le plus proche. L'homme avait déjà disparu. Yegor se remémora les événements de la veille. Sa conscience à présent le tourmentait. Surtout à cause de la vieille femme qui se trouvait à bord de la voiture. Il tourna son regard vers la grande porte de l'immeuble stalinien qui se dressait de l'autre côté de l'avenue, cette porte qu'Irina franchissait plusieurs fois

225

par jour. «Peut-être en parle-t-on déjà dans le journal?» se dit-il.

De retour du kiosque, une fois assis sur un banc non loin du groupe de manifestants, il feuilleta l'un après l'autre *L'Événement* et *Le Courrier de Kiev*. Pas un mot d'un quelconque accident sur la route de Jitomir. Mais une page entière, en revanche, sur d'autres catastrophes.

Son mal de tête était toujours là. Il l'endura péniblement jusqu'à l'heure de la relève. Et pendant qu'il arpentait les allées en attendant la fin de son service, il eut envie d'alcool. Un verre de vodka, pas plus. Il buvait peu et rarement, et jamais sans motif précis.

Son service achevé, Yegor acheta dans une épicerie des saucisses, du beurre, de la kacha de sarrasin ainsi qu'un kilo de semoule pour sa mère qui n'avait plus de dents depuis longtemps. Comme il débouchait dans la rue Grouchevski, il jeta au passage un coup d'œil au bâtiment gris de quatre étages de style stalinien qui se dressait en face du Parlement.

Après qu'il eut quitté la route de Jitomir pour prendre la direction de Makarov, il se rappela son envie de boire un verre. Sa tête ne le faisait plus tant souffrir. À mesure que sa voiture approchait de Lipovka, son esprit était de plus en plus occupé par Irina. Et à présent il se demandait s'il allait s'arrêter chez elle ou pas. À dire vrai, il n'aurait pas hésité un instant si sa mère n'avait pas eu un malaise la nuit passée. Elle avait été prise de nausées. La voisine et lui étaient restés jusqu'au matin à son chevet. Elle ne s'était endormie qu'aux premières lueurs de l'aube.

La Mazda s'engagea dans Lipovka et, arrivée à la patte-d'oie, bifurqua vers Kodra. Deux cents mètres plus loin, elle s'arrêtait. Yegor descendit de voiture et considéra l'enseigne de l'établissement, qui brillait d'un éclat vert.

Il ouvrit la porte et risqua un coup d'œil à l'intérieur. Il n'était encore jamais entré dans ce café. Au début, il n'y avait là qu'une baraque de tôle où l'on servait de la bière et de la vodka. Puis les propriétaires s'étaient un peu enrichis et avaient fait construire un petit bâtiment de brique avec terrasse. Celle-ci était déserte en hiver. Les clients y laissaient leurs vélos.

À l'intérieur, une table était occupée par un vieux poivrot engoncé dans une veste matelassée, une autre par trois jeunes gars. À la télé, Rouslana chantait *Danses sauvages*. L'atmosphère ne plut pas beaucoup à Yegor. Et son envie de boire s'évanouit aussitôt. Il tourna les talons et ressortit. L'air, dehors, lui parut étonnamment pur et frais. En ouvrant la portière de sa voiture, Yegor aperçut sur la route un fer à cheval. Il le ramassa et le posa à ses pieds sur le tapis en caoutchouc.

Finalement, il passa malgré tout chez Irina. Il y passa pour clouer le fer à cheval sur sa porte. À titre de porte-bonheur. Irina se déclara enchantée de l'idée. Et la grand-mère Choura sortit sur le seuil, un vieux manteau jeté sur les épaules, pour admirer l'objet.

– Je vas p't-être vous faire cuire quèques poummes-terre ? dit-elle à Yegor.

– Non, merci. Maman ne se sentait pas bien hier.

Il leur promit de revenir le lendemain matin, puis se hâta de remonter en voiture. Il ne vit pas Irina franchir le portillon et rester là, debout, jusqu'à ce que les feux arrière de la voiture se fussent évanouis dans l'ombre du soir.

60
Kiev. Rue Reïtarskaïa. Appartement n° 10.

– Ouh là ! Qu'est-ce qui vous est arrivé ? s'exclama Veronika en croisant son voisin sur le palier.

Igor tenta de se détourner, mais il comprit vite qu'il était idiot de se conduire de la sorte. Il s'immobilisa devant sa blonde voisine et soupira.

Veronika examina avec intérêt le gros bleu qui s'étalait sous son œil gauche.

– C'est à cause de votre mari, avoua Igor. Voilà, je voulais vous aider… Et ça m'a valu de prendre un coquard !

– Qui vous a frappé ? Semion ?

– Non, celui qui le surveille. Un type pas très grand. Et il a dit que la prochaine fois il me tuerait !

– Que vous êtes courageux, ironisa Veronika. Allez, je vous invite à prendre une tasse de café.

Igor se ranima instantanément.

– Et Semion, où est-il ? demanda-t-il prudemment.

– Il travaille à présent pour un député, si bien qu'il ne rentre plus que tard le soir. Passez au salon, je vais mettre l'eau à chauffer.

Igor entra, inspecta la pièce, marcha jusqu'à la porte-fenêtre et regarda à travers la vitre. Il avait tant envie que vînt le printemps. L'hiver ne faisait jamais que souligner sa solitude et le vide de son existence. Il ne revivait que lorsque apparaissait une jeune cliente à la recherche d'un appartement. Il organisait alors pour elle plusieurs visites par jour, et ils passaient ainsi ensemble trois heures entières, quelquefois quatre. Mais la dernière cliente de ce genre avait enfin signé la transaction. Il avait touché deux mille dollars, à titre de courtier, et la veille au soir, cette somme le réjouissait encore, mais le coup qu'il avait reçu pendant la nuit reléguait à présent l'argent au second plan. Quoique, à dire vrai, il ne devait s'en prendre qu'à lui-même !… Ainsi pensait Igor en observant l'antique immeuble de six étages, situé en face, le petit square carré avec ses deux bancs posés au milieu, l'un occupé par trois SDF, l'autre par deux jeunes étudiantes sirotant une bière.

– Vous savez, dit Veronika en entrant dans la pièce avec un plateau rond en melchior supportant deux tasses de café, vous devriez vous marier.

228

– Vous croyez ? (Igor s'était retourné, surpris.) Et vous avez des amies jeunes et encore célibataires ?

– Je connais deux veuves dont l'une n'est pas vieille du tout !

– Non, c'est encore trop tôt pour moi. Et puis c'est bien de se marier quand on ne s'y attend pas, mais pas comme ça : en cherchant quelqu'un qui soit libre…

– Il existe plusieurs manières. (Veronika le fixa droit dans les yeux.) Vous savez, Igor, il est inutile que vous preniez encore des risques ! Je parle de mon mari…

– Mais pourtant, il sort se promener la nuit on ne sait où !

Igor affichait une mine déconfite. Il aurait aimé que Veronika soupçonnât son mari d'avoir des rendez-vous galants. Peut-être alors aurait-elle accepté d'entrer de temps à autre chez son voisin d'en face pour autre chose qu'une tasse de café ?

– Je veillerai moi-même sur lui, déclara Veronika dans un sourire après avoir trempé ses lèvres dans sa tasse.

Quand le voisin fut parti, Veronika se rappela que c'était ce jour-là l'anniversaire du défunt pharmacien.

Et justement, Daria Ivanovna appela au téléphone.

– Tu ne viens pas, Ninotchka ? demanda-t-elle. Ania arrive à trois heures. Rejoins-nous ! J'ai déjà préparé du hareng en pelisse.

Veronika n'était encore jamais allée à l'anniversaire d'un mort. Fallait-il apporter un cadeau ? Et si oui, pour qui ? Une bouteille de champagne n'était-elle pas plus indiquée ? Finalement, elle décida d'oublier le pharmacien, et d'acheter plutôt des petits présents pour Daria Ivanovna. Elle acheta en chemin un *Krechtchatik* et une bouteille de *Krasnoïë Artemovskoïë*[1].

---

1. Le *Krechtchatik* (du nom d'un quartier de Kiev) est une spécialité kievienne à base d'amandes en poudre et de crème au beurre. Le *Krasnoïë Artemovskoïë* est un vin rouge mousseux produit en Crimée.

Dans le salon, la table ronde était déjà mise pour trois. Le pharmacien était toujours assis dans son fauteuil, dans la même pose immuable, dos tourné à la table. Veronika détermina aussitôt quelle place elle occuperait pour éviter d'avoir constamment sous les yeux la nuque du défunt.

– Eh bien moi, j'ai été prise aujourd'hui d'un accès de fièvre culinaire ! annonça Daria Ivanovna d'un ton joyeux. Quatre salades, un velouté de potiron et panais, et une tarte aux trois noix : cajou, noix et noisette ! Veux-tu un cognac ?

Veronika acquiesça.

Puis Ania arriva à son tour, avec dans les mains un petit paquet cadeau noué d'une ficelle rouge.

– C'est pour celui qu'on fête aujourd'hui !

Daria Ivanovna ouvrit le paquet et hocha la tête d'un air songeur.

– Je ne sais pas quel parfum il utilisait, mais un homme doit sentir bon, même s'il n'est pas très remuant. C'est du Hugo Boss ! déclara Ania.

– Anetchka, je te sers un cognac ? demanda la maîtresse de maison.

– Bien sûr !

Quand elles eurent bu leur cognac, les trois femmes s'installèrent à table. Daria Ivanovna entreprit de servir le velouté de potiron dans les bols, tandis qu'Ania empoignait la bouteille de mousseux.

– Non, je n'y arriverai pas, dit-elle en reposant la bouteille sur la table.

– Donne, je vais essayer, proposa Veronika qui commença par ôter le fil de fer retenant le bouchon de plastique.

Celui-ci sauta avec un «pop» si violent que Daria Ivanovna, Ania et Veronika elle-même en restèrent un instant figées.

– Joyeux anniversaire ! dit Ania en levant sa coupe.

Veronika trouva le velouté délicieux. Elle se sentait d'humeur si gaie et si légère qu'elle eut envie de raconter une anecdote à ses amies, ou simplement d'aborder quelque sujet féminin. Mais son regard se posa de nouveau sur la nuque du pharmacien, et son désir de bavarder s'éteignit. Il lui répugnait de parler de son intimité en présence d'un homme. Et peu importait que cet homme ne fût guère en état de réagir. Un ange passa. Puis Daria Ivanovna alluma sa chaîne hi-fi, et la conversation reprit sur un agréable et discret fond de jazz.

– J'ai acheté le même parfum pour le mien, reconnut Ania. Chez DC ils font en ce moment une promo : pour un article acheté, on en reçoit deux.

– Ah oui ? Ça concerne seulement les parfums, ou bien aussi le reste ? s'enquit la maîtresse de maison. J'ai besoin de lessive, il faut que j'aie tout lavé avant le printemps.

– Moi, mon voisin s'est pris un coquard la nuit dernière. Il était sorti pour suivre Semion, déclara Veronika d'une voix joyeuse.

– Mais pourquoi voulait-il le suivre ? demanda Ania, intriguée.

– C'est moi qui le lui avais demandé. Il arrive que Semion quitte la maison au beau milieu de la nuit. C'est son boulot qui veut ça. Il travaille dans la sécurité. J'avais des tas de soupçons.

Le regard de Veronika s'arrêta sur le visage attentif de Daria Ivanovna, et comme un peu plus tôt, elle se tut.

– C'est ton mari qui l'a amoché ? demanda Ania en souriant.

– Non, quelqu'un d'autre, quelqu'un qui le surveillait aussi, répondit Veronika. Peut-être un garde du corps ?

– Tu as vraiment une vie passionnante ! (Ania battit des mains.) Quand le mien était en vie, moi aussi j'en avais des choses à raconter !

Sa voix soudain s'était faite un peu triste. Elle baissa les yeux sur son assiette où s'étalait encore la moitié d'une tranche de saumon, puis reposa sa fourchette.

– Je crois que je vais y aller ! dit-elle.

Daria Ivanovna, dont le visage n'exprimait plus aucune joie, opina du chef.

– Transportons-nous à la cuisine ! proposa-t-elle quand Ania fut partie.

Elles déménagèrent plats et couverts. Daria Ivanovna remplit les coupes de mousseux.

– Tu sais, déclara-t-elle sur le ton de la confidence. Le mien aussi était un salaud. Et il disparaissait presque toutes les nuits ! À présent la vie est beaucoup plus facile avec lui…

– Le mien n'est pas un salaud, rétorqua Veronika en secouant la tête, un peu éméchée.

– Moi non plus je ne parlais pas comme ça avant. Je me contentais de le penser. Mais maintenant je peux bien te l'avouer, comme à confesse. J'ai moi-même plusieurs fois suivi le mien la nuit. Et tu sais où il allait ? À sa pharmacie ! Seulement avant ça, il retrouvait une dame, et ensuite c'est avec elle qu'il allait à son labo. Maintenant, c'est fini, il reste tout le temps à la maison, et le jour et la nuit ! Et il n'est plus question d'aucune dame ! Tu vois, les hommes ne se conduisent normalement que dans un seul état !

Veronika soupira faute de savoir que répondre et but encore un peu de mousseux.

– Tiens, murmura la veuve. On s'est éloignées de lui, et tout de suite on se sent le cœur plus léger ! Eh bien oui, c'est comme ça ! Et qu'il le sache !

Au moment des adieux, Daria Ivanovna remit à Veronika le flacon de Hugo Boss apporté par Ania.

– Offre-le plutôt au tien ! Moi, je n'aime pas ce parfum, dit-elle.

232

Puis elle ajouta dans un chuchotement :

– Je lui mets de mon parfum à moi derrière les oreilles : du Moscou Rouge.

61

Région de Kiev. District de Vychgorod.

Au matin, Volodka passa prendre son ami en voiture, mais il l'avertit tout de suite qu'il n'était pas en état de tenir plus longtemps le volant. Volodka affichait en effet une mine de souffrant : visage blême et yeux bouffis de sommeil.

La mission que leur avait confiée ce jour-là Guennadi Ilitch leur était déjà familière et ne présentait guère de difficultés. Retourner rue Grouchevski, y embarquer trois bidons de lait, puis prendre le père Onoufri au passage place Chevtchenko et poursuivre jusqu'à l'orphelinat.

Ils roulèrent en silence jusqu'à la rue Grouchevski. Deux solides gaillards en combinaison verte sortirent les bidons de lait et les chargèrent directement dans le coffre.

Le père Onoufri les attendait à côté de la gare routière. Il tenait dans ses mains un sac de voyage démodé en cuir brun. Son manteau laissait entrevoir une soutane noire.

– Eh bien, allons-y, avec l'aide de Dieu, déclara-t-il en s'installant sur la banquette arrière.

– L'aide de Dieu ne nous fera pas de mal, c'est sûr, approuva Semion.

À plusieurs reprises, durant le trajet, le père Onoufri tenta de lier conversation. Sans succès. Semion se contentait de hocher la tête, sans répondre. À un certain moment, le prêtre entendit Volodka ronfler, et dès lors ne prononça plus un mot jusqu'à l'orphelinat.

Pendant que Volodka dormait dans la voiture, Semion fut témoin de la bénédiction du matériel livré la fois précédente et destiné à la fabrication de fromage. Les pensionnaires de l'orphelinat, le directeur et plusieurs enseignants assistèrent sans grand enthousiasme à la cérémonie conduite sans grand enthousiasme par le père Onoufri. Celui-ci tourna plusieurs fois autour du bloc laboratoire en agitant son encensoir et en grommelant dans sa barbe des psaumes, sans doute, ou des prières. Puis il colla sur le socle de l'ensemble un papier imprimé d'une croix.

Quand tout fut terminé, le directeur de l'établissement invita Semion et le prêtre à le suivre dans son bureau. Il y régnait une douce chaleur qui surprit les visiteurs. Une vieille femme, employée à la cantine de l'orphelinat, servit à chacun une assiette de kacha de sarrasin, posa par-dessus deux *kotlet*s[1] faites maison et arrosa généreusement le tout d'une sauce épaisse. Le directeur emplit lui-même les verres de vodka.

– Eh bien, dit-il. Pardonnez-nous si tout n'est pas parfait. Merci pour votre aide ! Dieu fasse que vous partagiez encore ce que vous pourrez…

– Ce que Guennadi Ilitch pourra, corrigea le père Onoufri d'un ton courtois.

– Oui, bien sûr ! acquiesça le directeur. Dieu lui donne plus qu'aux autres ! Buvons à sa santé !

Le prêtre vida son verre cul sec. Tout comme le directeur de l'orphelinat. Semion ne fit qu'y tremper les lèvres.

– Les réglages ont déjà été faits, annonça le directeur quand il eut avalé une bouchée. La machine n'est guère compliquée. Mes gamins les plus âgés se sont tous inscrits

---

1. *Kotlet* : sorte de boulette de viande faite de boeuf ou de veau haché, additionné de lard, d'oignon, d'oeuf, de mie de pain et d'aneth. Le tout roulé dans la chapelure avant d'être frit à la poêle.

pour la faire fonctionner. Ils vont à présent apprendre un nouveau métier. Peut-être que l'un d'eux plus tard se lancera dans le business du fromage !

Semion se sentit soudain pénétré de sympathie pour cet homme qui parlait de « ses gamins » avec une intonation toute paternelle.

Volodka se réveilla dès que Semion mit le moteur en marche.

– Je ne sais pas pourquoi, je suis complètement gelé, dit-il en tournant la tête vers le prêtre qui avait repris place sur la banquette arrière, le nez cramoisi après les nombreux verres de vodka qu'il avait avalés.

– Que veux-tu, il fait moins trois dehors, déclara Semion.

Volodka se frotta les mains, remua les épaules. Dormir assis était tout de même très inconfortable.

– Je vais reprendre le volant, si tu veux, proposa-t-il à Semion.

– Tu le reprendras avant qu'on entre en ville, répondit celui-ci, conciliant. Mais pour l'instant, c'est moi qui conduis. Je pensais que ce serait difficile après sept ans d'interruption, mais mes mains se rappellent tout !

– Quoi, ça faisait sept ans que vous n'aviez pas conduit ? fit derrière eux la voix du prêtre.

– Oui, depuis qu'il a foutu sa bagnole en l'air ! expliqua Volodka au père Onoufri. C'est un miracle que sa femme et lui s'en soient sortis vivants !

– Il n'y a pas de miracle sans Dieu ! prononça le prêtre d'un ton édifiant.

La Niva s'était déjà engagée sur la route de campagne. Le prêtre sommeillait sur la banquette arrière. Volodka se tenait silencieux. La triste forêt d'hiver qui s'étendait de chaque côté de la route inspirait à Semion des pensées moroses. Dans l'espoir de les chasser, il alluma la radio.

Aux abords de la place Chevtchenko, là où la forêt finit brusquement et où commence la ville, Semion eut envie de boire un café. Quand ils furent arrivés, le prêtre prit congé et se dirigea, son sac à la main, vers la station de tramway, tandis que Volodka et Semion s'approchaient d'un kiosque à cigarettes au-dessus du guichet duquel était écrit, en grosses lettres : CAFÉ CHAUD : 1 HRYVNIA. Ils en commandèrent chacun un gobelet.

– Je te raconte tout de suite ta nuit passée, ou bien nous rapportons les bidons d'abord ? demanda Volodka.

– D'abord les bidons.

Volodka s'installa au volant et acheva son café. La voiture démarra. Les bidons vides tintaient les uns contre les autres à l'arrière. Le temps qu'ils atteignent le centre, la nuit tombait déjà sur Kiev.

62
Borispol. Dans la soirée.

À l'approche du soir, Dima se rendit à pied à la gare routière. En chemin, il ne cessa de regarder autour de lui. Deux ou trois fois, il s'accroupit pour renouer un lacet, et en même temps inspecter les environs. Mais il ne remarqua aucun individu suspect.

Dans la salle des machines à sous, Dima reprit son souffle et se détendit. Valia était assise derrière son guichet, occupée à fournir de la monnaie à un client.

Dans la première rangée d'automates, la chance sourit à quelqu'un, car le bruit de cascade des pièces dégringolant dans le bac métallique emplit la salle. Dima sentit tout son être se figer, comme à la pêche au moment d'une sérieuse touche. Il s'orienta vers le bruit et découvrit un gamin de quatorze ans en train de bourrer les poches de son blouson des pièces qu'il venait de gagner.

« Mais qui l'a laissé entrer ici alors qu'il est mineur ? » s'indigna Dima.

Et il eut envie de sortir ce gosse en le tirant par l'oreille, et de restituer tout l'argent qu'il avait gagné. Aussitôt, cependant, l'idée de justice s'imposa à son esprit. Et avec elle, les paroles du milicien venu le matin, sur le fait que le médicament contenu dans les ampoules aiguisait le sens de l'équité et privait le sujet de tout sentiment de peur.

Dima se demanda soudain s'il avait peur. Il regarda ses doigts pour voir s'ils tremblaient. Mais non, ils ne tremblaient pas, et dans son for intérieur, dans son âme, régnait la plus parfaite sérénité.

Le tintement de pièces de monnaie avait cessé, mais c'était à présent l'écho de l'or qui résonnait dans les oreilles de Dima, écho qui lui procurait un apaisement encore plus grand. La salle des machines à sous était dépourvue de fenêtre. Chaque automate émettait tant de lumière que le visiteur avait l'impression d'avoir atterri sur une autre planète, tout droit sortie d'un conte de fées. Ainsi Dima se sentit brusquement protégé par de mystérieuses forces. Il s'approcha du guichet, avança la tête et sourit à sa femme.

– Qu'est-ce que tu as ? demanda-t-elle, inquiète.

– Comment ça ?

– Ben… tu as un drôle de sourire…

– Tout va bien… Je suis venu te chercher, prononça Dima d'une voix hésitante, un peu égarée.

– Ah ! Alors va te promener une petite demi-heure. Le temps que Sonia arrive.

Tandis qu'ils rentraient chez eux, à la nuit tombante, Dima s'efforçait de vérifier discrètement qu'ils n'étaient pas suivis.

– Tu sais, dit-il presque à voix basse, peut-être devrions-nous déménager… Un bébé, c'est une nouvelle vie, non ? Nous pourrions vendre la maison et acheter quelque part pour la même somme un pavillon avec un étage, mais plus loin de Kiev. Qu'en penses-tu?

– Pourquoi, tu n'aimes plus Borispol? répondit Valia. On a tout sous la main ici, tout est familier. Et puis tu as aussi ta sœur. Et qui entretiendrait les tombes de ma famille? Et les tiens aussi y sont enterrés!

– Pas tous, soupira Dima qui, au fond de lui, avait déjà renoncé. Mon frère par exemple, on ne sait pas où est sa tombe.

– Mais il est peut-être encore en vie quelque part! Cela fait quoi, dix ans qu'il a disparu?

– Onze, rectifia Dima.

Et il se rappela son frère disparu, qui très souvent allait en Russie pour gagner de l'argent, et qui une fois n'était tout bonnement pas revenu.

– Tu n'as pas faim? demanda soudain Valia.

– Si.

– Allons manger des *pelmeni*! dit-elle d'un ton décidé. On en prendra chacun deux portions, et une pour chaque chat!

Dima se passa la langue sur les lèvres. Il avait en effet une terrible envie de *pelmeni* brûlants, et aucun désir de rentrer chez lui. Une chose cependant le tracassait. Valia avait dit «une portion pour chaque chat». Mourik-Mourlo méritait bien une double portion. Ça, il n'en doutait pas. En revanche il ne voyait guère pourquoi il fallait nourrir de *pelmeni* le Mourik de la cuisine.

– Tu sais, ce n'est pas juste, dit-il à sa femme.

– Qu'est-ce qui n'est pas juste?

– Une portion pour chacun des chats. Mon Mourik m'a sauvé la vie, alors que l'autre, le second, ne sait que flemmarder sous le radiateur!

– Eh bien, je ne sais pas, moi… répondit Valia avec un geste d'impuissance. Écoute, si tu veux, nous prendrons une double portion pour ton Mourik…

Ils rentrèrent chez eux vers onze heures, rassasiés et n'aspirant plus qu'au sommeil. Ils trouvèrent le portillon de leur cour grand ouvert, et ce détail mit la puce à l'oreille de Dima. Il observa avec crainte l'entrée de leur maison et aperçut un carré de papier coincé entre porte et chambranle. D'un pas rapide, il escalada le perron, dégagea le billet et le glissa dans la poche de son blouson. Il engagea la clef dans la serrure et se retourna vers sa femme. Celle-ci semblait n'avoir prêté attention à rien. Elle entra simplement derrière lui et, sans hâte, ôta son manteau et se déchaussa.

63
Région de Kiev. District de Makarov. Village de Lipovka.

La douleur dans ses seins trop pleins réveilla Irina bien avant l'aube. Au réveil : quatre heures vingt. Dehors tout était noir et silencieux.

Irina enfila des collants épais, passa une robe d'intérieur grise – Dieu fasse que Yegor ne la voie jamais dans cette tenue ! – et gagna la cuisine. La robe en question avait une bonne vingtaine d'années, sinon plus. Sa mère déjà la portait. Mais elle se déboutonnait du col jusqu'à la taille, c'était pratique. Sans allumer la lumière, Irina s'assit à la table. Et se mit à sangloter tout bas, pour ne pas rompre le silence qui régnait dans la maison.

Que pouvait-elle faire de tant de lait ? ! Si au moins Iassia l'avait bu, tout aurait été pour le mieux. Mais l'enfant ne tétait sa mère que lorsqu'elle était encore à moitié endormie. Durant le jour, elle prenait le mamelon dans sa bouche, aspirait quelques gorgées puis repoussait le tétin de sa langue. Et pleurait jusqu'à ce qu'on lui donnât un biberon de lait en poudre.

– Pauvre petite sotte ! pensait Irina à travers ses larmes. Si tu voyais, en ville, comme les enfants sont chétifs ! Et tous sont abonnés au lait en poudre, parce que les seins de leurs mamans ne demandent qu'à être montrés ! Or moi, j'ai tant de lait pour toi ! Du bon lait chaud, vivant !

Quand elle eut fini de pleurer, Irina alluma la lumière. Elle mit de l'eau à bouillir et tint un bocal d'un litre devant le bec de la bouilloire par lequel s'échappait un jet de vapeur. Elle le maintint jusqu'à ce que la paroi intérieure du bocal se fût par trois fois tapissée de buée. Après quoi elle posa le bocal sur ses genoux, défit les gros boutons de nacre de sa robe, dégagea sa poitrine et entreprit de tirer son lait.

Une vingtaine de minutes plus tard, elle se sentait mieux. Ses seins, soulagés, n'étaient plus douloureux. Le bocal de lait, fermé par un couvercle de plastique passé à la vapeur, était rangé dans la chaufferie.

Irina, le manteau de sa mère sur ses épaules, sortit devant la maison. En premier lieu elle vérifia si le fer à cheval était toujours en place. Puis elle leva les yeux vers les étoiles.

Des étoiles, dans le ciel, il en était des myriades, qui scintillaient d'un froid éclat bleuté. Mais l'air n'était pas glacé. Ou bien était-ce elle qui n'en sentait plus la morsure ?

Irina se prit à penser au printemps. Dans un mois, un mois et demi, il serait temps de faire provision de semences. Elle pourrait alors aider sa mère et oublier son travail à Kiev. Seulement que deviendraient-elles sans son salaire ? Sa mère touchait une pension ridicule, et avec un seau de pommes de terre nouvelles pour tout viatique, elles auraient à peine de quoi tenir jusqu'à mi-juin ! Irina se revit vendant pommes de terre et oignons sur le bord de la route. Il s'écoulait souvent une heure ou deux avant qu'une voiture s'arrêtât, et que le conducteur, baissant la vitre, demandât : « Combien le seau ? » Il achetait sans marchander, puis repartait. Et elle s'en retournait à la maison chercher d'autres pommes de terre. L'argent atterrissait dans la main noircie de terre de sa mère. Celle-ci allait cacher l'argent dans le buffet, tandis qu'Irina descendait à la cave remplir son seau.

Elle demeura un moment ainsi, immobile, à songer aux printemps, passés et futurs. Quelque chose lui soufflait que le prochain ne ressemblerait en rien au précédent. Elle retourna s'allonger, sans se déshabiller, et se rendormit bientôt.

Au matin, vers neuf heures, elle entendit le bruit d'une voiture qui s'arrêtait. Elle regarda par la fenêtre et se hâta de passer une autre robe avant de courir ouvrir la porte. Elle mena Yegor à la cuisine et le fit asseoir à l'endroit le plus chaud : dos à la cuisinière. Puis elle sortit du café moulu et alluma le gaz sous la bouilloire.

Sa mère entra à son tour, tout endimanchée, une broche épinglée sur son corsage vert. Elle prit place en face du visiteur.

– Prépare du café aussi pour moi ! demanda-t-elle à sa fille, puis posant son regard sur Yegor : Eh ben, comment que va vot'maman ?

– Pas fort, à dire vrai. (Yegor soupira.) Le poêle est vieux, il tire mal. Je n'ai pas dormi de la nuit, tant j'avais peur que la fumée n'envahisse la maison. Je suis resté assis à côté pour surveiller.

– Oh ! mais il y a Gritchka le fumiste qui habite à trois portes d'ici. Voulez-vous qu'on l'appelle ?

– Je suis déjà allé le trouver.

Irina servit le café puis ôta le couvercle du sucrier.

– Je vais voir si Iassia est réveillée, dit-elle.

Dès que la porte se fut refermée derrière elle, Alexandra Vassilievna considéra Yegor avec sérieux.

– Vous devriez rester à dourmir ici à l'occasion. Y a de la place. On pourrait ben même installer un matelas par terre chez Irina !

Yegor approuva.

– Et moi, faudrait me présenter à vout'maman, reprit-elle après un silence. J'entends ben qu'alle est alitée… Mais on a besoin de fare counnaissance, c'pas ?

– Entendu, dit-il en buvant une gorgée de café. Dès qu'elle ira un peu mieux, nous irons.

– Mon Irina, depuis toute petiote, elle adore les glaces. Oh comment qu'elle les aime ! dit la mère pour changer de sujet, sentant qu'il serait bon de dire aussi quelque chose de sa fille. Quelque chose de secret.

À ce moment la porte se rouvrit. Irina vint s'asseoir à la table, Iassia dans les bras. L'enfant fixa sur Yegor des yeux pleins d'intérêt.

– Alle a pas peur ! s'étonna Alexandra Vassilievna tout haut. Quand alle était coumme ça, alle pleurait à chaque nouvelle figure ! Oh ! mais faut que j'aille dounner à manger aux gélines…

Et d'un bond, elle se leva et quitta la cuisine.

Quand il eut vidé sa tasse, Yegor aussi prit congé, non sans promettre de revenir le lendemain.

Sitôt Yegor parti, la vieille Choura rentra et quitta sa tenue élégante pour les vêtements sans attrait qu'elle portait tous les jours.

– M'man, lui dit Irina. Tu pourrais demander aux voisins s'ils ne connaissent pas quelqu'un dans le village qui aurait besoin de lait maternel ? Ça peut être contre de l'argent ou contre autre chose… Ce serait dommage quand même de le laisser perdre…

– Je poserai la question au conseil du village, promit la mère. Galia, la comptable, alle counnaît tout le monde. Mais toi aussi tu ferais ben d'y aller, au conseil. Au cas qu'y aurait des aides pour les filles-mères. Peut-être qu'ils nous dounneraient des sous ?

– Je ne suis pas une fille, répliqua Irina, vexée.

Elle se rappela la honte qu'elle ressentait encore, il n'y avait pas si longtemps, quand, enceinte, elle n'osait pas sortir dans la rue. Elle avait l'impression que tout le monde savait qui était le père du futur enfant. Peut-être le savait-on, en effet, mais à présent elle s'en moquait. Des comme elle, au village, il s'en comptait par dizaines. Le village était grand : sept cents foyers !

64
Kiev. Boulevard de Iaroslav. Bar Le Dali.

Il était près de dix heures du soir quand le barman du café Les Portes demanda à Semion et Volodka de se transporter dans un autre établissement, car il allait fermer.

Semion n'avait guère envie de bouger. Pas tant à cause du whisky qu'il avait ingurgité que par crainte que la chaîne des événements survenus la nuit précédente, décrits en détail par Volodka, et où lui, Semion, jouait le premier rôle, n'échappât à son entendement. Eût-il conservé tout cela dans sa mémoire, il se fût senti plus tranquille. Mais l'ennui était justement que Semion n'avait pas été témoin de ces événements, auxquels il avait pourtant pris part. Or apprendre ce qu'on a fait de la bouche d'un camarade est, croyez-le, un truc assez spécial. Bien sûr, il arrive qu'on boive un coup de trop et qu'ensuite on interroge ses copains : dites, quelles conneries j'ai faites ? Mais Semion ne s'était livré à aucune extravagance. Semion menait, contre sa volonté, une vie parallèle dont lui-même ignorait tout. Et sans Volodka, il n'aurait rien su de cet autre lui-même dont la seconde vie ne croisait jamais la première.

– Mais à quoi elle ressemble ? demanda Semion à Volodka.

– Eh bien, imagine une femme d'un certain âge, d'une soixantaine d'années sans doute. C'était pénible à voir ! Tu lui as baisé la main, et elle t'a béni du signe de

243

croix, mais de manière bizarre, pas à la mode orthodoxe. Et tu sais quoi encore, j'ai eu l'impression qu'elle t'engueulait. Je n'entendais pas, mais la conversation entre vous n'était manifestement pas des plus amicales. Ensuite ton portable a sonné, tu as causé deux trois minutes avec ton correspondant, puis tu as tendu le téléphone à la femme. Elle a parlé à son tour, plus longtemps que toi, et quand elle a eu fini, elle t'a remis une grosse enveloppe. Tu as jeté un coup d'œil à l'intérieur, et elle a eu l'air de fournir des explications.

– Et à quelle heure ça se passait, tout ça ? demanda Semion, songeur, en sortant son portable.

– Vers deux heures du mat.

Semion vérifia les appels reçus. À une heure quarante-cinq, il avait reçu un appel masqué.

– Et ensuite, où est-elle allée ?

– Je n'en sais rien. Je t'ai raccompagné chez toi. Il y avait encore deux autres types à distance, qui observaient toute la scène. Alors j'ai eu peur que l'un ou l'autre te suive.

– Et l'enveloppe ?

– Tu l'as rapportée chez toi.

– Eh oui…

Semion poussa un soupir. Il se tourna vers le bar et croisa une nouvelle fois le regard fatigué du barman.

– C'est bon, nous partons ! dit-il d'un ton apaisant.

Passant par les cours intérieures qui relient la rue Reïtarskaïa et le boulevard de Iaroslav, ils descendirent au Dali, situé dans une cave vaste et confortable. Ils s'installèrent dans un coin face à la porte des cuisines, et commandèrent deux tequilas qu'ils sirotèrent en silence.

– Et Alissa n'était pas présente ? s'enquit soudain Semion.

– Non, cette fois-ci tu n'avais pas rendez-vous avec elle.

244

– Ô Seigneur ! murmura Semion. Comment tout cela va-t-il finir ? !

– Par un mariage ! railla Volodka.

Puis tout à coup son visage s'éclaira, et il regarda son ami comme si une idée subite venait de lui traverser l'esprit.

– Écoute ! Achète-toi un dictaphone numérique et dissimule le micro sous ton col. Comme ça tu pourras entendre toi-même ce dont tu parles la nuit, et avec qui.

Semion trouva l'idée astucieuse.

Quand il rentra, Veronika dormait déjà. Il se déchaussa, passa au salon. Marchant sur la pointe des pieds, il explora tous les coins accessibles de l'appartement, à la recherche de l'enveloppe remise par l'inconnue. Fatigué, et n'ayant rien trouvé, il s'assit dans un fauteuil et prêta une oreille inquiète à son corps, comme à un mécanisme mystérieux susceptible de produire n'importe quoi.

« Et cette nuit, où vais-je aller ? » se demanda-t-il.

Il songea au conseil de Volodka : le micro à dissimuler sous son col. Et pourquoi pas ? ! Il allait le faire et jouer au major Melnitchenko[1] !

Et de nouveau l'anxiété s'empara de lui. Il alla chercher la boîte à pharmacie, trouva les somnifères et avala deux comprimés avec de l'eau du robinet.

65
Kiev. Rue Reïtarskaïa. Appartement n° 10.

À l'approche de l'aube, le rêve de Veronika se fit soudain sensuel. Elle colla ses fesses contre la cuisse brûlante

---

1. Ancien officier de la garde présidentielle, Melnitchenko avait accusé en 2000 (grâce à des enregistrements audio) l'ancien président ukrainien, Léonid Koutchma, d'avoir commandité le meurtre de Gongadze, un journaliste d'opposition. Il a obtenu en 2001 l'asile politique aux États-Unis.

de son mari. Telle une décharge électrique, un brutal courant de chaleur virile ranima son imagination. Et elle se mit à courir dans un champ de pavots en fleurs à la rencontre d'un garçon qui ne ressemblait en rien à son Semion et qui lui aussi courait vers elle. Le garçon bondissait à chaque enjambée. Son maillot vert s'envolait au-dessus des pavots rouges puis retombait. Son visage rayonnait d'un sourire radieux. Il semblait la dévorer des yeux. Il était manifestement très jeune. Veronika courait à sa rencontre et s'efforçait de bondir elle aussi le plus haut possible au-dessus du tapis de pavots. Le garçon au maillot s'approchait inéluctablement. Et alors que Veronika se disait déjà qu'elle ne pourrait pas s'arrêter, ni stopper ce garçon dans sa course, qu'elle prenait conscience que dans un instant ses bras allaient se refermer sur elle dans une puissante étreinte et qu'ils allaient rouler tous deux sur le tapis de fleurs rouges, et qu'alors dans leur chute, elle aussi le serrerait dans ses bras, car il n'est rien de plus angoissant que de choir sans se retenir à rien, à ce moment précis le maillot vert passa à côté d'elle, sans que les mains du jeune homme lui effleurent même la taille. Veronika, effrayée, suivit des yeux le garçon qui s'éloignait à toutes jambes et aperçut au loin, à l'autre bout du champ, une toute jeune fille aux longs cheveux, vêtue d'une courte robe chasuble bleu ciel. La fille se tenait immobile. Et le garçon, toujours bondissant, filait dans sa direction.

Veronika poussa un soupir et se retourna face à Semion. Elle posa une main sur sa poitrine. Et se réveilla. Il faisait jour dans la chambre. Veronika posa les yeux sur le beau visage viril de son mari et caressa de ses lèvres ses joues hérissées de poils.

Puis elle se leva sans bruit. Tira de son sac à main le flacon de parfum pour homme Hugo Boss déjà offert deux fois, et s'en aspergea le bout des doigts, pour ensuite les passer derrière les oreilles de son mari. Elle se pencha. La senteur lui plut.

Vers neuf heures, après avoir bu son café et pris une douche brûlante, elle téléphona à Daria Ivanovna pour lui raconter son rêve. Son amie l'écouta attentivement, soupirant même par instants avec compassion à l'autre bout du fil. Mais elle ne voulut pas en discuter. Au lieu de cela, elle lui demanda de venir la rejoindre le plus vite possible.

«Une fois chez elle, nous reparlerons de mon rêve», se dit Veronika avec espoir.

Elle laissa à son mari un bref message sur la table de la cuisine, sortit sur le palier et referma avec précaution la porte derrière elle. Le pêne de la serrure cliqueta, la porte se retrouva close, mais dans le même instant celle d'en face s'entrouvrit, et le voisin, souriant de toutes ses dents, déclara d'un ton suave :

– Vous êtes pressée ?

– Oui, répondit Veronika.

Et lui ayant adressé un bref signe de tête, elle dévala les marches en faisant claquer les talons de ses bottes blanches italiennes.

Igor battit en retraite dans son couloir d'entrée et s'arrêta devant le miroir. Son nouveau survêtement lui allait à merveille, ses joues rasées de près et enduites de lotion brillaient, ses yeux humides de collyre vitaminé semblaient lancer des éclairs. Que fallait-il donc qu'il fît encore pour que sa voisine prêtât enfin sérieusement attention à lui ? Peut-être aller aux bains russes ?

Veronika, entre-temps, était arrivée chez son amie. Elle l'embrassa sur la joue.

– Ania a des problèmes, lui confia la veuve d'un air troublé. Et moi aussi !

– Que se passe-t-il ?

– Viens, je vais te montrer !

Daria Ivanovna conduisit Veronika à son mari installé dans le fauteuil. Elle s'agenouilla sur le tapis et désigna du doigt les pantoufles du mort. Veronika s'assit à son tour par terre et constata que les semelles desdites pantoufles étaient tachées de boue.

– Seigneur ! soupira Veronika, interloquée. Comment est-ce possible ?

Mais Daria Ivanovna, sans rien répondre, lui montra alors les traces laissées par les pantoufles sales. À peine perceptibles sur le tapis, mais bien marquées dans le couloir.

– Et maintenant, parlons un peu de ton rêve ! J'ai besoin de me distraire, déclara la maîtresse des lieux d'une voix d'enterrement.

Veronika raconta une nouvelle fois la scène qu'elle avait vue en songe.

– Tu sais… (La voix de Daria Ivanovna s'était adoucie.) Moi aussi, il m'est arrivé de faire des rêves comme ça autrefois. Quand Edik était vraiment vivant.

Et elle jeta un regard craintif vers son mari.

Veronika tressaillit. Elle se sentait mal à l'aise aujourd'hui chez son amie.

– Partons, allons prendre un café chez Ania ! suggéra Daria Ivanovna d'un ton pressant.

Dehors, le printemps qui approchait se faisait déjà sentir. Si le matin les trottoirs étaient encore couverts de verglas, vers onze heures, la couche de glace se changeait en soupe et finissait par s'écouler sur la chaussée.

Veronika vérifiait constamment où elle posait les pieds.

– Ce cuir italien est terriblement délicat. À la boutique, ils m'ont conseillé de les passer deux fois par jour à la crème protectrice. Mais la crème en question coûte quarante hryvnia le tube !

– Moi, j'enduis les miennes tous les soirs de crème fraîche. (Daria Ivanovna regardait elle aussi ses bottines marron.) Ça me revient moins cher !

Ania leur ouvrit la porte, les yeux rouges, gonflés de larmes. Son visage était bouffi. Elle entraîna les deux femmes à la cuisine et déclara :

– Je n'en peux plus !

– Raconte-nous ça dans l'ordre, demanda Daria Ivanovna avec douceur.

– Il vaut mieux que tu ailles voir toi-même, dit Ania en désignant la porte du salon.

Daria Ivanovna se leva et sortit.

Tout était silencieux dans l'appartement. On entendait juste le bourdonnement étouffé du réfrigérateur, tout à côté, et le tic-tac du réveil à l'ancienne, avec sa double sonnette en acier.

Daria Ivanovna revint quelques minutes plus tard.

– Je ne sais pas, dit-elle avec un geste d'impuissance. Ils donnaient bien pourtant la garantie…

– Ils la donnaient ! confirma Ania.

– Et tu leur as téléphoné ?

Ania secoua négativement la tête.

– Je vais le faire, moi ! déclara Daria Ivanovna d'un ton décidé.

Et de nouveau elle quitta la cuisine.

– Ils arrivent ! annonça-t-elle à la maîtresse de maison. Tu devrais te changer, ma chérie.

Ania poussa un soupir et sortit, laissant Daria et Veronika seules.

– Que se passe-t-il là-bas ? murmura Veronika.

Daria Ivanovna esquissa une grimace, donnant à entendre qu'il lui déplaisait d'en parler. Mais, bien qu'avec réticence, elle se résolut à satisfaire la curiosité de son amie.

– Il y a un truc qui cloche avec le mari d'Ania, répondit-elle. Ses yeux ont jauni. Je vais l'aider à s'habiller !

Veronika demeura seule. Regarda par la fenêtre le soleil inonder la ville d'une douce et chaude lumière.

On sonna à la porte. Une voix d'homme parvint du couloir : « Où est-il ? »

Veronika se tint tapie dans la cuisine, retenant son souffle. La voix de Daria Ivanovna dominait le brouhaha, mais Veronika ne parvenait pas à distinguer ce qu'elle disait. Puis des portes claquèrent, et les voix s'éteignirent.

Daria Ivanovna et Ania revinrent à la cuisine. Toutes deux avaient l'air fatiguées et déprimées.

– Ils l'ont repris, articula enfin Daria Ivanovna. On ne sait rien faire correctement chez nous ! Même avec une licence étrangère !

– Bon, je m'en vais.

Veronika s'était levée de table.

– Reste, s'il te plaît ! lui dit Daria Ivanovna. Nous devons tenir conseil.

Le silence qui s'ensuivit dura plusieurs minutes. Puis Daria Ivanovna caressa l'épaule d'Ania en la regardant tendrement.

– Tu vas devoir sûrement renoncer à lui... Ils te rendront l'argent, tu as entendu...

Ana hocha la tête.

Daria se tourna alors vers Veronika.

– Nous n'allons tout de même pas laisser tomber Ania dans un moment difficile ?

– Certainement pas, répondit Veronika d'une voix ferme.

66
Borispol. Rue du 9-Mai.

Dima resta si longtemps à faire semblant de dormir qu'il manqua en effet s'assoupir, bercé par le murmure de Valia étendue à côté de lui. Elle ne cessait de demander :

– Comment allons-nous l'appeler, ce bébé? Vania, peut-être? Ou bien Marina?

– Mieux vaut attendre, lui avait d'abord conseillé Dima, pensant plus au message découvert à la porte d'entrée, message qu'il n'avait toujours pas lu, qu'à trouver un nom pour le futur enfant. Laissons-le déjà naître, il sera toujours temps de le baptiser.

Valia finit par s'endormir, la bouche contre la nuque de son mari. Peut-être fut-ce la chaleur de son souffle qui plongea Dima dans une douce somnolence. Il parvint néanmoins à se secouer de sa torpeur, se glissa discrètement hors du lit, s'habilla et gagna le couloir de l'entrée. Là, il tira le message de la poche de son blouson, pendu à un crochet, puis se rendit à la cuisine pour en prendre connaissance.

Dérangé par la soudaine et vive lumière, le Mourik pensionnaire du lieu cligna ses petits yeux de chat d'un air mécontent.

À 10 h, devant le monument au Soldat inconnu. Si tu ne viens pas, cette nuit on foutra le feu à ta baraque.

Dima en eut froid dans le dos. Il contempla son reflet apeuré dans le carreau de la fenêtre et se sentit envahi d'une frayeur encore plus grande. Il éteignit la lumière après avoir regardé l'heure. Quelqu'un l'avait attendu ce soir-là devant le Soldat inconnu. Et peut-être l'attendait-il encore?

Assis dans le noir, Dima entreprit de scruter les ténèbres au-dehors. L'immobilité du paysage à peine discernable le rassura très légèrement. Mais la peur, très vite, remonta et parut cette fois-ci l'assaillir par un autre côté. Par-derrière, eût-on dit. Il devait se cacher. Mais où? «Au garage! Je dois me cacher au garage!» se dit-il.

Une fois dans les lieux, son premier geste fut de brancher le radiateur. Puis il se remplit un verre de vodka qu'il vida d'une seule lampée. Il sortit une ampoule, d'une

251

chiquenaude en brisa l'extrémité, et fit couler le contenu dans son verre. Il le but. Lécha soigneusement les parois intérieures pour qu'il ne restât plus une goutte.

– Voilà, dit-il avec un soupir de soulagement. Maintenant, je n'ai plus peur !

Dubitatif, en prononçant ses paroles, il prêta l'oreille à sa propre voix. Mais non, elle ne tremblait pas. Il but un autre verre de vodka. Puis encore un.

– Je n'ai pas peur, murmura-t-il de nouveau, toujours attentif à sa voix.

Sous l'effet de la chaleur et de l'alcool, Dima se détendait lentement.

– Je n'ai pas peur, répéta-t-il encore, et soudain, au fond de son cœur, il se réjouit.

– Eh bien qu'ils viennent foutre le feu ! marmonna-t-il, un curieux sourire un peu las sur les lèvres. On verra bien qui brûlera l'autre ! Allez, on y va !

De retour chez lui, Dima ferma soigneusement la porte d'entrée, tira les verrous de tous les vasistas, puis alla se recoucher, dans la chaleur du corps de sa femme endormie.

67
Kiev. Parc Mariinski.

Vers onze heures et demie, Yegor eut envie d'un café. Il ne pouvait se permettre que dix, quinze minutes de pause, et c'est pourquoi, au lieu d'aller au café, il se rendit à l'épicerie, près de la Maison des officiers. Il avertit Sergueï par radio qu'il quittait la zone.

Tandis qu'il buvait son café, il se rappela le bocal de lait resté dans sa voiture. Ce bocal, c'était la mère d'Irina qui le lui avait confié le matin en cachette, en lui demandant d'aller le porter au lactarium et de l'y vendre pour «combien qu'on voudra ben dounner, pourvu qu'il soit point perdu». Il n'avait pas eu le temps de prononcer le moindre mot, car à peine avait-il posé le sac en tissu contenant le bocal sur le tapis, côté passager, qu'Irina était sortie de la maison. Elle lui avait remis un sandwich garni d'un œuf dur coupé en rondelles et arrosé de mayonnaise, qu'il avait mangé sitôt arrivé. Mais le bocal d'un litre, empli du lait d'Irina, n'avait pas quitté le véhicule. Yegor n'avait aucun désir de le porter au premier étage de l'immeuble stalinien situé en face du Parlement. Certes, Irina ne savait plus que faire à présent de son lait, mais elle n'allait tout de même pas retourner dans le piège d'où il l'avait tirée.

– Numéro 4 ! Tout va bien ? demanda Yegor dans son talkie-walkie, laissant là ses réflexions.

– Tout va bien, répondit Sergueï. Les pros sont là. Ils inspectent les buissons. Visiblement, il y a de la sécurisation dans l'air.

– Je reviens, dit Yegor.

À la porte de l'épicerie, il se heurta au SDF du coin qui cette fois-ci dégageait une forte odeur d'orange. L'homme affichait une mine satisfaite, presque sereine. Il regardait les clients avec un suprême dédain, même si ses yeux classaient déjà les personnes présentes dans l'épicerie en trois catégories : celles qui donnaient toujours, celles qui ne donnaient jamais, et celles qui étaient là par hasard.

De retour dans le parc, Yegor parcourut les allées. Il cherchait la jeune femme enceinte qui venait là chaque jour et avait déjà mis par deux fois ses nerfs et ceux de ses collègues à rude épreuve. Une fois, elle s'était précipitée sans rime ni raison sur un retraité qui promenait son chien. Elle l'avait agoni d'injures, en usant de termes si choisis que le vieil homme avait passé ensuite une demi-heure assis sur un banc, la main crispée sur le cœur.

Jamais encore Yegor n'avait entendu langage si ordurier dans la bouche d'une femme enceinte. Après cela, il l'avait encore entendue se quereller avec un député à la silhouette massive, mais sans gros mots cette fois-là. Et un soir, on avait dû la décrocher du muret bordant le belvédère : elle voulait se jeter dans le vide. Ils avaient dû s'y mettre à trois : deux collègues de Yegor et un agent de la garde du Parlement.

À présent, cependant, à la grande joie de Yegor et pour sa tranquillité, elle n'était pas dans le parc.

– Numéro 5 ! Fin de l'alerte. Les pros sont repartis. Il ne viendra personne.

– Compris, répondit Yegor à son collègue.

Il parcourut les environs du regard, avec moins d'attention cette fois-ci. Il jeta également un coup d'œil à sa voiture : elle était heureusement de couleur rouge et se voyait de loin. Il l'avait garée sur le parking, dans la ruelle qui longeait le grand portail d'entrée. La température restait au-dessus de zéro, le lait par conséquent ne prendrait pas en glace. Mais il risquait de s'abîmer.

Yegor observa les fenêtres du premier étage de l'immeuble stalinien. Il vit une Mercedes 500 s'arrêter devant l'entrée. Trois hommes en vestes de cuir noir en descendirent. Ils restèrent là, deux ou trois minutes, à fumer une cigarette. Puis pénétrèrent dans le bâtiment d'un pas décidé.

« Que faire de ce lait ? » se demandait-il. Il hésita. De nouveau il tourna les yeux vers sa Mazda.

Les trois types à veste de cuir sortirent de l'immeuble juste à ce moment et s'engouffrèrent dans la Mercedes qui aussitôt démarra.

– Bizarre, pensa Yegor. D'habitude ce genre de bagnole ne transporte qu'un seul passager…

Il considéra encore une fois les fenêtres, et s'en fut résolument vers l'entrée.

La porte, au premier étage, était entrouverte. Yegor sonna à tout hasard, puis pénétra dans le couloir. Quatre bidons vides aux couvercles basculés sur le côté s'alignaient contre le mur. En face des bidons, une porte blanche. Il la tira vers lui. Elle s'ouvrit, mais dans la pièce, personne. Juste une tasse à thé posée dans l'évier.

Yegor, un peu étonné, progressait sur le tapis du couloir. Ici, à droite, se trouvait le bureau de la directrice, où celle-ci l'avait incendié. La porte en était ouverte, mais la pièce était vide. Il s'arrêta, attentif au silence. Et ce silence lui parut étrange. Il passa la tête par l'entrebâillement de la porte, en face du bureau. Il s'y trouvait une grande baignoire emplie de lait. Un lait jaunâtre, gras.

Yegor esquissa une grimace. Et soudain remarqua qu'une sorte de peau s'était formée à la surface du lait. Et que quelque chose flottait sous cette peau. Il se rapprocha pour mieux voir, et un frisson lui parcourut tout le corps. Il venait de distinguer sous la peau du lait la forme d'une oreille percée d'un anneau d'or. Détournant la tête, il plongea les mains dans la baignoire et en tira un corps de femme. Il le regarda du coin de l'œil, et reconnut la directrice du lactarium. Celle-là même qui lui avait hurlé dessus. Morte. Les cheveux collés, les yeux grands ouverts. Du lait ruisselant de son nez, de ses oreilles, de sa bouche.

Yegor lâcha le cadavre qui coula au fond de la baignoire.

Plusieurs claquements de portes s'entendirent dans le couloir, suivis d'un bruit de cavalcade.

Deux hommes en combinaison verte firent irruption dans la pièce, accompagnés d'un troisième, entre deux âges, vêtu quant à lui d'un costume. De la main, ce dernier désigna la baignoire. Les deux autres y plongèrent les mains et en retirèrent le corps de la femme qu'ils allongèrent au sol.

– Seigneur ! Pourquoi lui ont-ils fait ça ?! se lamenta l'homme au costume.

Yegor s'était dissimulé dans le coin de la pièce derrière le battant de la porte. Aucun n'avait remarqué sa présence.

– Pourquoi tu restes là? cria un des types à combinaison verte à leur compagnon plus âgé. Rapporte les bidons!

L'intéressé disparut dans le couloir. Les deux autres empoignèrent le cadavre. Yegor risqua un coup d'œil. Ils transportaient la morte en face, dans son propre bureau.

Yegor en profita pour courir vers la sortie. Il passa en trombe devant les bidons, bouscula l'homme parti les chercher, bondit sur le palier et dégringola quatre à quatre l'escalier, pour ne plus s'arrêter qu'une fois dans le parc.

– Numéro 5, où es-tu? fit la voix de Sergueï dans son oreillette.

– À mon poste, répondit Yegor, à bout de souffle.

Un tremblement nerveux lui agitait le corps. Il regarda de nouveau l'immeuble stalinien à la façade grisâtre et demeura ainsi, sans bouger, durant une vingtaine de minutes, jusqu'à ce que sa respiration fût redevenue égale et que son tremblement eût disparu.

« On devrait voir dans un moment un tas de bagnoles rappliquer, se dit-il. La milice, la Sécurité intérieure… »

Mais tout restait calme à l'entrée du bâtiment. Personne n'entrait, personne ne sortait. Vers trois heures, une Niva pénétra dans la cour de l'immeuble. Les deux hommes en combinaison verte entrevus plus tôt sortirent quatre bidons de lait qu'ils chargèrent dans le véhicule. Celui-ci repartit aussitôt.

Quand son service prit fin, Yegor n'était toujours pas revenu de sa surprise. Avant de s'en aller, il donna le bocal de lait maternel à une vieille femme qui passait à côté de sa voiture. Elle ne se montra nullement étonnée et lui dit: « Merci mon gars! », avant de s'éloigner.

Le vendredi soir, Veronika reçut un appel de Daria Ivanovna.

– Ninotchka! Je n'ai pas eu le temps d'ôter la couronne du mur! Je t'en supplie, prends-la chez toi pour le week-end!

– Tu peux peut-être passer prendre un café? proposa Veronika.

– Et ton mari, où est-il?

– Aujourd'hui, il doit travailler toute la nuit. Il est passé tout à l'heure en coup de vent manger un morceau, et il est reparti.

– Très bien, j'arrive dans une petite heure! déclara Daria Ivanovna. Toi, pendant ce temps, descends chercher la couronne!

Veronika gagna le coin de la rue Streletskaïa et du boulevard de Iaroslav, ôta la couronne de son clou et rentra chez elle. Elle laissa ses bottes italiennes dans le couloir, sur une serpillière, pour qu'elles sèchent, car on pataugeait dans la rue. La couronne elle aussi resta dans le couloir.

Cette brève promenade lui avait rendu son énergie. Elle tira d'une boîte une cafetière italienne toute neuve que l'on pouvait poser sur le feu, comme une bouilloire. Elle s'en serait bien servie tout de suite, mais Daria Ivanovna n'était guère une adepte de la ponctualité. Elle pouvait arriver dans une heure, comme dans une heure et demie.

Pour tromper l'attente, Veronika sortit le cahier du pharmacien, que lui avait remis sa veuve, et s'installa avec à la table de la cuisine. Avant de l'ouvrir, elle s'étonna encore une fois de la facilité avec laquelle Daria lui avait confié ce document. Cela dit, on pouvait la comprendre. Les pages qui n'étaient pas noircies d'une écriture illisible étaient couvertes de dessins érotiques. C'étaient ces dessins que Veronika avait décidé de passer en revue. Et dès le premier, elle sentit poindre en son cœur un curieux sentiment de jalousie à l'égard de l'inconnue que le défunt pharmacien avait représentée avec tant de délicatesse au moyen d'un simple crayon noir. Veronika s'attarda sur la chevelure du modèle, relevée en chignon. Cette femme était blonde, comme elle. Et de manière toute naturelle, elle se prit à comparer ses propres formes avec celles du dessin, jusqu'à s'accorder à reconnaître qu'elles avaient quelque chose de commun, et même, disons-le, que cette femme et elle se ressemblaient comme deux gouttes d'eau. Même nez petit et droit, même poitrine ni forte ni menue, même cou gracile.

Puis elle se plongea dans le texte manuscrit, s'appliqua à déchiffrer l'écriture du pharmacien, et ses lèvres commencèrent de murmurer.

La troisième expérience avec l'Antifrousse n'a pas conduit au résultat escompté. Au lieu d'éprouver un élan d'audace, le patient voit son sens de la justice exacerbé. Il semble qu'il faille s'orienter vers l'audace animale, et non consciente. Ioulia me presse. Elle m'a fait remettre par Alissa une nouvelle somme d'argent accompagnée d'un message de menaces. Elle a peur que je me laisse acheter par quelqu'un d'autre…

À ce moment, la sonnette de l'entrée força Veronika à se détacher de sa lecture. Elle rangea en toute hâte le cahier dans le tiroir à couverts, effrayée à l'idée que Daria ne la trouvât trop curieuse, si elle voyait sur la table les notes de son mari.

– Oh, merci ma chérie ! s'exclama en entrant Daria Ivanovna, ayant tout de suite remarqué la couronne appuyée contre le mur.

Veronika alluma le feu sous la cafetière toute neuve puis alla rejoindre sa visiteuse au salon.

– Tu as de la chance, soupira Daria Ivanovna en regardant autour d'elle.

– Pourquoi ?

– Le tien est encore vivant, et puis l'odeur chez toi est totalement différente de chez moi… Je suis un peu chipie aujourd'hui, ne fais pas attention ! Ce matin, quand je me suis réveillée, j'ai encore vu ses traces par terre ! Et ses pantoufles étaient de nouveau pleines de boue… Une horreur ! Tiens, je me suis accrochée aussi avec ton voisin. J'allais sonner à ta porte quand, tout à coup, il sort de son appartement. « Vous venez voir Veronika ? » il me demande, d'une voix tellement mielleuse que j'en avais la nausée. Je lui ai rétorqué aussi sec : « Sûrement pas toi, en tout cas, ça c'est sûr ! »

Veronika éclata de rire.

– Il passe son temps à te harceler, c'est ça ?

Daria Ivanovna avait adopté un chuchotement intime.

Veronika acquiesça.

– Il me fait pitié, ajouta-t-elle. Il est comme… inutile…

– Les types comme ça peuvent aussi apitoyer leur monde. (La voix de la veuve s'était soudain durcie, et il y perçait comme un avertissement.) Moi, à présent, je suis toute pleine de doutes. Tu sais, du temps a passé… Et il n'y a personne pour apprécier ma fidélité exemplaire !… D'ailleurs, Ania est du même avis… Nous allons nous séparer de nos maris… Ils ont tous les deux une place au cimetière. L'un à côté de l'autre. Nous allons les laisser reposer à la profondeur légale. Nous verrons alors comment le mien s'y prendra pour aller se promener la nuit ! Tu sais, j'avais tout de même peu de joie à le voir assis tout le temps dans son fauteuil. Ni chair ni poisson…

– Peut-être as-tu raison, dit Veronika pour soutenir son amie. Un homme vivant, c'est tout de même mieux.

– Bon, pour ce qui est d'être mieux, ça peut se discuter, contesta Daria Ivanovna. Tout dépend de la chance qu'on a ! On peut même avoir de la chance dans la vie, mais ne s'en apercevoir que plus tard, une fois veuve !

Un chuintement sonore leur parvint de la cuisine, et aussitôt après une odeur de café envahit le salon.

69
Kiev. Rue Reïtarskaïa. Appartement n° 10.

Le sommeil renforcé par un somnifère possède des caractères spécifiques. Aucun rêve, aucune sortie dans la réalité. On tombe, on s'endort, on n'est plus qu'une bûche. Dans cet ordre précis. Et c'est bien comme une bûche que se sentait Semion ce matin-là, même après avoir été en partie réveillé par la lointaine mais insistante sonnerie de son téléphone portable. *Yesterday*, la chanson des Beatles, semblait lui parvenir d'une autre pièce, à travers une cloison de bois. Quand enfin elle se tut, Semion sentit le sommeil battre en retraite pour laisser le mal de crâne passer à l'offensive. Il s'écoula encore bien cinq minutes avant qu'il fût en état de poser les pieds par terre. Son portable était tout à côté, sur la table de chevet. Semion fut surpris de le voir. Puis il se dit : « Il est temps d'en finir avec les pilules qui assomment ! Déjà trois nuits de suite ! Et si ça devenait une habitude ? » Il tendit la main vers l'appareil. Passa en revue les appels manqués. Deux « masqués » reçus pendant la nuit, et trois de Guennadi Ilitch.

Semion se traîna jusqu'à la douche et resta deux ou trois minutes sous l'eau froide. Puis il s'essuya avec une serviette rêche en nid-d'abeilles, jeta un peignoir sur ses épaules et retourna à la chambre pour rappeler le député.

– Où étais-tu passé ? lui demanda la voix familière en guise de bonjour.

– Nulle part, j'avais pris un somnifère, avoua Semion.

– Tu as tort, mieux vaut encore boire un bon coup de cognac avant de se coucher, lui conseilla Guennadi Ilitch, la voix teintée d'une bonhomie inhabituelle. À onze heures tu iras chercher le lait rue Grouchevski. Tu le livreras à l'orphelinat et tu me rapporteras de là-bas un échantillon de leur fromage. Le directeur m'a dit que le premier lot était une réussite. Quand vous serez sur le chemin du retour, appelle-moi.

La conversation achevée, Semion poussa un soupir de soulagement. Il n'avait pas besoin de se presser. Il avait même tout son temps. Il appela Volodka, lui communiqua le plan d'action pour la journée, puis s'en fut à la cuisine. Là, il s'arrêta, perplexe. Un détail l'avait troublé. Son regard se posa sur la couronne mortuaire.

« Mais on est quel jour ? » se demanda-t-il.

Il savait que cette couronne était quelquefois chez eux le week-end. Mais on était lundi !

Il revint à la chambre à coucher, ramassa son portable, vérifia la date. Exact ! Lundi !

Semion regarda le lit, et alors seulement prit conscience de s'être réveillé seul, sans sa femme à côté de lui. Un instant il fut saisi d'angoisse. Qu'avait-il pu se passer ? Où était-elle au moment où il avalait son somnifère ?

Il composa le numéro de Veronika. Celle-ci ne répondait pas, mais Semion gardait obstinément l'appareil collé à son oreille. Et puis soudain, miracle ! sa voix, ensommeillée et mécontente.

– Ninotchka, où es-tu ?

– Comment cela ?

– Je viens de me réveiller, et tu n'es pas là… Et la couronne est dans le couloir, alors qu'on est lundi…

– Lundi ? !

La voix de Veronika trahissait de l'inquiétude.

261

– Oui, lundi, répéta Semion. Où es-tu ?

– Je suis chez Daria, j'ai passé la nuit chez elle… Excuse-moi, on a bu du cognac. Elle était à bout de nerfs… Peux-tu rapporter la couronne au coin de la rue ? Tu sais où elle s'accroche ?

– Mais tu es vraiment chez Daria ?

La voix de Semion trahissait une ombre de suspicion.

– Un petit instant, mon chéri, répondit Veronika.

Et aussitôt résonna dans l'appareil la voix plus profonde et condescendante de son amie.

– Semion, c'est moi, Daria Ivanovna. Vous savez, je me sentais vraiment mal hier. Ninotchka est restée chez moi. La prochaine fois, vous viendrez tous les deux. Mais peut-être pourriez-vous passer maintenant ? J'habite tout à côté. Et il reste du cognac !

– Merci, c'est impossible pour moi maintenant. On vient de m'appeler pour le travail. Mais la prochaine fois, je n'y manquerai pas, promit Semion rassuré.

Une fois habillé, Semion descendit au coin du boulevard de Iaroslav et de la rue Streletskaïa, trouva le clou planté dans le mur et y suspendit la couronne. Pendant qu'il la mettait d'aplomb, il surprit les regards bizarres que lui jetaient les passants.

De retour chez lui, il se prépara du café soluble, puis sortit du frigo fromage, beurre et saucisson à l'ail. Il prit le pain dans la corbeille et ouvrit le tiroir à couverts. Sur le dessus du casier reposait le journal du défunt pharmacien. Semion l'avait déjà aperçu en passant. Mais le fait de le trouver rangé là, dans le tiroir de la cuisine, le laissa passablement interloqué. Il posa le cahier sur la table, ainsi qu'un couteau et une fourchette. Il se confectionna deux sandwiches et s'installa, sandwiches à sa gauche, près de la fenêtre, tasse de café à sa droite, et cahier juste devant lui. Il l'ouvrit au hasard, aux premières pages. Parcourut les lignes difficilement déchiffrables, tourna une page et se figea, les yeux rivés sur un dessin érotique. Le corps saisi en pleine danse, magnifiquement cambrée, la femme de papier regardait droit devant elle. De grands yeux, des cheveux flottants, comme si elle tournait sur elle-même. Et un visage si familier ! Semion réfléchit. Il avala une autre gorgée de café, mangea son premier sandwich, s'empara du second, et ressentit soudain comme une piqûre d'aiguille au cœur. Il alla chercher son portefeuille dans la poche de son anorak, en tira les photos d'Alissa et les déposa sur le cahier. Il ne pouvait y avoir de doute : c'était bien la jeune femme que le pharmacien avait dessinée. Même le grain de beauté ornant la joue gauche figurait sur le dessin. Semion feuilleta le reste du carnet. Partout c'était elle, partout elle était représentée plus séduisante et plus érotique que dans la réalité. Au reste, pourquoi plus érotique que dans la réalité ? D'où lui venait cette idée ? Comment pouvait-il savoir, lui, Semion, comment cette femme était dans la vie ?

Semion se renversa en arrière. Il porta son regard sur la fenêtre derrière laquelle le soleil brillait, déjà plus vif qu'en hiver, plus jaune, plus tourmenté.

Il repensa à Alissa, se remémora tout ce qu'il savait d'elle. Il se rappela son visage quand elle lui avait ouvert sa porte. Un visage dans l'ensemble très ordinaire, auquel il n'aurait pas prêté attention dans la rue. Dans la rue diurne. Mais c'était la nuit qu'il lui prêtait attention. Les photos de Volodka, elles aussi, la montraient plus jolie et plus attirante qu'elle n'était en vrai.

« La beauté intérieure ? » se dit-il, au souvenir de ses années d'adolescence et d'une conversation avec son professeur de géographie qui aimait à répéter aux garçons des grandes classes : « Il n'y a pas de filles moches, c'est simplement que vous ne savez pas bien les regarder ! »

Semion s'abîma soudain dans ses réflexions : au cours de quelle prochaine nuit allait-il la revoir ? Quand retournerait-il chez elle ? Il eut de nouveau envie d'en savoir un peu plus sur leurs relations nocturnes. Et c'est alors qu'il se souvint d'un de ses derniers entretiens avec Volodka. Celui-ci avait parlé d'un dictaphone numérique. Semion reprit courage. Il jeta un coup d'œil à l'horloge, composa le numéro de portable de Volodka et lui demanda de ne pas passer le chercher, mais de se rendre directement au centre de nutrition. Il l'y rejoindrait par ses propres moyens vers onze heures.

Il referma soigneusement le cahier du pharmacien et le cacha sur la plus haute étagère de l'élément de cuisine, où dormaient bons de garantie et modes d'emploi d'aspirateur, de fer à repasser et autres appareils ménagers. Il n'avait pas envie que Veronika feuillette ce cahier abondamment illustré comme elle l'eût fait chez le coiffeur d'une quelconque revue sur papier glacé. Ce document concernait aussi sa propre vie intime. Inconsciente ou subconsciente, la différence importait peu.

Dans la rue, comme il passait devant la couronne qu'il avait lui-même raccrochée à son clou un peu plus tôt, Semion réalisa que le journal pourrait bien contenir des informations sur Alissa. Il eut envie de rentrer sur-le-champ et de rouvrir le fameux cahier.

Ayant acheté le plus petit dictaphone numérique qu'il eût trouvé (de la taille d'une boîte d'allumettes, mais beaucoup plus mince), Semion se rendit en autobus jusqu'au centre de nutrition. La Niva de Volodka n'était pas encore garée devant l'immeuble à façade grise. Sa montre indiquait 10 h 38. Semion entra dans le parc Mariinski.

Les allées avaient été proprement déblayées et ne montraient plus trace de neige. En dépit de la température voisine de zéro, deux jeunes femmes en manteau de peau retournée étaient assises sur le banc le plus proche, cigarette à la bouche. Un vieillard venait dans leur direction, tenant un chien en laisse. Semion remarqua tout de suite son maintien militaire : sans doute un général ou un colonel à la retraite.

Il s'avança vers les tentes dressées devant l'entrée principale du Parlement. Promena un regard indifférent sur les banderoles bizarrement exposées vers le parc et non face au rempart de la démocratie. *La Crimée restera russe !, La justice existe, battons-nous pour elle !, Halte aux traîtres à la patrie !, Non à la peste orange !, L'Otan aux chiottes !*

Il haussa les épaules et tourna dans une allée menant à la place du belvédère, d'où s'étendait la vue sur la rive gauche du Dniepr. Il passa devant une jeune femme enceinte, assise sur un banc. Elle était vêtue d'un long manteau bleu foncé, et coiffée d'un bonnet de fourrure d'homme, en ondatra, à moins que ce ne fût du renne, qui laissait échapper de lourdes boucles de cheveux bruns. Un beau visage, marqué de larmes.

Quand Semion revint à l'immeuble stalinien, la Niva de Volodka était garée devant l'entrée principale. Des gars en combinaison verte descendaient des bidons de lait et les chargeaient dans la voiture.

– Tu as déjà goûté du lait de chèvre ? demanda Volodka quand ils furent en route.

– Non, reconnut Semion. En revanche, j'ai déjà mangé du fromage de chèvre.

– Ah bon, et comment c'était ?

– Goût de moisi. Et cher avec ça !

Une heure plus tard, ils se garaient devant l'orphelinat. Les élèves des grandes classes déchargèrent les bidons et vidèrent le lait dans la cuve de la fromagerie. Le directeur sortit pour accueillir Semion et Volodka et se montra plus chaleureux qu'à son habitude. Peut-être son humeur s'améliorait-elle avec l'approche du printemps, car pendant le peu de temps que dura leur conversation, il leva plusieurs fois les yeux vers le ciel en souriant.

– Mais oui, je l'avais promis à Guennadi Ilitch ! se rappela-t-il soudain. Eh ! Kolia ! cria-t-il, et aussitôt un grand garçon tout maigre perché sur de longues jambes se retourna.

– Il y a un paquet bleu là-bas, sur la table ! Apporte-le s'il te plaît !

Le paquet en question pesait près de cinq kilos. Semion alla le déposer sur la banquette arrière de la Niva puis revint auprès des autres.

– Vous savez ce qui est drôle ? déclara le directeur. Nous avons donné à faire ici une rédaction sur le sens de la vie. Eh bien, cinq de nos gosses, à en juger par leurs écrits, ont décidé que ce qui donne du sens à la vie, c'est le travail ! (Il désigna de la tête le local servant de fromagerie.) Auparavant, il ne leur venait pas d'idées semblables. Je les connais tous, comme si je les avais faits. La rédaction sur le sens de la vie, nous l'avons chaque année au programme !

Ils prirent congé du directeur en termes très cordiaux, presque amicaux.

Sur le chemin du retour, Semion se vanta devant son ami de son achat *high-tech.*

– Ça veut dire que je suis condamné à ne pas me coucher cette nuit ? demanda Volodka, un rien moqueur.

– Je t'appellerai dans la soirée pour te dire, promit Semion.

Une fois les bidons rapportés rue Grouchevski, les deux amis se séparèrent. Volodka repartit à bord de sa Niva, tandis que Semion composait le numéro de Guennadi Ilitch.

– Où es-tu ? s'enquit le député.

– Ici, pas loin de la Maison des officiers.

– Parfait, rendez-vous à l'hôtel Kiev. Je t'offre un café !

Guennadi Ilitch entra dans le hall de l'hôtel plongé dans ses pensées. Ce n'est qu'arrivé à l'escalier menant au restaurant du premier étage qu'il s'arrêta et se rappela soudain pourquoi il était venu en cet endroit. Il chercha Semion du regard, et d'un signe de tête l'invita à le suivre.

Un serveur recueillit dans ses bras le court par-dessus très élégant du député, comme s'il s'agissait d'un trésor sans prix. Puis, d'une main beaucoup plus molle, il débarrassa Semion de son blouson de cuir, de la manche duquel pendouillait une écharpe.

– Café ou dîner ? demanda Guennadi Ilitch.

– Café.

– C'est bien, de toute façon je dois encore dîner deux fois aujourd'hui. D'abord avec nos gars, puis vers minuit, avec l'opposition.

Un sourire exténué rendit un instant le visage rond de Guennadi Ilitch sympathique et bonhomme.

Il commanda pour lui-même une bouteille d'eau minérale gazeuse, et pour Semion une tasse de café.

– Tu as déjà entendu parler d'une organisation appelée Ambassade de la Lune ?

– Pourquoi ?

Le regard de Semion s'était fait inquiet.

– Oh, pour rien… les députés de l'opposition incitent tout le monde à y adhérer. Une nouvelle idée fédératrice, je crois… Et le coût de l'adhésion n'est pas très élevé.

– Ça ne vaut pas la peine, déclara Semion d'un ton nerveux, au souvenir de son propre certificat portant l'inscription « Église Ambassade de la Lune » imprimée en lettres d'argent. Ça me rappelle la Fraternité Blanche, mais à l'inverse.

– À l'inverse ? répéta Guennadi Ilitch, songeur. Oui, c'est vrai. Ils tiennent séance chaque nuit dans des clubs. La moitié du Parlement déjà en fait partie… Quant à moi, je crains de n'avoir pas la santé pour ça… Enfin !

Le député s'absorba durant deux ou trois minutes dans ses pensées. Un sourire émergea sur ses lèvres, un sourire ambigu, sans joie, et même, combiné à l'expression d'ensemble de son visage, malheureux. Il soupira.

– Allez, au diable cette Ambassade ! (Le député sourit à nouveau et plongea la main dans la poche de sa veste.) Tiens, tu es le premier à qui j'en remets une ! Pour toi, et pour ta femme !

Il tendit à Semion deux petites boîtes en plastique.

Semion en ouvrit une. À l'intérieur, sur un lit de velours de coton, reposait une grosse croix dorée ornée d'un trident en son centre. Au-dessous, dans un creux plus profond, se lovait une chaîne en or.

– Une croix de député ! s'exclama Guennadi Ilitch avec fierté. Qui sait, peut-être iras-tu jusque-là !

Semion esquissa une grimace de reconnaissance pour le cadeau.

– Tu as des gosses ? demanda le député tout à trac.

– Non.

Guennadi Ilitch se retourna, ayant entendu des pas se rapprocher derrière lui. Il suivit tranquillement du regard le serveur qui passait auprès d'eux. Puis se concentra de nouveau sur son interlocuteur.

– Mais tu aimerais en avoir ? dit-il, fixant Semion avec attention.

– Moi, oui.

– Et ta femme ?

– Elle aussi, je pense.

– Je peux vous aider.

Guennadi Ilitch perdit un instant son assurance. Hésitant, il mâchouilla ses grosses lèvres, puis de nouveau regarda Semion.

– Une petite fille… Ce sera sûrement une beauté…

– Et quel âge a-t-elle ?

– Quel âge ? Elle n'a pas encore d'âge. Elle ne doit naître que dans une semaine ou deux.

– Et il faut déjà l'adopter ? demanda Semion, déconcerté.

268

– Eh bien, tu sais, pour avoir un chien de race, dans les clubs, on s'inscrit un an avant la naissance du chiot! s'exclama Guennadi Ilitch d'une voix alerte, mais brusquement il se reprit, poussa un soupir, et poursuivit dans un chuchotement: Sa mère ne la gardera pas, je le sais. Dans ce genre d'affaire, mieux vaut tout planifier à l'avance.

– Il faudra du lait maternel pour la nourrir, murmura Semion, réfléchissant tout haut.

– Ce n'est pas un problème! répliqua le député en levant la main. Du lait maternel, nous en avons dans le pays, plus qu'il n'y a de pétrole en Russie!

Semion se prit à penser à Veronika, et se retrancha dans le silence.

Guennadi Ilitch jeta un coup d'œil à sa montre.

– Alors? demanda-t-il avec impatience.

– Je dois en parler avec ma femme. En ce qui me concerne, je ne suis pas contre...

– Très bien! Parle-lui et rappelle-moi!

Semion hocha la tête. Guennadi Ilitch régla la note au serveur et se dirigea vers la sortie.

70
Borispol. Rue du 9-Mai.

Ce matin-là, Dima fut tiré de son sommeil par Valia. Il entrouvrit les yeux. Vit sa femme en chemise de nuit, d'épais collants de couleur chair entre les mains. Après les avoir examinés pour y repérer d'éventuels accrocs, elle s'assit au bord du lit et entreprit de les enfiler.

Dima se rappela tout à coup le message trouvé à la porte, et il se sentit tout guilleret. La matinée avait commencé, après tout, comme à l'ordinaire. Valia allait s'habiller, lui préparer son petit déjeuner puis partir au travail. Ensuite il se lèverait à son tour, mangerait sans se presser et se trouverait une occupation pour la journée. Peut-être irait-il se promener en direction du kiosque à journaux. Peut-être même achèterait-il *Je cherche du travail*, un journal spécialisé. Non pour chercher quelque boulot, mais pour que Valia vît le journal.

Dehors, le soleil matinal brillait de tous ses feux. Et ses rayons, filtrant dans la chambre par l'interstice des rideaux, incitaient Dima à penser à l'été. En été, on a toujours besoin d'argent, n'est-ce pas? En été, on brûle d'être à l'extérieur, on a envie de manger des glaces et de boire de la bière. Qui plus est, en été, le ventre de Valia s'arrondirait d'un bébé. Il faudrait la cajoler elle aussi, les femmes enceintes sont si capricieuses et incohérentes!

La porte claqua, et Dima se retrouva seul dans la maison. Il paressa encore une demi-heure, puis enfin se leva. De nouveau, il se rappela le message de la veille, mais cette fois-ci sans crainte. «Menaces en l'air!» se dit-il. Aussitôt cependant les deux bagagistes, Boris et Génia, lui revinrent à l'esprit. Ils lui firent de grands signes des bras, depuis l'autre monde. «Mais eux, ils sont morts!» Dima retint un instant son souffle. Son front se couvrit de sueur froide.

Il gagna la fenêtre, colla un œil à la fente des rideaux et aperçut dehors, derrière la clôture de sa cour, un homme mal rasé vêtu d'une veste matelassée crasseuse. Le type se tenait simplement là, immobile, et fumait une cigarette en regardant la rue. Dima tira le rideau, et la pénombre dans la pièce se fit légèrement plus dense.

Mourik-Mourlo, comme s'il devinait l'état d'esprit de son maître, s'approcha à pas feutrés et se frotta contre ses jambes. Dima caressa le chat, sans le regarder.

– Qu'allons-nous faire? s'interrogea Dima à mi-voix.

Il soupira. Considéra l'écran noir du poste de télévision. Prêta l'oreille au silence. «Le silence est une bonne chose bien sûr, se dit-il, mais les cimetières aussi sont très calmes en règle générale. Le bruit, c'est l'indice de la vie. »

Il alluma la télé, mais coupa le son. L'heure était aux informations du jour. Le président Iouchtchenko s'entretenait avec le Premier ministre Ianoukovitch. Tous deux paraissaient excédés.

– Je veux bien m'en charger, moi, de tes problèmes ! grommela Dima en regardant parler le président.

Affamé, il gagna la cuisine et là encore son premier soin fut de tirer les rideaux. Ensuite seulement, il jeta un coup d'œil sous le couvercle de la poêle où l'attendait son petit déjeuner. Les pommes de terre sautées étaient chaudes, tout comme la rondelle bien dorée de saucisson Doktorskaïa[1].

Quand il eut mangé, Dima vida un verre de gnôle à l'ortie, puis retourna se coucher, pensant peut-être que dormir était le meilleur remède contre la peur.

À travers son sommeil, il entendit un soudain fracas. Comme si une armoire avait basculé sur le plancher. Le bruit aurait dû suffire à le réveiller dans l'instant, mais les brumes de l'alcool émoussaient ses sens et ralentissaient ses idées. C'est pourquoi, au lieu de lui inspirer de l'effroi, ce vacarme inattendu le plongea dans un état de perplexité proche de l'ahurissement. Et c'est bien de l'ahurissement qui se lisait dans ses yeux quand il les ouvrit pour découvrir devant son lit deux hommes au corps maigre et aux pommettes saillantes, vêtus de la même courte veste de cuir noir. L'un braquait sur lui un pistolet.

– Debout, et vite ! ordonna celui qui n'était pas armé.

---

1. *Saucisson Doktorskaïa* – le saucisson «du docteur», ainsi nommé à l'origine parce qu'il était censé remédier aux carences alimentaires des citoyens – reste un des piliers de la gastronomie dans les pays de l'ex-Union soviétique.

Dima essaya de se lever, mais sans résultat. Sa tête se révélait soudain plus lourde que d'habitude.

Une froide fureur se peignit sur le visage de l'homme qui, montrant les dents, flanqua un coup de poing à Dima en pleine face.

Dima sentit le goût âpre du sang sur ses lèvres. Les vapeurs d'alcool lui embrumaient l'esprit. Il se sentait comme un animal traqué, n'ayant plus la possibilité ni de se cacher ni de s'enfuir. Il regardait les joues bien rasées de ces deux hommes d'allure insignifiante. Il les regardait et bizarrement se rappelait le journal *Je cherche du travail* qu'il n'était finalement pas allé chercher ce matin-là.

– Où sont les ampoules ? demanda l'autre, armé d'un pistolet, d'une voix dure comme de l'acier. Qui te les revend ?

Un nouveau coup de poing atteignit Dima au menton. Il s'effondra, la tête sur l'oreiller. En se redressant, il vit que la taie blanche était tachée de sang.

– Écoute, dit le premier, le chien berger avec lequel tu bosses a reconnu l'odeur et nous a conduits deux fois à ta maison ! C'est toi qui as volé la valise à l'aéroport ! Tu ne sais pas dans quel pétrin tu t'es mis ! Où sont les autres ampoules ?

– Chamil est avec vous ? ! s'écria Dima, en passant la langue sur sa lèvre inférieure tuméfiée.

– Il était avec nous jusqu'au moment où il a crevé, répondit l'homme, en caressant son poing droit de sa main gauche. Où sont les ampoules ?

Un nouveau coup de poing projeta la tête de Dima contre l'oreiller.

– Il faut lui régler son compte, s'impatienta le type au pistolet. Ça n'a pas de sens de discuter avec lui !

– Non, qu'il nous rende d'abord les ampoules ! rétorqua son coéquipier. Puis il se tourna de nouveau vers Dima : Où les as-tu planquées, minable ?

Dima désigna de la main l'angle droit de la pièce au-delà duquel, derrière le mur de la maison, se trouvait le garage. Les deux hommes tournèrent la tête dans cette direction. Il n'y avait là qu'une chaise au dossier recouvert de la longue jupe verte de Valia.

L'homme au pistolet s'accroupit pour regarder sous la chaise. Après quoi il lança un coup d'œil irrité et déçu à l'occupant des lieux, puis à son compagnon. Celui-ci leva de nouveau la main pour frapper Dima, mais à cet instant le chat Mourik, tel un éclair gris, bondit en l'air et planta les crocs dans son poignet, se cramponnant au cuir de la manche de toutes les griffes de ses quatre pattes. Du sang jaillit du poignet mordu. L'homme secoua le bras, dans l'espoir de faire lâcher prise au chat, et se répandit en jurons. Il regarda son acolyte.

– Mais tire-lui dessus ! cria-t-il sans cesser d'agiter le bras pour se débarrasser de l'animal.

L'autre promenait le canon de son arme, visant le chat, mais hésitant à tirer. Du sang gicla encore sur la couverture, éclaboussant même le visage de l'homme au pistolet.

Le coup de feu éclata, et Mourik retomba bruyamment sur le plancher. Libéré de son agresseur, l'homme porta la main à sa poitrine. Du sang filtra entre ses doigts. Il émit soudain un râle et s'affaissa à côté de la bête. Ses yeux cherchèrent son compagnon puis se figèrent. Il était mort.

Livide, l'autre tordit la bouche en une grimace. Il écarta les bras, désemparé, le pistolet toujours à la main.

– Qu'est-ce que c'est que cette merde ?! murmura-t-il, assez fort cependant pour que Dima l'entendît. Mais qu'est-ce que c'est que cette merde ?!

Il se tourna vers Dima. Colla le canon de l'arme contre son front et pressa la détente. Dima n'eut même pas le temps d'avoir peur. Au lieu d'une détonation, on n'entendit qu'un bref claquement métallique.

L'homme pressa la détente une seconde fois : nouveau raté. D'un geste nerveux, il glissa l'arme dans la poche de sa veste et sortit rapidement de la chambre.

La terreur finit par s'emparer après coup de Dima. Il demeura assis, les yeux rivés au cadavre de l'homme et au corps ensanglanté du chat. La chambre était plongée dans l'ombre. L'atmosphère y était suffocante.

Le sang qui s'échappait de sous le cadavre étendu par terre se rapprochait peu à peu des pieds nus de Dima. Quand la distance entre la flaque rouge sombre et ses orteils se trouva réduite à un centimètre, il se leva et gagna la porte. Il resta là, debout, une dizaine de minutes. Puis il sentit son cœur se soulever et la nausée l'envahir. Il sortit dans le couloir et vit la porte d'entrée entrouverte, le verrou intérieur brisé. Dima s'enferma dans les toilettes. La tête penchée au-dessus de la cuvette, il s'enfonça dans la bouche l'index et le majeur de la main droite, et passa une dizaine de minutes à se vider l'estomac.

« Mais peut-être est-il encore vivant ? » pensa Dima à propos du chat, alors qu'il ressortait en titubant dans le couloir glacé.

Il retourna à la salle de bains et s'y munit d'une serviette propre. Dans la chambre, tout en s'appliquant à ne pas marcher dans le sang, il étala la serviette sur un coin de parquet encore épargné, et y déplaça Mourik. La serviette blanche se teinta aussitôt de rouge. Dima enveloppa le chat dans le tissu éponge, le prit dans ses bras et l'emporta au garage. Le froid le poussait à courir, lui brûlait les mollets : il était sorti pieds nus dans ses mules.

Arrivé au garage, il déposa son fardeau sur le sol de béton, à côté du radiateur de fortune, qu'il s'empressa de brancher. Et il se rappela comment Mourik, en ce même endroit, s'était rétabli alors qu'il était prêt à passer l'arme à gauche après sa bagarre avec le chien du voisin.

274

«Peut-être, là aussi, va-t-il s'en tirer?» pensa Dima, plein d'espoir.

Il piocha une ampoule sur l'étagère, en brisa l'extrémité puis, renversant en arrière la tête du chat qui montrait les crocs, la vida dans la gueule de l'animal jusqu'à la dernière goutte. Après quoi, il recouvrit Mourik de chiffons et ressortit dans la rue.

Un vieil homme de sa connaissance, qui vivait deux maisons plus loin, passait à ce moment, à bord de sa Moskvitch. Il lança à Dima un regard étonné. Dima toucha son visage du bout des doigts et sentit que son menton et sa joue droite étaient maculés de sang séché. Il ferma en hâte le garage et rentra chez lui se laver.

71
Région de Kiev. District de Makarov. Village de Lipovka.

La neige adhérait encore à la terre, aux champs. Dans les bois, elle se cramponnait au sol encore plus solidement. En revanche, elle avait déjà commencé à glisser du sommet de la butte surplombant le lac, laissant à nu une bosse de sable. À présent, Irina descendait en luge avec Iassia dans ses bras depuis le bas de la colline. Iassia était aux anges. Elle semblait aimer la vitesse autant que le soleil installé juste au-dessus d'elles, brillant d'un éclat plus chaud et plus audacieux qu'à l'ordinaire. La neige n'était plus vraiment de la neige, mais juste une mince croûte qui tantôt craquait sous les patins de la luge, tantôt sonnait comme métal contre métal.

Quand elle fut fatiguée de la luge, au point d'en avoir les jambes flageolantes, Irina tira Iassia comme en traîneau jusqu'au banc le plus proche, devant une porte de maison, et s'y assit pour reprendre souffle.

Une grosse femme vêtue d'une veste chinoise bleu vif en polyester et d'un épais pantalon de laine gris passait à bicyclette sur le bas-côté verglacé. Elle tourna la tête au passage et après avoir roulé encore une vingtaine de mètres, freina et descendit de vélo. Elle laissa son engin appuyé contre la clôture et s'en revint en arrière. Son visage parut familier à Irina.

– T'es bien la fille à la mère Choura ? dit la femme.

– Oui.

– Ton nom de famille, c'est quoi ?

– Koval.

– Et pourquoi c'est-y que t'amènes pas ta gosse à la vaccination ? demanda la femme d'un ton sévère.

– Mais elle ne joue avec personne, elle est toujours à la maison ! tenta de se justifier Irina.

– Elle a même point de carnet de santé ! Quoi que tu veux donc ? Te faire condamner pour négligence ? Tiens, l'Olenka Chyp, de Fassivotchka, on lui a retiré sa gosse et on l'a déchue de ses droits maternels. Elle a manqué la faire crever de faim, sa mouflette !

– Mais je nourris bien la mienne ! Tenez, regardez ses belles joues rouges ! s'exclama Irina en tournant la petite bouille de Iassia vers elle.

– Ça peut être le froid qui lui donne des joues rouges, répliqua la femme en agitant la main. Demain, tâche de te pointer au centre de santé. Entre dix heures et midi. Et apporte le certificat de naissance : y en a besoin pour le carnet !

Irina prit un air coupable. La femme, qui avait gardé jusqu'à la fin de la conversation son masque de sévérité, tourna les talons et s'en fut récupérer sa bicyclette, secouant la tête et grommelant des paroles désagréables à l'adresse d'Irina.

Celle-ci fut de retour à la maison pour l'heure du repas. Elle déjeuna de kacha au sarrasin et de lard avant de s'assoupir auprès de Iassia. Tout était redevenu silencieux dans la maison, comme plongée dans un profond sommeil.

Sa mère rentra vers trois heures. Tout essoufflée, les joues rouges. Elle ôta ses grosses bottes de feutre, les frappa l'une contre l'autre, par habitude, pour en faire tomber la neige, pendit son manteau au crochet, puis entra dans la chambre d'Irina et s'assit sur son lit. Le sommier métallique grinça sous son poids. Irina se réveilla.

— Je m'en suis allée au conseil du village, rapport à ton lait, murmura sa mère en jetant un coup d'œil au bébé qui dormait, blotti contre Irina. Ils m'ont dit que des gens de Kiev ont fait bâtir trois mainsons à Gavronchtchina, et qu'y aurait un petiot encore au sein dans l'une d'elles. Qui sait s'ils ont pas besoin de lait ? C'est à deux pas. Tu pourrais leur en livrer un boucal tous les jours. Ou même, Yegor pourrait le déposer au passage, du moment qu'il va à Kiev…

— Je n'irai pas leur demander, répondit Irina en baissant les yeux.

L'infirmière-chef l'avait déjà assez morigénée et insultée pour la journée. Elle avait reçu pour au moins deux fois son poids de honte et de peur. Elle aurait voulu ne plus jamais rencontrer personne, excepté sa mère et Yegor.

— J'irai moi-même me renseigner, lui promit sa mère. Je sais point combien leur prendre pour le lait. À Kiev, c'est ben soixante hryvnia qu'on te dounnait ?

Irina acquiesça.

— Mais à Kiev, tout est plus cher. Ceux-là, s'y avaient des sous, y vivraient point à Gavronchtchina… mais bon, tant pis, je demanderai cinquante. Et s'y veulent marchander, j'en rabattrai de dix… Au fait, ça me revient qu'y a un autobus à cinq heures qui va là-bas, à Gavronchtchina.

– Emporte du lait avec toi. Que leur bébé puisse le goûter !

Irina regardait sa mère avec reconnaissance.

– Je vas en prendre, oui. Y a là dans la cuisine une petite bouteille de limounade. Elle entrera pile dans ma poche de manteau !

Irina tira son lait. Elle en emplit près du tiers d'un bocal d'un litre. Elle essaya d'en tirer encore, mais ses seins étaient vides. Elle en fut tout à la fois surprise et peinée. Puis elle se rappela qu'elle avait peu mangé depuis l'avant-veille.

À quatre heures et demie, sa mère chaussa ses bottes de feutre et enfila son manteau. Elle glissa la bouteille dans sa poche et sortit.

72
Kiev. Centre-ville.

Veronika arriva chez Daria Ivanovna en pleurs. Elle pénétra dans le salon, sans prendre le temps de se déchausser ni d'ôter son manteau, et s'assit à la table ronde. Son regard se posa alors sur le fauteuil tourné de telle sorte que son occupant pût voir les fenêtres donnant sur le balcon. Un étrange sentiment arrêta soudain ses larmes. Elle n'entendit même pas la maîtresse de maison, qui l'avait suivie dans la pièce, se poster derrière elle, les mains jointes contre la poitrine comme pour une prière.

– Un cognac peut-être, demanda prudemment la veuve du pharmacien.

Veronika hocha la tête.

– Allez bois, bois ! l'encouragea gentiment Daria en lui tendant un verre. Le cognac, ça libère !

– J'ai eu une journée horrible hier ! déclara enfin Veronika. Mon Semion est rentré en pleine nuit.

Je dormais déjà. Et lui, il me réveille et me demande : « Tu aimerais avoir un enfant ? » Et il commence à me raconter qu'on pourrait adopter une petite fille, encore bébé, toute jolie… Moi : « L'adopter, mais où ça ? D'où vient-elle ? » Et là, il devient comme muet. J'insiste : « Où est-elle, dans une maternité ? Pourquoi ses parents n'en veulent pas ? » Et Semion, toujours rien, pas un mot. Alors moi : « Comment peux-tu parler de ça comme ça, à la légère ? ! Après ce qui s'est passé il y a sept ans ? »

– Tu ne m'as jamais rien raconté, intervint Daria Ivanovna, abasourdie. Que s'est-il donc passé il y a sept ans ?

Veronika vida son verre d'un trait, puis le tendit à son amie en lui demandant, du regard, de le remplir encore.

– Nous avons eu à cette époque un terrible accident.

Sa voix était soudain devenue lointaine. Et son regard s'était éteint.

– J'ai eu un traumatisme cérébral. Quand j'ai repris conscience, j'ai tout de suite demandé des nouvelles de ma fille. Mais le médecin m'a dit : « On ne vous a amenés que tous les deux ! »

Des larmes perlèrent à ses yeux, braqués droit devant elle et fixant le vide.

– Comment s'appelait-elle ? demanda Daria Ivanovna avec douceur.

– Je ne me rappelle pas, soupira Veronika. J'ai tout oublié. Presque tout. Après l'accident, j'avais rendez-vous avec un psychiatre tous les deux jours. Semion et lui cherchaient à me prouver que ma fille n'était pas morte, qu'elle n'avait même jamais existé… que nous n'avions jamais eu de fille…

Daria Ivanovna retint son souffle, une ombre passa dans ses yeux.

– Mais tu as des photos d'elle ? demanda-t-elle d'un ton prudent.

Veronika réfléchit.

– Non, je n'ai pas de photo… (Elle porta les doigts de sa main droite à ses lèvres tandis qu'elle posait son regard sur son autre main.) Et je n'en ai jamais eu, je ne me souviens pas d'une seule…

– Mais on photographie toujours les nouveau-nés, non ?

Daria Ivanovna poussa un soupir nerveux et attrapa la bouteille de cognac.

– Peut-être le psychiatre m'a-t-il hypnotisée ? Lui et Semion répétaient sans arrêt que je n'avais jamais eu d'enfant… Mais je m'en souviens bien pourtant !

Les yeux de Veronika se ranimèrent soudain. Elle regarda son amie.

– Semion a dû cacher toutes les photos… À moins qu'il ne les ait brûlées ?!!

– Calme-toi ! lui dit Daria Ivanovna. Calme-toi seulement ! Et interroge-le encore une fois posément : demande-lui comment une pareille idée lui est venue et de quel bébé il est question. Qu'un homme ait tout à coup envie d'avoir un gosse, ça n'est pas un truc courant. Je dirais même que ce n'est pas normal du tout ! On peut imaginer n'importe quoi ! Et s'il venait d'apprendre qu'il est atteint d'une maladie incurable et qu'il soit terrifié à l'idée de te laisser seule ?!

À ces mots, une lueur d'effroi s'alluma dans les yeux de Veronika.

– Je m'en vais. (Déjà elle était debout.) Il faut que je rentre à la maison…

73

Kiev. Rue Reïtarskaïa. Appartement n° 10.

Sa conversation matinale avec sa femme avait laissé Semion effrayé. Il ne s'attendait pas à une réaction aussi absurde de sa part. Et que lui avait-il dit? Juste qu'il était possible d'adopter une jolie petite fille. Après tout ils n'avaient pas d'enfant. Ils n'en avaient pas, et n'en avaient jamais eu. Et puis, il n'était que temps! Encore quelques années, et il serait trop tard. Or, si l'on pouvait en adopter déjà un premier, peut-être réveillerait-il l'instinct maternel de Veronika, et celle-ci aurait-elle alors envie d'avoir un bébé bien à elle? Sept ans plus tôt, après l'accident, son psychiatre avait bien dit à Semion qu'ils auraient besoin d'une vie familiale stable et accomplie, pleine de soucis quotidiens et de menus problèmes. Mais bizarrement il n'était pas parvenu à inculquer cette idée à sa patiente. Elle l'avait vu pourtant pendant un an régulièrement. Elle y allait le matin, en revenait apaisée, mais à l'approche du soir elle recommençait à dérailler. Elle se mettait à pleurer, à courir dans tout l'appartement, à regarder derrière les rideaux. Elle cherchait sa fille, alors qu'ils n'en avaient jamais eu. Elle la cherchait, comme hypnotisée, sans plus voir ni entendre son mari. Puis elle s'asseyait dans un fauteuil, toute pâle, sanglotante. Il s'approchait alors, s'agenouillait près du fauteuil, prenait sa main dans les siennes, baisait ses doigts, essayait de la calmer. Mais elle ne cessait de murmurer: «Va la chercher! Ramène-la à la maison!»

Alors il s'habillait et sortait. Au début, il se contentait de rester devant la porte. Parfois une heure, parfois bien davantage. Puis il rentrait. Il trouvait Veronika assise dans le même fauteuil, dans la même position. Il lui disait son échec. Elle demeurait silencieuse durant cinq bonnes minutes. Après quoi elle hochait la tête et lui tendait la main. Semion l'aidait à se relever et la menait au lit. La même scène se répétait jour après jour. Une fois Semion en eut assez de rester camper devant la porte d'entrée. Il se mit à errer dans les rues sombres, à décrire des cercles par les cours d'immeubles communicantes. Bientôt des promeneurs du soir commencèrent de le saluer, surgissant sur son chemin toujours à la même heure.

Quelques mois plus tard, une nuit, dans la rue, il s'aperçut avec effroi qu'il la cherchait à présent pour de bon, cette petite fille qu'ils n'avaient jamais eue. Il avait même demandé une fois à un passant qui venait de le saluer : « Vous n'auriez pas vu une enfant traîner par ici ? Une fillette de trois ans. » Le passant s'était proposé de l'aider dans ses recherches, et ils avaient inspecté ensemble toutes les cours environnantes. À un moment, Semion s'était repris. Il avait remercié l'homme et déclaré que sa femme, à l'évidence, avait déjà retrouvé leur fille.

Il s'était écoulé près d'un an avant que les séances chez le psychiatre produisissent un effet sur Veronika et qu'elle en vînt à oublier et l'enfant et l'accident. Dès lors leur vie avait été si heureuse et paisible ! Jusqu'à ce matin !

Semion secoua la tête, affligé. Et se dit que c'était lui, en réalité, qui mourait d'envie d'avoir un gosse. Ce monde était trop froid, et pas seulement l'hiver. Dans ce monde, il fallait nourrir un espoir. Et le meilleur espoir, c'était un enfant.

Semion gagna la cuisine, grimpa sur un tabouret et attrapa sur l'étagère, tout en haut du placard, le cahier du défunt pharmacien. Il s'installa à la table, cahier en main, entreprit d'examiner de plus près les dessins à présent familiers et se sentit rassuré. Pour une raison ou une autre, il se dit que cette Alissa, représentée par le pharmacien, aurait à coup sûr voulu devenir mère. Or il aurait été si facile d'ajouter à ces silhouettes celle d'un enfant. Le résultat eût été d'un érotisme proprement « divin ». Mais le pharmacien, lui non plus, n'avait pas d'enfants, n'est-ce pas ? Autrement sa veuve aurait eu d'autres soucis en tête que l'accrochage et le décrochage d'une couronne mortuaire !

À la suite du dernier croquis au crayon venait une nouvelle page couverte d'une fine écriture de médecin. Chaque paragraphe débutait par une date plus ou moins lisible. Ainsi la page en question s'ouvrait-elle à la date du 28 février 2000.

Semion réfléchit. Ils avaient eu l'accident en octobre 1999, le 12. Octobre, novembre, décembre, janvier, février… C'était donc quatre mois et demi après l'accident. Il se pencha davantage sur le cahier ouvert. Fixa les lignes manuscrites tracées, lui semblait-il à présent, de manière volontairement illisible, pour que personne ne pût connaître la vie secrète du pharmacien. Les dessins au crayon en faisaient-ils d'ailleurs partie ? Si oui, Alissa devait être mentionnée quelque part dans ces notes.

Semion regarda par la fenêtre. Sur la vitre, la lumière du soleil se réfractait dans les gouttelettes d'eau, les rehaussant d'un éclat doré. Le coin de la table de la cuisine était lui aussi teinté de jaune. Semion exposa la paume de sa main gauche à cette lumière et la sentit presque aussitôt pénétrée de chaleur. La chaleur du printemps à venir.

28 février 2000, lut-il de nouveau, en reportant son regard sur la page. A est repartie vers dix heures du soir. Elle a oublié chez moi sa montre-bracelet en or. Elle ne veut pas se soigner. Elle me demande de la prendre comme elle est. Mais moi, j'ai mal au crâne après toutes ces nuits blanches. Heureusement que Daria aime boire. Les travaux sur le nouveau calmant touchent à leur fin. Le médicament produira une apathie totale. D'abord quelques heures d'indolence, puis un sommeil profond. Je l'ai déjà testé sur Daria.

Semion jeta un coup d'œil à la fenêtre, aux gouttelettes dorées collées à la vitre extérieure.

« A, c'est Alissa, se dit-il. De quoi ne veut-elle pas guérir ? »

Semion fut interrompu dans ses réflexions par la sonnerie du portable dans la poche de son blouson de cuir.

— Pourquoi n'appelles-tu pas? demanda Guennadi Ilitch.

— J'allais le faire, répondit Semion d'une voix mal assurée.

— Tu as parlé avec ta femme?

— Oui, soupira Semion. Elle n'est pas prête...

— Dommage, dit le député manifestement déçu. Très dommage.

Semion posa le téléphone sur la table, puis il se pencha de nouveau sur le cahier.

2 mars 2000. Hier, je crois avoir rencontré un autre « homme de la nuit ». Vers une heure du matin, j'ai raccompagné A chez elle et suis rentré en prenant un raccourci. J'ai salué un passant qui traversait comme moi une cour d'immeuble, et l'homme m'a demandé de l'aider à retrouver sa fille. Nous l'avons cherchée pendant près d'une heure. Puis il s'est excusé et est parti...

De nouveau la sonnerie du téléphone vint le distraire de sa lecture, mais il s'agissait cette fois-ci du téléphone du salon.

— Bonjour, c'est Daria Ivanovna. Vous ne pourriez pas passer? Mais sans le dire à Veronika!

— Je ne suis jamais allé chez vous, répondit Semion au ralenti. Où habitez-vous?

Daria Ivanovna lui indiqua son adresse.

Interloqué, Semion referma soigneusement le cahier et le reposa à sa place.

74
Borispol. Rue du 9-Mai.

La peur qu'éprouvait Dima céda la place à une malcommode pesanteur intérieure. Comme s'il eut été gros de quelque mal incurable et qu'il sût fort bien que, dès que celui-ci aurait mûri en son sein, il mourrait dans l'instant. Il marcha jusqu'à la gare routière, ses bottines totalement détrempées à force de patauger dans la neige à moitié fondue par le soleil. Qu'allait-il dire à Valia? Qu'allait-il lui dire, et quand?

Ses idées s'embrouillaient, s'entrechoquaient, et son désarroi grandissant s'accompagnait d'un sentiment d'inéluctable malheur.

Des voitures passaient, dont les roues éclaboussaient les trottoirs d'une épaisse soupe sale.

– Que lui dire? pensait Dima. Lui parler du cadavre? De Mourik? Des ampoules?! Non, pas un mot des ampoules. Mais ensuite? Si jamais ils revenaient? Que faire?

Les questions qui résonnaient dans sa tête parurent à Dima tout à fait logiques et cohérentes. Aussi, profitant de la soudaine docilité de sa pensée, décida-t-il d'examiner à nouveau la situation. Quand il arriva à la salle des machines à sous, il savait déjà ce qu'il allait annoncer à sa femme.

Mais Valia, heureuse de voir son mari venir la chercher au travail, lui colla dans le creux de la main une dizaine de pièces de cinquante et l'envoya «jouer un peu».

Dima s'en fut donc à son automate favori, qui déjà l'avait fait gagner deux fois. La machine se prit à scintiller, clignoter, à lancer des bruits stridents et des éclairs multicolores, comme si elle avait reconnu le joueur venu taquiner la chance.

Dima inséra une pièce dans la fente de l'appareil et commença de presser les boutons sous les rouleaux rotatifs illustrés. La pénombre de la salle le disposait au calme et à l'espérance d'un miracle. Mais de miracle, il n'y en eut point. L'automate avala joyeusement toutes les pièces.

Dima s'en revint paisiblement au guichet de la caisse.

– Encore dix minutes! lui demanda Valia. Sonia est toujours un peu en retard! Elle habite à côté du cimetière.

«Pas besoin d'habiter à côté d'un cimetière pour être toujours en retard», pensa Dima, et il se rappela alors le macchabée qui gisait dans leur chambre à coucher.

– Surtout il ne faut pas que tu t'inquiètes, ce n'est pas la peine, commença-t-il quand ils furent arrivés sur la place à côté de la gare routière. Nous avons un cadavre à la maison…

Valia s'immobilisa et regarda son mari d'un air effaré.

– Je dormais encore quand deux cambrioleurs se sont introduits chez nous. Ils se sont mis tout de suite à me tabasser pour m'obliger à leur montrer où nous cachions notre argent. (Des doigts de sa main droite, Dima retourna sa lèvre inférieure, fendue et tuméfiée, pour preuve de la véracité de son récit.) Et puis, tout à coup, mon Mourik s'est jeté sur l'un d'eux et lui a planté ses crocs dans la main. Il lui a déchiré une veine. Le type a hurlé à son complice de tuer le chat. L'autre a tiré sur Mourik, mais a touché également son pote. À la poitrine. J'ai porté Mourik au garage, enveloppé dans une serviette de bain. Quant à l'autre, le mort, je l'ai laissé à la maison étendu sur le plancher.

– Et le second bandit? demanda Valia d'une voix tremblante.

– Il a pris peur et s'est sauvé.

Ils restèrent immobiles et silencieux durant trois bonnes minutes.

– Alors, on y va? demanda Dima d'une voix presque tendre.

Valia hocha la tête, mais ne bougea pas pour autant.

– Allons, viens!

– Mais il y a un mort chez nous… murmura-t-elle.

286

– On va s'en débarrasser. Je l'aurais bien fait tout seul, mais il est trop lourd. En s'y mettant à deux, on aura vite terminé.

Petit à petit, ils remontèrent une partie de la rue. Mais Valia continuait de traîner les pieds et il leur fallut plus d'une heure pour atteindre la porte de leur maison.

Aucune trace de ce qui s'était passé n'était visible, ni dans la cour, ni sur le seuil. Peut-être est-ce pourquoi Dima réussit à convaincre sa femme d'entrer.

Il la fit asseoir, encore vêtue de son manteau, dans la cuisine, se gardant bien de lui laisser voir la chambre.

– Reste ici un moment, lui dit-il. Je vais d'abord nettoyer là-bas… Et ensuite tu m'aideras !

– Peut-être devrions-nous plutôt appeler la milice ? répondit Valia, la voix pleine d'espoir.

– Non, ils ne nous laisseront plus vivre en paix ensuite ! Ils se pointeront tous les jours pour nous interroger…

Dima remplit une bassine d'eau, y trempa une serpillière et gagna la chambre à coucher.

Il eut tôt fait d'éponger le sang qui s'était répandu sur le sol, même s'il dut par trois fois changer l'eau de la bassine. Il eut plus de mal en revanche à effacer les traces séchées dessinant le pourtour de la flaque. Dima s'efforçait de ne pas regarder le cadavre étendu à côté. Deux ou trois fois seulement, il souleva le bras ou la jambe du défunt pour essuyer en dessous.

Enfin le plancher lui sembla propre. Tout au moins à la lumière faiblarde de la lampe de chevet. Il n'avait pas allumé le lustre.

Il sortit alors de l'armoire un vieux tapis importé d'Allemagne de l'Est, que leur avait offert un jour sa belle-mère. L'étala à côté du mort, et aussitôt la chambre s'emplit d'une puissante odeur de naphtaline. Cette odeur familière, jusqu'ici détestée, parut soudain à Dima étonnamment bienvenue.

Il s'accroupit et retourna deux fois le cadavre pour le basculer sur le tapis. Après quoi il entreprit d'enrouler celui-ci de manière à enfermer le corps à l'intérieur, lequel se trouva du même coup retourné encore deux fois. À présent, la tête du mort n'était plus visible. Dima eut une pensée reconnaissante pour les Allemands de l'Est qui fabriquaient autrefois des tapis si commodes.

Tout était prêt. Et il savait déjà ce qu'il allait faire ensuite.

Il sortit pour aller au garage, mit la voiture en marche et la recula jusque dans la cour. Puis, laissant là le véhicule, il revint à la cuisine où Valia l'attendait, toujours assise sur son tabouret, le manteau encore boutonné malgré la chaleur de la pièce.

Il se servit un verre de vodka. Le vida. Jeta un coup d'œil dans la rue.

Une automobile passa devant la maison. La lueur jaune de ses phares flotta au-dessus de la palissade puis s'évanouit.

– Je te demanderai juste de ne plus me poser de questions pour le moment, dit-il à sa femme. Je vais encore boire un coup, puis nous le chargerons dans la bagnole et nous l'emmènerons… pas très loin d'ici. D'accord ?

Valia acquiesça.

Quand il eut avalé un second verre, Dima éteignit toutes les lumières, puis conduisit Valia dans la chambre. Elle se saisit à tâtons d'une des extrémités du lourd tapis, tandis que Dima empoignait l'autre. Ils tirèrent le rouleau dans le couloir, lui firent franchir le seuil de la maison et le hissèrent sur la banquette arrière de la voiture. Tout allait bien jusque-là, mais la portière par laquelle ils avaient fait entrer le tapis dans l'habitacle refusait de se refermer. Dima dut passer cinq minutes à se démener pour le placer en biais avant de réussir enfin à claquer la portière.

– Assieds-toi à l'avant, dit-il à sa femme.

Il démarra et, tous phares éteints, sortit de la cour dans l'obscurité. Au bout de la rue, il arrêta la voiture devant la palissade effondrée de l'immeuble abandonné. Il coupa le moteur. Tout était silencieux.

Aidé de Valia, il sortit le cadavre et le transporta jusqu'au puits.

– Et si quelqu'un le découvre ? demanda tout à coup Valia.

– Si quelqu'un le découvre, au moins sera-t-il enterré humainement, murmura Dima dans un souffle.

Ils posèrent le cadavre enroulé dans son tapis sur la margelle et d'une poussée, l'expédièrent au fond…

– Et voilà, c'est fini, soupira Dima. Rentrons à la maison.

– Non, protesta Valia. Je ne veux pas y retourner…

– Mais où pouvons-nous aller ?

Valia ne répondit pas.

– Dans ce cas, allons manger des *pelmeni*, proposa Dima qui, pour de bon, mourait de faim.

– Bonne idée, reconnut sa femme.

75
Région de Kiev. District de Makarov. Village de Lipovka.

Le lendemain soir, une Volga blanche s'arrêtait devant la maison d'Irina. Un homme en sortit, vêtu d'un manteau en peau retournée, une serviette à la main. Il examina avec attention la plaque portant le numéro de la maison, à droite de la porte d'entrée. Jeta un regard au fer à cheval cloué sur le vantail et esquissa un sourire condescendant. Alors seulement il pressa le bouton de la sonnette.

C'est grand-mère Choura qui lui ouvrit. Habillée avec recherche, d'une longue jupe noire soigneusement repassée, et d'un corsage vert épinglé d'une broche.

– Oh! entrez, entrez! dit-elle. Par ici, tenez, dans la cuisine!

Il pénétra dans la demeure, d'un pas cérémonieux. Posa son porte-documents par terre, contre le mur. Ôta son manteau pour le pendre à la patère. Puis baissa les yeux sur ses bottes. Il les releva aussitôt vers la maîtresse des lieux, exprimant ainsi une question qu'elle comprit fort bien.

– C'est point la peine, entrez donc comme ça!

Le visiteur fut heureux de pouvoir s'abstenir de se déchausser. Il avait l'impression d'avoir enfilé dans sa hâte une chaussette trouée. Or comment parler sérieusement affaires quand les gens avec lesquels on s'apprête à négocier voient des trous à vos chaussettes?!

Irina avait bien entendu que quelqu'un était arrivé, mais n'était pas sortie dans le couloir. Par timidité. Elle savait qu'on devait venir de Gavronchtchina pour parler de son lait, mais elle préférait attendre que sa mère l'appelle quand tout serait convenu.

– Asseyez-vous! Oh, j'ai oublié comment que vous vous appelez! Votre femme, c'est Katerina, comme celle de nout'président...

– Ilko Petrovitch, répondit le visiteur dans un ukrainien parfait, cependant qu'il examinait la cuisine, tout en tirant sur son pull marron tricoté main, qui, un peu trop court, avait tendance à remonter au-dessus de sa ceinture, découvrant une chemise bleu marine fort tendue sur son ventre.

Il prit place.

– Du café, peut-être? proposa la vieille femme.

Il acquiesça, et encore une fois promena son regard autour de lui.

– Pardonnez-moi, mais quel est votre nom?

– Koval, Alexandra Vassilievna.

– Un joli nom, tout à fait traditionnel, déclara le visiteur d'un ton pensif. J'ai un collègue à l'université qui travaille sur nos noms de famille ukrainiens. Il a défendu une thèse sur le sujet. Koval, c'est sans doute le nom de votre mari ?

– Oui, de mon défunt mari.

– Et de quoi est-il mort ?

Dans la voix de l'hôte perçait une prudente curiosité.

– Il était malade des reins.

– Il buvait ?

– Seulement les jours de fêtes.

– Et il n'y a aucune maladie génétique chez vous ?

– Aucune quoi ? ! Mais qui que vous me dites là ? !

Grand-mère Choura regardait l'homme d'un air effaré.

– Comprenez bien… (La voix du visiteur s'était faite plus sérieuse.) Le lait, c'est plus important encore que le sang. Par le lait, c'est le code de la Nation qui s'infiltre dans l'enfant, formant ainsi son identité. Si quelque Polonaise vient à nourrir de son lait un bébé ukrainien, il en sortira un Polonais et non un Ukrainien. Or, nous connaissons déjà une situation catastrophique ! Il semble que tout le pays soit élevé avec du Mon Bébé !

Grand-mère Choura écoutait Ilko Petrovitch avec attention. Déjà l'autre jour, quand il lui avait ouvert la porte à Gavronchtchina, il avait suscité chez elle des réflexions assez contrastées. Tout d'abord, son âge – la cinquantaine passée – ne convenait guère à un jeune marié. Des yeux tout ronds, porcins, des lèvres épaisses. Sur la joue gauche, un gros grain de beauté qui avait quelque chose de féminin. Quant à sa femme, Katerina, elle devait avoir tout juste vingt ans. Elle était là, vêtue d'une *vychivanka*[1], toute pâle, toute maigre, tel le parfait contraire de son mari. Et blottie sur son divan comme

_____

1. *Vychivanka* : chemise ou robe richement brodée, reprenant des motifs traditionnels ukrainiens.

si elle avait peur de prononcer un mot! Lui parlait au nom de la jeune femme assise à son côté, de la même façon qu'Alexandra Vassilievna parlait au nom de sa fille. Seulement elle, grand-mère Choura, pouvait parler au nom de sa fille, c'était son rôle de parent. Alors que lui, de quel droit empêchait-il sa femme de placer un mot?

– Peut-être avez-vous des archives familiales? D'anciennes photographies? demanda l'homme de manière inattendue.

– J'ai des photos, oui.

Grand-mère Choura se leva. Rajouta de l'eau bouillante. Posa la tasse devant son hôte.

Elle traversa la chambre d'Irina pour gagner la sienne, et sortit de son armoire un vieil album de photographies qu'elle rapporta à la cuisine.

Ilko Petrovitch jeta un regard mécontent à la lampe qui, au plafond, diffusait une lumière faiblarde. Puis il ouvrit l'album. Et son visage s'anima. Car la saga photographique familiale de grand-mère Choura était riche, grâce à son mari et à son grand-père. Au reste, tenez, le voilà le grand-père : un beau et solide gaillard moustachu. Propriétaire de sa terre, qui menait la vie dure aux valets de ferme paresseux. Et voici son épouse : une femme au corps plus volumineux encore. Le regard autoritaire, un collier de corail au cou, qui, même après un siècle, même au milieu du noir et blanc de la vieille photographie, semblait toujours luire de son éclat roussâtre originel.

Un sourire touchant éclaira la figure du visiteur, qui afficha dès lors une expression plus accommodante.

«Tout va bien aller», se dit grand-mère Choura en observant cette métamorphose.

Quand il eut tourné lentement toutes les pages de l'album et achevé de boire son café sans sucre (autre motif d'étonnement pour la vieille dame), Ilko Petrovitch considéra la maîtresse de maison d'un air pensif.

– J'ai récupéré aujourd'hui le résultat des analyses du laboratoire. Le lait de votre fille est excellent, parfaitement sain. Dommage qu'elle soit fille-mère…

Tout s'obscurcit dans la tête d'Alexandra Vassilievna. Voilà que celui-là parlait de fille-mère ! Oh ! pauvre, pauvre Irina ! Il serait temps que son passeport reçût un coup de tampon ! Et pourquoi Yegor traînait-il avec ça ?

– Sauf vout'respect, Ilko Petrovitch, s'exclama-t-elle, incapable de se contenir, mais chez nous c'est tout nout'pays qu'est fille-mère. Et pourquoi ça ? Parce qu'y a point d'hommes ! Ce qu'ils veulent tous, c'est juste coucher, mais quand y est question d'épousailles, y a pus personne !

– Notre pays, fille-mère ?! murmura l'autre d'un air songeur et nullement offensé. Vous parlez avec sagesse ! C'est la pure vérité !

Et le respect qui perçait dans sa voix rendit à la vieille dame sa bonne disposition d'esprit.

– L'Ukraine est une fille-mère, répéta le visiteur, attentif à ses propres mots. Tous veulent coucher avec elle, mais se marier, jamais ! Bravo, Alexandra Vassilievna ! Je rapporterai cette phrase à mes étudiants. Qu'ils sachent combien notre peuple est philosophe !

Grand-mère Choura se troubla.

– Bien, mais nous avons perdu de vue notre sujet, dit soudain Ilko Petrovitch, se reprenant après avoir jeté un coup d'œil à sa montre. Ainsi, quel serait votre prix pour un litre ?

– J'vous l'ons déjà dit ahier : cinquante hryvnia.

– Alexandra Vassilievna, j'ai certes une paie de professeur, mais elle n'est guère élevée. Peut-être pourriez-vous nous consentir un rabais, nous sommes ukrainiens vous et moi, autant dire de la même famille.

– Quel rabais encore ?

– Eh bien, disons trente hryvnia le litre.

Grand-mère Choura multiplia mentalement trente hryvnia par trente jours. Elle obtint comme de juste neuf cents hryvnia par mois, auxquelles elle ajouta le montant de sa pension. Le résultat dépassait les mille deux cents.

– Entendu, dit-elle. Allez, je vas vous présenter ma fille !

– Un autre jour si vous voulez bien, soupira Ilko Petrovitch. Après tout, nous sommes convenus de tout. À quoi bon la déranger. Je passerai moi-même prendre le lait… Mais maintenant je dois rentrer à la maison. Katerina doit s'inquiéter. Depuis qu'elle a accouché, elle est dans un état de faiblesse permanent. Elle a beau être issue d'une vieille famille, sa santé n'est guère brillante ! Oh, j'oubliais ! Je vous ai apporté deux exemplaires de revues où j'ai signé des articles. Ils sont là-bas, dans ma serviette.

Avant de partir, le visiteur tira de son porte-documents de cuir un numéro de *La Revue ukrainienne de linguistique* et un autre de *Nation et Culture*, qu'il remit avec précaution entre les mains de grand-mère Choura.

76
Kiev. Centre-ville.

Daria Ivanovna accueillit Semion très chaleureusement. Elle le fit asseoir à la cuisine et lui prépara un café fort. Elle attendit qu'il se détendît un peu, et alors seulement entama sans se presser la conversation.

– Veronika est venue me voir ! déclara-t-elle en observant le visage de son hôte. Elle était toute bouleversée. Elle m'a raconté à propos de l'accident…

La main qui tenait la tasse se figea à hauteur des lèvres. Semion n'avait pas envie d'évoquer l'accident. Il n'en avait jamais envie.

– Vous voudrez bien m'excuser, j'espère. (La maîtresse de maison affichait un sourire coupable.) C'est votre histoire à vous, et je ne voudrais pas que vous pensiez que je fais simplement ma curieuse... J'ai moi-même perdu mon mari récemment...

Semion hocha la tête.

Mais Daria Ivanovna entreprit alors de lui parler de son mari, de ses bizarreries. Semion l'écouta avec intérêt. Pas seulement parce que la veuve avait un vrai talent de conteuse, mais aussi parce qu'il était question de l'auteur du journal qui, le matin même, avait captivé de manière si inattendue son attention.

– Que voulez-vous dire ? Qu'il inventait de nouveaux médicaments ? demanda tout à coup Semion.

– Inventer, c'est peut-être beaucoup dire. Il se contentait d'effectuer de nouvelles combinaisons de composants déjà éprouvés. Ou bien modifiait les proportions de médicaments déjà existants. Il avait même exécuté deux ou trois commandes pour de petits laboratoires privés... Les oligarques et les hommes politiques se méfient des médicaments de masse ! Ils ont besoin de remèdes spéciaux, qu'on ne trouve pas en pharmacie. Le plus souvent contre la fatigue, ou contre l'impuissance ! Mais Edik s'intéressait surtout aux tranquillisants. Il avait une idée fixe : mettre le monde entier sous calmants. J'ai l'impression que le monde l'agaçait fortement. Ce n'est que le soir, à l'approche de l'obscurité, qu'il commençait lui-même à sourire... Sinon, il souriait rarement...

– Il aimait la nuit, alors ? demanda prudemment Semion.

– Il l'adorait ! Il pouvait passer des heures à errer dans les rues quand la nuit était tombée.

Semion ferma les yeux et de nouveau se rappela l'épisode survenu sept ans plus tôt. Il se revit demandant une nuit à un passant, qui venait de le saluer, de l'aider à retrouver un enfant disparu. Il ne se souvenait pas du visage de cet homme, ni de sa taille, ni de son âge. Peut-être n'avait-il même pas distingué ses traits dans l'obscurité. Mais après avoir lu les deux lignes consacrées à l'incident dans le journal du pharmacien, son passé récent semblait plus proche dans sa mémoire, et sa mémoire visuelle, notamment, s'en trouvait comme rafraîchie. À présent, en fermant les yeux, il pouvait revoir dans ses propres « archives vidéo » plusieurs de ses promenades nocturnes. Il se rappelait à quelles fenêtres la lumière restait longtemps allumée la nuit, il se rappelait un balcon, au premier étage d'une maison de la rue Tchapaev, où il y avait toujours quelqu'un qui fumait, et où la lueur de la cigarette décrivait des arcs de cercle, brusques, nerveux, entre la rambarde et la bouche du fumeur.

— Vous m'écoutez ? demanda la veuve d'un ton sévère.

— Oui, oui.

Semion leva les yeux sur elle.

— Comment cela a-t-il commencé pour lui ?

Daria Ivanovna gratifia son hôte d'un regard interrogateur.

— Qu'est-ce qui a commencé ?

— Eh bien, son amour de l'obscurité, de la nuit…

La maîtresse de maison réfléchit.

— Il me l'a raconté un jour… murmura-t-elle. Je ne me rappelle plus très bien… Je crois que lorsqu'il était enfant et qu'il mettait du temps à s'endormir, ses parents pour le punir l'enfermaient le soir sur le balcon. Il y contemplait alors la lune et les étoiles. Il aimait beaucoup la lune. Plus que le soleil… Il aimait les ombres des arbres…

— Et fréquentait-il une quelconque église ? demanda Semion, un peu hésitant.

— Une église ? Non. Des gens de toutes sortes de sectes essayaient bien de l'enrôler… Il y a même eu je ne sais quels « frères » et « sœurs » pour venir un jour se pointer ici. Je leur ai fait redescendre l'escalier en quatrième vitesse.

Semion tout à coup tressaillit. Il regarda sa montre.

– Ah zut! Je dois téléphoner! s'exclama-t-il, nerveux, en sortant son portable de sa poche.

– Appelez! Je peux sortir!

– Inutile, je n'ai pas de secrets.

– Même les morts ont des secrets…

Daria Ivanovna se leva, quitta la cuisine et s'en fut au salon, un sourire pensif aux lèvres.

Peu après, Semion passait la tête par l'embrasure de la porte.

– Excusez-moi. Je dois aller au boulot! Merci pour le café!

Daria Ivanovna lui adressa un signe de la tête.

– Nous n'avons pas fini de parler! Il faudra que vous repassiez!

Semion aurait bien bavardé encore un peu avec elle, mais il devait retrouver Volodka dans quarante minutes au centre de nutrition et se rendre avec lui du côté de Vychgorod, selon un itinéraire à présent bien connu. Là-bas, ils déchargeraient la voiture puis attendraient Guennadi Ilitch qui devait apporter quelque nouvelle aide humanitaire.

Daria Ivanovna, quant à elle, dès qu'elle eut raccompagné son hôte, téléphona à Veronika et l'invita à passer chez elle.

Veronika arriva une demi-heure plus tard. La mine songeuse, un sac entier de provisions dans les bras.

– J'aurais dû d'abord porter tout ça à la maison, dit-elle en désignant de la tête le sac posé dans le couloir.

– Je ne vais pas te retenir longtemps, déclara Daria Ivanovna, la voix pleine de mystère. J'ai parlé avec Semion.

– Au téléphone?

– Non, il est venu ici. Je lui ai même offert le café. Il est très sensible, ton homme ! Je ne l'aurais pas imaginé.

– Mais de quoi avez-vous causé ?

– D'Edik, mon mari. Semion m'a interrogée à son sujet. Je ne sais pas ce qui m'a pris de lui parler de lui comme ça ! Mais ce n'est pas l'important ! L'important, c'est que ton Semion est très sensible, et sentimental.

– Bon, et alors ? répliqua Veronika, sans comprendre.

– Les hommes sensibles et sentimentaux gardent toujours dans leur portefeuille des photographies de leurs enfants et, quelquefois, de leur femme. Tu comprends ?

– Tu veux dire qu'il a peut-être dans son portefeuille une photo de notre fille ?

Les yeux de Veronika s'étaient allumés d'une lueur joyeuse en même temps que désespérée. Elle réfléchit un instant puis demanda :

– Et s'il n'y a pas de photographie ?

Daria Ivanovna haussa les épaules. Mais Veronika continuait d'afficher un sourire serein.

– Il est reparti à la maison ?

– Non, au travail.

– Je vais y aller, moi aussi. Je vais lui préparer à dîner.

77
Région de Kiev. District de Vychgorod.

Juste avant le début des festivités, Guennadi Ilitch se querella avec le père Onoufri. La dispute éclata dans la rue, en présence de Semion et de Volodka. Mais Semion aussitôt s'éloigna poliment et entreprit d'observer la pinède qui jouxtait l'orphelinat et où subsistait encore des plaques de neige protégées de la chaleur par les piquantes ramures éternellement vertes. Il réussit à ne pas entendre un seul mot de cette altercation à voix basse entre son chef et le prêtre.

Une légère brise lui soufflait au visage, ébouriffant ses cheveux coupés court. Semion contemplait les puissants arbres de la futaie et pensait à Alissa. Il se disait qu'il pourrait sans doute trouver des informations sur elle dans le journal du pharmacien. Celui-ci avait eu de la chance : il l'avait rencontrée à l'état de veille, de jour. Ou peut-être de nuit, lui aussi ? En tout cas, elle parlait avec lui, le saluait, souriait au moment où ils se retrouvaient. Semion aurait été curieux de savoir si elle posait vraiment pour lui, ou si tous ces dessins n'étaient que le fruit de son imagination…

– Chef ! lança Volodka.

Semion se retourna. Le député et le prêtre n'étaient plus là. Ils avaient déjà pénétré dans le bâtiment.

La petite salle de réunion de l'orphelinat pouvait accueillir une trentaine de personnes. Les dix-neuf enfants, en uniformes d'écolier d'un marron tristounet, étaient installés au premier rang avec le directeur. Assises au rang suivant, trois vieilles dames discutaient entre elles. Sans doute les femmes de ménage ou bien les cuisinières. À l'autre bout de la troisième rangée, trois hommes se tenaient silencieux, bien sagement, l'un d'âge déjà respectable. Ce fut à côté d'eux que Semion et Volodka prirent place.

Sur la scène, une table basse avec une carafe d'eau et trois verres à facettes, et puis trois chaises.

De manière tout à fait inattendue, l'hymne ukrainien éclata dans la salle. Le directeur se mit debout. On entendit les sièges rabattables claquer un à un contre leur dossier. Les personnes assemblées se levaient à leur tour, lentement, à contrecœur. Quand l'hymne se tut, tous étaient néanmoins debout. Sur quoi tout le monde, dans un bel ensemble, se laissa lourdement retomber à sa place. Montèrent alors sur scène le directeur de l'orphelinat, le père Onoufri et Guennadi Ilitch, une pile d'attestations dépliées dans les mains.

– Cette journée sera pour vous à marquer d'une pierre blanche, commença le directeur. Votre enfance n'a guère été riche de ces événements qui ont embelli la mienne. Vous n'avez pas été admis dans les rangs des octobristes puis des pionniers, vous n'êtes jamais allés en camp de vacances et n'avez pas joué au jeu de guerre patriotique *Zarnitsa*. Vous ne savez pas ce que c'est qu'un feu de camp et des pommes de terre cuites sous la cendre. D'un autre côté, mon enfance s'est étirée sur de longues années, au point de me paraître interminable, alors que vous, vous avez la possibilité d'entamer beaucoup plus tôt une vie adulte et responsable. La majorité d'entre vous y est déjà prête. Grâce à Guennadi Ilitch, certains d'entre vous ont même acquis un premier métier : celui de fromager. En outre, ce qui va se passer à présent… (le directeur se retourna vers le député)… n'aurait jamais pu se produire quand j'avais votre âge…

Le directeur adressa un signe de tête à Guennadi Ilitch. Celui-ci se leva, rectifia son veston, et embrassa la salle du regard.

– Chers enfants ! prononça-t-il d'une voix puissante. Faire le bien est une tâche très difficile. Pour parler franchement, c'est même une tâche ingrate. C'est l'homme politique qui vous le dit, et non l'homme de la rue. Le peuple ne comprend pas le bien qu'on lui fait, il ne sait pas le recevoir, ni même le voir. Et je ne lui en fais pas reproche ! Le bien est comme l'amour. On ne peut le dispenser de manière égale. Oui, le véritable bien est comme l'amour ! Or on ne peut aimer réellement qu'un individu donné. Vous aimez une femme et elle vous aime en retour, pour ainsi dire. Vous aimez le peuple, et il hausse les épaules. Vous comprenez de quoi je parle ?! Alors voilà :

le vrai bien, le bien que tout le monde comprend, c'est le bien qu'on fait à une personne concrète. Notre Premier ministre ne dit pas autre chose : seul le bien réel, seules les vraies mutations et les réformes économiques peuvent changer et améliorer la vie du pays. Et je le répète : tout doit être réel et concret, pas de mots creux, pas de bien pour tous ! Le bien pour tous, c'est un mythe ! Mais avant tout, chaque individu concret doit avoir une foi concrète en son avenir et en l'avenir de son pays !

À ce moment, le député regarda le père Onoufri qui aussitôt se leva et arrangea sa soutane.

— Ainsi, aujourd'hui, vous allez recevoir votre premier baptême sérieux, si j'ose dire. Vous allez recevoir votre feuille de route pour l'âge adulte. Vous allez recevoir chacun une parcelle d'un bien concret, d'un bien politique, si j'ose encore dire. Un bien que pour la première fois, vous pourrez toucher, tenir dans vos mains. Peut-être suis-je en train d'enfreindre aujourd'hui quelque loi secondaire… (le député tourna de nouveau les yeux vers le prêtre) mais Dieu me le pardonnera.

Le père Onoufri s'approcha en silence de Guennadi Ilitch. Dans les mains du prêtre apparut une petite boîte carrée recouverte de velours de coton bleu. Le député sortit de la boîte une petite croix d'or pendue au bout d'une chaîne, qu'il montra à toute la salle.

— Ces croix, mes chers enfants, sont nominatives et numérotées. Elles vous accompagneront tout au long de votre vie d'adultes. Avec celle que va vous remettre le père Onoufri, vous recevrez une attestation certifiant qu'elle est effectivement la vôtre. Le numéro de l'attestation correspond à celui de votre croix et représente, si j'ose dire, votre numéro porte-bonheur, celui qui vous permettra d'entrer sans tests ni examens à l'université d'État de Kiev. Ce numéro vous ouvrira aussi d'autres portes dans le futur. Je vous dis tout cela pour que vous compreniez bien à quel point cette journée est importante ! Prenez soin de cette croix et de cette attestation, comme autrefois les gens de ma génération prenaient soin de leur carte du Parti !

Guennadi Ilitch tira de la poche intérieure de sa veste une paire de lunettes qu'il chaussa pour lire le nom de famille inscrit sur la première attestation. Aussitôt un adolescent aux longues jambes monta sur scène d'un pas léger. Il tendit la main vers le document relié de bleu, mais Guennadi Ilitch, du regard, lui désigna le prêtre. Celui-ci avait posé la boîte ouverte sur la table basse et tenait dans ses mains une chaîne à laquelle pendait une croix. Le père Onoufri passa la chaîne autour du cou de l'enfant et glissa avec soin la croix contre la poitrine, sous son vêtement. Alors seulement Guennadi Ilitch remit au garçon son attestation.

La cérémonie dura une quinzaine de minutes, après quoi le directeur invita tous les membres de l'assemblée à passer à la salle à manger.

Semion et Volodka n'eurent cependant pas le temps d'y parvenir, le directeur les rattrapa et leur murmura :

— Venez plutôt dans mon bureau.

Dans ledit bureau, une table avait également été dressée. Bouteille de cognac, émincé de concombre salé à la crème, salade à la vinaigrette, *kotlets* aux pommes de terre… Le cercle étroit de participants au banquet incluait le directeur, le prêtre, Guennadi Ilitch, Semion et Volodka. Le député commença par remettre au directeur une attestation, tandis que le père Onoufri lui accrochait au cou la croix qui allait avec. Sur quoi le directeur s'inclina pour exprimer sa profonde reconnaissance, puis entreprit sur-le-champ de servir le cognac.

Semion, mal à l'aise, n'avait aucune envie de boire. Ni de manger. Il s'excusa et déclara qu'il sortait respirer un peu l'air frais.

Le soleil commençait à décliner. Bientôt Volodka sortit à son tour. Les deux hommes se tinrent un moment côte à côte.

– Tiens, moi aussi j'aurais bien besoin d'une feuille de route de ce genre pour aller plus loin dans la vie ! s'exclama Volodka au bout de deux ou trois minutes. J'échangerais même ma voiture contre une jeep ordinaire !

Semion se tourna vers la Niva de Volodka. Avec la Lexus noire du député en arrière-plan, elle avait l'air d'un dinosaure mécanique. Le hayon ouvert laissait voir les trois bidons vides dans le coffre. « J'aimerais bien savoir combien de bidons peuvent loger dans le coffre de la Lexus », se dit Semion.

Le directeur parut sur le seuil du bâtiment, accompagné du prêtre et du député. Ce dernier tenait dans ses mains une enveloppe ventrue.

« Fromage de chèvre », pensa Semion.

Les adieux furent brefs contrairement à l'usage slave. Et Guennadi Ilitch prit congé du père Onoufri avec une sécheresse qu'on ne réserve généralement qu'à ses ennemis. Le prêtre monta aussitôt à l'arrière de la Niva. Guennadi Ilitch serra la main à Volodka puis à Semion.

– Quand tu auras déchargé, lui dit-il, renvoie la voiture et appelle-moi sur mon portable.

La Lexus attendit que son passager eût embarqué, puis démarra en trombe, soulevant une gerbe de boue et de neige fondue.

En chemin, tandis qu'ils roulaient vers Kiev, le père Onoufri donna libre cours aux sentiments qui le débordaient.

– Il voulait passer lui-même les croix au cou des enfants, et que ce soit moi qui leur remette ses papiers tamponnés ! Déjà qu'il y a des numéros derrière les croix ! Et par-dessus le marché il a fallu qu'ils collent dessus le trident de l'État au lieu du Christ Notre-Seigneur ! Je lui ai dit tout de suite : je suis un homme de Dieu. Les croix sont de Dieu, mais ces bouts de papier et ces numéros sont du diable… Bon, peut-être pas du diable, mais du pouvoir ! Quelle différence ? Il va me virer maintenant ! Et si jamais il se plaint à l'archevêque, je me retrouverai exilé dans je ne sais quelle paroisse fantôme !…

– Vous ne serez pas exilé… tenta de le rassurer Volodka. Ce n'est plus l'époque !

– Oh, pour vous, laïcs, ça ne l'est peut-être plus ! Mais pour nous…

Le père Onoufri poussa un soupir accablé, et soudain une flamme de colère s'alluma dans ses yeux.

– Mais si je suis exilé, je raconterai aux journaux ce que je sais de Guennadi Ilitch, et après cela il ne risquera plus d'être élu dans aucun parlement !

Semion tourna la tête et fixa le prêtre avec intérêt. Sentant qu'on lui témoignait attention et sympathie, l'autre se lança dans les confidences, d'un ton furieux et saccadé.

– Tenez, je raconterai par exemple comment il m'a forcé à baptiser dans son église les chiots de son terre-neuve. Je ne peux pas offrir à mes amis des chiots qui ne seraient pas baptisés, qu'il me dit ! Chez nous, dans notre pays, tous les chiens sont orthodoxes ! Je raconterai aussi comment lui et moi avons joué dans son église à la préférence[1], à la lumière des cierges, parce que l'électricité avait été coupée dans sa maison !

– Allons, allons, je ne crois pas qu'il soit bien utile de raconter tout ça, déclara Volodka avec calme.

Le prêtre réfléchit.

– Oui, c'est vrai. Le reste suffira ! grommela-t-il.

Sur quoi il se tut, le visage toujours furibond.

---

1. Jeu de cartes très populaire en Russie et en Europe centrale, descendant du vieux jeu de l'hombre.

Kiev les accueillit au soir par un menu crachin. Le père Onoufri demanda à descendre place Chevtchenko, près de la station de tramway. Ils mirent peu de temps pour atteindre la rue Grouchevski. Ils portèrent les bidons vides au premier étage et les laissèrent dans le couloir.

Volodka repartit chez lui, tandis que Semion, se protégeant de la pluie dans le vestibule, téléphonait à Guennadi Ilitch.

– Dans quinze minutes au restaurant de la Maison des officiers, lui dit le député.

La Maison des officiers était déserte. Il n'y avait aucun concert ce soir-là.

Guennadi Ilitch fit son entrée, d'un pas vif et alerte. Apercevant Semion, assis à une table près d'une fenêtre, il commanda au passage à un serveur à la mine endormie deux grands verres de cognac, un citron tranché et deux tasses de thé.

Une fois installé, le député tira de sa poche une petite enveloppe contenant une croix numérotée et une attestation. Il déplia celle-ci : elle était en blanc. N'y figuraient qu'un tampon et une large signature qui s'étalait dans le coin inférieur droit.

– C'est pour toi ! Quand vous aurez un gosse, tu n'auras qu'à inscrire son nom ici. (Des yeux, il désignait le document.) Mais quant à la fillette, n'en parle à personne ! Oublie-la. Dommage, bien sûr, que ta femme...

Guennadi Ilitch n'acheva pas.

Le serveur apporta la commande. Le député consulta sa montre. Il avala son cognac d'un trait, posa un billet de cent hryvnia sur la table et, prenant congé d'un signe de tête, s'en alla.

Semion, lui, resta. Il pensait à Veronika.

« Peut-être devrais-je parler avec elle encore une fois ? Ou bien demander à Daria Ivanovna qu'elle lui en touche un mot ? »

Il but son thé après y avoir versé le contenu du verre de cognac. Il se rappela qu'autrefois un thé au cognac s'appelait un « thé de l'officier ».

L'image d'Alissa lui revint à l'esprit, et il sentit aussitôt monter en lui une étrange et comme pesante vague d'énergie. « Pesante » n'était d'ailleurs peut-être pas le bon adjectif, plutôt obstinée, au rebours du désir de son propre corps qui n'aspirait qu'au repos.

Il y avait plusieurs jours déjà que la nuit ne l'avait pas entraîné dans les rues de la ville. Ou bien peut-être ne l'avait-il pas su ? Après tout, il n'avait pas demandé à Volodka de le suivre. Il chercha à se remémorer chaque matin de ces derniers jours. Aucun soupçon ne lui vint quant à d'éventuelles expéditions nocturnes. Apparemment, cette bizarre et déplaisante sensation était comme la sonnerie d'un réveil – le réveil de la nuit !

Inquiet, Semion quitta les lieux et prit la direction de sa maison. En chemin, il téléphona à Volodka.

– Tu sais quoi, j'ai un mauvais pressentiment. Cette nuit, tu es dispo ?

– N'oublie pas de glisser le dictaphone dans ta poche, répondit Volodka.

À mesure qu'il approchait de chez lui, Semion sentait son inquiétude grandir. La pluie avait cessé, mais des flaques d'eau s'étalaient par terre, où par instant se reflétaient les phares des voitures. Semion accéléra le pas.

78
Borispol. Restaurant de pelmeni ouvert 24h/24.

– Vous avez les mains en sang, dit le marchand de *pelmeni* à Dima quand celui-ci entra, accompagné de Valia, dans la gargote dont ils étaient des habitués.

Dima considéra ses mains. Son regard exprima mécontentement et lassitude.

– Oui, je me suis coupé sans le faire exprès.

– Il y a un lavabo là-bas. Vous voulez que j'aille chercher du désinfectant ?

– Ce n'est pas la peine, lâcha Dima qui déjà se dirigeait vers l'endroit indiqué.

Une fois au lavabo, il entreprit de se laver soigneusement les mains au savon. Valia, quant à elle, était restée au comptoir.

– Au porc ou au bœuf ? lui demanda le marchand.

– Dima, qu'est-ce que tu voudras ? lança-t-elle à son mari.

– Une « assortie », double portion, avec surprise.

– Nous ne faisons plus d'assiette assortie, dit le marchand. Prenez-en une au bœuf et une au porc.

Dima s'essuya les mains dans la serviette en nid d'abeille accrochée à côté du lavabo, puis revint au comptoir.

– Deux au porc et une bœuf, commanda-t-il d'une voix plus assurée. Mais dans le même bol.

– Pour moi aussi, dit Valia. Avec surprise également.

– Et qu'est-ce que vous voulez boire ?

– Une double vodka, répondit Dima.

– Moi pareil, ajouta Valia.

– Toi, il ne t'en faut pas ! (Dima regardait sa femme avec étonnement.) Tu es enceinte !

– Bon alors, qu'est-ce qu'elle prendra ? demanda le marchand en s'adressant cette fois-ci à Dima.

– Un verre de cognac, taille normale.

Ils s'installèrent à une table en bois, l'un en face de l'autre. Dima tournait à présent le dos à un couple d'un certain âge occupé à siroter une bière à la table voisine. Il observait le patron de l'établissement qu'il connaissait depuis une vingtaine d'années. Autrefois il était pompier, dans la même ville, à Borispol. Il avait ensuite été licencié, pour cause d'alcoolisme. Il avait cessé de boire et s'était lancé dans le business. Il avait d'abord travaillé au marché, puis passé la cinquantaine, il avait acheté cette baraque et l'avait fait transporter là, dans un coin de la ville qui n'était guère le plus peuplé, pour y ouvrir un restaurant de *pelmeni*.

Dima, après réflexion, se dit qu'il ne l'avait jamais vu sourire. Et curieusement, lui-même eut envie de sourire. Il posa son regard sur sa femme et s'y essaya. En vain : il sentit un élancement dans sa lèvre inférieure amochée, et ce fut une grimace de douleur qui se peignit sur son visage.

Valia tendit la main et la posa sur la paume ouverte de Dima. Ils se regardèrent l'un l'autre avec calme et tendresse. Lui aussi recouvrit sa main de la sienne. Ils restèrent ainsi immobiles, les deux mains de Dima pressant doucement celle de Valia, jusqu'à ce que le patron s'approchât pour leur servir leurs boissons.

– Les *pelmeni* sont en train de cuire, dit-il en s'éloignant de leur table.

Leurs mains se séparèrent à regret.

Dima trempa ses lèvres dans la vodka et sentit une douleur aiguë vriller sa chair meurtrie. Il acheva son verre d'un trait et regarda Valia qui reniflait son cognac.

Les triples portions de *pelmeni* semblaient prodigieusement appétissantes. Il s'en élevait de la vapeur, et les petits cubes de beurre semés au sommet des deux tas fondaient à vue d'œil, libérant de minces langues jaune pâle qui dégoulinaient vers le bas.

– Alors, gagné ou perdu ? s'interrogea Dima en mâchant le premier *pelmen*.

Ce soir-là, ce fut Dima que la fortune favorisa. Il tira de sa bouche la «surprise» : une pièce de monnaie soviétique de trois kopecks.

En échange de la pièce, le patron du restaurant posa sans un mot sur le comptoir un billet de cinq hryvnia.

– Sers-moi plutôt un autre verre, lui demanda Dima.

Valia mangeait lentement, concentrée, faisant descendre de temps à autre la nourriture par une petite gorgée de cognac.

Dima lui aussi s'appliquait à ne pas aller trop vite, mais il eut tôt fait d'achever sa triple portion. Valia, à ce moment, avait encore la moitié de son assiette à finir.

Tout à coup elle posa sa fourchette et fondit en larmes. Sans un bruit, un peu comme une petite fille.

– Qu'est-ce que tu as ?

Dima se pencha vers elle par-dessus la table.

– J'ai peur de rentrer à la maison, murmura-t-elle.

– Mais il n'y a plus personne chez nous.

Dima avait adopté lui aussi le chuchotement. Il consulta sa montre. Presque une heure et demie du matin. Il regarda sa femme dans les yeux et y lut comme une obstination terrifiée.

– Très bien, allons-y, nous passerons un peu de temps dans le garage. J'y ai branché un radiateur. Nous rendrons visite à Mourik !

Vingt minutes plus tard, la voiture rentrée dans le garage, ils s'enfermèrent au fond du local, dans l'angle droit, sur les tabourets d'enfant, à côté du radiateur de fortune brûlant.

Valia ôta les chiffons qui recouvraient Mourik et écarta le bord de la serviette éponge blanche tout imbibée de sang. Elle se pencha pour examiner le chat de plus près, à la lueur blafarde de l'ampoule de quarante watts qui pendait du plafond.

– Mais il est mort ! murmura-t-elle.

– C'est vrai ?

– Regarde, il ne respire plus. Il s'est vidé de son sang…

– Peut-être pourrions-nous aller dormir? proposa Dima d'un ton prudent après un court silence.

– Je ne veux pas retourner là-bas, souffla-t-elle.

Ils restèrent donc ainsi jusqu'au matin, chacun sur son tabouret, tantôt sombrant dans un demi-sommeil, tantôt en émergeant brutalement au risque de tomber par terre. Et chaque fois que Valia s'assoupissait, Dima se versait un nouveau verre de gnôle à l'ortie, prélevée sur ses réserves entreposées au garage, et le vidait cul sec.

79
Kiev. Parc Mariinski. Pendant la nuit.

La nuit, tout semble empreint de majesté et de mystère. Tout, autour de nous, paraît plein de noblesse et de sens. Rien à voir avec le jour…

Ainsi, tenez, Yegor cette nuit-là, dans le secteur placé sous sa responsabilité, s'émerveillait tantôt de la beauté de la rive gauche de Kiev dont il découvrait l'océan de lumières du haut du belvédère, tantôt de la masse sévère du Parlement plongé dans un silence inquiétant, tantôt encore du palais Mariinski que l'éclairage artificiel faisait paraître de dimensions plus imposantes qu'il n'était en réalité.

Il soufflait un vent froid qui balayait le parc jusqu'au Parlement et au palais, puis, après avoir buté sur ces deux sérieux obstacles, semblait se scinder en deux courants. L'un, le plus violent, s'écoulait en un puissant et invisible torrent aérien vers le bord de la colline, s'élançait du sommet de la butte pour fondre sur la rive gauche du Dniepr. L'autre, plus faible, s'éparpillait dans les rues, perdant en chemin ce qui lui restait de force.

Yegor aimait ce vent sur son visage, qui le protégeait du sommeil et éveillait en lui une sorte de résistance intérieure. Il marchait donc face au vent, vers les profondeurs du parc, mais son corps résistait à l'assaut. Et de cet affrontement entre l'homme et le vent, Yegor sentait naître en son cœur une force nouvelle. Ou plutôt une certitude : certitude que tout irait bien désormais. Qu'il bâtirait sa vie comme une forteresse, dans laquelle personne ne pourrait pénétrer sans sa permission. Il ne manquait pas d'énergie, sa santé était bonne. Il avait trente-six ans. Quand il en aurait quarante, sa vie-forteresse serait achevée, et il s'y trouverait une place pour un bonheur tranquille, et pour quelque chose de neuf, quelque chose d'inouï.

Yegor s'arrêta sous l'arche de l'entrée latérale du parc. Il scruta les vitrines noires de la petite épicerie en face. Jeta un coup d'œil à sa Mazda garée dans la même rue. Puis il tourna les talons et revint sur ses pas.

Et à ce moment, tout lui devint déplaisant. Le vent lui soufflait à présent dans le dos, comme s'il cherchait à le bousculer, à lui faire presser l'allure. Il le poussait pour que ses enjambées fussent plus longues qu'à l'ordinaire. Quand on a le vent dans le dos et aucune raison de marcher plus vite, on peut fort bien perdre assurance et ressentir toute l'insignifiance de sa propre place dans la nature. Alors que tout le reste alentour demeure tel qu'il était : majestueux, imposant.

Yegor fit halte près du monument. Il observa les allées désertes du parc. Les réverbères allumés, les bancs éclairés d'une faible lumière jaunâtre.

Là, bien que le vent soufflât toujours dans son dos, Yegor sentit son moral remonter. Peu à peu, le sentiment de sa propre force intérieure lui revint. Il tourna les yeux vers le Parlement et le palais, puis vers la place déserte qui s'étend entre le Parlement et le parc. Et il se sentit faire partie de cette puissance silencieuse, il se sentit appartenir tout entier à cette colline du pouvoir depuis laquelle, au cœur de la nuit, une masse humaine secrète et anonyme commandait à tout le pays. Et au-dessus de tous ceux-là, depuis le palais Mariinski, éloigné des plaisirs terrestres, éloigné de son épouse et de cinq enfants tous de sang différent, planait le président au regard sévère, le président auquel tout le monde obéissait et que tout le monde craignait.

Les lumières scintillaient toujours sur la rive gauche. Le vent dégringolait du bord de la colline. En tendant bien l'oreille, à condition, autrement dit, de s'abstraire de ses propres pensées, on percevait tout de suite son sourd bourdonnement. Et chose étonnante, bien qu'il fût très frais, ce vent n'avait plus rien de commun avec l'hiver, comme si celui-ci s'en fut allé pour de bon, comme si le vent l'eut précipité du haut de la colline du pouvoir, libérant la place pour la chaleur du printemps déjà proche.

Yegor demeura ainsi figé, le regard planté droit devant lui sur la plaine enténébrée qui s'étendait de l'autre côté du fleuve. Depuis la rive gauche du Dniepr montait un son lointain et ténu. À peine audible, comme celui qu'émet une corde de violon à peine effleurée par l'archet.

Yegor fut surpris. Peut-être le vent sifflait-il entre les fils électriques ? Il jeta un coup d'œil autour de lui, mais le bruit s'éteignit, comme s'il avait décidé de jouer à cache-cache. Ne restait plus que le murmure habituel de la brise. Yegor l'oublia. L'heure de la relève à présent serait vite arrivée. Il rendrait alors son talkie-walkie, puis reprendrait sa voiture pour aller d'abord à Kodra voir sa mère, ensuite à Lipovka, chez Irina. Si sa mère n'était pas trop mal, il pourrait en profiter pour lui amener madame Alexandra, qui aurait là l'occasion de lui parler un peu d'elle et d'Irina. La mère de Yegor entendait et comprenait tout, et parfois même parvenait à prononcer un mot ou deux.

On approchait de cinq heures. Yegor avait de plus en plus de mal à rester éveillé. Pour ne pas céder à la fatigue, il se tourna face au vent. Les yeux clos. Il demeura ainsi un bref moment, puis marcha vers la rue, le vent dans la figure. Il fit halte en face de l'entrée principale du Parlement. Une sorte de craquement lui parvint. Il s'approcha de la barrière métallique à laquelle étaient accrochées – de manière définitive semblait-il – diverses pancartes de carton ou de contreplaqué portant des slogans anti-Otan. Tout près, de l'autre côté de la barrière, se dressait une tente à une place. À l'intérieur, personne. Une vieille femme venait là le matin avec une thermos, bientôt rejointe par un rassemblement de communistes de son âge venus exprimer leurs fermes positions. Ensuite venaient les arbres et les buissons. Les arbres étaient jeunes, ils ne bouchaient nullement la vue. Et on ne voyait personne.

Yegor reprit l'allée en direction de l'entrée latérale. Il arriva au portail de fer forgé, fit demi-tour et revint sur ses pas. Pour voir soudain devant le Parlement une silhouette humaine traverser la place en courant. Une silhouette parfaitement silencieuse, le bourdonnement du vent étouffant tous les autres bruits.

Yegor accéléra l'allure. Quand il déboucha à son tour sur la place, il n'y avait plus personne. Mais de nouveau ce son ténu, comme le grincement d'une corde de violon. Yegor s'avança dans la rue Grouchevski ; pas une voiture, pas âme qui vive. Tout d'une immobilité effrayante et imprévisible.

« Si quelqu'un courait, je l'entendrais, pensa Yegor, perplexe. Par conséquent, il doit se cacher quelque part… »

– Numéro 4, numéro 4, dit-il dans son talkie-walkie. Quelqu'un vient de passer ici en courant. J'ai l'impression qu'il est parti dans ta direction.

– Bien reçu, répondit son collègue. Je vais voir.

Yegor retourna sur la place et entendit le même son bizarre. À cette différence près qu'il était à présent beaucoup plus expressif. Il scruta les alentours et son regard s'arrêta sur les marches, devant l'entrée.

Sur le seuil de la porte reposait un paquet enveloppé d'une couverture. Reposait et pleurait.

Yegor se pencha. Il prit le paquet dans ses bras, écarta le coin de la couverture et découvrit un petit visage de bébé tout rouge, bouche ouverte, et pleurant tout bas, comme si l'enfant comprenait que ses larmes étaient vaines, que personne ne l'entendrait.

– Numéro 4, dit Yegor dans son talkie-walkie, d'une voix détachée. Ne cherche plus !

– Pardon, je n'ai pas compris !

– Ne cherche plus. C'est encore un gosse qu'on vient d'abandonner…

– Qu'est-ce qu'on fait alors, on déclenche la procédure ?

Yegor hésita. Il observa plus attentivement la minuscule figure dont chaque millimètre carré de peau exprimait le malheur. Le terme sec et froid de « procédure » ne s'accordait pas avec ce bébé abandonné.

– Non, répondit enfin Yegor. Je sais où l'emmener…

– Numéro 5, fais pas le con !

– Je suis sérieux.

– Alors tu ne m'as parlé de rien et je ne sais rien.

– Entendu.

Après quoi Yegor alla porter l'enfant dans sa voiture. Il mit le moteur en marche, alluma le chauffage, installa l'enfant toujours enveloppé de la couverture gris souris sur le siège passager avant. Et se rendit compte qu'il ne pleurait plus.

Yegor approcha sa paume de la bouche du bébé et sentit aussitôt sur sa peau son haleine toute chaude.

– Dors une petite heure, chuchota-t-il, je repasserai te voir tout à l'heure, et puis nous irons à la maison !

Les yeux rivés sur la pendule, Veronika attendait que son mari rentrât du travail. Elle avait envie de lui parler. De lui parler plus gentiment. Le pauvre devait encore se ressentir de leur dernière conversation qu'on pouvait aussi bien qualifier de scène de ménage. Daria Ivanovna avait bien raison de dire qu'il était sensible et sentimental!

À plusieurs reprises, elle était allée s'asseoir dans un fauteuil pour feuilleter les revues qu'elle n'achetait que tous les trois mois, mais par dix à la fois, comme si elle voulait rattraper le temps perdu dans une vie mondaine qu'elle ne connaissait qu'en imagination. Plusieurs fois elle s'était préparé du thé ou du café, et plusieurs fois encore elle s'était rappelé le conseil de son amie: jeter un coup d'œil dans le portefeuille de son mari. Ce conseil lui paraissait à présent tout à fait pertinent. Comment n'y avait-elle pas pensé toute seule? Un portefeuille, après tout, c'est comme le mode d'emploi d'un téléviseur ou d'un frigo. Il permet de comprendre beaucoup de choses. Mais visiblement, elle n'avait pas tant envie que ça de comprendre son Semion, autrement il y avait belle lurette qu'elle aurait appris à inspecter le contenu de ses poches. N'est-ce pas?

Soudain Veronika prit conscience qu'elle n'avait jamais considéré, et ne considérait toujours pas, son mari comme sa propriété. Pas comme un objet inanimé, en tout cas, du genre sèche-cheveux. Elle ne parvenait même pas à se souvenir ni de la couleur ni de la taille de son portefeuille, comme si elle ne l'avait jamais vu. Et peut-être en effet ne l'avait-elle jamais vu…

Vers huit heures du soir, enfin, Veronika se détendit un peu et se changea pour passer son peignoir en éponge. La nuit qui régnait au-dehors avait sur elle un effet apaisant.

Son mari arriva à huit heures et demie. Il semblait préoccupé. Elle l'embrassa, le serra dans ses bras, mais malgré cela son visage n'exprimait aucun sentiment. Il n'était pas non plus de pierre, mais Veronika comprit tout de suite qu'il pensait à autre chose.

– Excuse-moi, je suis fatigué, dit Semion.

Elle réussit néanmoins à le faire parler un peu en lui demandant où il aimerait passer les prochaines vacances d'été.

– Et toi, où aimerais-tu ? lui répondit-il, comme prêt à satisfaire n'importe quel désir de sa femme, pourvu qu'il fût raisonnable.

– Peut-être pourrions-nous choisir un coin dans la région d'Odessa ? dit-elle dans un sourire.

– Très bien, je me renseignerai sur ce qu'il y a de bien là-bas, promit-il.

Puis soudain il se mit à chercher quelque chose et oublia Veronika. Il retrouva le dictaphone numérique récemment acheté, l'alluma en mode automatique, pour qu'il se déclenche tout seul au premier bruit, et le fourra dans la petite poche de poitrine de son blouson. Après quoi, il embrassa sa femme, se déshabilla et se coucha. Et s'endormit.

C'est alors que Veronika se rappela le portefeuille. Elle sortit dans le couloir, promena la main sur la doublure du blouson de cuir et le trouva tout de suite. Elle le sortit de la poche intérieure et se réfugia dans la cuisine pour l'ouvrir. Elle ne trouva aucune photo dans les fenêtres destinées à cet usage. Elle entreprit de vider chaque compartiment, et d'en déposer le contenu sur la table. Et brusquement elle s'immobilisa. La photographie venait de tomber d'une feuille pliée en deux : celle d'une inconnue, blonde, âge moyen. Veronika prit la photo dans ses mains. Elle fut étonnée de constater que la femme ne posait pas : elle regardait ailleurs et semblait même ne pas avoir conscience qu'on la photographiait. Aucune inscription ne figurait au verso.

Veronika déplia le document d'où était tombé le portrait. Le mot « certificat », en haut de la page, lui souffla qu'il s'agissait d'un document médical. Mais ce qui était écrit sur cette page la fit littéralement bondir. Au point que son tabouret bascula et heurta la porte du four.

– *Ne peut être tenu pour responsable de ses actes,* lut-elle à haute voix. Comment ça, *ne peut être tenu pour responsable ?*

Elle examina le tampon du médecin psychiatre, grassement imprimé à l'encre violette. Puis son attention fut attirée par la carte de visite agrafée en haut à gauche.

– Naïtov Piotr Issaïevitch, médecin psychiatre, déchiffra-t-elle avant que son regard se pose sur l'adresse du cabinet.

Veronika eut très envie de téléphoner sur-le-champ à Daria Ivanovna, ou encore mieux, de courir chez elle avec ce certificat et la photo de la fille blonde. Mais l'heure était tardive, et puis Veronika avait conscience d'avoir suffisamment accablé son amie de ses problèmes. Or, Daria Ivanovna avait assez des siens à résoudre.

C'est pourquoi elle résolut de reporter l'examen de ce rébus inattendu au lendemain. Elle déposa le portefeuille avec le certificat, la photo, les autres papiers et l'argent qu'il contenait, sur l'appui de fenêtre pour que Semion puisse le retrouver facilement et du même coup comprendre que sa femme était déjà un peu au courant de sa vie extraconjugale et qu'elle était prête à entendre ses explications.

Au cours de la nuit, Semion se releva sans faire de bruit. Il regarda avec aversion sa femme endormie. S'habilla. Passa dans le couloir. Décrocha son blouson de cuir du portemanteau, en remonta la fermeture éclair presque jusqu'au menton. Noua les lacets de ses bottines à double nœud. Puis sortit de chez lui.

Volodka sommeillait dans sa Niva. Le claquement de la porte, ou bien simplement l'intuition, lui fit cependant ouvrir les yeux et regarder par la vitre. Quand il aperçut son ami, il se réveilla tout à fait. Il avait apporté du café fort dans une thermos, il s'en versa rapidement un gobelet qu'il vida d'un trait, puis attendit que Semion fût parvenu à l'angle du boulevard de Iaroslav pour s'extraire de sa voiture et le prendre en filature.

Semion marchait dans la rue déserte en direction des Portes d'Or. Soudain il s'arrêta et tira son portable de sa poche de blouson. La mélodie de la sonnerie d'appel s'interrompit aussitôt. Volodka se dissimula derrière un arbre, à côté de la poste. Semion se trouvait à tout juste quatre-vingts mètres de distance. Volodka trouva étrange qu'aucune parole, aucun son ne parvînt à ses oreilles, alors qu'il le voyait distinctement parler au téléphone. Au reste, de manière générale, Volodka n'entendait rien du tout. Comme si on avait coupé le son dans toute la ville. Pris d'un accès de rage subite, il frappa violemment du pied dans une flaque et, à sa grande joie, entendit l'eau éclabousser le trottoir. Dans le même moment, cependant, il vit Semion jeter un coup d'œil autour de lui, le portable toujours collé à l'oreille. Il retint son souffle. Glissa la main dans la poche droite de son blouson, palpa le petit appareil photo numérique qui s'y trouvait.

« Où va-t-il aller maintenant ? » se demanda Volodka.

Semion rangea son portable dans sa poche et se remit en chemin. Il traversa la rue Vladimir et descendit par la rue Proreznaïa en direction du Krechtchatik. Volodka le suivit, accélérant le pas. Mais il avait beau marcher plus vite à présent, la distance entre eux ne s'amenuisait pas. Semion, à l'évidence, avait lui aussi redoublé d'allure.

La ville était toujours muette. Les feux de signalisation clignotaient tous à l'orange avec un bel ensemble. Un taxi était garé devant l'hôtel Dniepr, phares allumés. À l'intérieur, la tête sur le volant, le chauffeur dormait.

Semion traversa la place de l'Europe par son milieu, marchant sur le bord des parterres sur lesquels subsistait encore une neige sale, presque noire. Volodka resta du côté des numéros pairs du Krechtchatik. Il ralentit le pas à l'angle de la Maison de l'Ukraine.

Comme il passait devant la philharmonie, en direction du quartier du Podol, Semion tourna à droite et commença à descendre l'escalier de pierre vers la colonne Alexandre, du côté du Dniepr. Conservant une distance d'une centaine de mètres, Volodka suivait toujours son ami. Il vit Semion tourner de nouveau à droite avant d'arriver à la colonne. C'était là le début du chemin qui menait à la passerelle permettant d'accéder à l'île Troukhanov.

Volodka, déconcerté par l'itinéraire de son ami somnambule, accéléra. Quand il s'engagea à son tour dans le chemin, Semion cependant avait disparu. Il courut. L'eau clapotait sous ses pieds. Il arriva bientôt en vue de la passerelle ; Semion semblait s'être volatilisé. Anxieux, Volodka traversa la place qui s'étendait avant le fleuve et enfin aperçut son chef. Celui-ci s'éloignait d'un pas sportif, longeant le parapet du quai en direction du pont du Métro.

« Le rattraper à la course ? hésita Volodka. Mais pas moyen de se dissimuler sur le quai, les arbres sont trop jeunes. Mieux vaut aller par ce côté, en suivant la ligne de tramway», décida-t-il et, dévalant les marches, il descendit vers les rails.

Au grand étonnement de Volodka, il passait constamment des voitures sur le quai. Une Mercedes noire, à plaque du ministère, l'éclaboussa de boue, comme si elle avait déboîté sur la voie la plus proche du tramway à cette seule et unique fin. Nerveux, Volodka regarda l'autre côté de la chaussée où la silhouette solitaire de Semion marchait d'un pas ferme et rapide vers un but inconnu. Enfin, inconnu de Volodka, car Semion, quant à lui, savait très certainement où il allait. C'était la première fois qu'il s'éloignait autant de chez lui au cours d'une promenade nocturne, en tout cas depuis que Volodka, par amitié, le prenait en filature. Et c'est bien là ce qui était inquiétant. Volodka craignait qu'un incident ne se produisît. À tout moment, une voiture pouvait s'arrêter, et quelqu'un tirer sur son ami, ou bien le ligoter, le jeter dans le coffre et repartir avec lui Dieu sait où. Et alors ce «Dieu sait où» pourrait bien se changer en points de suspension funestes dans le destin de Semion.

Cela dit, pourquoi ? Pourquoi ces idées, ces mauvais pressentiments ? Volodka tenta d'analyser la raison de ses craintes. Mais sa pensée refusait d'obéir. Sa pensée fuyait. Et chaque nouvelle voiture qui passait sur la route lui inspirait de la peur – peur devant l'inconnu.

Ils marchèrent ainsi jusqu'au marché des pêcheurs, puis jusqu'au pont du Métro. Là, Semion s'engagea sur le pont. Volodka traversa au pas de course la large chaussée à plusieurs voies bien qu'il vît des phares se rapprocher des deux côtés. Il s'arrêta un instant à la première section du parapet. Il vit alors Semion faire halte, lui aussi, une centaine de mètres plus loin. Faire halte, se tourner vers le garde-corps et baisser la tête pour regarder en bas les eaux noires du Dniepr. Volodka observait la scène avec une certaine anxiété. Semion demeura ainsi immobile une dizaine de minutes. Puis soudain il escalada la rampe et sauta dans le vide.

Volodka fut pris d'un tremblement. Il s'élança à toutes jambes, s'arrêta à l'endroit où son ami se tenait encore un instant plus tôt et, prenant appui des deux mains sur le béton glacé, se pencha par-dessus le parapet pour ne voir que des cercles qui s'élargissaient dans l'eau. D'un bond il grimpa lui aussi sur la balustrade et sauta. L'eau froide lui brûla les mains et le visage, lui fit dans l'instant sentir la pesanteur étonnamment inhabituelle de son corps. L'eau se referma au-dessus de sa tête, mais il avait assez d'air dans les poumons. Aussi plongea-t-il plus profond encore, jusqu'à sentir le courant, lent sans doute, mais puissant, l'emporter. Il s'abandonna alors au courant, il chercha même à le gagner en vitesse sous l'eau. Il remonta à la surface, le temps de reprendre de l'air, et de nouveau s'enfonça dans les profondeurs. Au moment où les forces commençaient de lui manquer, sa main heurta quelque chose de grand et de mou. Il tendit le bras, essayant d'accélérer l'allure en dépit de l'inertie de ses jambes alourdies par l'eau qui imprégnait son pantalon et ses bottes. Et sa main raidie par le froid cette fois-ci non seulement rencontra l'objet mais parvint à l'agripper solidement.

La berge bétonnée n'était qu'à cinq ou six mètres. Volodka nagea de toutes ses forces, brassant l'eau de son seul bras gauche. Aidé par le courant, il réussit bientôt à atteindre le bord. Il commença par pousser Semion hors de l'eau. Puis il prit pied à son tour sur la terre ferme pour aussitôt se pencher sur son compagnon qui gisait sur le dos. Il entreprit de pratiquer sur lui la respiration artificielle selon les règles qu'il avait apprises enfant. De l'eau ruissela de la bouche de Semion. Volodka lui inclina la tête de côté. Il écouta attentivement. Rien. Il reprit les mouvements avec une énergie redoublée, tour à tour écartant et rapprochant sur sa poitrine les bras du noyé.

Enfin Semion toussa, eut un soubresaut puis retomba immobile. Volodka s'arrêta de nouveau. Il se pencha sur le visage de son ami et perçut une faible respiration. Immédiatement il sentit une atroce fatigue s'abattre sur lui. Une atroce fatigue et le froid. Il releva les yeux. Son regard s'arrêta sur l'escalier de pierre qui descendait de la partie carrossable du quai jusqu'à la berge de ciment. Il empoigna alors à deux mains Semion par la veste et le tira en direction des marches. À plusieurs reprises, il dut faire halte pour reprendre souffle. Quand enfin il parvint en haut, il s'accroupit auprès de son ami toujours sans connaissance. «Comment le ramener chez lui?» se demanda-t-il.

Il sentit alors ses propres jambes devenir comme du coton. Pris de peur, il marcha en titubant jusqu'au bord de la route. Il aperçut une paire de phares qui se rapprochait. Il leva la main. Mais la voiture, loin de ralentir, poursuivit sa route à une vitesse hallucinante. Volodka resta ainsi, main levée. Il chancelait, comme ivre. Ses vêtements trempés lui collaient désagréablement au corps, mais il n'allait tout de même pas se déshabiller là, au bord de l'accotement.

Des lumières de phares continuaient de défiler sur l'asphalte mouillé. Le temps semblait s'être arrêté. Semion fut pris d'une quinte de toux, mais Volodka ne se retourna pas. Il scrutait obstinément l'obscurité, les yeux braqués vers l'endroit où l'horizon, pour le moment invisible, de la chaussée dissimulait les véhicules venant dans sa direction.

L'absence d'automobiles dura plusieurs minutes, mais enfin une nouvelle paire de phares émergea de la ligne de crête avec une lenteur surprenante. Volodka se raidit. Sa main droite, indocile, tendait à retomber constamment, mais usant de ses dernières forces, il s'appliquait à la maintenir en l'air. Il avait le sentiment que le conducteur de ce véhicule, qui contrairement aux autres ne cédait pas, la nuit, au mirage de la vitesse, allait forcément le voir, le remarquer.

Et l'engin, en effet, freina et s'arrêta. Il s'agissait d'un vieux minibus Volkswagen. Sur les sièges avant, le chauffeur et un passager. Le reste de l'habitacle était vide. Volodka tendit la main vers la portière.

– Les gars, sauvez-nous! Mon pote a failli se noyer, nous sommes trempés tous les deux. Il faudrait au moins le ramener chez lui.

– Et c'est où chez lui? demanda le conducteur, un type d'une cinquantaine d'années.

– Dans le centre, rue Reïtarskaïa.

– Montez!

Volodka ressentit un sursaut d'énergie. Il retourna auprès de Semion, l'empoigna sous les aisselles et le traîna vers le minibus.

Le conducteur et son passager descendirent et allongèrent le rescapé sur un siège double. Volodka grimpa à son tour dans le véhicule et prit place à l'arrière, au troisième rang.

– Qu'est-ce qui s'est passé? Il a bu un coup de trop? demanda le conducteur, alors qu'ils avaient déjà passé le pont du Métro.

– Non, il a voulu se noyer, expliqua Volodka.

L'autre secoua la tête.

– Eh oui, la vie aujourd'hui n'est pas un chemin de roses, déclara-t-il au bout d'un instant.

Après quoi chacun demeura silencieux durant le reste du trajet.

Les deux hommes aidèrent Volodka à porter Semion jusqu'à son étage et attendirent avec lui que Veronika ouvrît la porte. Avant d'ouvrir, elle demanda plusieurs fois : « Qui est là ? Qui est là ? » Puis, enfin, elle risqua un œil dehors et, apercevant Volodka en compagnie d'inconnus, et son mari assis, ou plutôt affalé le dos contre la rambarde du palier, elle manqua pousser un cri. Ou plutôt elle cria bel et bien, mais Volodka porta son doigt à ses lèvres et son regard se fit si suppliant qu'elle en resta figée, bouche ouverte. Ce n'est que lorsqu'ils eurent fait entrer Semion dans le couloir qu'elle demanda à voix basse :

– Que lui est-il arrivé ?

– Il a voulu se noyer, maugréa le conducteur du minibus.

– Frictionne-le à l'alcool ! recommanda Volodka. Peut-être devrais-je rester ? poursuivit-il d'une voix mal assurée.

Et il regarda à ses pieds une flaque d'eau du Dniepr s'étaler peu à peu sur le plancher.

– Ce n'est pas la peine, répondit Veronika dans un murmure à peine audible.

Volodka quitta l'appartement de son ami avec soulagement. Il rattrapa les deux types du minibus.

– Les gars, combien je vous dois ? demanda-t-il.

Pour aussitôt ajouter d'un ton coupable :

– Seulement mes billets sont mouillés.

– Mais qu'est-ce que tu racontes là ? ! (Le conducteur le regardait d'un œil maussade.) Le jour où les gens ne s'entraideront plus que pour du fric, j'irai moi-même me flanquer à la flotte. Peut-être que tu me tireras de l'eau ce jour-là ! Qui sait ? !

Le minibus s'éloigna. Volodka marcha jusqu'à sa Niva, s'installa au volant, mit le moteur en marche, puis alluma le chauffage et le poussa à fond, tant il avait besoin de chaleur.

82

Borispol. Rue du 9 mai.

De tôt matin, Valia réveilla Dima. Elle était toute pâle et ensommeillée. Lui dormait encore, recroquevillé sur son tabouret, la tête touchant presque la spirale du radiateur chauffée au rouge. La première chose qu'il ressentit en ouvrant les yeux fut une sécheresse déplaisante dans la bouche et les narines.

– Dima, lui dit sa femme, rapporte-moi de l'eau pour me laver. Et des vêtements propres !

– Mais allons plutôt à la maison…

– Je ne peux pas, répondit Valia d'une voix suppliante. Peut-être plus tard…

Dima poussa un soupir, étira son dos ankylosé, se leva et sortit du garage. Il ne ressentit pas le froid habituel. L'air était frais, certes, mais plus si hivernal que la veille.

Une fois à la maison, il remplit d'eau chaude un bidon de trois litres, fourra des vêtements de rechange pour Valia dans un sac de voyage en grosse toile, et trouva même des collants propres dans le tiroir du bas de l'armoire. Il demeura un instant dans la chambre, à l'endroit où la veille encore gisait le cadavre d'un inconnu. À première vue, le plancher n'en gardait plus trace. Dima s'accroupit et discerna cependant deux taches de sang ayant échappé au nettoyage. Il alla chercher une serpillière dans la salle de bains et frotta le sol encore une fois avec application.

«Bon, qu'est-ce qui lui prend?» se demanda-t-il à propos de Valia, et il haussa les épaules. «Tiens, dans la rue d'à côté il y avait une maison en vente depuis que le fils, un jour de cuite, y avait trucidé son père à coups de hache. Eh bien, est-ce qu'elle n'a pas trouvé acheteur, cette baraque? Et comment qu'elle l'a trouvé !»

Valia se changea juste à côté du radiateur, debout, pieds nus sur un gros journal de petites annonces pris sur l'étagère. Elle fit un brin de toilette. Des éclaboussures tombèrent sur la spirale qui se prit à chuinter d'un ton mécontent, changeant l'eau en vapeur.

– Tu veux que je t'apporte de quoi manger ? demanda Dima.

– Pas la peine. J'achèterai quelque chose en chemin, répondit-elle en se dirigeant vers la porte.

Resté seul, Dima s'assit et se releva à deux ou trois reprises, écarta les bras plusieurs fois, comme en son enfance durant les séances de gymnastique scolaire. Il était encore tout courbatu. Son regard tomba sur la dépouille de Mourik recouverte de chiffons sales. Il se sentit le cœur atrocement lourd.

– Je t'enterrerai aujourd'hui, murmura-t-il en contemplant ses pieds. Je t'enterrerai humainement…

Il ferma le garage à clef et rentra chez lui. Il prit une douche. Se lava longuement, se frottant tout le corps à l'éponge avec autant d'application que s'il eut voulu éliminer la couche supérieure de son épiderme. Il songeait à Valia. Au fait qu'elle n'aurait pas dû dormir assise dans le garage alors qu'elle était enceinte. N'importe quoi pouvait arriver ! Une fausse couche, ou simplement une malformation du fœtus, allez savoir ! Il fallait qu'il trouve le moyen de lui parler, de la convaincre que tout allait bien, qu'il n'y avait plus aucun problème.

« Mais si jamais ils revenaient ? » pensa soudain Dima, et sa main serrée sur l'éponge humide se figea sur sa cuisse.

Juste à ce moment la sonnette de la porte retentit. Dima coupa l'eau brutalement et s'immobilisa, l'oreille tendue. On sonna encore, mais sans insistance. Dima resta plusieurs minutes aux aguets, nu, trempé, debout sur l'émail glissant de la baignoire de fonte. Puis il rouvrit l'eau pour se rincer, après quoi il sortit de la baignoire et s'essuya. Vêtu de son seul caleçon, courbé en deux, il gagna la cuisine et jeta un coup d'œil par la fenêtre. Personne, ni dans la rue, ni dans la cour.

Il posa la bouilloire sur le gaz. S'assit à la table. Il n'avait pas d'appétit, mais extrêmement soif. Aussi, sans attendre que l'eau bouillît, il se versa un verre d'eau du robinet et le but d'une seule lampée.

Puis il appela le milicien qui lui avait acheté des ampoules.

– Que voulez-vous? demanda l'homme d'un ton fort peu cordial.

– Il faudrait qu'on se rencontre, qu'on parle un peu…

– Mais quoi, vous appelez de chez vous? (Une note d'étonnement perçait dans la voix de l'homme. Il venait sans doute de regarder l'écran de son portable et de reconnaître le numéro de son interlocuteur.) Il ne vous est rien arrivé?

– À moi? Non, moi je vais très bien. En revanche ils ont tué mon chat…

– Votre chat?!! s'exclama le milicien. Mais qui l'a tué?

– Eh bien les types que vous m'avez envoyés! Vous vous rappelez, à cause des ampoules…

– Je ne sais rien d'aucune ampoule. (Le milicien chuchotait à présent.) Et je ne vous ai envoyé personne… Vous n'avez jamais eu d'ampoules entre les mains! Vous m'avez compris?

– Non, soupira Dima.

Il considéra, perplexe, l'appareil de téléphone.

– Bien, déclara le milicien après une brève hésitation. Je vais passer vous voir. Dans une heure.

L'homme se présenta trente bonnes minutes en avance. Il pénétra dans le couloir, jeta un coup d'œil par-dessus l'épaule de Dima comme pour vérifier que personne ne se cachait derrière lui.

– Je ne reste qu'un instant, dit-il en le fixant droit dans les yeux.

Dima soutint son regard.

– J'ai là…

– Je ne veux rien savoir, coupa le milicien. Plus personne ne recherche les ampoules. On m'a donné l'ordre de les oublier. Et vous aussi, oubliez-les ! Le président s'apprête à dissoudre le Parlement. (Cette dernière phrase, le milicien l'avait chuchotée.) N'en parlez non plus à personne pour l'instant. Ça va être un bordel terrible dans le pays ! Notre ministre kolkhozien est devenu complètement cinglé ! Bon, je file ! Encore une chose : vous ne me connaissez pas, vous ne m'avez jamais vu ! Compris ?

Dima hocha la tête.

– Mais… et mon chat ? demanda-t-il soudain.

– Votre chat, c'est votre problème, répondit sèchement le milicien avant de quitter la maison.

Dima referma la porte derrière lui et tira le verrou.

Il réfléchit. Il réfléchit à son chat, au fait qu'il conviendrait de l'enterrer quelque part. Il s'en fut à pas lents dans la chambre à coucher et composa le numéro des renseignements téléphoniques.

– Ici le 38, j'écoute, annonça une voix de femme au timbre énergique.

– Dites-moi, y a-t-il à Borispol un cimetière pour animaux ?

– Nous ne disposons pas d'informations de ce genre, répondit la voix.

« Très bien, nous irons à Kiev », pensa Dima.

Il alla à la fenêtre, tira les rideaux et se trouva exposé à un chaud rayon de soleil. Il cligna les yeux. Entendit le martèlement des gouttes d'eau derrière la vitre. Il ouvrit alors le vasistas. Un souffle d'air frais chassa de son visage l'odeur de naphtaline qui imprégnait le tapis.

Deux heures plus tard, il remontait l'allée centrale du cimetière de Baïkovo, un sac de voyage de grosse toile au bras. Le sac contenait le corps du défunt Mourik, toujours enveloppé de la serviette éponge blanche, elle aussi fort mal en point. Il renfermait également une pelle pliante prise au garage et, dans une poche à part, une petite bouteille de vodka aux bourgeons de bouleau, un gobelet, un morceau de lard salé, un quignon de pain noir et un oignon épluché.

Le soleil était déjà presque à son zénith. Les oiseaux chantaient au milieu des stèles et autres monuments de marbre noir et brillant. Bustes, bas-reliefs et portraits de grands hommes gravés dans la pierre défilaient lentement à mesure que Dima avançait. Mais il continuait de s'enfoncer dans les profondeurs du cimetière, loin du monde des vivants. Il parcourut encore près de deux cents mètres, puis s'arrêta et regarda autour de lui. Personne. Une étroite allée partait à présent sur la droite, une autre sur la gauche. Après un nouveau tour d'inspection, ses yeux se posèrent sur un buste de général. Il s'approcha de la tombe et découvrit sur la poitrine du buste deux étoiles de héros de l'Union soviétique. Il considéra la tombe voisine. Là aussi reposait un général, mais son buste n'affichait qu'une seule étoile.

Dima posa son sac par terre. Il leva la tête, observa un instant le ciel comme pour vérifier que le Seigneur lui-même ne prenait pas garde à lui. Le ciel d'un bleu limpide était étonnamment vide : pas un oiseau, pas un avion, pas un nuage.

«Eh bien, à la grâce de Dieu», se dit Dima avant de commencer à creuser une fosse entre les deux tombes de généraux.

La terre cédait facilement au fer tranchant de la pelle. Quand le trou eut atteint cinquante centimètres de profondeur, Dima y déposa Mourik enveloppé de la serviette. Il combla ensuite la tombe du chat, et du dos de la pelle forma un petit monticule par-dessus. Après quoi, il s'assit sur un banc au pied du buste du deux fois héros de l'Union soviétique. Il y étala son repas funéraire. Vida un gobelet. Frotta son quignon de pain d'abord avec l'oignon puis avec le lard. Mangea. Et le chant des oiseaux autour de lui se fit soudain plus bruyant. Une surprenante sensation de bien-être l'envahit. Il se versa une autre dose de vodka. Promena ici et là un regard rêveur et apaisé. Songea que le monde était beau et bon et même merveilleux parfois. Que la sensation de bonheur pouvait naître sans raison, et peut-être même quelquefois avec de tristes raisons, comme par exemple ce jour-là.

Il sirotait l'alcool à petites gorgées, mâchait le pain noir parfumé et n'avait aucune envie de repartir. Aucune envie de quitter le silence envoûtant de ce cimetière pour retrouver l'agitation bruyante d'un monde empli d'existences étrangères, de voix étrangères et de problèmes qui ne le concernaient pas.

Le soleil chauffait comme au printemps. Dima abaissa la fermeture éclair de son blouson et renversa la tête en arrière. Et il se sentit telle une simple créature du Seigneur, qui n'avait pour seul désir que de vivre et de jouir de la vie, en confiant son sort aux forces toutes-puissantes du ciel et en se plaçant sous leur protection.

83
Région de Kiev. District de Makarov. Village de Lipovka.

Le bébé se réveilla et se mit à pleurer alors que Yegor approchait de Makarov. Il ne restait plus que six kilomètres jusqu'à Lipovka. L'aube teintait d'argent l'extrémité du ciel. La route était déserte et facile. Seules

330

les paupières du conducteur avaient une fâcheuse tendance à se fermer.

Des tas de neige sale jalonnaient le bord de la route. Le printemps arriverait là un peu plus tard qu'à Kiev. Il en était ainsi depuis longtemps: le meilleur arrivait d'abord en ville, et ensuite seulement parvenait jusqu'à la campagne. Et parfois même n'y parvenait pas du tout.

Makarov fut bientôt derrière eux. Le bébé pleurait toujours, et ses menus braillements tombaient extraordinairement à propos. Puisse-t-il pleurer jusqu'à Lipovka, et Yegor ne sombrerait pas dans une torpeur momentanée, certes, mais mortellement dangereuse.

Comme il tournait dans la rue Chtchors, Yegor aperçut les carrés jaunes que dessinaient les fenêtres de la maison d'Irina. Il se sentit chaud au cœur.

Il hésita un instant sur le seuil, le bébé dans les bras. Regarda le fer à cheval récemment cloué sur la porte. Puis frappa. Il n'osa pas sonner: Iassia pouvait dormir.

Ce fut la mère d'Irina qui lui ouvrit, vêtue d'une vieille robe noire par-dessus laquelle elle avait passé un gilet rouge et noué un tablier. Tout le portrait d'une tsigane. Elle recula aussitôt pour le laisser entrer, les yeux rivés sur l'enfant emmailloté d'une couverture.

Yegor sentait bien qu'il était nécessaire de dire quelque chose, de s'expliquer. Mais les mots semblaient coincés dans sa gorge. Et le bébé s'était mis à pleurer plus fort.

– Il a été abandonné aujourd'hui devant le Parlement, réussit-il enfin à articuler. Si je ne l'avais pas trouvé, il serait mort de froid !

– Maman ! Qui est là ? fit la voix d'Irina, en provenance du couloir.

– Yegor ! cria grand-mère Choura, avant de se tourner vers le visiteur : C'est-y un gars ou ben une fille ?

Yegor haussa les épaules.

La grand-mère prit l'enfant dans ses bras pour permettre à son visiteur d'ôter son manteau et ses chaussures. Puis ils gagnèrent ensemble la chambre d'Irina. Ils la trouvèrent en train de bercer Iassia contre elle.

– Regarde ce qu'y nous amène. (La voix de la vieille femme s'était faite plus douce qu'à l'ordinaire.) L'a trouvé devant le Parlement, à ce qui paraît.

Irina déposa Iassia sur son lit et remonta sur elle la couverture. Puis elle s'approcha et prit le bébé des mains de sa mère. Elle le plaça, tout pleurant, à côté de Iassia, sur la couverture, et commença de le démailloter.

– Une petite fille, murmura-t-elle. Elle est affamée !

Elle prit l'enfant dans ses bras, qui se mit à brailler de plus belle.

– M'man, donne donc à manger à Yegor, il revient du travail !

Grand-mère Choura entraîna Yegor à la cuisine. Les pleurs du bébé s'apaisèrent. Il régnait dans la pièce une savoureuse odeur de kacha de sarrasin : une pleine marmite trônait sur la cuisinière.

– Et si jamais on la recherche ? se demanda la vieille femme tout haut. Peut-être ben qu'on devrait la déclarer à la milice !

Assis à la table, Yegor ne répondit pas. Il se disait qu'il avait tout de même commis une grosse sottise. « Fais pas le con », lui avait dit Sergueï par radio, et il n'avait pas eu tort. Et lui, au lieu de l'écouter, avait apporté la gosse ici ! Sans prévenir ni Irina, ni sa mère, sans rien leur demander !

Grand-mère Choura se tenait penchée sur la cuisinière. Elle regardait la bouilloire dans laquelle elle venait de verser de l'eau d'un air offensé, comme si elle mettait trop longtemps à chauffer. Et puis ses pensées la débordèrent.

– Et pourquoi que tu l'as donc ramassée, c'te petiote ? ! Quoi qui va se passer à c'te heure ? Alle va se retrouver toute seule avec deux gamines, c'est ça ? ! Alle était déjà fille-mère ! Mais maintenant ! Point de mari, et deux gosses !

– Mais elle n'est pas fille-mère ! s'exclama Yegor pour défendre Irina.

– Ah oui ? (Grand-mère Choura détourna son regard de la bouilloire, qui ne bouillait toujours pas, pour le poser sur Yegor.) Et quoi qu'elle est donc alors ? Qui que les gens vont dire ? Faut rapporter c'te champisse à la milice, ou ben à un orphelinat. On y prendra soin d'elle, on l'y vêtira et la nourrira.

Yegor se leva, sans un mot, et retourna à la chambre d'Irina. La vieille Choura le suivit.

Irina contemplait l'enfant qui tétait avidement son sein. Et ses yeux étaient emplis de sérénité.

– Il n'y avait pas un billet sur elle avec son nom ? murmura-t-elle à l'adresse de Yegor.

Il secoua négativement la tête.

– Alors elle s'appellera Marina, déclara-t-elle avec douceur.

84
Kiev. Rue Reïtarskaïa. Appartement n° 10.

Cette nuit-là fut la plus affreuse de sa vie. Veronika se regarda le matin dans le miroir et fondit en larmes tant elle eut pitié d'elle-même. Le visage bouffi, blanc comme un linge. Les yeux rouges, comme si tous leurs vaisseaux sanguins avaient éclaté. Les lèvres desséchées. Des courbatures dans tout le corps.

Elle fit sa toilette à l'eau chaude, se frotta la figure avec une serviette et s'appliqua une bonne couche de crème de nuit.

Revenue dans la chambre, elle s'assit sur le bord du lit et posa son regard sur le visage de Semion, d'une atroce pâleur, presque jaunâtre même. Il gisait immobile sur le dos, sous trois couvertures. Vu de loin, il avait tout d'un cadavre.

Mais Veronika l'observait de près. Elle avait passé toute la nuit l'oreille collée contre sa poitrine glacée, à écouter son cœur qui ne semblait nullement pressé et continuait de compter les secondes et les minutes de son existence. Il était vivant. Seulement, pour une raison mystérieuse, il restait froid et inerte.

À un moment, Veronika s'était dit qu'il ressemblait à présent beaucoup au mari de Daria Ivanovna, après la plastinisation. Elle se l'était même imaginé assis dans un fauteuil, face à la fenêtre, la nuque tournée vers elle. Et la peur s'était emparée d'elle. Elle avait jeté à tout hasard un coup d'œil sous le lit pour vérifier si ce bruit, pareil à un battement de cœur, ne provenait pas d'un autre endroit. Mais à part de la poussière, elle n'y avait rien vu. Au reste, même la poussière n'était guère visible à la seule lumière du lustre. C'était simplement que Veronika savait qu'il devait s'en trouver. Il y avait plus d'un mois qu'elle n'y avait pas passé la serpillière.

À l'approche de l'aube, elle sentit qu'elle avait froid malgré son peignoir en éponge jeté par-dessus sa nui-sette, aussi enfila-t-elle un jean et un pull-over.

Elle tenta encore de réveiller Semion par des mots, par des caresses, mais il restait immobile, sans plus de réaction qu'une bûche. Il émanait de lui une déplaisante odeur d'eau fluviale. Elle avait eu beau le frictionner à l'alcool, l'odeur persistait.

«Est-ce qu'il dort ou pas?» se demandait Veronika avec angoisse. Elle pensa un instant appeler les secours mais ne poussa pas l'idée plus loin, et décida d'attendre jusqu'au matin que son mari se réveillât.

Vers six heures, elle se prépara du thé et se versa un fond de verre de cognac. Elle s'installa dans la cuisine et son regard tomba tout naturellement sur l'appui de fenêtre où était posé le portefeuille de Semion et tout ce qu'elle avait trouvé dedans. Elle prit dans ses mains la photographie de la blonde inconnue et la considéra, pensive.

Et tout à coup elle connut comme une illumination.

– C'est à cause d'elle qu'il a voulu se noyer ! murmurèrent ses lèvres desséchées.

Les disparitions nocturnes de son mari lui remontèrent à la mémoire dans leurs moindres détails.

Elle jeta un coup d'œil par la fenêtre. Les ténèbres régnaient encore au-dehors. Elle s'imagina marchant la nuit dans une rue déserte, et à cette idée fut prise d'une telle frayeur qu'elle en eut la chair de poule. Elle se sentit soudain seule et sans défense. Elle vida son verre de cognac et se rappela son amie Daria Ivanovna. Comme elle aurait aimé qu'elle fût là. Elle lui aurait tout de suite suggéré quoi faire. Au reste, elle n'y manquerait sûrement pas quand elle viendrait. Mais il fallait d'abord attendre le matin. On ne pouvait tout de même pas accabler ses amies de ses problèmes en pleine nuit. Après tout, personne n'était en train de l'assassiner ou de la violer, il ne lui arrivait rien de si terrible. Ce n'étaient là que des terreurs intimes qu'il était nécessaire d'expliquer pour que les autres vous comprennent et compatissent.

Quand Veronika revint dans la chambre, le réveil indiquait six heures et demie. Dehors, le ciel grisonnait comme si l'aube n'était pas encore bien convaincue qu'elle allait forcément paraître.

Semion reposait toujours sur le dos. Mais ses yeux étaient ouverts. Il fixait le plafond.

Veronika grimpa à genoux sur le lit et se pencha au-dessus de son visage pour tenter de capter ce regard immobile. Il lui sembla que Semion ne la voyait même pas.

– Semion, mon chéri ! chuchota-t-elle.

Une veine frémit sous la peau, le long de son cou. Mais ce fut la seule réaction qu'éveilla chez lui le murmure de sa femme.

– Qu'est-ce que tu as ? Que s'est-il passé ? Tu as froid ? Veux-tu que je t'apporte du cognac ?

Et sans attendre de réponse, elle courut à la cuisine et en rapporta un verre d'alcool. Elle plongea son index dans le verre, puis le passa sur les lèvres glacées de son mari.

Elle eut l'impression que Semion lui embrassait le bout du doigt. « Il est vivant ! Il est vivant ! » pensa-t-elle. Elle lui releva la tête, porta à ses lèvres le verre de cognac puis inclina celui-ci. Semion entrouvrit la bouche. Il parut même avaler une gorgée. Veronika recula le verre et nota que Semion avait refermé les yeux.

Elle repoussa l'épais matelas de trois couvertures qui lui pesait sur le corps, colla l'oreille contre sa poitrine. Et de nouveau entendit le battement de son cœur, lent mais régulier.

À neuf heures, elle téléphona à Daria. Elle lui demanda de venir le plus vite possible, lui disant que quelque chose de terrible venait d'arriver !

Une demi-heure plus tard elle montrait à son amie la photographie de la femme blonde et le certificat du psychiatre.

– C'est sérieux, c'est très sérieux, répétait Daria Ivanovna, en relisant pour la troisième fois le texte du document.

Elles s'approchèrent ensemble de Semion. Veronika eut l'impression que les joues hérissées de barbe de son mari s'étaient colorées d'une rougeur malsaine, fiévreuse.

– Tu sais, ce matin, il était exactement comme ton Edik, murmura Veronika.

– Ô Seigneur ! sursauta Daria Ivanovna. Et moi qui ai oublié d'appeler ! Il faut aller le reprendre aujourd'hui à onze heures !

– Pour le ramener à la maison, ou bien malgré tout pour… demanda Veronika, compatissante.

– Eh bien, pour tout dire, oui. Pour le mettre au cimetière. Ania et moi y sommes résolues. Nous y avons toutes les deux une place, l'une à côté de l'autre, enfin, je veux dire, Edik et Vassia y ont tous les deux une place. Je suis prête maintenant à vivre seule. Mais occupons-nous d'abord de tes malheurs. Je vais juste passer un coup de fil pour qu'ils le gardent encore une journée au frigo.

Après quoi Daria Ivanovna téléphona à son coiffeur avec lequel elle prit rendez-vous pour le lendemain matin. Puis elle demanda à son amie de la laisser seule dans la cuisine une dizaine de minutes. Veronika accepta volontiers. Elle lui prépara du café, puis s'en fut au salon, s'installa dans un fauteuil et bientôt s'assoupit.

Elle fut réveillée en sursaut par la voix de Daria Ivanovna.

– Je sais quoi faire !

– Et quoi donc ?… balbutia Veronika en ouvrant les yeux.

– Habille-toi, nous partons ! commanda la veuve du pharmacien avec autorité.

– Pour aller où ? demanda Veronika une fois debout.

Daria Ivanovna lui brandit sous le nez le certificat signé par le psychiatre.

– Chez lui, chez ce médecin ! répondit-elle d'une voix plus douce. Il en sait sûrement plus que toi sur ton Semion !

85

Kiev. Rue Reïtarskaïa. Appartement n° 10.

La sonnerie du portable força Semion à ouvrir les yeux. Il écouta durant plusieurs dizaines de secondes la mélodie familière. Cela étant, il n'avait absolument aucune conscience de son corps. Comme si toute communication entre son cerveau et ses muscles avait été rompue.

Enfin le portable se tut. Semion concentra son attention sur la blancheur du plafond et sur l'abat-jour verdâtre de la suspension. Il se rappela alors Volodka, il se rappela lui avoir téléphoné la veille et demandé de se tenir prêt pour une promenade nocturne. Celle-ci avait-elle donc eu lieu?

Et de nouveau le téléphone sonna. Semion se tourna sur le côté, le visage vers le bord du lit. La chaleur qui l'enveloppait sous les couvertures céda la place à une sensation de froid. Il se redressa et s'assit. Chercha ses vêtements du regard et n'aperçut ni son pantalon, ni sa chemise, rien!

Il décida d'aller à la salle de bains chercher un peignoir. Ses jambes lui obéirent, bien qu'un peu en coton. Il avait du mal à garder son équilibre. Et une fois sur ses épaules, le peignoir en éponge lui sembla d'une pesanteur anormale.

En entrant dans la cuisine, Semion découvrit son portefeuille posé sur l'appui de fenêtre. Il fut surpris: d'habitude il ne le sortait jamais de sa veste.

Semion tendit la main vers le portefeuille et s'en saisit. En tombèrent diverses quittances et plusieurs cartes de visite. Il entreprit de ranger ces papiers dans les compartiments d'où ils étaient sortis, et soudain se rendit compte qu'il y manquait quelque chose. Il vérifia tout le contenu.

Il inspecta une nouvelle fois son portefeuille et se sentit mal. Quoi?! Veronika fouillait dans ses poches! Il ne l'aurait jamais cru! Cependant la photo d'Alissa et le certificat avaient bel et bien disparu. Et le portefeuille était posé là, au lieu de se trouver dans sa veste…

Semion retourna dans le couloir. Son blouson n'était pas accroché au portemanteau. Et tout à coup il se souvint d'avoir remarqué du coin de l'œil un tas de vêtements jonchant le fond de la baignoire. Il regagna la salle de bains. Il y vit sa veste jetée sur le rebord de la baignoire, et au fond son pantalon, sa chemise, sa veste, sa cravate et même ses chaussettes.

Il empoigna le blouson : trempé. Une étrange odeur de marécage lui frappa les narines. Il fouilla les poches. En tira son portable, de la menue monnaie, les clefs de l'appartement. L'étui de cuir du téléphone était mouillé, mais l'appareil fonctionnait toujours. L'écran indiquait cinq appels manqués, tous de Guennadi Ilitch. Il retrouva également le dictaphone dans la poche intérieure de poitrine. Par bonheur, celle-ci était dotée d'une fermeture éclair, et le dictaphone donnait lui aussi des signes de vie.

Il regarda une fois encore son pantalon au fond de la baignoire. Peut-être était-il retourné dans la cave, là où la conduite d'eau fuyait ?

Le téléphone sonna de nouveau.

– Où étais-tu passé ?

La voix irritée de Guennadi Ilitch parut trop forte à Semion qui écarta l'appareil de son oreille.

– Tu devrais déjà avoir pris livraison du lait rue Grouchevski !

– J'ai chopé la crève, bredouilla Semion. Mais j'y vais tout de suite, le temps d'appeler mon coéquipier.

Il téléphona à Volodka. Celui-ci mit longtemps à répondre.

Enfin, on entendit un « Allô ! » un peu rauque.

– Volodka, c'est toi ?

– Ah ! Le sous-marinier est revenu à la vie ! répondit son ami d'une voix caustique autant qu'enrhumée. Comment tu te sens ? Combien de vodka il t'a fallu descendre ?

– S'il te plaît, ne blague pas! Je suis dans une merde atroce! Veronika a fouillé dans mon portefeuille, elle a pris la photo d'Alissa et le certificat du médecin. Tous mes vêtements sont trempés! Pourrais-tu me…

– Je peux, je peux, oui! coupa l'autre. Reste chez toi et attends. J'arrive.

– Le chef vient d'appeler au sujet du lait… Il faudrait aller le livrer…

– Il ne va pas tourner avant ce soir, ton lait!

Volodka arriva quarante minutes plus tard.

– Je pensais que tu aurais plus mauvaise mine que ça! déclara-t-il une fois dans le couloir, en dévisageant son ami.

Ils poursuivirent la conversation dans la cuisine devant une tasse de thé. Entre deux quintes de toux, Volodka raconta par le menu le déroulement de la nuit passée. Après quoi un long silence s'installa. Volodka sirotait son thé, tandis que Semion regardait bêtement droit devant lui, s'efforçant de digérer ce qu'il venait d'entendre.

– Bon, enfin, ça veut dire quoi? Qu'on a voulu me tuer?! demanda-t-il enfin.

– On le dirait bien! Quelqu'un t'a appelé sur ton portable et a essayé de t'expliquer quel était le plus court chemin pour l'autre monde…

Semion sentit le froid l'envahir, comme si son corps gardait le souvenir de sa baignade nocturne dans le Dniepr, et il tressaillit d'effroi.

Ses yeux se posèrent sur le dictaphone repoussé au bord de la table, vers l'appui de fenêtre. Il l'attrapa et pressa le bouton de réécoute. Volodka s'inclina aussitôt vers lui pour mieux entendre.

Il ne sortit tout d'abord de l'appareil qu'une suite de grincements et de crachotements. Tout cela dura plusieurs minutes, puis soudain la mélodie d'un portable retitit, bien distincte, suivie de la voix de Semion lui-même.

– Oui, Arkadi Petrovitch, je vous ai reconnu.

Les deux amis se penchèrent encore davantage sur le dictaphone. La voix du dénommé Arkadi Petrovitch était audible également, mais beaucoup plus confuse.

– Remets au début! commanda Volodka.

Ils revinrent au moment où le portable sonnait.

«Vous avez parlé à quelqu'un de l'Ambassade de la Lune?

– Bien sûr que non, quelle idée! répondait Semion.

– Vous êtes suivi, fit la voix malaisément compréhensible de son interlocuteur. Je vais vous aider à vous soustraire à la filature, ensuite nous causerons. Je vous dis par où passer. Quant à vous, marchez vite et sans vous retourner!»

De nouveau un craquement, des sons indistincts, le bruit d'une voiture qui passe.

«Descendez la rue Proreznaïa, prononça enfin le mystérieux Arkadi Petrovitch. Vous n'avez pas laissé chez vous les papiers de l'Ambassade de la Lune par hasard? Personne n'est en mesure de les trouver?

– Non, je les ai cachés dans la cave, derrière les tuyaux, comme vous l'aviez conseillé…

– À gauche maintenant, mon cher! Et accélérez le pas…»

Semion et Volodka écoutèrent l'enregistrement jusqu'au bout.

– Tu comprends à présent? demanda Volodka.

Semion ne répondit pas.

– On a voulu te supprimer parce que je te suivais… Pas très logique… (Volodka haussa les épaules.) Mais qui est cet Arkadi Petrovitch? Tu as reconnu sa voix?

Semion fit non de la tête.

– Tu dois avoir pas mal de connaissances nocturnes…

341

L'autre poussa un soupir accablé.

– Tu vas pouvoir t'occuper du lait sans moi ? demanda-t-il en regardant son compagnon enrhumé avec un air de compassion.

– Et tu ne voudrais pas d'abord me dire merci ? grinça Volodka. À cause de toi, j'ai failli me noyer !

– Merci. Je ne l'oublierai jamais !

– Très bien. J'y vais. Et tâche de prendre une bonne cuite aujourd'hui pour ne pas te relever cette nuit !

86
Borispol. Rue du 9-Mai.

Dima fut de retour à Borispol à la nuit tombante. Il descendit du minibus devant la gare routière et se rendit directement à la salle des machines à sous.

– Mais tu sens l'oignon ! s'exclama Valia, surprise, en passant la tête par le guichet de la caisse.

– J'ai enterré Mourik, lui expliqua Dima.

– Attends une petite minute. Sonia est là, mais elle est sortie acheter des cigarettes.

Quand elle eut cédé la place à sa collègue, Valia prit son mari par le bras, avec une douceur particulière, et tous deux s'en furent en direction de leur maison.

– Tu sais, aujourd'hui je suis allée consulter une voyante. Il n'y avait pas beaucoup de monde, alors j'ai affiché l'écriteau « pause sanitaire » à la porte, et je me suis dépêchée.

Tout en marchant, Valia observait son mari, comme pour s'assurer qu'il n'allait pas se mettre en colère.

– Je lui ai tout raconté. Et aussi qu'une sorte de force à présent me retient, m'empêche de pénétrer dans la maison. Elle m'a expliqué ce qu'il fallait faire…

– Combien l'as-tu payée ? s'enquit Dima.

– Cinquante hryvnia.

– Et tu lui as aussi parlé du cadavre?

La voix de Dima tremblait.

– Eh bien oui, il faut tout lui raconter, autrement ses conseils sont inefficaces. Je lui ai simplement dit que le cadavre n'était pas à nous. Que lorsque nous étions rentrés chez nous, il s'y trouvait déjà…

– Et tu lui as dit où nous l'avions transporté?

– Non, voyons! Tu me prends pour une idiote ou quoi?

Ils continuèrent de marcher en silence durant cinq ou six minutes. Dima repassait dans sa tête les paroles de sa femme.

– Bon, et alors, qu'est-ce qu'elle a dit? demanda-t-il enfin.

– Qu'il faudrait asperger les quatre coins de la pièce avec de l'urine de nourrisson, puis appeler un prêtre et lui faire bénir la maison.

– Et c'est tout? s'exclama Dima, surpris.

– Oui.

– Et après ça, tu pourras rentrer chez nous?

La voix de Dima trahissait soudain des notes d'espoir.

– Oui.

Dima étreignit sa femme.

– Je m'occuperai de tout demain, promit-il.

– Pour aujourd'hui, j'irai passer la nuit chez ta sœur Nadia, déclara Valia. Tu es d'accord? Ce n'est pas très confortable dans le garage…

Il en convint.

De ce carrefour, la maison de Nadia était proche. Dima expliqua à sa sœur qu'il avait procédé chez lui à une désinsectisation au fumigène. Pour se débarrasser des cafards. Or, Valia était enceinte, elle ne devait pas respirer ces fumées. Voilà pourquoi ils étaient venus chez elle. Nadia, pour fêter la bonne nouvelle, offrit à Valia du champagne et du chocolat et la couvrit de baisers. Dima passa avec les femmes une demi-heure, avant d'obtenir la permission de s'en aller. Il n'avait pas envie de s'attarder. D'autant moins que le mari de Nadia ne l'appréciait guère. C'était un baptiste, qui ne buvait jamais d'alcool et travaillait dans la boulangerie. Quand, par extraordinaire, il leur arrivait de se rencontrer, il régnait à table un silence des plus embarrassants. Dima ne savait pas parler avec un abstinent.

Il avait déjà inséré sa clef dans la serrure quand il entendit grincer la porte de la cour voisine. Le propriétaire de la maison d'à côté sortit sur le seuil éclairé d'une unique ampoule et lui adressa un signe amical.

— Je peux venir vous causer une minute ? demanda-t-il.

Dima se figea un instant.

— Excusez-moi, mais c'est en plein travaux chez nous, dit-il.

— En ce cas, approchez-vous de la clôture, proposa le voisin en descendant de son perron. J'ai besoin d'un conseil.

Dima s'approcha. Serra la main de l'homme. Son regard se posa malgré lui sur le trou dans la palissade. Le voisin considéra lui aussi la brèche et sur son visage se dessina un fugitif sentiment de culpabilité.

— Vous savez, commença-t-il, j'ai collé des avis de recherche un peu partout, comme vous me l'aviez recommandé. Et voilà que ce matin, j'ai reçu un coup de téléphone ! Des gens ont retrouvé mon King, mais ils me réclament une plus grosse récompense.

Et le voisin de plonger son regard interrogateur dans les yeux de Dima.

— Combien veulent-ils ? s'enquit Dima d'un ton distrait.

— Trois cents dollars.

– Combien?!

L'indignation qui perçait dans la voix de Dima rencontra l'approbation du voisin.

– Oui, c'est énorme, n'est-ce pas?

– Et combien aviez-vous offert?

– Cent hryvnia…

– C'est normal, votre chien ne vaut pas plus…

– C'est bien ce que je pense aussi. Ce n'est pas un animal de concours, et puis il est déjà vieux. Alors payer trois cents dollars!… Ils doivent rappeler demain. Je leur dirai que c'est trop cher! J'ai raison, n'est-ce pas?

– Ne leur versez pas plus de cent hryvnia! conseilla Dima. Excusez-moi, mais je dois y aller. J'ai encore du boulot…

Et il désigna sa maison de la main.

– Vous changez le papier peint?

– Non, non, je refais le parquet!

En retrouvant la chaleur de son foyer, Dima se rappela le puits dans lequel il avait jeté la dépouille de King.

«J'aimerais bien savoir quel clebs ils comptent lui refiler pour trois cents dollars», se dit-il en souriant avec lassitude.

Il se déchaussa, alluma la lumière et entreprit une nouvelle fois d'examiner le plancher. Il découvrit encore deux petites taches rosâtres. Il y passa une serpillière humide, puis frotta vigoureusement avec une autre jusqu'à ce que tout fût sec. Il inspecta de nouveau le sol et cette fois-ci se trouva satisfait.

Il se coucha plus tôt qu'à l'ordinaire. Sans doute la fatigue de la nuit passée dans le garage se faisait-elle sentir. Il entendit à travers son sommeil une sorte de martèlement provenant de la cour, mais la curiosité ne suffit pas à le pousser hors du lit. En revanche, dès le lendemain matin, par la fenêtre de la cuisine, il vit que la brèche dans la palissade avait été obturée du côté du voisin.

«Les choses s'arrangent», pensa-t-il en jetant dans sa moque d'eau bouillante trois cuillers de café soluble.

87
Kiev. Centre-ville. Rue Grouchevski.

De ses grosses gouttes, une pluie froide pilonnait la terre et les arbres nus, dispersant les passants. Yegor eut même l'impression que le nombre de voitures dans la rue avait diminué. Le parc Mariinski s'était entièrement vidé. Les vieux communistes du piquet anti-Otan s'étaient réfugiés sous leur tente.

Fatigué de brandir le parapluie au-dessus de sa tête, Yegor marcha jusqu'au portail de l'entrée latérale et alla se réfugier dans sa Mazda. Il appela Irina. La voix alerte de la jeune femme lui fit oublier le déluge qui s'était abattu sur Kiev. Irina lui raconta que Iassia dormait, mais que Marina était encore en train de téter. Elle lui apprit qu'elle lui avait trouvé un grain de beauté sous l'aisselle. Et aussi que la fillette n'avait pas eu peur quand elle l'avait emmenée dehors pour lui montrer Barsik, le chien des voisins, lequel avait aussitôt accouru et fait mine de lécher le visage du bébé.

Ils bavardèrent ainsi cinq bonnes minutes. La pluie martelait la voiture comme un tambour.

Yegor terminait plus tôt son service ce jour-là. Deux des gars avaient été licenciés récemment pour avoir, après un esclandre dans un restaurant, brandi leur carte au nez d'un client et proféré des menaces. Des journalistes avaient tout de suite eu vent de l'incident. Le directeur avait convoqué tous ses hommes dans son bureau. Il leur avait confisqué, à tous, leur carte professionnelle, puis

346

avait annoncé le licenciement des fautifs et prévenu que tant qu'on ne leur aurait pas trouvé de remplaçants, les horaires de travail seraient glissants. Ainsi Yegor avait-il commencé à «glisser» sur les cases de l'emploi du temps. Tantôt de cinq heures du soir à trois heures du matin, tantôt de quatre heures du matin à une heure de l'après-midi.

Aujourd'hui, il serait libre dès trois heures. Le mauvais temps lui importait peu. Il s'arrêterait en route au supermarché avant d'aller chez Irina. Il achèterait un truc sucré à la grand-mère Choura, pour qu'elle le regardât à nouveau avec aménité.

Il continuait cependant de pleuvoir. Un ciel de plomb pesait sur Kiev. Il était trois heures de l'après-midi, mais il régnait dans les rues une pénombre de crépuscule. Yegor remit son talkie-walkie au collègue venu le relever, et s'en fut d'un pas rapide à sa voiture.

Au supermarché de la place de la Victoire, il acheta du saucisson, une pâtisserie, une boule de pain de seigle et de la confiture. Au moment de payer, il ressentit en son cœur une étrange et tranquille fierté. Il lui était agréable de prendre conscience de la sollicitude dont il entourait Irina, les deux bébés et la vieille Choura.

Devant le pont de la Flotte aérienne, en attendant que le feu passât au vert, il se souvint que la mère d'Irina insistait depuis un moment pour rencontrer sa propre mère. Et il se rappela son inquiétude à propos d'Irina qui n'était toujours pas mariée.

Il accéléra. Le pont resta en arrière, tandis qu'à gauche surgissaient le MacDonald's et le Bureau central de l'état civil – un bâtiment triangulaire à la façade pelée que les gens surnommaient «Triangle des Bermudes».

Yegor aperçut une limousine ornée de fleurs et de rubans, garée devant l'immeuble. Il rangea sa voiture contre le trottoir. Puis, parapluie à la main, il s'engouffra dans le passage souterrain. À l'intérieur du vaste hall du Bureau de l'état civil, trois couples attendaient, assis, entourés de leurs proches.

– Pour s'inscrire, c'est où ? demanda Yegor à un homme en costume gris arborant à la boutonnière une petite rose artificielle.

– Mariage ou divorce ? s'enquit l'autre.

– Mariage.

– Alors c'est là-bas, la petite porte. Vous y trouverez le secrétaire. Il vous expliquera tout.

Yegor ne se dirigea pas tout de suite vers la porte indiquée. Il demeura sur place quelques minutes, à observer les gens. Une grande porte à double battant s'entrouvrit et une voix, depuis l'embrasure, appela le couple suivant qui se précipita aussitôt, comme s'il volait dans un piège.

Cela déplut à Yegor. Soit qu'il eût senti un vent de feinte docilité, soit qu'il fût incommodé de voir réunis à la même place un si grand nombre de pantalons au pli impeccable, de souliers et d'escarpins étincelants.

Enfin, il alla frapper d'une main discrète à la porte d'allure insignifiante qu'on lui avait d'abord désignée, une porte étroite et sans rien de solennel, entra et découvrit devant lui une femme maigrichonne, la quarantaine, le nez pointu chaussé de lunettes. Elle était vêtue d'un tailleur gris, jaquette et jupe courte, au-dessus du genou. Son front disparaissait entièrement sous une frange de cheveux noirs coupés net au ras des sourcils.

– Vous prenez les inscriptions pour se marier ? demanda-t-il.

– Il faut remplir une déclaration, expliqua la femme.

– Et serait-il possible, à titre d'exception… que j'apporte simplement nos passeports. Vous savez… sans cérémonie…

– Mais pourquoi ? Votre fiancée est gênée de se montrer en public ? ! Pour une femme, la cérémonie c'est très important ! Vous ne pouvez pas comprendre !

– Elle nourrit les bébés au sein. Et ici, ce ne serait pas très commode.

– Ah ! vous avez déjà des enfants ? Combien ?

Yegor crut entendre de l'ironie dans la voix de la femme.

– Deux, dit-il.

La femme poussa un profond soupir, rapprocha d'elle son bloc calendrier. Feuilleta les pages marquées chacune d'une date. Puis inscrivit quelques mots sur l'une d'elles, qu'elle arracha et tendit à Yegor. Le tout sans prononcer un mot.

« *14 mars. mercredi* », lut Yegor. Et sous la date avait été ajouté à la main : *18 h 45. 200 $*.

– Vous reviendrez ici, déclara la femme fixant son visiteur au manteau de cuir.

Ce furent là ses dernières paroles.

88
Kiev. Rue Bekhterevski.

– Vous voulez consulter à deux ? s'exclama avec étonnement Inna, la secrétaire de Piotr Issaïevitch, en regardant les deux femmes qui se tenaient devant son bureau.

– Oui, toutes les deux ensemble, ou rien, confirma la plus âgée, qui semblait aussi plus imposante que la seconde, une petite brune maigrelette au visage désemparé.

– Je vais demander au docteur, répondit Inna en se levant de son siège.

– Prenez ceci pour qu'il sache déjà de quoi il retourne.

La femme d'âge mûr tendit à la jeune fille une feuille de papier pliée en deux.

Quand Piotr Issaïevitch eut déplié la feuille et constaté qu'il s'agissait du certificat qu'il avait délivré à son patient, Semion, il resta un instant le souffle coupé.

– Elles sont deux, dis-tu? murmura-t-il enfin en relevant les yeux vers sa secrétaire.

Elle opina du chef.

– D'humeur agressive?

– D'humeur mauvaise sans doute, mais pas agressive, répondit Inna. Mais s'il faut les faire patienter, je…

Le docteur acquiesça, d'un air entendu.

– Fais-les entrer, et demande-leur si elles veulent du thé ou du café!

Daria Ivanovna et Veronika pénétrèrent dans le cabinet blanc et toutes deux, sans se concerter, fixèrent le médecin droit dans les yeux.

– Entrez, installez-vous, leur dit-il d'une voix douce et chaleureuse, debout derrière son bureau. Inna! apporte une autre chaise! lança-t-il derrière les visiteuses. Vous comprenez, d'habitude les patients viennent me consulter un par un…

– Je sais, répondit Veronika d'un ton cordial, et sur son visage s'esquissa un sourire serein, un peu rêveur.

«Avec elle, ce sera plus facile», se dit Piotr Issaïevitch.

L'autre femme se tenait coite, la mine renfrognée.

La secrétaire apporta une chaise supplémentaire.

– Je vous sers du thé ou du café? demanda-t-elle.

– Ce sera un espresso pour moi, commanda Daria Ivanovna d'un ton sec.

– Pour moi aussi, ajouta Veronika.

La porte se referma derrière Inna. Un silence singulier s'installa dans la pièce. Veronika observait avec intérêt la couchette tendue de blanc. Puis le médecin rompit enfin le silence.

– Vous venez au sujet de Semion, n'est-ce pas?

– Oui, répondit Daria Ivanovna. Et pour que vous soyez au courant : il a tenté de se suicider la nuit dernière !

Piotr Issaïevitch fronça les sourcils. Il posa son regard sur Veronika.

– Attendez un instant. Vous êtes son épouse, c'est bien ça ?

Veronika acquiesça de la tête.

– Et vous ? demanda le psychiatre, s'adressant à l'autre femme. Vous êtes sa mère ?

– Allons, que dites-vous là ! Je suis son amie.

Du menton, elle désigna sa compagne.

– Et vous voulez que nous parlions des problèmes de votre mari en sa présence ? reprit le médecin, interrogeant de nouveau la brune.

– Oui, confirma Veronika.

– Bien, déclara-t-il d'une voix tranquille. Nous reviendrons à sa tentative de suicide plus tard. Tout d'abord parlons un peu de lui. Votre mari est atteint de somnambulisme. Vous étiez au courant ?

Une expression d'effroi se peignit sur le visage de Veronika.

– Ne vous en faites pas… (Piotr Issaïevitch s'était penché légèrement en avant et la regardait droit dans les yeux.) Ce n'est pas si terrible. Vous pensiez qu'il s'absentait la nuit, tout bonnement. C'est ça ?

Veronika hocha la tête.

– Il y a longtemps qu'il sort la nuit ?

– Depuis l'automne, je crois. Je ne me rappelle pas exactement. Depuis novembre ou bien décembre.

– À quelle heure a-t-il coutume de se coucher ?

– Après onze heures, s'il n'est pas trop fatigué. Autrement, plus tôt…

– Et y a-t-il eu une époque où il avait l'habitude de rentrer, seul ou bien avec vous, très tard à la maison ?

À l'occasion de balades nocturnes dans la ville, par exemple ?

— Il y a une quinzaine d'années. Avant notre mariage…

— Et peut-être après l'accident ? intervint Daria Ivanovna. Tu te rappelles, Nika, ce que tu m'as raconté !

— Pourriez-vous me le raconter à moi aussi ? demanda le médecin.

Veronika poussa un soupir et entreprit de livrer son histoire. Elle fut surprise du soulagement qu'elle ressentit soudain. Elle parla de sa fille disparue, de ses doutes, et du fait qu'elle envoyait Semion chaque soir à la recherche de l'enfant.

Piotr Issaïevitch l'écoutait très attentivement. La porte s'entrouvrit et Inna fit mine d'entrer avec un plateau chargé de deux tasses de café. Mais le médecin l'arrêta du regard et la renvoya.

Quand Veronika en vint aux événements de la nuit passée, elle s'aperçut que l'inquiétude l'assaillait de nouveau. Sa voix à présent tremblait. Mais elle poursuivit, en regardant le médecin droit dans les yeux, comme si elle y puisait un soutien.

Le récit de Veronika dura une vingtaine de minutes. Puis un grand silence s'instaura. Piotr Issaïevitch demanda de l'attendre un instant, et sortit. Inna refit alors son apparition, porteuse du plateau et des tasses. En ressortant, elle ferma la porte derrière elle.

Veronika but son café, les yeux rivés à la couchette. Daria Ivanovna avait l'air un peu agacé. Elle jeta un coup d'œil à sa montre en or, trop petite pour son épais poignet. Puis elle se tourna vers son amie et, stupéfaite, vit celle-ci poser soudain sa tasse, se lever et, après s'être débarrassée de ses bottes, s'allonger sur le dos sur la couchette blanche et fermer les yeux.

« C'est vrai, il inspire confiance », pensa tout à coup Daria Ivanovna à propos du médecin.

Piotr Issaïevitch revint une dizaine de minutes plus tard. Sans marquer la moindre surprise, il considéra Veronika étendue, paupières closes.

Elle releva la tête, le regarda. Voulut se relever aussitôt.

– Restez allongée ! lui dit le médecin avec douceur. Ce ne sera que mieux ! Regardez en l'air ou bien fermez les yeux. Contentez-vous d'écouter et de répondre !

Elle obéit.

– Il y a sept ans, vous avez été victime d'un grave accident de voiture. C'est ça ?

– Oui, chuchota Veronika.

– Vous avez été grièvement blessée ?

– En effet.

– Vous avez notamment subi un traumatisme crânien ?

– Oui.

– Avant l'accident, vous aviez un enfant ?

Veronika ne répondit pas.

– Vous pensiez qu'au moment de l'accident il y avait un enfant avec vous dans la voiture ?

– Oui, murmura Veronika.

– Vous le cherchiez ?

– Oui.

– Chaque soir, vous repensiez à l'enfant disparu et vous demandiez à votre mari d'aller à sa recherche ?

– Oui.

– Il partait et cherchait l'enfant dans l'obscurité ? Et quand il rentrait, vous dormiez déjà ?

– Oui.

– Cela a duré quelques mois ou davantage ?

– Davantage.

– Plus tard, il partait de lui-même à la recherche de l'enfant, même quand vous ne le lui demandiez pas, c'est bien ça ? Il proposait lui-même de sortir pour tenter de retrouver votre fillette ?

– Oui.

– Et vous avez cessé de lui demander de la rechercher, parce que vous saviez que de toute manière il irait?

– Oui.

– Il vous a délivrée de votre idée fixe, il vous a déchargée de votre angoisse pour la prendre sur lui. Après cela, votre vie a repris un cours normal. Bien sûr, durant quelque temps vous avez consulté un psychiatre. Je me trompe?

– Non.

– Votre mari souffre d'une forme de somnambulisme que je qualifierais d'acquise. Il l'a acquise en même temps qu'il vous débarrassait de vos problèmes psychologiques. En d'autres termes, je ne voudrais pas que cela vous afflige, mais il est devenu somnambule à cause de vous.

– Mais cette blonde? demanda soudain Daria Ivanovna.

– Je ne sais rien d'elle, répondit Piotr Issaïevitch. La nuit, beaucoup de somnambules errent dans les rues de Kiev. Il leur arrive de se rencontrer, de se lier d'amitié, mais le jour ils ne se reconnaissent pas. Il se constitue chez eux une sorte de mémoire nocturne qui ne se déclenche que lors des crises de somnambulisme. Semion est lui-même inquiet de ce qui lui arrive. C'est pourquoi d'ailleurs il a demandé à un ami de le suivre et de photographier les personnes qu'il rencontre la nuit… Au fait, vous n'auriez pas par hasard le numéro de téléphone ou bien l'adresse de cet ami?

– Volodka? Non, mais je peux me les procurer.

– Faites-le, s'il vous plaît.

– Mais comment peut-on le guérir? demanda Veronika.

– En l'entourant d'amour et d'attention. En outre, il serait bon que vous ayez d'autres préoccupations. Vous n'avez pas encore d'enfants, n'est-ce pas?

– Non. Mais récemment il m'a proposé d'adopter une petite fille…

– Vous voyez, il est dans la bonne direction. À présent, abordons cette tentative de suicide dont avez parlé. Je pense que ce n'est lié en rien au somnambulisme. Il se pourrait fort bien qu'il ne s'agisse que d'un accident malheureux. Votre mari n'est nullement enclin à mettre fin à ses jours. Il possède un profil psychologique tout à fait opposé.

– Comment cela opposé ? demanda Veronika, perplexe.

– Il serait susceptible de commettre un meurtre plutôt qu'un suicide. Mais je dis cela comme ça, d'un point de vue théorique. Parlons plutôt du moyen de le guérir, voulez-vous ? Il serait bon que durant six mois, ou même un an, il veille la nuit de manière consciente. Si, par exemple, vous aviez un bébé, il pourrait se lever et vérifier qu'il dort bien, ou encore lui donner le biberon. Mais tant que vous n'avez pas d'enfant, l'idéal serait de lui trouver un travail de nuit. Revenez dans deux ou trois jours. Et apportez-moi l'adresse de ce Volodka, son ami. Seulement ne dites pas à votre mari que c'est pour moi.

Les deux femmes ressortirent dans le salon de réception et s'arrêtèrent devant le bureau d'Inna.

– Combien vous doit-on ? s'enquit Daria Ivanovna.

– Cent hryvnia, répondit la secrétaire.

Daria Ivanovna posa un billet sur la table. Elle considéra l'agenda ouvert à plat, dans le sillon duquel dormait un stylo à bille.

– Inscrivez-moi pour mardi prochain, le matin, dit-elle.

– Onze heures, ça ira ? demanda Inna.

– Parfait !

Dehors, le soleil brillait. Elles débouchèrent au coin de la rue Artem et prirent à gauche, en direction de la place de Lvov. Veronika éprouvait à la fois une légèreté étonnante et une totale absence d'énergie, sensation singulière, presque enfantine.

– Jusqu'à présent, je n'ai jamais fait confiance aux rouquins, déclara Daria Ivanovna d'une voix songeuse. Mais celui-ci m'a plu. Demain, tu viendras avec moi aux obsèques ? ajouta-t-elle en se tournant vers son amie.

Veronika fit oui de la tête.

– Au fait, tu ferais bien de planquer la photo de cette blonde. À tout hasard. J'ai l'impression de l'avoir déjà vue quelque part. Quant au certificat, tu n'as qu'à le remettre dans le portefeuille !

89

Kiev. Rue Bekhterevski.

Semion franchit le porche et se retrouva dans l'allée du Paysage qui courait au bord de la colline escarpée, offrant une vue dégagée sur le Podol, et même sur le lointain quartier d'Obolon et ses hauts immeubles plantés comme autant de griffes dans le ciel. Là, dans l'allée, se promenaient de jeunes mamans poussant des landaus, des retraités ou de simples quidams disposant d'une minute de liberté. Le bruit de la route de Jitomir éternellement encombrée ne parvenait pas jusque-là, bien que l'allée et l'avenue ne fussent séparées que par deux rangées de vieux bâtiments datant d'avant la Révolution. Même l'air y était plus respirable.

Il lui fallut une vingtaine de minutes pour atteindre la rue Bekhterevski.

– Vous n'avez croisé personne en venant ici ? demanda prudemment Piotr Issaïevitch quand Semion fut entré dans son cabinet.

– Qui donc ? interrogea Semion à son tour.

– Quelqu'un de votre connaissance ?

– Non. (Le visiteur secoua la tête et s'assit en face du médecin.) J'ai des problèmes, soupira-t-il. Des tas de problèmes…

356

Le psychiatre considéra Semion avec attention. Le regard de Piotr Issaïevitch, ce jour-là plus insistant qu'à l'ordinaire, le mettait mal à l'aise.

– Vous deviez m'apporter vos problèmes un à un, à mesure de leur apparition. Or, vous avez attendu qu'ils vous écrasent pour venir me trouver! Vous comprenez votre erreur?

Semion comprenait.

– Bien. (Le médecin écarta tous les doigts de ses deux mains et les montra à son patient.) Répétez les mouvements après moi.

Semion étira docilement les doigts, puis, comme le médecin, les relâcha brusquement. Ils réitérèrent l'exercice une dizaine de fois, après quoi Semion vit le regard de Piotr Issaïevitch s'adoucir. Lui-même se sentait plus détendu.

– Alors, par quoi commençons-nous? demanda le médecin.

– Sans doute par…

– N'ayez aucune crainte! Moins il restera de secrets entre nous, et plus il me sera facile de vous aider. Vous avez besoin d'aide, n'est-ce pas?

– Oui, répondit Semion. Le fait est que j'ai failli me noyer.

Et il raconta par le menu ses récentes balades nocturnes sous la surveillance de son ami Volodka. Il parla même de sa carte de membre de l'Église Ambassade de la Lune, et du coup de téléphone à la suite duquel il s'était rendu à pied jusqu'au pont du Métro pour se jeter dans les eaux du Dniepr à peine libérées des glaces.

– Mais avant votre dernière sortie de nuit, vous vous sentiez comme d'habitude, ou bien y avait-il quelque chose d'étrange?

– Je me rappelle avoir pensé: «Il y a longtemps que je ne suis pas sorti la nuit», avoua Semion. C'est pourquoi du reste j'ai appelé Volodka. J'avais un très net pressentiment.

– Je vois… dit Piotr Issaïevitch d'un ton traînant.

Il réfléchit un instant et reprit :

– Quels sont vos rapports en ce moment avec votre femme ?

– Jusqu'à présent ils étaient normaux. Mais elle a trouvé la photo d'Alissa. Elle a trouvé aussi votre lettre attestant que je n'étais pas responsable de mes actes. Je n'ai pas encore revu Veronika. Quand je me suis réveillé, elle n'était plus là. Elle va sûrement me faire un scandale…

– Pas forcément, déclara le psychiatre, d'un air assez sûr de lui. Les femmes intelligentes s'efforcent d'éviter les scènes. Or, vous avez besoin de vous détendre, d'essayer d'oublier ce qui s'est passé. Laissez-vous aller. Et laissez également votre ami se reposer un peu. Il n'y a rien de spécialement mauvais dans le somnambulisme. Bon, peut-être aurez-vous d'autres rendez-vous avec cette dame. Rien de terrible à cela. L'essentiel, c'est de n'avoir sur soi aucun papier… Les cas d'agressions contre des somnambules se sont multipliés récemment…

Le visage de Semion changea d'expression. Il posa sur le médecin un regard plein de méfiance.

– En outre, mon cher, les somnambules ne meurent pas ! ajouta Piotr Issaïevitch, en se penchant en avant de tout son corps.

Ses yeux se plantèrent dans ceux de Semion avec une force surprenante, presque physiquement perceptible.

Semion ferma soudain les paupières. Piotr Issaïevitch se renversa en arrière et secoua la tête, pensif. Tout à coup un changement se produisit dans son visage, comme s'il venait d'enfiler un masque.

– Mais oublions ce qui a été dit, déclara-t-il d'une voix tendue. Si vous désirez malgré tout vous débarrasser du somnambulisme, vous devrez trouver un travail de nuit. Si vous travaillez la nuit, vous serez protégé de tout acte échappant à votre contrôle. Mais surtout, vous devrez venir me voir une fois par semaine. Jusqu'à ce que nous constations tous deux que vous allez parfaitement bien !

– Et Alissa ? demanda Semion, un peu désemparé.

– La vie nocturne a ses charmes, répondit Piotr Issaïevitch avec un sourire. En renonçant à la vie nocturne, vous renoncerez aussi à Alissa ! Mais pourquoi auriez-vous besoin d'elle le jour ? Vous avez déjà votre femme...

Une fois dans la rue, Semion s'arrêta. Il se retourna pour regarder les hautes portes en arc bleu azur du monastère de l'Intercession et pensa : « Ce doit être formidablement beau, ici, la nuit ! »

90
Borispol. Rue du 9-Mai.

Dima entama la matinée avec mollesse et lenteur. Il s'habilla, prit son café, feuilleta le journal de petites annonces, et, à sa grande joie, repéra tout de suite ce dont il avait besoin.

Prêtre orthodoxe procède selon le rituel chrétien à la bénédiction de tout immeuble, maison, appartement, datcha, voiture, barque ou yacht. Prix très modérés. Tél. 8 044 416 86 04.

Dima entoura deux fois l'annonce au stylo puis laissa le journal sur la table. Il prit une bouteille en plastique de deux litres qui avait contenu de l'eau, enfila son blouson et sortit dans la rue.

Le soleil ce matin-là avait cédé la place à de lourds nuages. L'air, imprégné d'humidité, paraissait pesant. Dima se rappela le beau temps de la veille au cimetière, le chant sonore des oiseaux, la quiétude et le sentiment d'apaisement qu'il avait éprouvés. Comme il aurait aimé que le même bien-être l'envahît à nouveau à l'heure présente ! Mais le ciel maussade n'inspirait guère d'idées joyeuses, et la journée promettait d'être bien occupée.

Dima laissa ses jambes le porter jusqu'au jardin d'enfants de la rue voisine. Il gravit les trois marches de béton conduisant au seuil du bâtiment, entra et s'arrêta au début d'un long et large couloir. On entendait des voix d'enfants mêlées à des tintements de vaisselle.

Il jeta un coup d'œil par la première porte ouverte. Là, dans la cuisine, deux jeunes femmes en veste blanche, toque de cuistot sur la tête, officiaient devant un fourneau.

– Les enfants sont où ? leur demanda Dima.

– Vous voulez voir quel groupe ? répondit l'une des deux.

– Les plus jeunes.

– Dernière porte à gauche.

Dima marcha jusqu'à une porte ornée d'un écriteau annonçant : GROUPE FLOCON DE NEIGE. Il ouvrit. Il aperçut, à droite et à gauche, de petites armoires de bois et autant de portemanteaux surplombant chacun une paire de bottines d'enfants. Et juste face à lui, une autre porte. Dima la tira vers lui et découvrit une vaste pièce où des gamins de deux ou trois ans s'affairaient par terre, entourés de jouets. Dans un coin, à gauche, s'alignait, dans un ordre parfait, une rangée de pots multicolores, sur l'un desquels trônait un petit garçon blond. Il était assis là, patient et concentré. L'éducatrice, une jeune fille d'une vingtaine d'années, aidait les gosses à assembler sur le plancher un circuit de chemin de fer.

– Vous désirez ? demanda-t-elle en levant les yeux sur l'inconnu.

Les enfants se retournèrent avec intérêt vers lui.

– Je peux vous parler une minute ? prononça Dima à voix basse, en désignant de la tête la pièce aux armoires.

– Voilà, excusez-moi… (Dima, soudain gêné, perdait le fil de sa pensée, ne trouvait plus ses mots.) Voyez-vous, j'aurais besoin…

– Oui, de quoi auriez-vous besoin ?

Les yeux verts de la jeune femme fixaient Dima, pleins de franchise et de bienveillance.

– J'aurais besoin d'urine de môme, déclara-t-il enfin en levant légèrement la main qui tenait la bouteille enveloppée d'un papier. C'est pour ma femme…

– Ah, l'urinothérapie ! s'exclama l'éducatrice avec l'air de connaître le sujet. Mais pour ça, il faut que l'enfant soit en bonne santé…

Elle réfléchit. Puis alla jeter un coup d'œil dans la salle de jeux, repéra du regard une petite fille en blouse bleue et épais collants marron.

– Machenka, tu ne veux pas faire pipi ? Eh bien, vite alors, sur le pot !

La fillette se dirigea à pas rapides vers le coin toilettes de la pièce, où le petit blondinet continuait de trôner, toujours stoïque.

– Attendez ici, ordonna la jeune femme à Dima.

Sur quoi elle alla rejoindre les enfants, en refermant derrière elle la porte du vestiaire.

Une dizaine de minutes plus tard, elle rapportait à Dima un pot dans lequel clapotait le liquide jaunâtre qu'il était venu chercher. Dima la remercia et lui remit cinq hryvnia. Puis il demeura hésitant, peinant à imaginer comment il allait transvaser l'urine du pot dans la bouteille. L'éducatrice, ayant noté son embarras, roula en forme de cône une feuille de papier de couleur pour collages, et la tendit à Dima.

– Placez le bout dans le goulot et tenez bien l'ensemble, je vais verser !

De retour chez lui, Dima s'empressa d'asperger d'urine les quatre coins de la chambre. Puis il composa le numéro de téléphone du prêtre repéré dans le journal d'annonces.

– Où habitez-vous ? À Borispol ? demanda une voix de baryton au timbre agréable. En ce cas, ajoutez encore cinquante hryvnia pour l'appel et pour le déplacement. C'est pour une seule pièce, ou la maison entière ?

– Une seule pièce, répéta Dima.

– Vous avez tort, déclara le prêtre. Ça ne se fait pas de bénir une pièce et pas les autres. Laissez-moi plutôt bénir toute la maison, faire le trajet de Kiev à Borispol pour une unique pièce, vous comprenez… Et puis, la différence de prix n'est pas bien grosse.

– Et combien prendriez-vous pour la maison entière ? s'enquit Dima.

– Eh bien, disons, trois cents hryvnia.

– D'accord. Seulement ça vous serait possible aujourd'hui ?

– Dites-moi l'adresse !

Le prêtre promit d'être là dans deux ou trois heures.

Dehors, au lieu de la pluie annoncée, le soleil se montrait enfin. Dima sortit sur le pas de sa porte et contempla le ciel. Réduits en lambeaux, chassés par le vent d'altitude, les nuages filaient en direction de Kiev.

Il fut ramené à l'intérieur par la sonnerie du téléphone. On l'appelait de l'aéroport.

– Vous pouvez revenir au travail demain, lui dit son chef. Il y a de l'argent qui vous attend à la comptabilité ! Mais avant ça, dès que vous serez arrivé, passez me voir à mon bureau !

Perplexe, Dima s'approcha de la fenêtre, contempla de nouveau le ciel et lâcha un soupir.

Région de Kiev. District de Makarov. Village de Lipovka.

Avant de presser le bouton de sonnette, Ilko Petrovitch considéra durant une bonne minute, d'un œil pensif, le fer à cheval cloué sur la porte.

«Leur dire? Et pourquoi pas?» se demanda-t-il, et il haussa les épaules.

Au bruit de la sonnette, Alexandra Vassilievna se hâta dans le couloir. À la vue du visage tout rond et familier du professeur d'université, elle ne put retenir une exclamation:

– Oh! mais pourquoi que vous venez si tôt?!

– La session à la fac a été reportée à demain... commença-t-il pour se justifier. Mais il n'alla pas plus loin: «Je n'ai tout de même pas besoin de tout lui expliquer!» pensa-t-il.

Mais madame Alexandra n'attendait aucune explication.

– Passez donc dans la cuisine! Voudrez-vous du café? Je vas vous en touiller un avec de la mousse!

Ilko Petrovitch laissa son manteau en peau retournée pendu au crochet, dans le couloir. Il considéra ses bottes d'un air pensif. Se rappela qu'il portait des chaussettes toutes neuves, sorties de la fabrique de Jitomir: il en avait lui-même acheté dix paires pour trois hryvnia, dans le passage souterrain près de la station de métro Université. Il se déchaussa et, n'ayant pas aperçu de pantoufles destinées aux visiteurs, s'en fut à la cuisine, tel qu'il était: chaussettes grises, costume noir, chemise blanche et cravate jaune.

Alexandra Vassilievna était en train de rincer une tasse dans l'évier. Le feu de la gazinière était allumé sous la bouilloire. Sur la table était posé un bocal de café soluble encore non entamé.

Dans la mémoire d'Ilko Petrovitch retentit l'écho de ce «je vas vous en touiller» qu'il venait d'entendre. Quelqu'un lui eût-il sorti une chose pareille à Kiev, il lui eût sur-le-champ infligé une conférence sur la pureté du langage. Mais là, au village, l'expression était sortie de la bouche de cette femme âgée de manière si naturelle! Et il vit derrière ces mots tout le processus de préparation. Elle allait prendre la tasse, y jeter deux ou trois cuillerées de café soluble, auxquelles elle ajouterait une bonne dose de sucre en poudre, avant de verser quelques gouttes d'eau bouillante, juste assez pour lier le tout. Ensuite elle touillerait, oui c'était bien le mot, cette bouillie avec la cuiller, jusqu'à ce qu'elle prît une teinte de cappuccino.

Ilko Petrovitch poussa un soupir. «Il n'y a pas moyen de lutter contre ça, comme on dit dans le vulgaire», pensa-t-il.

Deux ou trois minutes plus tard, un jet de vapeur s'évadait du bec de la bouilloire bleue émaillée, ornée de dessins de grosses marguerites. Alexandra Vassilievna entreprit de préparer le café exactement comme Ilko Petrovitch venait de l'imaginer. Le visiteur laissa là ses réflexions.

Il était venu chercher du lait pour son bébé, pas pour étudier la tradition du café dans la campagne ukrainienne!

«La tradition du café dans la campagne ukrainienne!» répéta-t-il plus lentement dans sa tête. Il fallait le noter! Le proposer comme devoir à un étudiant... À Serafimtchouk, tiens, par exemple. Il lui donnerait l'adresse. Il n'aurait qu'à venir ici, interviewer la femme, questionner les autres habitants... Non, il ne fallait pas qu'il mît les pieds dans cette maison! Il ne manquerait plus qu'il apprît que c'était là que logeait la nourrice de son gosse! On murmurait bien assez comme ça dans son dos, à l'université. Le vieux prof, disait-on, s'était mis en ménage avec une de ses jeunes étudiantes. Et qui plus est

364

une nullarde empêchée dans ses études par une santé défaillante. Non, il était impossible d'envoyer qui que ce fût enquêter chez des particuliers. Et surtout pas un dégourdi comme Serafimtchouk !

Ilko Petrovitch trouva le café « touillé » par Alexandra Vassilievna tout à fait à son goût, même si jamais il ne l'eût avoué à aucun de ses amis. Compte tenu de son rang et de son statut social, il n'était susceptible d'apprécier que l'espresso ou l'espresso macchiato. Mais ici, personne n'épiait son visage ni ne surveillait le contenu de sa tasse. C'est pourquoi, à mesure que celle-ci se vidait, le plaisir qu'il éprouvait à savourer le breuvage se peignait librement sur sa face.

Alexandra Vassilievna avait posé le café devant son hôte puis était sortie aussitôt. Il était seul dans la cuisine, et s'étonnait du sentiment de bien-être que lui procurait cette seconde visite.

– Alors, combien que j'y en verse ? demandait grand-mère Choura à sa fille, assise sur le lit, Marina dans les bras.

– Qu'il attende un peu, je vais lui en tirer du frais. J'ai là un sein encore tout plein ! répondit Irina en touchant son mamelon gauche.

– Mais non, allez, je vas lui donner le bocal qu'est dans la chaufferie. Y en a près d'un litre ! protesta Alexandra Vassilievna, chuchotant tout à coup.

– C'est du lait d'hier et d'avant-hier mélangé, s'offusqua Irina. Imagine que leur petit attrape mal au ventre ?! Il n'y a qu'à le laisser cailler. J'en ferai du fromage blanc pour Iassia.

– Bon, comme tu voudras ! grommela sa mère.

Et elle s'en retourna à la cuisine.

– Vous faudra attendre encore un petit peu ! Vous allez avoir du frais. Le temps qu'elle endorme la petiote !

Une vingtaine de minutes plus tard, Irina apportait le lait promis.

Ilko Petrovitch se leva : c'était la première fois qu'il voyait la nourrice de son fils. Il lui prit des mains le bocal d'un litre aux trois quarts rempli. Chercha des yeux sa serviette, pour se rappeler aussitôt qu'il l'avait laissée dans sa voiture.

Alexandra Vassilievna lui ouvrit un sac de toile pour qu'il y plaçât le récipient.

– Vous nous le rapporterez plus tard, dit-elle à voix basse.

– Et votre fils, comment s'appelle-t-il ? demanda Irina.

– Bogdan.

– Un joli nom ! approuva la grand-mère.

Le visiteur posa trente hryvnia sur la table de la cuisine, puis sortit. Irina le regarda par la fenêtre monter dans sa Volga. Elle le vit jeter un coup d'œil pensif à leur porte, avant de démarrer.

Comme il débouchait sur la grand-route, Ilko Petrovitch faillit emboutir une Mazda rouge qui venait de tourner dans la même rue. Il jura mentalement et enfonça la pédale de frein. Quand la Mazda se fut faufilée entre sa Volga et la palissade, il reprit son chemin. Les roues de la voiture quittèrent le gravier boueux pour mordre sur l'asphalte, et le reste du trajet se déroula sans anicroche.

92

Kiev. Rue Reïtarskaïa. Appartement n° 10.

La voûte céleste, ce jour-là, se partageait également entre soleil et nuages, aussi les chauds rayons de l'astre forçaient-ils de temps à autre Semion à cligner les yeux. Et en ces instants, il ressentait en son âme une singulière quiétude, comme une sorte de joie sereine.

Il en oubliait et Veronika, et le psychiatre, et Alissa. C'était comme s'il se retranchait à l'intérieur de lui-même, ne pensait plus à rien, ne se souciait plus de rien. Mais dès que le rayon de soleil se trouvait intercepté par un nuage, dès que la lumière du jour cessait d'être franche, l'inquiétude s'immisçait de nouveau dans ses pensées.

Quand enfin le soleil eut sombré derrière les bâtiments, Semion se résigna à voir le soir tomber et, sans hâte, prit le chemin de la maison. Il avait de la peine pour Veronika. Il se sentait coupable à son endroit, coupable de la scène de ménage imminente, coupable d'avoir trimballé dans son portefeuille une photographie qui n'était pas la sienne.

Mais à son grand étonnement, Veronika ne lui fit aucune scène. Il venait juste de pénétrer dans le couloir et s'y attardait, le temps de se débarrasser de ses chaussures, quand elle s'avança vers lui et, sans prononcer un mot, l'enlaça et le couvrit de baisers, le plongeant dans un complet désarroi.

– Où étais-tu passé ? lui demanda-t-elle dans un murmure affectueux. Je m'ennuyais à mourir…

Semion, tout d'abord, prit peur. Il pensa que Veronika n'allait pas bien et qu'elle avait besoin elle aussi d'aller consulter un psychiatre. Mais le regard de sa femme était naturel et chaleureux, et non pas délirant. Et ses mains ne tremblaient pas, comme six ou sept ans plus tôt, quand son humeur pouvait se modifier plusieurs fois dans la même heure.

– Je me promenais, répondit Semion.

– Tu as besoin de te reposer. Tu as faim ? J'ai fait frire des champignons avec des pommes de terre.

– Des champignons ? ! Mais où en as-tu déniché ? On est en mars, pas en septembre !

– C'est Daria qui me les a offerts, elle en a toute une provision. Des chapelets entiers de champignons séchés qui pendent dans sa cuisine.

Semion suivit docilement sa femme. Il se remémora la cuisine de Daria Ivanovna où il avait récemment pris le café. Il se rappelait fort bien la pièce, mais ne gardait aucun souvenir de chapelets de champignons séchés. Il prit place à la table. Observa avec attention Veronika lui servir la poêlée de champignons et de pommes de terre. Elle lui donna ensuite une fourchette, coupa un morceau de pain noir, puis s'assit à son tour, en face de lui.

– Allez, mange ! lui dit-elle avec douceur. Moi, c'est déjà fait.

Semion baissa les yeux sur son assiette. Ses pensées s'embrouillaient. Il eut soudain le sentiment qu'un danger mystérieux le guettait, et un frisson glacé lui parcourut l'échine. Quelque chose clochait ! La sollicitude de Veronika, son regard plein de bonté, tout ça n'était pas logique ! Une femme trouve la preuve que son mari a une maîtresse, et après cela, elle l'embrasse, le serre dans ses bras et lui prépare pour dîner des patates aux champignons ?

Pris de soupçon, Semion examina ces derniers de plus près. Mais une fois émincé et revenu à la poêle un rosé ne se distingue plus guère d'une amanite tue-mouches ou d'une clavaire pâle. Il piqua de sa fourchette un morceau de pomme de terre et l'expédia dans sa bouche. Il mâcha lentement, attentif au goût que l'aliment laissait sur sa langue, le regard constamment fixé sur Veronika. Un regard timide et apeuré, le regard d'un lapin.

– Mange, mange ! insistait sa femme. Prends des champignons, pas seulement des pommes de terre !

Semion, toujours docile, piqua un morceau. Le déposa dans sa bouche. Mâcha. Le goût n'avait rien d'étrange, mais qu'adviendrait-il quand deux heures auraient passé ? Car c'est bien connu, un homme empoisonné par des champignons meurt deux heures après les avoir absorbés ! D'où tenait-il ce détail des deux heures, au fait ? Semion réfléchit.

— Quelle heure est-il ?

— Huit heures déjà. Mange donc, tu es à jeun depuis ce matin !

Semion hocha la tête. Il se dit qu'après ce premier morceau, il n'avait plus rien à perdre.

— Demain matin, je vais à un enterrement, reprit Veronika.

— Qui est mort ? demanda-t-il, prudent.

— Edik, le mari de Daria Ivanovna.

— Mais il est enterré depuis longtemps, non ?

— Il est mort depuis longtemps, convint Veronika. Mais nous ne l'avons pas encore vraiment inhumé. Daria l'a fait embaumer, mais ça n'a rien donné… Aussi avons-nous décidé de le mettre simplement au cimetière. Et toi, quels sont tes plans pour demain ?

Semion haussa les épaules.

— Si je suis encore en vie, déclara-t-il soudain malgré lui, eh bien, il faudra que j'aille au boulot. Aujourd'hui Volodka s'est tout tapé tout seul…

Veronika parut ne pas avoir entendu.

— Tu te rappelles, tu avais parlé d'une petite fille à adopter ?

Elle pencha la tête de côté et regarda son mari dans les yeux.

— Je me rappelle, oui.

— Mais mange, mange ! (Du menton, elle désignait l'assiette encore pleine.) Je pense que… qu'on pourrait essayer…

— Essayer de l'adopter ? s'exclama Semion, stupéfait, en laissant tomber sa fourchette dans l'assiette.

— Eh bien, oui ! répondit Veronika avec le plus grand calme.

– Très bien, j'appellerai, dit-il avant de détacher du bout des dents le morceau de champignon embroché sur la fourchette. Dans deux petites heures.

Ils burent le thé ensemble. Et de nouveau Semion se prit à douter de la santé mentale de son épouse. Elle était devenue soudain toute joyeuse et évoquait bizarrement des souvenirs de son enfance. Semion l'écoutait, le visage préoccupé. Et en même temps, il gardait toute son attention concentrée sur son estomac, guettant d'éventuels symptômes d'empoisonnement. Une douleur aiguë ou bien un spasme. Ainsi s'écoulèrent près de trente minutes.

– Que tu es sérieux ! lui dit-elle alors d'un ton de reproche, en interrompant en pleine phrase le récit de ses aventures enfantines.

– Je vais téléphoner. (Semion se leva.) Au sujet de cette gosse…

– Très bien, approuva Veronika.

Et quand son mari eut quitté la pièce, elle sortit du placard une bouteille entamée de cognac Zakarpatski et deux petits verres qu'elle posa sur la table.

Semion composa le numéro de Guennadi Ilitch.

– Guennadi Ilitch ! C'est moi, Semion. Je ne vous dérange pas ?

– Parle !

– Ma femme est d'accord.

– D'accord pour quoi ?

– Eh bien, vous vous rappelez, vous m'aviez posé la question au sujet d'une fillette… à adopter…

– Je me rappelle, oui, répondit le député, maussade. Je me rappelle très bien.

– Alors que fait-on ? Ma femme est décidée cette fois-ci.

– Excuse-moi, je ne suis pas très en forme en ce moment. Je vais t'envoyer un chauffeur. Arrive, et nous causerons !

– Maintenant ?

– Et pourquoi remettre à plus tard ? Ne bouge pas de chez toi. Dès qu'il y sera, il t'appellera d'en bas.

Semion revint à la cuisine.

Veronika et lui burent un verre de cognac.

– C'est bientôt le printemps, déclara la jeune femme, rêveuse, en passant la langue sur ses lèvres.

Le portable de Semion sonna. Le chauffeur du député annonça qu'il attendait devant l'immeuble. Semion expliqua à Veronika qu'il partait se renseigner au sujet de l'enfant.

– Je vais me coucher. (Veronika l'embrassa sur la joue.) Peut-être vais-je rêver d'elle ?

Il régnait dans la rue une tiède odeur d'humidité. Quelques gouttes de pluie commençaient à tomber. La BMW bleu marine reflétait de manière éloquente la lueur jaune du réverbère voisin.

93
Kiev. Rue Vorovski. Appartement n° 17.

Ce matin-là arriva trop tôt pour Daria Ivanovna. Elle n'avait presque pas dormi de la nuit. Elle avait constamment l'impression qu'Edik était toujours assis dans son fauteuil, face à la porte-fenêtre, et que la lumière de la lune – or la lune cette nuit-là était pleine et brillante – teintait d'argent ses tempes grises. À plusieurs reprises elle avait traversé le salon pour se rendre à la salle de bains. Et chaque fois, elle n'avait lorgné le fauteuil que du coin de l'œil.

Aucun doute, la faute en était aux obsèques fixées à ce fameux matin, obsèques qui devaient, pour ainsi dire, tirer un dernier trait sur ses relations avec Edik.

Et à cinq heures et demie du matin, alors que Daria Ivanovna avait compris qu'elle ne parviendrait plus à s'endormir, alors que la lune venait de disparaître et qu'il ne régnait plus dehors que ténèbres et silence, une phrase résonna dans sa tête, tel un reproche obsédant : « Ne vous séparez pas de ceux que vous aimez ! » Et cette voix qui s'élevait en elle, c'était celle d'Edik.

« Et moi alors ?! pensa Daria Ivanovna, cherchant à se justifier. Je ne me suis pas séparée de lui tant que la chose a été possible. Tant que la peur me tenaillait de me retrouver seule. Mais maintenant, je n'ai plus peur. Il est resté ici, assis dans son fauteuil, en attendant que j'aie appris à me débrouiller dans la vie sans son aide. Et quand j'ai eu fini d'apprendre, il s'en est allé. Il s'en est allé pour la seconde fois, et il ne reviendra jamais plus ! »

À partir de cinq heures et demie, donc, il n'y eut plus une pièce de l'appartement qui ne fût éclairée. Les portes de la grande armoire furent ouvertes en grand, des dizaines de robes, jupes et chemisiers étalés sur le lit. Non que Daria Ivanovna vécût très richement, c'est juste qu'elle achetait régulièrement de nouveaux vêtements, ne portait jamais les anciens jusqu'à ce qu'ils fussent hors d'usage, et les conservait soigneusement.

Elle passa une heure entière à rassembler une tenue de deuil, composée d'une longue jupe noire descendant sous le genou et d'un chemisier bleu sombre. Daria Ivanovna ne possédait pas de bottes noires, en revanche elle en avait des marron foncé à épais talons.

Enfin, le cœur apaisé, elle s'assit à la cuisine devant une tasse de café fort et un verre de kéfir et se prit à méditer sur la vie. Elle se rappela la pharmacie de son mari. Poussa un soupir de soulagement, ravie que l'officine fût déjà vendue. Elle pensa à ses amies, Ania et Veronika. Se remémora la visite au psychiatre en compagnie de cette dernière. Ce Piotr Issaïevitch lui laissait un souvenir plein de chaleur. Elle avait pris un rendez-vous avec lui pour le surlendemain. La perspective de sa future conversation avec le médecin au poil roux fit naître un sourire sur ses lèvres.

Ainsi le temps s'écoula-t-il, entre pensées et souvenirs, légers et instables comme un tabouret à trois pieds. Le ciel à la fenêtre vira peu à peu au gris, puis le jour se leva.

Vers neuf heures, Daria Ivanovna téléphona à Ania et à Veronika. À neuf heures et demie, elles montèrent toutes les trois dans un taxi commandé pour l'occasion, et s'en furent au cimetière de Baïkovo.

À l'entrée, elles achetèrent quatre bouquets de fleurs et plusieurs couronnes artificielles.

Après quoi le taxi les conduisit pratiquement jusqu'à l'endroit où les tombes avaient été creusées. Là, le chauffeur descendit de voiture et promena autour de lui un regard perplexe.

– Quoi, vous faites ça sans musique ? demanda-t-il, étonné. Et on ne voit personne d'autre…

Les femmes ne répondirent pas. La plus âgée se contenta de lui adresser un bref coup d'œil méprisant.

« Des suicidés peut-être ? » pensa le chauffeur et, oubliant de rendre la monnaie à Daria Ivanovna, il remonta en voiture et s'en alla.

Les défunts furent amenés une dizaine de minutes plus tard. Quatre employés du cimetière en combinaison noire se mirent au travail avec enthousiasme. Au moyen de grosses cordes, ils descendirent d'abord le cercueil d'Edik, puis celui de Vassia. À chacune des trois femmes composant l'étrange assemblée, ils donnèrent une poignée de terre froide et glaiseuse à jeter sur les bières, puis se prirent à jouer de la pelle sans ménager leurs forces, dans le but évident de se libérer au plus vite. Peut-être redoutaient-ils que cette femme en manteau bleu marine et bottes marron, qui semblait la plus âgée, ne leur donnât pas le traditionnel pourboire. Mais leurs craintes étaient vaines. Quand ils eurent terminé, Daria Ivanovna leur remit deux cents hryvnia à chacun, de sorte qu'ils s'éloignèrent à pas lents, en se retournant par deux fois pour lui adresser un regard plein de reconnaissance.

Les trois amies déposèrent fleurs et couronnes sur les sépultures et, sans hâte, remontèrent l'allée en direction de la sortie. Elles marchaient en silence, sans voir le chat gris qui les observait, dissimulé derrière une stèle. Le chat les accompagna jusqu'à l'endroit où l'allée en rejoignait une autre, plus large : la « grand-rue » du cimetière. Après quoi il fit demi-tour et s'éloigna tranquillement, s'arrêtant de temps à autre pour scruter les alentours.

94
Borispol. Rue du 9-Mai.

Dima sommeillait tout habillé sur le divan quand il fut réveillé par la sonnette de la porte d'entrée. Son premier soin fut de regarder l'heure : l'horloge indiquait quatre heures et demie. Il avait dormi par conséquent pendant tout juste deux heures.

Dehors, il faisait grand soleil. Le chant joyeux des oiseaux entrait par le vasistas ouvert.

« Quelqu'un devait venir ? réfléchit Dima. Ah oui ! Le prêtre ! »

Il se leva et gagna le couloir.

– Vous êtes le père Onoufri ? demanda-t-il en découvrant devant lui un homme barbu en jean et blouson de toile râpé.

– Eh bien oui, répondit le barbu. Ce n'est pas facile, dites donc, d'arriver jusqu'à vous…

– Je pensais que vous auriez l'habit…

Le père Onoufri, d'un signe de tête, désigna le sac de voyage posé par terre à ses pieds.

– Où peut-on se changer ?

– Dans le salon, répondit Dima en montrant la porte. Vous en aurez vite terminé ?

– Avec l'aide de Dieu, acquiesça le prêtre. Vous êtes pressé ?

– Je dois aller chercher ma femme dans une heure…

– Vanité ! répondit le père Onoufri d'un ton tranquille. Fuyez la vanité du monde, vous économiserez du temps pour accomplir de bonnes œuvres…

Dima attendit cinq minutes dans le couloir, puis pénétra à son tour dans le séjour. Le prêtre était en train de passer une grosse croix par-dessus sa soutane.

– D'abord cette pièce, demanda Dima.

L'autre, sans prêter attention au maître des lieux, tira de son sac un bréviaire et un encensoir. Il gratta une allumette. L'air s'emplit aussitôt d'une odeur un peu écœurante, tandis que s'élevait une voix de baryton, profonde et monotone, comme à l'église. Le prêtre alla dans chaque coin, psalmodiant les paroles rituelles. Puis il sortit une petite feuille de papier imprimée d'un crucifix, cracha sur l'envers et la colla au mur.

– Et maintenant, où va-t-on ? demanda-t-il.

Suivi de Dima, il parcourut la cuisine, la chambre à coucher, le cellier et enfin la véranda, trop froide pour être utilisée l'hiver. Partout, le père Onoufri récita les prières idoines, imprégna l'atmosphère de fumée douceâtre et colla des bouts de papier montrant le Christ en Croix. Dans la cuisine, le gros Mourik de Valia bondit sur ses pattes à la vue du prêtre et se frotta le flanc contre la soutane.

– Toute créature de Dieu a droit à la bénédiction, déclara le père Onoufri de sa belle voix grave, en se penchant pour caresser l'animal.

Quand il en eut fini avec la maison, il tira de sous sa robe un paquet de Marlboro.

– Vous avez été cambriolé ? demanda-t-il tout à trac, alors qu'il était déjà sur le seuil, cigarette à la bouche.

– On a essayé, répondit Dima.

– Et le garage, il est à vous ?

Le prêtre pointait sa cigarette fumante en direction du bâtiment.

– Oui.

– Et vous avez une voiture dedans ?

– Bien sûr !

– Il faut la bénir !

– Mais je dois partir dans dix minutes, protesta Dima.

– Nous aurons le temps avec l'aide de Dieu. On peut bénir le garage et la voiture en même temps. Pour le prix d'un seul objet.

Dima s'abstint de demander quel était ce prix. Il se contenta de décrocher la clef pendue à un clou dans le couloir et conduisit le prêtre jusqu'au portillon.

– Elle est équipée d'airbags ? s'enquit l'homme d'église en considérant l'antique voiture de marque étrangère.

– Ça n'existait pas encore à l'époque.

– Alors il faut placer une icône spéciale à l'intérieur. Ça ne coûte pas cher : vingt hryvnia. Mais ça protège des accidents.

Dima hocha la tête. Il n'avait pas envie d'engager une discussion.

Le prêtre fit à trois reprises le tour de la voiture, pour chaque fois se heurter à Dima.

– Mais sortez donc un instant, vous me gênez ! s'exclama-t-il, soudain en colère.

Dima s'empressa d'obtempérer et écouta depuis la rue la longue psalmodie du prêtre.

Enfin ce dernier ressortit du garage et d'un pas rapide se dirigea vers le portillon. Il grimpa tout seul les marches du perron et entra dans la maison, le tout à si grandes enjambées que Dima parvenait à peine à le suivre.

– Combien je vous dois ? demanda-t-il d'un ton prudent, certes, mais résolu.

– Quatre cent cinquante, répondit le prêtre, d'une voix où perçait le sentiment de sa propre dignité.

Dima lui remit la somme.

– Si vous avez encore besoin de mes services, vous ou vos amis, n'hésitez pas, dit le prêtre en se rhabillant. Je fais une remise pour le deuxième appel. Je vous serai reconnaissant.

– Vous ne devez pas gagner beaucoup à l'église, risqua Dima.

– Pas beaucoup, en effet.

– Allons-y, moi aussi je dois prendre un bus !

Ils marchèrent jusqu'à la baraque du marchand de *pelmeni* et montèrent dans le premier minibus à destination de Kiev qui passait devant la gare routière.

Dima prit congé du prêtre en termes cordiaux. L'autre poursuivit sa route tandis que Dima descendait tout près de la salle des machines à sous. Plein du désir de revoir sa femme au plus vite, de lui annoncer que le chemin de la maison avait été entièrement purifié, et qu'il n'y avait plus d'obstacle à son retour chez eux.

95
Région de Kiev. District de Makarov. Village de Lipovka.

– Maman, je vais me marier.

Penché sur le lit, Yegor regardait sa mère dans les yeux. Il faisait chaud dans la chambre. Nettoyé par le fumiste du coin, le poêle fonctionnait à présent à merveille, et l'odeur de fumée s'envolait dans le ciel vespéral en même temps que la fumée elle-même.

Avec ses quarante watts, l'ampoule du plafonnier en plastique n'éclairait que faiblement. Mais en dépit de la lumière blafarde, Yegor perçut dans les yeux de sa mère une lueur de vie. De vie et aussi de joie, mais une joie discrète, comme cette lampe au plafond. Aussitôt il chercha du regard ses pauvres mains immobiles, mais leur voisine, Sonia, chargée de veiller sur elle, les avait dissimulées sous la couverture. Elle tirait à présent les draps jusque sous le menton de la paralysée.

Yegor se rappela qu'autrefois sa mère aimait reposer les mains dessus les draps. Elle aimait qu'il lui tînt la main. Il libéra ses bras et prit sa paume entre les siennes.

– Tu sais, m'man, sa maman aimerait venir ici, pour te voir. Faire connaissance. Tu n'es pas contre?

Il se pencha encore. Il avait appris à lire dans ses prunelles. Il y reconnaissait tout de suite la différence entre un «non» et un «oui».

– Tu n'es pas contre, dit-il en hochant la tête. Très bien! Tu n'as pas froid, m'man? Non? Non. C'est bon. Je vais dormir dans l'autre chambre. Je dois partir tôt demain matin. J'irai prendre le petit déjeuner avec Irina, et de là, je filerai en ville. Allez, dors, dors!

Vers sept heures du matin arriva la voisine. La mère de Yegor dormait encore. Durant la nuit, Yegor s'était relevé plusieurs fois pour l'écouter respirer. Le souffle de la vieille dame était à peine perceptible.

– As-tu son passeport? demanda Sonia.

– Non. Qu'est-ce que j'en ferais?!

– Il faut le trouver! Si elle meurt, il faudra tout de suite le porter au conseil du village pour qu'ils le tamponnent. Ils verseront alors aussitôt une aide pour les obsèques (cent hryvnia), et feront creuser la tombe gratuitement!

– Vous croyez que je n'ai pas d'argent pour ma mère? s'exclama Yegor, feignant de se mettre en colère.

Juste par jeu : il n'allait tout de même pas se disputer avec cette vieille amie de sa maman.

– Il faut prendre ce à quoi on a droit ! Tant qu'elle est en vie, on n'obtiendra jamais d'eux aucune aide. Mais après, si on a droit à quelque chose, pas question de s'en priver !

– Je chercherai, répondit Yegor avec calme. Elle avait un sac avec tous ses papiers quelque part dans une armoire.

– Je peux regarder moi-même.

– Si vous voulez ! concéda Yegor.

Il quitta la cour, monta dans sa voiture, mit le moteur en marche. Jeta un coup d'œil à la palissade. « Il faudrait la repeindre pour l'été », se dit-il.

96
Kontcha-Zaspa. Propriété de Guennadi Ilitch.

La nuit, pour un mois de mars, était extraordinairement étoilée. Le chauffeur conduisit Semion derrière la villa de Guennadi Ilitch, jusqu'à l'église. Des lanternes montées sur de courts poteaux éclairaient le sentier pavé de brique rouge. L'église elle-même était joliment illuminée. Ses coupoles dorées scintillaient avec majesté sur le fond bleu-noir du ciel semé d'étoiles.

Le chauffeur ouvrit l'un des battants de la lourde porte métallique et fit entrer Semion à l'intérieur de l'édifice. Guennadi Ilitch était assis dans un confortable fauteuil de camping, devant une table placée à gauche de l'iconostase.

L'attention de Semion fut attirée par la lueur de plusieurs cierges qu'on avait allumés sous une icône accrochée à l'une des colonnes revêtues de marbre blanc. La voix du député s'éleva dans l'église, vibrante, profonde.

– Ah, te voilà ! Assieds-toi !

Semion aperçut un second siège pliant de l'autre côté de la table.

– Sers-toi !

Guennadi Ilitch désignait de la main un verre à alcool et une bouteille de Martell.

Le député était vêtu d'un survêtement et chaussé de magnifiques chaussures de foot toutes neuves.

– Alors, qu'est-ce qui se passe avec ta femme ? demanda-t-il.

– Vous savez bien comment sont les femmes. (Semion soupira.) Au début elle ne voulait rien entendre à propos de cette gosse, et aujourd'hui c'est elle qui a abordé le sujet. Elle a dit qu'elle n'était pas contre…

– Ah ouais ?! déclara Guennadi d'une voix lasse et traînante.

Les yeux de Semion s'accoutumaient peu à peu à la pénombre. Il distinguait déjà les visages sur l'iconostase. Il découvrait aussi que celui du député était bouffi, boursouflé, malheureux.

– Cette conne… commença Guennadi Ilitch. Après avoir accouché, elle est allée abandonner l'enfant devant la porte du Parlement. Sans même prévenir la sécurité ! Et sans m'en dire un mot… D'habitude les agents les ramassent tout de suite et les conduisent à l'orphelinat, à Vychgorod. Mais là… Je ne comprends pas… Personne n'a vu ce bébé…

– Et qui est… cette conne ? s'enquit Semion après une hésitation.

– Qu'est-ce que ça peut te foutre ? (L'espace d'un instant, le regard du député se fit mauvais.) Ce qui compte, c'est que la fillette a disparu… Or, c'est une môme importante, avec de bons gènes… Tu comprends, les hommes politiques ont des flopées d'admiratrices… Mais, bordel, à quoi ça te sert de savoir ça ?!

380

Semion comprit que Guennadi Ilitch avait déjà copieusement picolé. Aussi décida-t-il de ne plus poser aucune question et de se contenter d'ouvrir ses oreilles.

– Bref, quelqu'un a chouré la gosse.

Guennadi Ilitch écarta les bras en un geste d'impuissance et de nouveau posa les yeux sur Semion.

– Si tu la retrouves, elle est à toi ! À toi, sur-le-champ ! Les papiers d'adoption te seront apportés à domicile ! Tu n'auras plus qu'à changer les couches et aller chercher le lait au lactarium… Et puis non, même ça, ce ne sera pas la peine ! On te livrera ton lait sans que tu aies à bouger le petit doigt ! Tu as juste à la retrouver !

– Il faudrait parler avec elle… dit Semion d'une voix prudente. Avec la mère…

– Et pour quoi faire ? ! Il le faudrait ? D'accord ! Tu vas lui parler !

Le propriétaire de l'église empoigna le téléphone portable posé sur la table et composa un numéro.

– Quoi, tu pionces, espèce de boudin ? gronda-t-il dans l'appareil. Moi, je dors pas, salope ! Je peux pas dormir ! À cause de toi ! Tu vas tout raconter maintenant à ce mec ! Pigé ?

– Allô, pouvez-vous me dire exactement ce qui s'est passé ? demanda Semion à sa correspondante invisible, en s'efforçant de parler avec le plus de douceur possible.

– Je l'ai enveloppée dans une couverture, répondit dans l'appareil une voix tremblante de larmes. Je l'ai emportée. Je l'ai déposée sur la marche du haut, juste devant la porte, là où il y a deux statues.

– Devant la porte de quoi ? s'enquit Semion, désireux de préciser les choses.

– Mais quel con ! tonna Guennadi Ilitch tout près de lui. On te l'a déjà dit : sur les marches du Parlement !

– Devant l'entrée du Parlement, répondit la femme.

– Quand était-ce ?

– Le 5 mars.

– À quelle heure ?

– Vers trois heures, je pense.

– Il y avait quelqu'un à proximité à ce moment-là ?

– J'ai attendu que le milicien ait passé le coin… Je n'ai vu personne d'autre.

Semion avait très envie de savoir pourquoi la femme avait choisi un endroit aussi étrange, mais la présence du député ivre le retint de poser d'autres questions. Avant de rendre le portable à son propriétaire, il jeta un coup d'œil à l'écran dans l'espoir de voir et de retenir le numéro de téléphone de la mère malchanceuse. Mais l'écran n'affichait qu'un prénom : Oksana. Par conséquent la génitrice du nouveau-né disparu était une interlocutrice régulière du député ! Celui-ci devait être le père de l'enfant, pour s'être mis dans un état pareil…

Semion regarda fixement le maître des lieux.

« Mais après tout, quelle différence ça fait de savoir qui est le père de cette gosse ? » pensa-t-il.

– Alors ? demanda Guennadi Ilitch, interrompant ses réflexions. Tu vas la chercher ?

Semion acquiesça.

– Eh bien, en ce cas, va, cherche ! Tu diras à Vassia de te conduire où bon te semble !

Semion aperçut Vassia, le chauffeur, juste au moment où il ressortait de l'église. L'homme se tenait debout sur le chemin de brique et contemplait ses pieds. Tout dans son attitude trahissait la fatigue.

– Je vous ramène où je vous ai pris ? demanda-t-il quand tous deux furent dans la voiture.

– Oui, répondit Semion. Mais nous passerons devant le Parlement et nous y ferons halte un instant.

L'air revigora Dima. Valia et lui marchaient bras dessus bras dessous. De la main gauche, Dima portait un assez lourd cabas contenant un sac de banque en toile rempli de pièces de cinquante. Le poids était agréable, mais inspirait un certain nombre d'idées philosophiques. Comme par exemple qu'en ce monde tous les événements heureux, et sans doute aussi tous les événements malheureux, étaient liés entre eux. Ainsi ce jour-là il avait réussi à dénicher un jardin d'enfants et un prêtre. En revanche il était arrivé plus tard qu'à l'ordinaire à la salle des machines à sous. Or, il s'était trouvé que Sonia, la collègue de Valia, qui habitait près du cimetière, était encore une fois à la bourre. « Joue un peu en attendant ! » lui avait dit sa femme en l'expédiant vers les automates. Il était retourné devant la machine avec laquelle il avait plusieurs fois gagné déjà. Et la machine semblait l'avoir reconnu. Au début, elle ne lui avait donné aucun espoir, et puis soudain, trois oranges alignées ! Et un plein baquet de pièces de cinquante, jaunes et brillantes. Bien sûr, Dima avait conscience que c'était mal de jouer. Mais gagner, c'était plutôt bien, non ? Et voilà comment le mal pouvait engendrer le bien !

— Et tu as bien aspergé dans tous les coins ? demanda Valia, le distrayant de sa méditation.

Un camion chargé de sacs de ciment passa à côté d'eux, cahotant bruyamment sur la chaussée creusée de nids-de-poule. Une déplaisante odeur de chantier frappa les narines de Dima. Il marcha à l'écart de la route, entraînant Valia derrière lui.

— Oui, ne t'en fais pas. Si tu veux, je peux même recommencer, il en restait encore dans la bouteille.

— Tu sais, ta sœur voudrait partir d'ici, déclara sa femme après un silence.

– Partir? Mais pour aller où?

– Au Canada, ou bien à Saratov.

– Comment ça?

Dima s'arrêta, jeta un regard pensif autour de lui et remarqua un kiosque à journaux encore ouvert.

– Eh bien, son mari va essayer d'obtenir le Canada par le réseau baptiste, et si ça ne marche pas… Tiens, on distribue des formulaires, ici, en ville…

Valia fouilla dans sa poche de manteau et en retira une feuille de papier pliée en quatre. Mais elle s'abstint de l'ouvrir.

– Ils proposent un emploi et un logement à Saratov. Ils manquent de monde là-bas, et de bras. Le logement est gratuit, et la paie se monte à huit cents dollars. Ils donnent aussi une prime pour le déménagement…

– Attends, je vais acheter le journal!

Dima s'éloigna vers le kiosque, acheta le dernier numéro d'*Avizo*, le journal des petites annonces de Kiev, pour trois hryvnia, puis revint auprès de sa femme, qu'il prit de nouveau par le bras.

– Il faut réfléchir. C'est tout de même sur la Volga.

– Quoi donc? demanda Valia.

– Eh bien, Saratov.

– Ah oui!

– Il doit bien s'y trouver un aéroport…

– Ta sœur m'a dit qu'une centaine de personnes déjà ont quitté Borispol pour aller là-bas. Et que personne encore n'a voulu revenir.

– Tu pourrais trouver un boulot dans une salle de machines à sous, déclara Dima, songeur. Tu as de l'expérience.

Ils effectuèrent le reste du trajet en silence, chacun réfléchissant de son côté à Saratov. Le Canada n'éveillait aucune image séduisante dans leur imagination.

Ils s'arrêtèrent devant le portillon.

384

– Au fait, j'ai oublié de te dire… fit Valia, soudain un peu nerveuse. Il faut que j'entre dans la maison sans que mes pieds touchent le seuil. C'est ce qu'a dit la voyante.

– Qu'est-ce que ça veut dire ? Tu es censée franchir la porte en sautant ?

– Que tu es bête ! dit Valia en souriant. Il ne t'est pas venu à l'idée de me porter dans tes bras ?

Dima considéra avec attention le ventre de sa femme. Ainsi vêtue, avec son manteau, Valia n'avait aucunement l'air d'être enceinte.

Dima alla déposer le sac de pièces près de la porte. Il ouvrit celle-ci toute grande, puis revint au portillon, empoigna sa femme au-dessous des hanches, la souleva et la porta, telle une statue, jusqu'au seuil, sans remarquer que le voisin, sorti dans sa cour pour fumer une cigarette, observait toute la scène avec curiosité.

98
Région de Kiev. District de Makarov. Village de Lipovka…

Yegor arriva chez Irina dans la soirée, l'air sérieusement agité. Il entra, ôta ses bottines, pendit son manteau de cuir à la patère. Puis gagna aussitôt la cuisine.

– Que t'arrive-t-il ? demanda Irina qui l'avait suivi.

– C'est au boulot… Notre directeur a été viré, et mon pote Sergueï également. On a découvert qu'ils avaient obtenu des passeports russes et signé des contrats de travail pour Saratov… J'ai été interrogé par un agent de la Sûreté nationale. Il m'a dit qu'on allait nous envoyer un nouveau directeur de Lvov, d'Ukraine occidentale. « On ne peut pas confier ce travail à des Kieviens ! » a-t-il ajouté en me regardant d'un air soupçonneux. Je lui explique que je ne suis pas de Kiev, mais de la région. Et lui : « C'est du pareil au même ! » Moi : « Et vous, vous venez d'où ? »

Il m'apprend qu'il a débarqué récemment de Svaliava. Il servait là-bas dans la milice, et arrivé ici, hop! directement bombardé à la Sûreté. Peut-être, finalement, que je ferais mieux d'émigrer moi aussi à Saratov! On pourrait partir ensemble!

– Qu'est-ce que tu dis? (Les yeux d'Irina s'arrondirent d'effroi.) Mais je serais perdue là-bas avec les petites!

– Je plaisante, soupira Yegor, morose. Je ne partirai nulle part! J'avais une bonne nouvelle pour toi, et voilà que je commence par t'en balancer une mauvaise. Pardonne-moi.

– Une bonne nouvelle? répéta Irina, une ombre de méfiance dans la voix.

– Bon, peut-être qu'elle ne te plaira pas non plus. (Il haussa les épaules.) Je voudrais t'épouser. Et je me suis déjà arrangé avec le Bureau central de l'état civil de Kiev.

Irina porta une main à sa gorge, puis plaqua ses mains sur son visage. Elle ne quittait pas Yegor des yeux, mais son regard exprimait plus de désarroi que de joie.

– Allons nous promener! proposa Yegor. Il fait sec à présent dehors.

Irina eut assez de force pour hocher la tête et sourire. Elle se leva, gagna sa chambre, et entreprit d'emmailloter Iassia dans une couverture d'enfant. Puis elle la déposa entre les mains de Yegor.

– Maman, nous sortons faire un tour. Je te laisse Marina! déclara Irina tout en jetant un manteau sur ses épaules.

– Et pourquoi? L'autre, la champisse, vous avez donc peur de la montrer dans la rue? Au cas qu'on se demande à qui elle est?

– Ne vous inquiétez pas, je trouverai quelque chose, promit Yegor qui n'avait pas envie, ce soir-là, de poursuivre une discussion désagréable avec la vieille Choura.

386

Tout ira bien. De toute façon, Irina et moi, nous nous marions le quatorze.

En entendant la nouvelle, la mère d'Irina demeura pétrifiée. Le regard ailleurs, elle lissa de la main gauche les plis de sa longue jupe noire.

– Nous revenons dans pas longtemps, murmura Irina.

Et elle porta le doigt à ses lèvres en montrant des yeux la petite Marina qui, paupières closes, venait de tourner la tête de leur côté.

Alexandra Vassilievna hocha la tête. Puis agita la main, comme pour leur dire : « Eh bien allez, allez ! »

Un maigre semis d'étoiles scintillait dans le ciel. Un avion volait en direction de Kiev, clignotant de tous ses feux.

Iassia babilla un moment dans son sommeil. Mais ensuite, tout fut silencieux. Soudain, Irina fit halte. Elle avait envie de dire quelque chose à Yegor. Mais elle en fut incapable. Aussi poussèrent-ils plus loin, jusqu'au bout de la rue. Celle-ci tournait alors à droite pour aboutir de nouveau à la route de Kodra. Cependant, arrivé là, pour peu qu'on traversât la chaussée, on atterrissait au milieu du cimetière. Or, qu'auraient-ils fait au cimetière par une soirée si tranquille et si secrètement heureuse ?

99
Kiev. Mont Petcherski.

Le lendemain matin, vers huit heures, Semion descendit à pied jusqu'à la place de l'Europe et de là, en huit minutes, atteignit le Parlement. La ville bourdonnait, pressentant l'arrivée du vrai printemps. Bus et minibus pleins à craquer conduisaient Kieviens de souche et travailleurs immigrés, tout frais et encore roses de sommeil, à leurs adresses professionnelles respectives. Semion, à cette heure, se sentait lui aussi en parfaite forme. C'était comme si on lui avait greffé un cœur tout neuf, tant il avait la tête et la poitrine légères. Ses jambes se jouèrent de la pente à gravir. Il s'arrêta près du milicien en faction devant la barrière métallique et montra à l'agent sa carte d'assistant parlementaire.

– Je peux vous poser une ou deux questions ?

– Allez-y toujours ! répondit le milicien avec un haussement d'épaules.

– Durant la nuit du 5 mars, dit alors Semion, chuchotant à demi, un bébé a été abandonné ici, devant le Parlement. Une petite fille. Vous n'avez rien entendu à ce sujet ?

– Ah ! s'exclama le milicien. Ça arrive chaque mois. Et l'hiver c'est encore plus fréquent !

– Et pourquoi est-ce plus fréquent en hiver ?

– Les pique-niques de députés, la fête du 1er Mai, ricana le jeune gars. Ajoutez neuf mois, vous arrivez en janvier, février. Bref, c'est la nature…

Semion hocha la tête pour montrer qu'il comprenait, puis il se concentra de nouveau sur le visage du jeune homme en uniforme.

– Mais cette fillette-là, vous en avez entendu parler ?

– La nuit du 5, je n'étais pas de service. Mais nous ne sommes pas les seuls ici, il y a une autre équipe : la sécurité du palais Mariinski. Ils se baladent en civil. En cas de découverte d'un enfant abandonné, nous avons, quant à nous, des instructions très précises : nous devons avertir notre supérieur qui téléphone à la clinique… de la Bonne Œuvre, ou du Bon Ouvrier, quelque chose comme ça. Les types arrivent et embarquent le bébé. Mais attendez, je vais me renseigner !

Le milicien porta son talkie-walkie à sa bouche.

– Vitia, le 5 mars, il n'y a pas eu de « poussin tombé du nid » ?

– Non, Bogdan, rien le 5! Fin février, il y a eu un petiot, répondit dans l'appareil une voix d'homme.

– Vous voyez! s'exclama le dénommé Bogdan avec un geste d'impuissance. Mais vous pouvez interroger ceux-là. (Il se tourna vers le mur du Parlement et tendit la main vers la caméra de vidéosurveillance.) Ils n'auront qu'à visionner la bande de la nuit en question.

Une demi-heure plus tard, Semion était en pleine conversation avec un milicien assis devant le pupitre de contrôle du poste de vidéosurveillance. L'homme s'appelait Victor. Victor, après avoir acquis la conviction qu'il n'y avait rien dans la requête de son homologue civil qui relevât du crime politique, lui promit de visionner les enregistrements des caméras de l'entrée principale et, s'il avait de la chance, de lui copier les plans dont il avait besoin, le tout contre la modique somme de deux cents dollars.

La journée ne faisait que commencer, et Semion était déjà fier de ses résultats.

À onze heures, Volodka se gara devant le lactarium de la rue Grouchevski, et le reste de la journée se déroula selon la routine habituelle. Les bidons de lait, l'orphelinat, le thé-café dans le bureau du directeur. Sans oublier le fromage de chèvre pour Guennadi Ilitch.

À six heures du soir Semion avait libéré Volodka et se trouvait installé dans le hall de la Maison des officiers. Il attendait son chef pour lui remettre le fromage en question et lui exposer l'état d'avancement de ses recherches concernant le nouveau-né.

Guennadi arriva avec une demi-heure de retard, mais d'excellente humeur. Il entraîna sur-le-champ Semion au restaurant, où il commanda du thé, du cognac, un citron et du chocolat noir.

– Aujourd'hui est un jour de succès, déclara-t-il. J'ai enfin réussi à obtenir la buvette parlementaire. En concession privée. Une broutille, certes, mais c'est toujours agréable ! Maintenant j'aurai un endroit où fourguer mon fromage de chèvre sans paperasse inutile !

L'étonnement teinté de perplexité qui se peignait sur le visage de Semion ne pouvait passer inaperçu.

– Tu comprends, ce n'est pas une question de business ! C'est une affaire de prestige ! Si je veux faire pression sur l'opposition, s'ils refusent de soutenir tel ou tel projet de loi, je ferme la buvette et ils n'ont plus qu'à s'éparpiller comme des cafards dans les cafés du coin !

Semion ne put retenir un sourire. Jamais il n'aurait imaginé que la buvette parlementaire pût être un instrument de combat politique.

– Et toi, quelles nouvelles m'apportes-tu ? demanda le député. J'espère qu'elles sont bonnes.

– Je serai fixé aujourd'hui ou demain, promit Semion d'un ton ferme.

Et Guennadi Ilitch leva son verre empli de cognac.

– Au succès ! prononça-t-il, la mine radieuse.

Semion trouva le cognac à son goût. Il appréciait également l'humeur de son chef. C'était le moment idéal pour lui demander quelque chose : il ne refuserait pas. Or Semion avait bel et bien une requête à formuler, mais les mots lui restaient sur le bout de la langue. Il se concentra dans l'espoir de se souvenir de quoi il s'agissait.

– Tout est parfait, donc, reprit Guennadi Ilitch quand il eut fini de mâchonner et suçoter son morceau de citron. Toi ou tes gars devrez passer vingt-quatre heures au laboratoire. Pour contrôler la quantité de fromage qu'ils produisent par jour. Une fois cette donnée connue, nous prendrons la moitié pour la buvette, l'autre moitié sera pour eux ! Pigé ?

Semion hocha la tête.

– Ah, et encore une chose ! Tu ne connaîtrais pas un type un peu superstitieux, un peu trouillard ? J'ai à présent un poste à pourvoir à la buvette de toute urgence !

Semion réfléchit. Et aussitôt surgit dans son esprit le visage gamin, à la fois effrayé et insolent, de son voisin d'en face.

– Je vais me renseigner… répondit-il. Je crois avoir la personne qu'il vous faut.

– C'est ça, renseigne-toi ! approuva Guennadi Ilitch. Le boulot n'est pas ingrat, au milieu de l'élite politique éternellement affamée… Bon, faut que j'y aille !

Le député consulta sa montre, tira un billet de cent de son porte-monnaie, et le posa sur la table.

– Toi, reste encore un peu ici, repose-toi, finis ton verre ! Autrefois c'était au restaurant que me venaient mes meilleures idées, quand j'étais attablé, seul, sans compagnie !

Semion accompagna son chef du regard, porta le cognac à ses lèvres et commença d'attendre l'inspiration. Mais en fait d'idée faramineuse, il se rappela soudain ce qu'il voulait réclamer à son employeur ! De le faire passer en horaire de nuit !

100
Kiev. Centre-ville.

On était vendredi, et Daria Ivanovna courut à son salon de coiffure, installé dans un petit bâtiment, allée du Paysage.

– Permanente, comme d'habitude ? demanda la coiffeuse à sa fidèle cliente, déjà assise au fond du fauteuil, face au miroir.

– Tu sais quoi ? Essayons autre chose. J'ai un rendez-vous aujourd'hui.

– Avec un homme ? s'exclama malgré elle la jeune femme saisie d'étonnement.

– Et avec qui d'autre ? rétorqua Daria Ivanovna en la regardant d'un œil torve.

– Oh! excusez-moi! Vous paraissez toujours si sévère… Alors peut-être quelque chose d'un peu jeune?

Daria Ivanovna réfléchit.

– Il a une quinzaine d'années de moins que moi. Les cheveux coupés court, en brosse…

– Blond?

– Roux!

– Je sais… (La coiffeuse esquissa un sourire mystérieux.) Vous avez une robe bordeaux ou mauve?

– Oui.

– Alors nous allons vous teindre en roux clair, et vous faire une coiffure légère, sans volume! C'est terriblement tendance!

– D'accord.

Quand Daria Ivanovna tourna dans la rue Bekhterevski, elle se sentait une autre femme. Ses jambes se dirigèrent d'elles-mêmes vers la porte du petit appartement où exerçait Piotr Issaïevitch.

Elle entra d'un pas léger, presque aérien, dans la pièce carrée qui servait de salon d'accueil.

– Préparez-moi un café, demanda-t-elle à Inna.

Et sans plus attendre, elle pénétra dans le cabinet.

Le médecin était assis à son bureau, occupé à écrire. À la vue de la dame qui franchissait sa porte, il se leva aussitôt.

– Vous avez changé, dit-il, prudent.

– Il est naturel à un être humain de changer de temps en temps, répondit Daria Ivanovna dans un sourire.

Sur quoi elle prit un siège en face de Piotr Issaïevitch.

– Vous voulez du thé ou du café? demanda-t-il.

– J'ai déjà passé ma commande!

Le médecin détailla sa visiteuse.

– Quelque chose vous préoccupe aujourd'hui?

– J'ai récemment enterré mon mari, déclara Daria Ivanovna d'une voix légère. Et maintenant j'apprends à vivre seule. Mais une chose m'embarrasse. J'ai constamment le sentiment que mon mari n'est pas mort... Qu'il est quelque part, tout près...

Piotr Issaïevitch fronça un instant les sourcils.

– Mais ce sentiment n'est pas pesant pour vous, n'est-ce pas?

Elle secoua négativement la tête.

– Il est resté à la maison, même mort. Il était assis dans un fauteuil. On lui avait fait une plastinisation... une sorte d'embaumement, vous voyez... Eh bien, le jour il était là, assis, mais la nuit, il lui arrivait de sortir. Vous imaginez? Et le lendemain matin, hop! de nouveau dans le fauteuil! Seulement les semelles de ses pantoufles étaient sales, et il y avait des traces de pas dans le couloir et dans le salon... Alors, il y a quelque temps, je l'ai fait enterrer normalement. Vous savez, si j'étais une idiote, j'aurais consulté un médium, et par son entremise j'aurais causé avec Edik. Je lui aurais demandé pourquoi il se baladait la nuit, et où il allait. Mais je ne crois pas à toutes ces âneries! J'ai l'impression qu'il suffit juste de parler de lui, d'Edik je veux dire, de manière intensive, et qu'il s'en ira. Pour toujours cette fois-ci.

– Daria Ivanovna! s'exclama le médecin en levant les bras au ciel. Si je comprends bien, votre mari était somnambule. Or, le somnambulisme pousse aussi les morts de fraîche date à sortir dans la rue.

– Peut-être serait-ce plus commode pour vous si je m'allongeais? demanda la visiteuse.

– Oui, étendez-vous!

Daria Ivanovna ôta ses bottes et s'installa sur la couchette. Elle se sentit soudain extraordinairement à son aise. Son regard se perdit dans la blancheur du plafond. Elle ferma les yeux.

– Rappelez-vous, s'il vous plaît, votre première rencontre avec votre mari.

La voix de Piotr Issaïevitch était suave et pénétrante, comme celle d'un acteur de théâtre.

– C'était une nuit, commença Daria Ivanovna en un demi-murmure, je revenais de chez une amie qui fêtait son anniversaire. Je marchais dans la rue Vorovski, en suivant les rails du tramway. La ligne 2 passait là autrefois. Un type m'a abordée, très collant. À un moment, il m'a empoignée par le bras et tirée vers le boulevard. J'étais un peu pompette : chez ma copine nous avions descendu trois bouteilles de champagne à trois. Quel âge pouvais-je avoir à l'époque ? Dix-huit, dix-neuf ans… Le type, donc, m'empoigne par le bras et cherche à m'entraîner de force. Je me suis mise à crier. Et là, surgi de nulle part, un bruit de pas : quelqu'un accourait. Je regarde derrière moi : c'était un jeune gars, bien bâti. Il court, et tout en courant il regarde ses mains. Or, dans ses mains, il y a un couteau de poche qu'il déplie. Le type alors me lâche et se jette sur le garçon en jurant. L'autre lui colle un coup de couteau dans le bras, puis dans le ventre. Le type pousse un hurlement. Le garçon me prend par la main. «Filons !» me dit-il. Nous avons couru jusqu'au marché au foin. Là, nous avons repris notre souffle. C'est alors qu'il m'a appris qu'il s'appelait Edik.

– Il vous a raccompagnée chez vous ?

– Non. Nous sommes allés chez lui. Nous sommes entrés sur la pointe des pieds : ses parents dormaient. Nous sommes sortis sur le balcon. Il avait là un vrai télescope. Il m'a montré les étoiles et la lune. Il disait que des signes secrets avaient été tracés sur la lune spécialement pour les Terriens. Il les cherchait avec son télescope et les recopiait. Il disait que si on parvenait un jour à les déchiffrer, on pourrait rendre l'humanité heureuse, qu'on vivrait deux fois plus longtemps et qu'on n'aurait plus besoin de dormir, car on ne serait plus jamais fatigués de la vie…

– Intéressant! soupira Piotr Issaïevitch. Et après cela, vous avez commencé à vous fréquenter?

– Oui, nous nous sommes fréquentés pendant cinq ans, puis nous nous sommes mariés. En l'espace de ces cinq ans, j'ai appris sous sa direction toutes les planètes et les constellations, tous les cratères de la lune. Les cosmonautes s'envolaient alors l'un après l'autre. Mais après notre mariage, j'en ai eu assez de toutes ces histoires de cosmos. À ce moment, Edik avait déjà terminé ses études de médecine et se passionnait pour la pharmacologie…

Elle se tut. Un ange passa.

– Votre mari était un homme singulier, déclara le médecin pour meubler le vide.

Un grand silence régnait dans le cabinet. Le psychiatre s'approcha de la couchette et vit que Daria Ivanovna s'était assoupie.

Il quitta la pièce sur la pointe des pieds. S'assit sur le divan, contre les palmiers du poster mural. Posa sur Inna un regard plein de lassitude.

– Prépare-moi un café, dit-il. Et autre chose! Dis-lui, quand elle sera réveillée, que le prix d'une séance de conversation confidentielle est de deux cents hryvnia. Et la moitié pour une consultation normale. Et maintenant je sors, je vais me promener!

Piotr Issaïevitch laissa sa blouse blanche au portemanteau pour enfiler un imperméable gris, puis sortit dans la rue, sous un ciel sans un nuage. Il entendit le chant des oiseaux, le vrombissement du trolleybus qui passait dans la rue Artem. Il tourna la tête vers le portail du monastère de l'Intercession. Là, derrière ces portes, vivaient et travaillaient ses concurrents, spécialistes de l'âme humaine. Il avait parfois envie de se réfugier chez eux. Pas en ce lieu précis – le monastère de l'Intercession abritait des religieuses. Mais il aurait aimé se retirer chez les moines, et que ces derniers fussent disposés à l'écouter, lui, le novice, durant plusieurs jours d'affilée, jusqu'à ce qu'il leur eût raconté tout ce qu'il savait, tout ce qu'il avait entendu de la bouche de ses semblables. Jusqu'à ce qu'il se fût vidé le cœur et se trouvât prêt à entamer une vie nouvelle.

101
Borispol. Rue du 9-Mai.

Quand Valia entra dans la maison, son premier mouvement fut de courir à la cuisine pour prendre le chat dans ses bras et le serrer contre sa poitrine.

– Oh, mais tu as maigri en mon absence ! murmurait-elle avec douceur, en passant la main sur le ventre mou et soyeux de Mourik. Nous allons tout de suite arranger ça !

Elle réfléchit à ce qu'elle pourrait préparer à manger. Déposa le chat par terre avec précaution. Jeta un coup d'œil dans le frigo, puis dans le congélateur. De ce dernier, elle sortit une plaque de hachis de porc.

– Dima, descends donc à la cave ! cria-t-elle. Remonte-nous un chou !

Dima se munit d'une lampe de poche et se rendit à la cave, derrière la maison. Il passa en revue le contenu de la caisse en bois où étaient rangés les choux, éprouvant du doigt leur fermeté et ôtant les feuilles supérieures atteintes de moisissure. Il choisit la tête la moins flétrie.

– Je vais faire des *golubtsy* façon rapide, déclara Valia.

Ils s'attablèrent vers neuf heures et demie. De la vapeur montait des feuilles de choux farcies de riz et de viande, et généreusement arrosées de crème fraîche. Leur appétissante odeur revigora Dima. Il ne fut même pas chagriné de voir l'écuelle du gros Mourik elle aussi garnie d'un *golubets* fumant. Il se servit un verre de gnôle à l'ortie et autorisa une demi-dose de cognac à Valia.

Quand ils eurent mangé, ils portèrent de concert assiettes sales et fourchettes dans l'évier. Puis Valia essuya la table et y étala le formulaire de demande d'émigration à Saratov.

– Apporte un stylo, s'il te plaît, demanda-t-elle à son mari.

Sans avoir à bouger, Dima en dénicha un sur l'appui de fenêtre, coincé sous la pile de vieux numéros d'*Avizo*.

Valia s'assit bien droite, comme à l'école, et entreprit de remplir le formulaire. Elle inscrivit les noms de chacun d'eux, indiqua d'une écriture appliquée leurs date et lieu de naissance respectifs, leur lieu de travail ainsi que leur adresse. Puis elle s'arrêta et leva les yeux vers son mari.

– Dima, ils demandent si on a de la famille en Russie. Qu'est-ce qu'on répond ?

– Eh bien, mon frère a disparu là-bas, répondit-il en haussant les épaules. J'ai aussi une tante à Tioumen, mais je ne sais pas où elle habite exactement…

– Bon, écrivons plutôt que nous n'avons pas de parents. On ne sait jamais, si un truc allait leur déplaire !

Elle traça un gros *NON* dans la case correspondante.

– *Avez-vous dans votre famille des employés de l'État, des députés, des hommes politiques vivant en Ukraine ?*

Valia posa sur Dima un regard interrogateur.

– Bien sûr que non, répondit-il.

– *Confession, appartenance à un parti ?*

– Écris : *orthodoxes, sans parti.*

– *Y a-t-il dans votre famille des membres de sectes religieuses ou des représentants de minorités sexuelles ?*

– Écris : *non !*

Valia jeta à Dima un coup d'œil inquiet.

– Et ton beau-frère ?

– S'ils remplissent le formulaire, ils ne mentionne-ront sûrement pas ça. Tu les prends pour quoi ? Pour des niais ?

Valia hocha la tête et lut la dernière question.

– *De la famille aux USA, au Canada, en Géorgie, en Europe occidentale ou dans les pays baltes ?*

– Écris : *non*.

– Ah ! je suis épuisée ! soupira Valia quand elle eut enfin signé.

Dima ajouta sa propre signature à côté de celle de Valia.

– Va donc te coucher, dit-il tendrement. Moi je vais rester encore un peu. Pour réfléchir…

Valia sortie, il alla chercher au salon le journal des petites annonces acheté dans la soirée et l'ouvrit à la rubrique *Offres d'emploi*. Il se rappela que son chef l'avait convoqué à l'aéroport. « Tant pis, se dit-il. Ils patienteront ! Si ça se trouve, je vais me trouver là un truc bien plus chouette pour deux ou trois mois. Et ensuite je pourrai leur cracher dessus du haut des collines de Saratov ! »

Le regard de Dima glissa lentement sur les lignes monotones. Glissa jusqu'à s'arrêter sur une annonce qui, certes, ne l'intéressait en rien, mais néanmoins le surprit franchement.

Complément de salaire pour religieux de toutes confessions. Travail de nuit. Formation gratuite. Inscription pour entretien au numéro : 8-096-111-333-66. Église Ambassade de la Lune.

Dima relut l'annonce plusieurs fois, puis se rappela le père Onoufri. « Pourquoi ne pas parler au prêtre de cette possibilité de se faire un peu plus d'argent ? » se dit-il. Car, à l'évidence, le pauvre peinait à joindre les deux bouts !

Dima chercha la carte de visite de l'homme d'Église. Il l'appela et lui lut le texte de l'annonce. Le prêtre se déclara très intéressé par l'information. Il nota le numéro et se confondit en remerciements.

Quand il se fut glissé sous la couverture, le dos collé au corps brûlant de sa femme assoupie, Dima eut le temps, avant de sombrer dans un profond sommeil, de penser avec reconnaissance à la journée écoulée. Avec reconnaissance pour le Seigneur Dieu. Il se rappela au passage ce que Valia avait indiqué sur le formulaire de Saratov : *orthodoxes, sans parti.* « Finalement, c'est bien le cas », pensa-t-il encore avant que la soie noire du sommeil n'enveloppât doucement sa conscience.

102
Région de Kiev. District de Makarov. Village de Lipovka.

La nuit, sans pluie et sans problème, était restée derrière lui, à Kiev, et même le rapport de fin de service s'était déroulé de manière étonnamment calme et professionnelle. Yegor n'avait entendu qu'une seule remarque de la part de son nouveau chef, et encore, sur un ton posé et tout à fait courtois. « Vous ne devez utiliser pour les communications radio que la langue officielle de l'État », lui avait déclaré en ukrainien son nouveau supérieur.

Yegor n'avait pas répondu. Au fond de lui, il doutait rester dans cet emploi bien longtemps. D'autant plus qu'après trois conversations avec les agents de la Sûreté, on l'avait laissé en paix en lui disant : « Vous pouvez continuer à travailler jusqu'à l'été. Si les services secrets russes tentent d'entrer en contact avec vous, avertissez-nous aussitôt ! »

« L'été, c'est dans deux mois. Ensuite on verra », pensa Yegor tout en observant du coin de l'œil les interminables semi-remorques transportant vers la capitale leur lot d'automobiles d'importation.

La route était en revanche peu chargée en direction de Jitomir. Il lui fallut seulement vingt minutes pour atteindre l'embranchement vers Makarov, et un quart d'heure encore pour arriver à Lipovka, et garer sa Mazda rue Chtchors, devant la maison d'Irina.

Alexandra Vassilievna mit tout de suite à frire des pommes de terre avec du lard, pour ajouter au chou qu'elle avait préparé. Elle éminça un oignon en rondelles, qu'elle coucha dans une soucoupe et saupoudra de sel. Ces derniers jours, elle s'habillait avec plus de soin qu'à l'ordinaire. D'un sac de toile imprégné de naphtaline, elle avait exhumé trois jaquettes de bonne qualité. Elle les avait étendues dans la cour, sur une corde, pour les aérer, mais l'odeur ne s'était pas entièrement dissipée, et à présent, dans la cuisine, elle réapparaissait sitôt qu'elle n'était plus dominée par les arômes savoureux du lard frit et de l'oignon coupé.

Yegor prit un petit déjeuner en tête à tête avec Irina qui, ce matin-là, affichait une mine d'une extraordinaire fraîcheur. Joues roses, yeux brillants, sourire radieux.

Alexandra Vassilievna vint à son tour s'attabler, une tasse de thé à la main. Depuis la veille au soir, elle avait une sérieuse envie de parler. Elle attendit que Yegor eût englouti une demi-assiette de chou à l'étouffée pour s'éclaircir la gorge.

— C'est encore là que le printemps, dit-elle comme si elle réfléchissait à haute voix, et on a encore rin semé !… P't-être ben que vous pourriez patienter jusqu'à juin ? Jusqu'à la saison des poummes terre nouvelles ?

Yegor la regarda avec étonnement.

— Bon, si voulez point, c'est vot'affaire ! Seulement, faut ben voir que ça revindra plus cher ! Vu qu'on aura même rin pour nourrir les invités ! Or y vont être plus d'un, les invités : les voisins, les ceusses du conseil de village, l'infirmière-chef et son mari !

— Mais pourquoi les convier ?! s'insurgea Irina. On fêtera ça discrètement, sans grande noce et sans publicité !

— Et comment qu'y sauront au village que t'es plus fille-mère ?!

Yegor comprit enfin où voulait en venir Alexandra Vassilievna.

– Nous organiserons un buffet, proposa-t-il. Ce sera plus économique, et personne ne s'attardera trop long-temps.

– Et c'est quoi que ce truc-là? demanda la vieille femme.

– Un banquet, mais debout, comme à la ville, expli-qua Irina. Pour que les invités se fatiguent plus vite et soient plus tôt rentrés chez eux.

– Mais y a que les alcooliques pour boire debout! s'ex-clama la grand-mère, les bras au ciel. Et puis où l'installer, vot'buffet? On pourrait, pour sûr, dresser des tables dans la cour. Mais à voir si le temps tourne à la pluie? Sans compter que not'cour, elle est guère trop grande!

– Nous ferons ça au café, déclara Yegor en achevant son chou. C'est le plus simple.

– Dans quel café? Au bistro p't-être? s'écria madame Alexandra, presque indignée.

– Je les paierai. Ils aéreront le local, ils lessiveront et décoreront, répondit Yegor d'une voix calme et assurée de propriétaire. C'est assez grand pour accueillir une trentaine de personnes, on n'en a pas besoin de plus!

– Bon, s'y sont que trente, on pourrait aussi ben les asseoir à une table, pourquoi les tourmenter? dit la mère d'Irina, prenant la défense des futurs invités.

– C'est vrai, concéda Yegor. C'est également possible.

Sentant venue l'heure de sa victoire, Alexandra Vassilievna se leva et sortit du placard une bouteille enta-mée de vin doux. Elle alla chercher des verres au salon et les essuya avec le torchon, assez vigoureusement pour que les minces parois passent de troubles à presque trans-lucides. Après quoi elle remplit chacun à la moitié.

– Eh ben, aux jeunes mariés! dit-elle, et pour la pre-mière fois de la journée elle se laissa aller à un sourire

401

– un sourire maladroit certes, mais sincère, qui exprimait, sinon de la joie, du moins un immense soulagement.

<h1 style="text-align:center">103</h1>

Kiev. Place de l'Indépendance.

Victor, le milicien, se révéla un gars débrouillard. À moins qu'il n'ait eu un urgent besoin d'argent. Toujours est-il qu'il appela Semion sur son portable vers deux heures du matin, alors que ce dernier dormait comme un bienheureux, blotti contre le flanc brûlant de Veronika. Semion alla s'enfermer dans la cuisine pour répondre à l'appel et apprit que Victor avait trouvé le fragment de bande vidéo dont il avait besoin. Ils convinrent de se rencontrer sur la place de l'Indépendance, à côté de la poste centrale.

Comme il s'habillait dans le noir, Semion renversa la chaise sur le dossier de laquelle pendait son pantalon. Il resta un instant figé, pour s'apercevoir que sa femme s'était réveillée et, redressée sur un coude, le regardait avec inquiétude.

– Je m'absente une petite demi-heure, c'est pour le boulot ! lui murmura-t-il avec tendresse.

Veronika reposa la tête sur l'oreiller.

– Sois prudent, lui recommanda-t-elle d'une voix ensommeillée, alors qu'il enfilait déjà ses chaussettes.

La nuit était douce, humide, et déserte. Les pavés de la rue Proreznaïa scintillaient à la lueur des rares réverbères. Chaque pas de Semion était repris par un écho discret. Il se sentait les jambes étonnamment légères, comme si, la nuit, son corps perdait du poids et qu'il leur fût plus facile de le porter.

Il reconnut immédiatement le milicien. Celui-ci se tenait immobile, en manteau et casquette d'uniforme, le regard rivé à la tour de la Maison des Syndicats, dont l'écran géant indiquait tantôt l'heure, tantôt la température, tantôt l'adresse de quelque nouveau restaurant.

Les deux coupures vertes de cent dollars passèrent entre les doigts sensibles de Victor puis disparurent dans la poche droite de son manteau. Dans le même temps il sortit une cassette vidéo de sa poche gauche.

– Tout est là, dit-il. Je connais le type, il est des nôtres, il travaille à la surveillance du parc Mariinski. Yegor, il s'appelle. Je peux vous présenter !

Et ils se séparèrent, laissant derrière eux la place déserte et mouillée de pluie.

Les feux, au carrefour de la Maison des Syndicats, étaient à l'orange clignotant. Plusieurs taxis passèrent sur le boulevard Krechtchatik. Un camion de pompiers arriva dans l'autre sens, sirène coupée, filant vers le marché de Bessarabie.

Semion enfonça la cassette dans la poche un peu étroite de son blouson de cuir. L'air humide caressait ses joues. De l'autre côté de la rue, une bande de jeunes gens descendaient vers la place. Des cannettes de bière brillaient entre leurs mains avec un éclat mat. Ils parlaient entre eux, d'une voix modérée, et riaient sans trop de bruit. « Tout est normal, songea Semion. C'est comme ça que sont les choses la nuit ! »

Il passa devant la bibliothèque, puis devant les portes du théâtre Molodoï, et constata avec étonnement que celles-ci étaient ouvertes, et que le hall semblait vaguement éclairé.

– Frère Seramion ! Nous sommes ici ! lança derrière lui une voix d'homme qu'il entendait pour la première fois.

Semion s'arrêta. Il sentit la peur le clouer sur place. Un inconnu vêtu d'un grand manteau noir s'approcha. Son visage était rasé de près, et son nez portait l'empreinte de pesantes lunettes.

– Tu as bien fait de venir ! dit l'homme en désignant du menton les portes du théâtre. Le frère Vassili prétendait que tu n'étais plus avec nous !

Ils pénétrèrent ensemble dans le hall. À l'intérieur régnait un étrange brouhaha. Semion promena son regard autour de lui. Il aperçut plusieurs visages connus de politiciens. Soudain celui de Guennadi Ilitch lui apparut, fugitif, et il s'immobilisa, en proie à la plus grande indécision.

– Allons-y, frère, le docteur sera heureux de te voir ! déclara l'inconnu en ôtant son manteau pour le remettre à un jeune garçon.

L'homme entraîna Semion vers l'escalier et le conduisit à l'étage. Il frappa à une porte.

– Oui ! fit une voix de l'autre côté.

À l'intérieur se trouvait Piotr Issaïevitch Naïtov, le médecin psychiatre – costume noir, chemise noire et cravate bleu sombre.

– Comme je suis content de vous voir ! s'exclama-t-il avec un sourire radieux, tout en retournant, face cachée, la feuille posée devant lui.

Il s'approcha et donna l'accolade à Semion.

– J'espérais bien que votre « moi » nocturne l'emporterait sur votre « moi » diurne ! En dépit de toutes vos erreurs, de cette stupide idée de demander à votre ami Volodka de vous suivre ! Si vous saviez combien vous nous avez causé de souci ! Mais tout cela est du passé ! Si vous avez décidé aujourd'hui de nous rejoindre, c'est que vous resterez avec nous désormais ! Allez dans la grande salle, je dois travailler encore un peu sur mon intervention… Nous causerons durant le banquet ! Frère Grigorian, trouvez une bonne place dans la salle pour frère Seramion !

Par l'escalier montait, en rangs serrés, un interminable défilé d'hommes élégamment vêtus, sur les visages desquels se lisaient la solennité du moment ainsi qu'un calme et une assurance étonnants.

Une dizaine de minutes plus tard, la grande salle du théâtre Molodoï était comble. Piotr Issaïevitch s'avança alors sur la scène, un micro à la main.

– Chers frères! déclara-t-il. Nous n'avons jamais été aussi près de notre but! Nous sommes à présent une force capable de prendre la responsabilité du futur, et il ne nous est besoin pour cela ni d'élections, ni de démocratie, ni de révolution de quelque couleur qu'elle soit. Il y a cinq ans, mes collègues et moi-même considérions que le monde se partageait entre psychopathes et psychiatres. Du point de vue de la science, c'est toujours le cas, mais de notre point de vue d'êtres humains, le monde a déjà commencé à s'améliorer. Et il se partage à présent entre médecins et frères. Chers frères, je vous présente aujourd'hui le conseil des médecins qui, sous ma direction, aidera notre société à atteindre à l'harmonie ainsi qu'à un consensus humaniste. Nous sommes tous las, vous et moi, des querelles des politiciens psychopathes qui ne se sont pas ralliés à nous. La loi de la nature humaine est simple: une société de psychopathes doit être gouvernée par des psychiatres, et non le contraire. Chacun d'entre vous, en entrant dans notre confrérie, est devenu frère, et médecin auxiliaire de notre pays. Nous guérirons l'Ukraine de la schizophrénie à laquelle l'ont menée les politiciens hostiles à notre mouvement…

Ensuite, Piotr Issaïevitch invita sur scène un groupe d'une douzaine de personnes arborant costume blanc et cravate blanche. Il les présenta comme le conseil de médecins dont les recommandations devraient désormais être observées à la lettre.

Assis à l'avant-dernier rang, Semion observait le psychiatre et sentait de temps à autre comme une onde tenter de couvrir sa conscience, une onde émise par un cerveau, qui lui transmettait d'étranges signaux. Ainsi, quand toute la salle se leva pour applaudir bruyamment et en rythme le docteur Naïtov, Semion lui aussi se dressa debout. Et comme les autres, il applaudit à tout rompre, à en avoir mal aux mains, les yeux rivés à la scène.

Puis Guennadi Ilitch vint prononcer un bref discours au nom des députés «ralliés», où il déclara que le Parlement adopterait dans les prochains jours un régime de travail nocturne, afin de prendre des décisions mûrement pesées et réfléchies dans une atmosphère plus sereine.

Le médecin annonça une pause. La salle de nouveau se leva. Semion sortit dans l'antichambre décorée de portraits des artistes du théâtre Molodoï. Il jeta un coup d'œil aux photographies et demeura pétrifié : au lieu des visages des artistes en question figuraient ceux de parfaits inconnus. Certains cadres étaient barrés d'un ruban noir, dans le coin inférieur gauche. Semion se rapprocha. Devant lui était accrochée l'image d'un homme à la figure carrée, au regard las mais brillant d'intelligence. Au-dessous, cette inscription : *Martyr de l'Ambassade de la Lune. Zarvazine Edouard Ivanovitch. Pharmacologue, inventeur de la préparation «Prolongateur d'éveil». Décédé en novembre 2007.*

Semion se sentit mal. Il eut soudain l'impression qu'au lieu de la fatigue et de la somnolence qu'il aurait dû ressentir naissait une énergie encombrante et désagréable. Heureusement, personne ne le regardait. Il en profita pour se diriger discrètement vers l'escalier et regagna le hall. Une fois dehors, il inspira à pleins poumons l'air froid chargé d'humidité.

Il régnait dans la rue Proreznaïa un silence surprenant. Au point que Semion fut pris d'un mal de tête, comme si le bruit lui manquait. Il se pressa de décamper

406

et remonta la côte à toute allure, en direction des Portes d'Or.

Comme il arrivait chez lui, il leva la tête et fut étonné de voir la lumière allumée dans la cuisine. Avait-il oublié de l'éteindre en partant ?

Il ouvrit la porte avec précaution. Se déchaussa dans l'entrée et gagna tout de suite la cuisine.

Veronika était attablée là, emmitouflée dans le peignoir de bain de son mari, beaucoup trop grand pour elle. Devant elle, une tasse de thé.

– Qu'est-ce que tu fais là ? s'exclama Semion.

– Je ne sais pas… (Elle haussa ses maigres épaules.) J'ai eu froid…

– Je suis allé chercher cette cassette. (Il lui montra son trophée.) Pour le boulot.

Elle hocha la tête.

– Et pour l'enfant… où en est-on ? demanda Veronika, tandis que deux lueurs inquiètes s'allumaient dans ses yeux.

– Encore un ou deux jours, et tout sera réglé ! lui promit-il.

Veronika se leva et retourna se coucher.

Semion passa au salon et inséra la bande dans le lecteur vidéo. Le film était en noir et blanc. On discernait une femme marchant vers l'entrée du Parlement, un bébé enveloppé d'une couverture dans les bras. Elle déposait son fardeau sur la marche supérieure du perron, puis s'éloignait, en se retournant plusieurs fois. Peu après un homme s'approchait, vêtu d'un manteau de cuir. Il se penchait sur le paquet, s'en saisissait et disparaissait du champ.

– Yegor ?! murmura Semion en rembobinant la bande. Demain, nous ferons connaissance, toi et moi !

Le lendemain matin, Semion se réveilla avec une fameuse migraine. Il n'avait plus du tout envie de rencontrer Yegor. Faire connaissance, cela signifiait parler, expliquer des choses. Or, que pouvait-il expliquer? Surtout après une telle nuit! Que l'enfant ramassé par l'homme de la sécurité lui appartenait, à lui, frère Seramion?

Un frisson d'horreur lui parcourut l'échine. Il venait de se nommer lui-même, dans sa tête, frère Seramion!

«Laver! Laver tout ça!» pensa-t-il, fiévreux, en contemplant son reflet dans la glace.

Il se glissa sous la douche et resta debout sous l'eau froide durant plusieurs minutes. Jusqu'au moment où il sentit que s'il y restait davantage, il était sûr de choper un rhume.

Il s'essuya vigoureusement. But un café fort. Revint à ses pensées momentanément laissées en plan.

Non, il fallait procéder autrement, manœuvrer plutôt par la bande. Il fallait enquêter, réussir à apprendre où se trouvait actuellement l'enfant, et ensuite seulement prendre une décision.

À dix heures, il appela Victor le milicien. Celui-ci lui raconta que Yegor venait au travail dans une vieille Mazda rouge, qu'il n'était lié d'amitié avec personne en particulier, mais se montrait toujours courtois. La zone dont il était responsable correspondait à la partie du parc Mariinski qui s'étendait devant le palais. Mais il lui arrivait aussi d'effectuer des rondes à l'arrière du bâtiment. Victor ne savait rien d'autre à son sujet.

Semion eut la conviction qu'il n'aurait aucun mal à reconnaître le personnage. Un visage viril aux traits réguliers, un nez droit et fort.

«Où peut-il bien l'avoir emmenée? se demanda-t-il. Pas chez lui tout de même! Peut-être ont-ils des instructions précises à suivre dans pareil cas?»

Il tenta de s'imaginer à la place de Yegor. Cette même nuit du 5 mars. Qu'aurait-il fait s'il avait découvert dans la rue un bébé abandonné? Sans doute aurait-il appelé sur-le-champ les secours. Il se pouvait que Yegor n'eût pas réagi autrement. Peut-être même avait-il déjà oublié l'incident.

Semion consulta sa montre : déjà près de onze heures !

Il sortit dans la rue et se rendit par le bus rue Grouchevski, se promena un moment sur l'esplanade devant le Parlement. Puis s'engagea dans l'allée menant à la statue du général Vatoutine. Et c'est là qu'il aperçut Yegor, venant à sa rencontre. Il le regarda bien en face. Leurs chemins se croisèrent quelques secondes. Semion fit halte, se retourna et suivit l'homme des yeux, songeur.

104
Kiev. Rue Reïtarskaïa. Appartement n° 10.

Dans la matinée, Veronika sortit se balader jusqu'à l'angle des trois cafés. Elle redressa au passage la couronne sur le mur. Après quoi ses jambes la conduisirent d'elles-mêmes au Iaroslav, où elle commanda un café turc et deux chaussons aux pommes. Elle s'assit face à la vitrine pour observer à travers le verre épais voitures et passants.

De retour chez elle, une demi-heure après, elle téléphona à Daria Ivanovna. Celle-ci avait pris froid, et par conséquent elles ne pouvaient se rencontrer ce jour-là. Quand elle eut raccroché, Veronika réfléchit un moment : tant que son défunt mari était resté chez lui dans son fauteuil, Daria s'était toujours trouvée en parfaite santé. Mais depuis qu'on l'avait enterré, elle était sujette au rhume, à l'hypertension et à l'arythmie cardiaque !

Ses pensées la menèrent naturellement au pharmacien décédé. Elle se souvint de son journal intime. Elle alla chercher le cahier et s'installa à la cuisine pour le feuilleter. Les dessins ne l'intéressaient pas, mais les notes auxquelles, la fois précédente, elle n'avait accordé aucune attention, à présent la captivèrent.

23.09.2006. Dacha, cette andouille, est allée raconter à sa couturière qu'on me livrait des «médicaments interdits». Maintenant l'autre me tanne pour que je lui refile quelque chose pour son mari alcoolique. Je lui ai remis un échantillon de la première version d'Antifrousse. Je l'ai toutefois bien prévenue qu'il ne s'agissait pas d'un remèdespécialement destiné à lutter contre la dépendance à l'alcool, mais qu'il pouvait métamorphoser un homme. Nous verrons bien le résultat sur son poivrot!

26.09.2006. La couturière de Dacha est revenue. Elle m'a dit que le médicament avait été efficace sur son mari. Il ne boit plus. En revanche il a changé de rythme de vie: il dort le jour et reste éveillé la nuit. Alissa a pété un câble: elle m'a appelé en pleine nuit. Elle menaçait d'aller à la Sûreté et de révéler qu'elle volait du matériel de laboratoire pour moi. Il faut faire quelque chose.

28.09.2006. Journée d'exception. On est venu me trouver, de la part du client, pour me remettre une avance de cent mille. J'ai reçu commande de trois cents ampoules d'Antifrousse. Ils ont l'intention d'expédier le lot en Allemagne et de le réimporter officiellement de là-bas. Il est clair qu'ils ne feront jamais confiance ici à leurs propres laboratoires! Ce n'est pas pour rien que tous, y compris le président, se font soigner exclusivement à l'étranger! Bon, mais après tout, ça les regarde!

Veronika parcourut d'autres lignes difficilement déchiffrables, cherchant à y repérer le nom de son amie. Les considérations professionnelles du pharmacien ne l'intéressaient guère. Enfin elle tomba sur un passage digne d'attention.

14.10.2006. Ce matin, Daria m'a fait une scène. J'ai oublié de débrancher le téléphone, et à quatre heures du matin Alissa a appelé. C'est Daria qui a décroché: je dormais à poings fermés. Alissa lui a annoncé qu'elle était ma maîtresse et que j'exposais ma femme à un danger mortel, en ayant accepté une dangereuse commande de politiciens de l'opposition. Elle a déclaré que j'étais de toute façon déjà mort, et que Daria ferait mieux de quitter la ville et de se planquer. J'ai passé une demi-heure à convaincre Daria qu'Alissa était une folle, et que tout ce qu'elle lui avait dit n'était que pur délire. Daria est partie en claquant la porte. Il faut vraiment que je trouve une solution !

«Je me demande bien qui peut être cette Alissa», se dit Veronika, plongée dans ses pensées.

105
Aéroport de Borispol.

Au matin, une UAZ des services de la douane de l'aéroport s'arrêta devant chez Dima.

Celui-ci était en train de prendre son thé dans la cuisine et ruminait des plans pour les jours à venir. La visite de son lieu de travail n'entrait pas dans ces projets, mais Dima comprit tout de suite que si l'on avait envoyé une voiture le chercher, il n'y couperait pas.

Il demanda au chauffeur de patienter une dizaine de minutes, le temps de passer son uniforme. La manche droite de sa tunique sentait le chien. Dima renifla l'odeur, pensif. L'image de Chamil lui revint en mémoire.

– Pourquoi suis-je convoqué ? demanda-t-il au chauffeur quand le 4×4 eut démarré.

– Moi, on m'a dit de te ramener, alors je te ramène, répondit l'autre en haussant les épaules.

Durant le trajet, Dima se prépara à affronter l'orage. Ça ne faisait pas un pli : son chef l'avait appelé en personne et exhorté à reprendre son service. Or, Dima avait ignoré l'invitation. Son livret de travail était là-bas. Maintenant, si ses supérieurs le voulaient, ils pourraient y inscrire tout un tas de saloperies, du genre *démis de ses fonctions pour grave manquement à la discipline.* Or, il aurait certainement besoin de le montrer, ce livret, à Saratov. Ou bien ne ferait-il pas mieux de le brûler et de prétendre qu'il l'avait perdu ?! Mais alors il perdrait tous ses points de retraite…

Dima poussa un si profond soupir que le chauffeur lui décocha un coup d'œil intrigué.

Devant la porte familière, Dima hésita, embarrassé. Un mauvais pressentiment lui arracha une grimace. « On n'échappe pas à son destin ! » souffla-t-il.

– Oh ! Te voilà ! s'exclama son chef à sa vue ; sa voix ne trahissait aucune animosité particulière. Quand donc t'avais-je demandé de passer, déjà ?

– J'étais malade, mentit Dima. Et puis ma femme est tombée enceinte…

– Hum hum… fit l'officier en hochant la tête. Eh bien, assieds-toi !

Dima se laissa tomber sur une chaise fort peu confortable. Il observa tour à tour la carte de l'Ukraine accrochée au mur, derrière son chef, le portrait du président à droite sur le même mur, et l'icône richement encadrée d'argent exposée un peu plus loin dans l'angle de la pièce.

« Sans doute une icône confisquée », pensa-t-il.

Mais le chef avait suivi le regard de son subordonné.

– Quoi, tu crois en Dieu maintenant ?

– Pas encore tout à fait, avoua Dima. Je commence seulement…

– Le directeur du personnel veut depuis longtemps avoir une conversation avec toi. Je vais l'appeler. Et quand tu en auras terminé avec lui, tu repasseras me voir. Compris? À la comptabilité aussi, on t'attend. Je crois qu'ils t'ont compté là-bas deux mois de salaire…

Dima se troubla. La nouvelle le déconcertait. On allait le payer pour le temps qu'il avait été absent?! Bizarre!

Mais l'autre entre-temps avait déjà téléphoné à un certain « camarade capitaine » et annoncé que Dima arrivait.

Le « camarade capitaine » – un petit homme aux cheveux coupés ras, en uniforme d'aviateur – était installé dans un bureau du premier étage.

Il accueillit Dima, la mine préoccupée. Il avait devant lui le dossier personnel du bagagiste, ainsi que son livret de travail.

– Asseyez-vous, asseyez-vous! Si je comprends bien, vous venez reprendre votre service?

– Je crois, oui… répondit Dima d'une voix mal assurée.

– Je dois avoir une brève conversation avec vous. Peut-être vous rappelez-vous qu'au début de l'année nous avons eu un incident. Une valise contenant un médicament expérimental a disparu.

Dima se raidit. Il se pencha même légèrement en avant, comme si une balle risquait de siffler au-dessus de sa tête.

– Détendez-vous, voyons! Nous bavardons tranquillement, vous et moi. Je veux juste vous remettre en mémoire deux ou trois petites choses. Ainsi par exemple, les deux bagagistes qui travaillaient à cette époque en équipe avec vous… ne travaillent plus chez nous à l'aéroport… Ils sont morts.

Le « camarade capitaine » ménagea une courte pause.

– Une bien étrange histoire! reprit-il. Les bagagistes sont morts, mais vous, non! La valise voyageait

413

de manière officielle, mais pas très légale. Il se trouve qu'elle a fait l'objet de recherches non officielles mais intensives. On nous a posé des questions. Sur vous. Sur les ampoules qui refaisaient surface tantôt ici, tantôt là. Et puis brusquement l'affaire a été bouclée, étouffée. Or, voilà qu'aujourd'hui, après deux mois de silence complet, nous arrive l'ordre de tout oublier de cet incident. De détruire tous les documents et les procès-verbaux. Vous allez devoir vous aussi vous plier à ces instructions.

– Oublier?! (Dima considéra l'homme en uniforme d'aviateur d'un air perplexe.) Mais je... je ne me souviens déjà de rien de toute façon...

– Remplissez ça et signez!

Dima lut la feuille qu'on lui tendait.

ATTESTATION

Je, soussigné _____, certifie avoir été informé des propriétés de la Turbosclérine et de ses éventuels effets secondaires. Je certifie également avoir absorbé de mon plein gré cette préparation à la dose prescrite. Aucune contrainte n'a été exercée sur moi.

Date. Signature

– Vous voyez à quoi mène la démocratisation de la société! Autrefois on se serait contenté de vous flanquer la trouille, bon, peut-être qu'on vous aurait tabassé aussi un peu. En revanche, aucun effet secondaire! Alors qu'aujourd'hui... Vous avez des questions? s'enquit le capitaine en soupirant.

– Mais qu'est-ce que c'est, ce médicament?

– Un produit allemand qui permet à partir de certains mots-clefs d'effacer de la mémoire tout souvenir des événements et des personnes liés à ces mots.

Deux comprimés, puis cinq minutes en compagnie d'un psychologue hypnotiseur, et vous êtes libre !

Dima fut saisi de frayeur, et celle-ci se lut immédiatement sur son visage. Il tourna la tête vers la porte.

– Du calme ! lui commanda l'autre. Je vous ordonne de ne pas avoir peur ! Il y a trois ans, vous ne seriez déjà plus de ce monde ! Vous pouvez dire merci à la Révolution orange. Maintenant chez nous, c'est la démocratie : tout uniquement avec l'accord du patient !

Une étincelle ironique s'alluma dans les prunelles de l'homme. Derrière les paroles qu'il venait de prononcer perçait un ricanement mauvais.

– Et est-il possible de refuser les comprimés ? s'enquit Dima.

– Non ! Mais vous avez tort de vous en faire ! Vous oublierez simplement tout ce que nous avons besoin que vous oubliiez, et vous continuerez à vivre ! Dans votre petite maison de la rue du 9-Mai, avec votre femme et votre chat.

L'homme sortit du tiroir de son bureau une petite boîte en carton sans aucune inscription. Il en tira deux comprimés enveloppés de cellophane. Les comprimés étaient énormes, de même forme que les cachets de vitamine C que prenait Dima dans son enfance. L'officier les examina avec curiosité et méfiance. Il remplit un verre de l'eau d'une carafe. Y jeta les deux médicaments. L'eau se mit à bouillonner.

– Allez vite ! Exécution ! ordonna-t-il après un coup d'œil à sa montre. J'ai un autre entretien dans une demi-heure.

Après avoir observé la dissolution du produit, Dima ravala sa salive. Il compléta l'attestation en y indiquant ses nom, prénom et patronyme. Nota la date et signa. Après quoi il but d'un trait le contenu du verre.

– Valéry Petrovitch, vous pouvez venir ! dit l'officier dans le combiné du téléphone.

Devant les yeux de Dima, le bureau commençait de s'élargir. Les murs reculaient, l'air lui parut brûlant, comme en fusion.

Un autre homme en uniforme entra dans la pièce. Il s'approcha tout près de Dima assis devant la table. Le capitaine céda sa place au nouvel arrivant.

– Ampoules, valise noire, prononça le second aviateur d'une voix monotone et d'une extrême lenteur. Bagagistes, Boris et Génia. Remède contre le cancer. Cour d'immeuble abandonnée au numéro 121 de la rue du 9-Mai. Puits désaffecté. Tapis d'Allemagne de l'Est…

Dima ferma les yeux. Il ne voyait de toute façon plus rien qu'une sorte de brouillard blanc. Les mots lentement articulés lui semblaient résonner trop fort. Et chacun paraissait s'ajouter à l'écho des précédents. Tout cela se changeait en une rumeur assourdissante qui grossissait peu à peu dans le crâne de Dima. Il ne comprenait déjà plus le sens des paroles qui étaient prononcées. Il croisa ses bras sur la table pour y coucher sa tête.

106
Région de Kiev. District de Makarov. Village de Lipovka.

La propriétaire du bistro où Yegor s'était arrêté un jour alors qu'il rentrait chez lui se révéla être l'ancienne directrice de la coopérative laitière. Cette première fois où il avait franchi la porte de l'établissement, il était ressorti aussitôt. Ce matin-ci, il se présenta au café dans une tout autre disposition d'esprit, sachant à l'avance ce qui, dans l'endroit, lui déplaisait.

– Et combien y aura-t-il d'invités ? demanda la fausse blonde entre deux âges, fortement choucroutée. Mais c'est demain ! Comment aurons-nous le temps ?

– Trente couverts, répondit Yegor avec calme, résolu à ignorer les états d'âme de la patronne. Seulement il faudra aérer convenablement le local, lessiver les vitres, les sols. Et aussi ôter ces bestioles.

Elle jeta un coup d'œil au chapelet de poissons séchés qui pendait au plafond juste au-dessus du comptoir.

– Bon, on peut toujours prendre des «cuisses de Bush[1]» à Makarov, réfléchit la patronne à haute voix. Du porc? Ce sera plus dur. Mais je vais téléphoner à Bychev. S'il y en a, je m'en ferai livrer. C'est vous qui fournirez la vodka?

– Oui.

– Asseyez-vous une minute! Je vais faire le compte.

Elle se tourna vers le comptoir en forme de bar. Posa devant elle une grosse machine à calculer, sortit une feuille de papier et un crayon.

– Si vous vous chargez des alcools, dit-elle enfin, ça vous fera six cent quatre-vingts hryvnia.

– D'accord.

– Alors on dit jeudi 15, vers six heures? conclut-elle, d'une voix devenue amicale.

Yegor quitta l'atmosphère viciée du troquet pour retrouver l'air frais. Il ne devait prendre son service que dans la soirée, par conséquent il lui restait pas mal de temps à passer avec Irina et les enfants.

Alexandra Vassilievna n'était pas à la maison. Sans attendre le retour de son futur gendre, elle était partie convoquer les invités pour la noce du lendemain.

– On va se promener? proposa Yegor à sa future épouse.

– Attendons plutôt maman. Ce ne serait pas bien de laisser Marina ici toute seule!

– Mais pourquoi la laisser? On l'emmène aussi. Enveloppe les deux! Je porterai Marina, et toi Iassia!

_____

1. Cuisses de poulet importées des USA.

Ils marchèrent sans hâte sur le bas-côté de la route jusqu'au troquet, ce qui représentait près d'un kilomètre. Yegor, voyant que les fenêtres du café étaient ouvertes et que deux femmes frottaient énergiquement les vitres avec du papier journal, esquissa un sourire satisfait.

Une heure plus tard, ils étaient de retour. Grand-mère Choura n'était toujours pas rentrée. Irina, à la demande de Yegor, chercha son passeport dans ses affaires et le lui confia.

Après le repas, il partit pour Kiev. Les deux heures qui lui restaient avant le début de son service, il les consacra à courir les magasins. Il désirait offrir un cadeau à Irina, mais tout ce qui lui plaisait coûtait trop cher. Et puis il ne savait pas grand-chose des goûts de la jeune femme !

Finalement, il opta pour une chaîne et un pendentif en or en forme de téléphone portable miniature. Après tout, c'était lui qui lui avait offert le premier appareil de sa vie !

Son achat en poche, il se pressa de retourner à sa voiture, qu'il avait laissée devant la librairie La Pensée scientifique. De là il aurait pu gagner le parc Mariinski à pied – c'était l'affaire d'une dizaine de minutes, pas plus. Mais Yegor se sentait plus rassuré quand il pouvait apercevoir sa Mazda à tout moment. Si bien qu'il roula jusqu'à la petite épicerie près de la grande entrée latérale, se gara à sa place habituelle et s'en fut au palais. Il avait encore sept minutes devant lui.

107
Région de Kiev. District de Makarov. Village de Lipovka.

En prenant la Mazda rouge en filature, Volodka redoutait de devoir rouler jusqu'à Jitomir, mais grâce à Dieu, ses craintes se révélèrent injustifiées. Au trente-troisième

418

kilomètre, juste avant la station-service, le véhicule qu'ils suivaient quitta la grand-route pour s'engager sur une voie secondaire.

Conservant toujours une distance d'environ deux cents mètres, leur Niva traversa d'abord plusieurs villages. Puis des champs s'étendirent des deux côtés de l'étroit ruban d'asphalte, et Volodka se vit contraint de se pencher vers le pare-brise pour distinguer les bas-côtés dans la lumière diffuse de l'aube naissante. Les feux arrière de la Mazda ne lui étaient que d'un piètre secours, car la route serpentait à la manière d'une rivière. Trois autres paires de phares s'apercevaient au loin dans le rétroviseur. Le fait que cette route de campagne fût fréquentée réjouissait Semion et Volodka : il y avait ainsi peu de chance que le conducteur de la voiture rouge leur prêtât attention.

À Lipovka, parvenue à un embranchement, au niveau d'un café planté sur une légère éminence, la Mazda prit à gauche et décéléra.

Volodka freina, lui aussi. Il attendit que la voiture eût disparu au virage suivant, puis il se lança à sa poursuite. Au bout de trois cents mètres, la Mazda tourna dans une rue et poursuivit au pas. La chaussée n'était plus goudronnée.

– Éteins les phares et attends-moi là, je vais faire un tour ! lui dit Semion en ouvrant la portière.

La Mazda était garée contre une palissade de bois.

Semion passa plusieurs maisons et chaumières traditionnelles. Il éprouvait tout à coup l'étrange sentiment de se trouver dans quelque univers parallèle, irréel. Il s'arrêta et prêta l'oreille. Il entendit un chien aboyer, aussitôt imité par plusieurs autres. Puis le silence retomba soudainement, comme si quelqu'un avait donné l'ordre à tous les chiens du village de se taire en même temps.

419

La Mazda n'était plus qu'à une dizaine de mètres quand Semion s'arrêta une nouvelle fois pour écouter. Il voyait déjà la maison de brique devant la clôture de laquelle la voiture rouge était stationnée. Il voyait le perron de deux ou trois marches menant à une porte en bois. Et les fenêtres de la façade, tout illuminées.

Le portillon de la cour n'était pas fermé. Semion entra.

La silhouette d'une femme se dessina un instant dans l'encadrement. Semion retint son souffle. Des pleurs d'enfant s'élevèrent, si proches qu'il sursauta. Il se sentait en proie à une hésitation grandissante.

Un bruit de cuisine parvint de la maison : cliquetis de couteaux et de fourchettes, assiettes posées sur une table de bois. « On sert son dîner au maître de maison », pensa Semion.

Et soudain la curiosité lui vint : qu'allait-on donner à manger à cet homme de retour du travail ? Il se rappela la poêlée de champignons que lui avait préparée Veronika quelques jours plus tôt. Il se souvint d'épisodes de vieux films soviétiques, qui tous représentaient des hommes, paysans ou citadins, attablés, et des femmes s'affairant au fourneau puis apportant de la cuisine poêles et casseroles fumantes. « C'est comme un autre monde, se dit-il, sans bien comprendre lui-même ce qu'il entendait par là. Une autre vie… »

Il secoua la tête, luttant contre l'impression d'irréalité qui l'avait envahi – irréalité de ce qui se passait, irréalité de ce lieu, de cette rue, de cette maison. Il se remémora la route menant à Vychgorod. Là aussi des maisons s'alignaient le long de la chaussée, là aussi des gens vivaient. Mais ces maisons-là avaient l'air vrai, appartenaient au temps présent. Pourquoi rien là-bas ne l'étonnait, alors qu'ici tout lui semblait étrange ? À cause de l'obscurité ? Ou bien était-ce qu'à Vychgorod, il ne s'arrêtait jamais pour s'approcher de la fenêtre d'une maison particulière, jeter un coup d'œil à l'intérieur et y surprendre ses habitants.

Une ancienne conversation avec Veronika lui revint en mémoire. Il y avait longtemps de cela, bien avant l'accident, elle lui avait un jour annoncé que des amis vendaient leur maison à la campagne. Pour une bouchée de pain. Lui, Semion, s'était déclaré farouchement contre. Il entretenait en ce temps-là une sorte de fierté «citadine». Ses copains se plaisaient à tourner en dérision les conducteurs de voitures immatriculées en grande banlieue ou bien les émigrés de Transcarpatie venus à Kiev chercher du travail sur les chantiers. Tous ces nouveaux arrivants qui peinaient à s'adapter au rythme effréné de la capitale se repéraient au premier coup d'œil. Tous paraissaient perdus et comme apeurés. Cela dura jusqu'à ce que leur présence en ville devînt un phénomène banal, ou bien jusqu'à ce que Semion cessât d'y prêter attention. Il y avait belle lurette qu'il n'y pensait plus. Or, voilà que ces pensées resurgissaient de manière imprévue. Peut-être parce que ce Yegor, membre du service de sécurité du palais Mariinski, se révélait être lui aussi un étranger à la ville, à la capitale.

Une voix de femme, sans doute âgée, s'échappa par le vasistas ouvert sur la cour :

– Prends-la donc, tiens-la-moi un moment !

– Tout de suite, je finis de nourrir Iassia ! répondit une autre voix, plus jeune.

Et de nouveau s'entendit un bruit de vaisselle, provenant cette fois-ci de la fenêtre de la cuisine.

Semion colla son épaule contre le mur de la maison, à côté de la fenêtre de droite. Juste entre la fenêtre et le perron. Il examina le soubassement – simple socle de béton qui s'élevait de cinquante centimètres au-dessus du sol, formant un rebord étroit. S'il parvenait à s'agripper à quelque chose et à se hausser sur cette sorte de marche, il pourrait jeter un coup d'œil par la vitre. Le seul problème était de trouver à quoi se cramponner !

Il repéra alors dans l'obscurité un gros clou planté dans le coin supérieur gauche de la porte d'entrée. Il découvrit le fer à cheval, et sur son visage se dessina un sourire ironique.

– Yegor, mon chéri, sers-toi du thé ! J'arrive dans un instant, je dois encore nourrir Marina. Elle pleure ! lança la voix de femme jeune, au timbre clair et sonore, et Semion trouva soudain qu'elle ressemblait à celle de Veronika.

Il grimpa sur le perron, posa la pointe de sa bottine gauche sur l'étroit rebord de ciment entre soubassement et premier rang de briques, tendit la main droite vers le clou et se hissa à hauteur de fenêtre.

Celle-ci était voilée d'un rideau de tulle. Semion aperçut une table, une tasse de thé entre les mains de Yegor. Dans l'angle gauche, par l'embrasure de la porte ouverte, apparut une jeune femme au visage sympathique. Elle serrait contre son sein un gros bébé vêtu d'une grenouillère rose. Les joues de l'enfant s'activaient en rythme. Il tétait.

– Je vais p't-être préparer un biberon pour Iassia, non ? proposa l'autre voix féminine, s'élevant du fond de la pièce.

La jeune femme plaça sa main sous le sein que l'enfant venait de lâcher et le souleva légèrement, comme pour le soupeser.

– Maman, ce n'est pas la peine ! J'en ai encore assez !

Elle s'installa sur un tabouret en face de Yegor et le regarda d'un air un peu soucieux.

– Yegor chéri, et si les voisins allaient informer la milice ?

Semion sentit soudain son pied glisser de l'étroit rebord sur lequel il reposait. Il se cramponna plus fermement au clou, de la main gauche s'accrocha au coin de l'encadrement de la fenêtre et réussit à retrouver, tant bien que mal, un appui sous sa semelle.

– Tu n'auras qu'à dire que c'est ma gosse, dit une voix d'homme, calme et posée. Ils penseront que nous sommes venus nous installer chez toi... Quant aux papiers, on trouvera bien quelque chose...

La jeune femme hocha la tête d'un air docile. Une vieille dame entra alors dans la cuisine, tenant une autre fillette dans ses bras, tout juste plus grosse que la première.

La femme éloigna avec douceur le bébé de son sein, prit dans son bras gauche le second enfant en même temps qu'elle confiait le premier à la grand-mère.

Celle-ci quitta la cuisine.

– Jamais deux sans trois, déclara Yegor. Le troisième, ce sera le nôtre à tous les deux. Quand ces deux-là commenceront à galoper...

La jeune femme eut un sourire tranquille.

Semion sentit sa bottine glisser de nouveau. Avec précaution, posant d'abord un pied, puis l'autre, il regagna la dalle de béton et s'y assit. Une douleur lui vrillait les jambes, comme s'il venait de faire le grand écart. Il tourna la tête vers la porte, regarda le fer à cheval.

Oui, là, derrière cette porte, existait un monde entièrement différent, un monde fragile que rien ne protégeait, mais qui espérait bien se perpétuer. Et connaître le bonheur – un bonheur que seul un coup de chance pouvait lui apporter. De cela, Semion était sûr à cent pour cent. Mais sa certitude ne lui donnait pas motif à se sentir plus fort, plus sûr de lui.

Il était arrivé là parce qu'il recherchait une petite fille abandonnée sur les marches du Parlement. Il avait retrouvé l'enfant, il l'avait vue. Il l'avait entendue. Mais ce n'était pas à lui que la fortune avait souri. La fortune avait souri à ce Yegor qui, à l'évidence, n'était pas le père de l'autre bébé, n'était pas non plus un citadin débrouillard, ni un homme – à en juger par sa foi en la chance – capable de prendre rapidement les bonnes décisions. Mais en dépit de tout cela, ce pavillon de brique sans étage, avec ses quatre fenêtres en façade, avec ses deux enfants, ses deux femmes et ce surveillant d'un palais réservé aux réceptions présidentielles, semblait à Semion comme un monde uni et clos dans lequel il n'avait ni le droit ni le désir de s'introduire brutalement.

Que pouvait-il faire ? Frapper à la porte et exiger qu'on lui rende l'enfant ? Non ! Jamais il ne s'y résoudrait. Il savait déjà le destin de cette fillette, il détenait déjà le secret qu'un jour voudraient connaître Guennadi Ilitch et cette dégénérée d'Oksana qui avait abandonné son bébé par une nuit de mars sur les marches glacées d'un bâtiment de l'État ! Non, il fallait imaginer autre chose. Pour que ce monde-là reste entier, et aussi pour que son monde à lui s'en trouve grossi, arrondi aux dimensions d'une famille normale digne de ce nom. Et lui, Semion, allait trouver une solution ! Ici même, sur le perron de cette maison de village. Il n'en partirait pas tant qu'il n'aurait pas trouvé !

Semion sentait le froid émanant du sol filtrer à travers l'étoffe de son pantalon. Il entendait sans plus y prêter attention les voix et les bruits qui s'échappaient du vasistas de la cuisine. Ces voix et ces bruits appartenaient à l'autre monde.

« Où peut-on se procurer une fillette nouveau-née ? » Il réfléchissait et s'étonnait que le problème qu'il venait de soulever se révélât finalement si facile à résoudre.

Une maternité ! Il lui fallait une maternité, n'importe laquelle ! Ainsi qu'un médecin accoucheur compréhensif qui ne fût pas trop âpre au gain. Le monde n'est pas parfait, les hommes ne sont pas parfaits, les femmes ne sont pas parfaites. Et c'est tant mieux !

– Je te ramène chez toi ? demanda Volodka à Semion quand celui-ci eut réintégré l'habitacle de la Niva.

– Non, conduis-moi à la maternité de Borchtchagovka, et de là je me débrouillerai tout seul.

Volodka ne posa aucune question. Il mit le moteur en marche, exécuta un demi-tour et regagna la grand-route.

– Ah ! j'oubliais ! (Semion se tourna vers son compagnon.) Ce n'est plus la peine que tu me suives !

108
Kiev. Centre-ville. Rue Streletskaïa.

À l'approche du soir, fatiguée de ses sautes d'humeur, Veronika sortit se promener. Elle remonta la rue Reïtarskaïa jusqu'au coin de la boutique Optika, tourna dans la rue Gueorguievski et, apercevant à droite les hauts murs blancs du monastère Sainte-Sophie, se sentit soulagée. Elle ralentit l'allure. Toucha du bout des doigts l'enduit rugueux. Marcha à pas lents jusqu'à l'ancienne entrée, à l'arrière du monastère, depuis longtemps obturée par un mur de brique lui aussi crépi de blanc. Elle s'arrêtait toujours ici. On pouvait se dissimuler au fond de l'espèce de niche ainsi formée par l'enceinte, on pouvait s'abstraire de tout l'univers extérieur. Comme maintenant. Presque blottie contre la paroi, Veronika sentait remonter en elle une tranquille, mais encore fragile, assurance.

Elle était toujours étonnée que si peu de gens fréquentent ce passage reliant les rues Reïtarskaïa et Streletskaïa. Que si peu de gens connaissent l'existence de ce coin de silence et de sérénité caché au cœur même de la ville.

La nuit commençait déjà à tomber, mais Veronika, aveuglée par la blancheur du mur, ne s'en rendait pas compte. Ce n'est que lorsqu'une voiture passa derrière elle, tous phares allumés, qu'elle sortit de sa rêverie et regarda sa montre. Six heures et demie! Et si Semion rentrait plus tôt aujourd'hui?! Mais penser à son mari ne la fit pas pour autant courir chez elle. Elle marcha jusqu'à l'endroit où la muraille du monastère s'enfonçait au fond de la cour d'un massif immeuble de rapport qui, avant la Révolution, appartenait aux religieuses. Parvenue là, elle fit demi-tour du même pas nonchalant. Et longtemps encore son visage resta songeur.

De retour rue Reïtarskaïa, elle s'arrêta devant sa maison et regarda en direction de l'angle aux trois cafés, toujours très éclairé le soir. Elle leva les yeux vers ses fenêtres. Semion n'était pas là.

Avant de franchir la porte de l'immeuble, elle fit un détour par le coin de la rue et redressa la couronne accrochée au mur.

Une fois à la maison, elle téléphona à Daria, s'enquit de sa santé, et lui annonça qu'elle était allée vérifier si l'objet était bien en place.

– Ah, elle est toujours là? répondit Daria Ivanovna d'un ton presque indifférent. Je crois que je vais l'enlever finalement. Elle a rempli son rôle. Mieux vaut que j'aille la porter au cimetière.

La conversation s'acheva sur ces mots. Veronika jeta un coup d'œil à l'horloge: presque huit heures. Elle décida de préparer un dîner tout simple: un plat de spaghettis. Elle posa une casserole d'eau sur le feu et se prit à penser à Semion. Avec chaleur et tendresse.

109
Borispol. Rue du 9-Mai.

Valia entra en courant dans la maison, comme si elle était poursuivie. Elle entra dans la chambre et alluma le plafonnier. Son regard se posa sur son mari, étendu sur le lit, la tête enveloppée d'une serviette. Dima cligna les yeux sous l'éclat de la lumière.

– Seigneur, comme j'ai eu peur ! soupira Valia.

Elle se laissa tomber sur une chaise, enleva ses bottes et les balança dans le couloir par la porte restée ouverte.

– J'ai attendu jusqu'à six heures et demie. Je me disais : il s'est passé quelque chose !

– Mais non, marmonna Dima. Je suis allé au boulot… J'ai donné mon compte.

Il hocha la tête en direction de la table où était posé son livret de travail.

– Une aspirine ? s'inquiéta Valia. Ou veux-tu que j'appelle un médecin ?

– Non, c'est pas la peine. Mais une aspirine, je veux bien. Et puis verse-moi un petit verre, ça peut aider !

Pendant que Valia ôtait son manteau et allait chercher l'aspirine, Dima sentit soudain son esprit s'éclaircir un peu. Il se rappela en détail sa conversation avec son supérieur, puis avec le chef du personnel. Il avait certes un souvenir plus flou du deuxième type en uniforme d'aviateur, qui avait dicté à sa conscience embrumée les mots qu'elle était censée effacer. Ou plutôt les mots en rapport avec les événements qu'il était tenu d'oublier.

– Ampoules, valise noire, bagagistes…

Dima se rappelait non seulement les mots en question dans leur ordre exact, mais aussi la voix de cet hypnotiseur, et son intonation. Il fut saisi de frayeur en constatant qu'il n'avait justement rien oublié. Rien des raisons pour lesquelles on l'avait forcé à avaler il ne savait quels comprimés. Et s'ils se rendaient compte que ça n'avait pas marché ? Si tout à coup ils s'apercevaient que leurs comprimés étaient de la camelote ? Le front de Dima se couvrit de sueur.

La porte de la chambre s'ouvrit et Valia entra. Déjà vêtue d'une robe, un tube d'aspirine dans une main, un petit verre de gnôle dans l'autre.

– Oh! Grâce à Dieu, tu es là! s'exclama-t-il avec soulagement. Je me sens si mal! Tu n'imagines même pas!

– Veux-tu que je te prépare à dîner? proposa Valia avec compassion.

– Non, reste un peu, ne t'en va pas! Regardons un peu la télé ensemble.

Valia alluma le poste. La première chaîne donnait les nouvelles. Politiques – rien que de l'ennuyeux. On ne savait quel congrès d'on ne savait quel parti…

– Je zappe?

– Vas-y, répondit Dima en agitant la main. Et après ça, Magnolia TV!

Ils attendirent le début de l'émission et suivirent avec intérêt les différents reportages consacrés aux accidents de la route, aux incendies, aux meurtres et autres disparitions d'enfants. Devant cette avalanche de catastrophes, Dima oublia son mal de tête.

Quand l'émission fut terminée, Valia se rendit compte que son mari s'était assoupi.

110

Kiev. Avenue de la Victoire. Bureau central des mariages.

Le nouveau chef, bien qu'il vînt d'Ukraine occidentale, se révéla être un type normal. Ayant appris que Yegor devait se marier, il le fit remplacer à six heures du soir par un surveillant de réserve. Il lui accorda en outre sa journée du lendemain.

À 18 h 45 pile, comme convenu avec la secrétaire de l'état civil, Yegor se tenait devant la porte du bureau, insignifiante et sans rien de solennel, seule et unique

428

en son genre dans tout le hall, à peu près désert à cette heure-là. Où en tout cas ne se voyait aucun autre prétendant au mariage. Devant le panneau d'affichage, deux femmes lisaient une feuille d'information sur le divorce, et un homme d'une cinquantaine d'années, assis sur une chaise, semblait attendre quelqu'un.

Yegor toqua à la porte et entra. La même femme que l'autre fois posa les yeux sur lui.

– Vous êtes… ?

Yegor lui tendit la feuille de papier arrachée à son calendrier.

– Ah oui ! Je me souviens ! Vous avez apporté les deux passeports ?

Yegor tira les documents demandés de la poche intérieure de son manteau. Elle posa devant lui un formulaire de déclaration et un stylo.

– Remplissez ça !

Yegor parcourut la feuille du regard. C'était une demande d'enregistrement de mariage tout à fait ordinaire. Il inscrivit toutes les données concernant le fiancé, à savoir lui-même, puis il passa à Irina et là demeura décontenancé.

– Excusez-moi, je ne connais pas son patronyme… Son père… il est mort !

La secrétaire le considéra d'un œil empli de doute. L'homme était-il bien sain d'esprit ?

– Mais vous avez les papiers de la fiancée dans les mains ! Recopiez donc ce qui s'y trouve !

Yegor se sentit tel un parfait idiot. Après avoir fourni tous les renseignements demandés grâce au passeport d'Irina, il apposa sa signature.

– Signez aussi pour elle, comme dans son passeport, ensuite nous choisirons la date !

La signature d'Irina ressemblait à un gribouillis d'enfant. Rien à voir avec celle de Yegor.

La secrétaire, pendant ce temps, feuilletait les pages de son agenda en remontant dans le passé.

– Tenez, marquez : le 12 février ! Et il reste encore une déclaration à rédiger, cinq phrases pas plus !

Elle lui dicta que le tant de tel mois, il réclamait que leur mariage fût enregistré non pas au bureau dont dépendait leur lieu de résidence officiel, mais à Kiev, compte tenu du fait qu'au moment du dépôt de la demande de mariage, le demandeur travaillait à la capitale.

– Passeports ! commanda la secrétaire.

Elle prit les documents, ainsi que les deux déclarations, demanda à Yegor de l'attendre et sortit.

Elle resta absente une quinzaine de minutes. Le silence qui régnait dans cette petite pièce exiguë agissait sur Yegor de manière étrangement délétère. Il se sentait envahi par le sommeil – sans doute le contrecoup de la tension émotionnelle.

Mais la secrétaire ouvrit la porte si énergiquement que le courant d'air ainsi produit suffit à le réveiller tout à fait.

– Je vous félicite, dit-elle en lui rendant les deux passeports. Tenez, signez encore ici pour vous et pour votre femme ! Et ici également ! Et puis là ! Eh bien voilà, ceci est votre certificat de mariage. Une copie restera ici, aux archives.

Et de poser sur son visiteur un regard expectatif.

– Ah oui ! s'exclama Yegor, se rappelant ce qui avait été convenu.

Il sortit deux billets de cent dollars et les lui tendit.

– Posez-les sur la table, dit la femme d'un ton négligent. Je vous souhaite beaucoup de bonheur !

Yegor n'avait plus rien à faire en ces lieux. Il sortit. Tourna la tête vers le MacDonald's violemment éclairé situé à côté. Commença de descendre les marches. Jeta encore un bref coup d'œil derrière lui. Puis composa le numéro d'Irina sur son portable.

– Irina ! Tu es à présent ma femme !

– Ô Seigneur ! soupira-t-elle dans l'appareil.

« Elle va fondre en larmes ! » songea Yegor avec appréhension.

– Je rentre tout de suite. Je t'embrasse !

Et sans attendre de réponse, il coupa la communication.

À Lipovka, au moment de tourner dans la rue Chtchors, Yegor manqua emboutir, apparemment pour la seconde fois de la semaine, la même Volga conduite par un homme à la face large et au regard inexpressif. Il semblait ne pas même regarder la route devant lui. Yegor le laissa déboucher sur l'asphalte, puis lui-même s'engagea sur le chemin de terre, déjà sec malgré les pluies récentes.

À la maison, une surprise l'attendait. Une table était dressée, recouverte d'une nappe. Sur la table : un vase de fleurs artificielles, des verres à pied, des fourchettes, des cuillers.

– Eh bien, fils, montre-moi les passeports ! demanda tout de suite Alexandra Vassilievna.

Yegor se déchaussa, ôta son manteau et tendit les papiers à sa belle-mère. Celle-ci s'en empara pour aller aussitôt les feuilleter sous la lampe du couloir. La joie et l'excitation se lisaient sur son visage. Elle regarda Yegor avec reconnaissance.

– P't-être que pour un temps, je pourrais les garder avec moi… je veux dire… vos passeports ? s'embrouilla-t-elle. Faudrait ben les montrer à tout le monde au village…

Yegor acquiesça. Il entra dans la pièce, pour trouver Irina habillée en dimanche. Il la prit dans ses bras. L'embrassa. Et elle se serra contre lui si fort qu'il sentit la chaleur de ses seins brûlants à travers sa veste, sa chemise et son maillot de corps.

– Assieds-toi, maman a acheté un lapin au voisin. Elle l'a déjà sorti du four ! dit-elle avec douceur.

Yegor regarda autour de lui, tendit l'oreille. Il ne voyait ni n'entendait les enfants.

– Où sont les gosses ?

– Dans la chambre de maman. C'est là qu'elles vont dormir cette nuit.

Grand-mère Choura dressa la table en cinq minutes. Elle disposa les assiettes, apporta une casserole de pommes de terre bouillies, et une cocotte en fonte contenant le lapin en daube. Puis on ouvrit une bouteille de vodka, pour laquelle on sortit aussitôt du buffet des petits verres à alcool, bouteille à laquelle vint se joindre le flacon entamé de vin doux.

Yegor profita du moment pour remettre son cadeau à son épouse. Elle avait les larmes aux yeux.

Ils burent d'abord le vin pour le bonheur, puis un verre de vodka pour la solidité de la famille. Tout cela ouvrit sérieusement l'appétit. Par deux fois, grand-mère Choura invita les jeunes mariés à s'embrasser.

– Demain, on va vous le demander souvent ! disait-elle, avec une étincelle de joie et d'ivresse dans les yeux. On aura quarante-sept personnes ! Bon, p't-être qu'ils vindront pas tous… Et à la première heure, on ira voir ta m'man avec du champagne ! On déjeunera là-bas ! Et au soir, la noce !

Alexandra Vassilievna avait bu plus de vodka que les jeunes gens. Irina, pour sa part, se contentait de tremper les lèvres dans le liquide. Elle se leva pour aller jeter un coup d'œil dans la chambre de sa mère. De retour à table, elle annonça que les petites s'étaient réveillées. Elle s'absenta un instant pour les nourrir. Au retour, elle versa du vin doux dans un verre, se munit d'une petite cuiller et s'en fut rendormir les enfants au moyen de ce soporifique.

La mère d'Irina se préparait à prendre congé.

– Je m'en vas passer c'te nuit chez une amie. Elle et moi, on va ben veiller encore un peu devant un p'tit verre. Et vous, vous dormirez ici. (Elle désigna du menton le lit à une place d'Irina.) Y aura personne pour vous déranger !

Elle emporta la vaisselle à la cuisine. Puis elle jeta un manteau sur ses épaules, enfila des *valenki* et revint dans la pièce pour embrasser Yegor.

– Eh ben, mon gendre ! N'offense point ma fille !

Au matin, Yegor fut réveillé par la chaleur qui régnait dans la pièce. Tout était silencieux. Irina n'était plus à côté de lui. Il tendit l'oreille. Son doux chuchotement lui parvenait, à peine audible, de la chambre de sa mère : elle donnait le sein aux petites.

Le réveil électronique, sur la table de nuit, indiquait six heures et demie. Yegor ressentait dans son corps une molle pesanteur. Il se remémora la nuit qu'il venait de passer. Il se rappela qu'au moment de s'assoupir, fatigué de couvrir de baisers les épaules et les seins durs et gonflés d'Irina déjà endormie, les bâtonnets verts et légèrement obliques de ce même cadran composaient le chiffre cinq. Il n'avait presque pas dormi ! Il eut pourtant envie de se lever. De sortir sur le perron, de respirer sa vie nouvelle à pleins poumons.

Il commença par faire un brin de toilette. En se lavant, il s'aperçut que ses mains avaient gardé l'odeur d'Irina. Une odeur âpre, de lait et d'argousier. L'argousier, c'était sa crème pour le visage, mais le parfum âpre et laiteux, c'était celui de son corps.

Il ouvrit la porte d'entrée, se campa sur le perron et aussitôt aperçut la vieille Choura assise sur un petit banc, sous la fenêtre de sa chambre. Immobile, comme si elle était là depuis longtemps.

– Alexandra Vassilievna ! Vous n'avez pas passé la nuit ici tout de même ?! lança-t-il pour plaisanter, pensant que sa belle-mère était revenue de chez son amie mais n'avait pas osé entrer dans la maison tant qu'ils n'étaient pas levés.

– Eh ben, oui ! répondit-elle. Et puis quoi ? ! J'ai veillé sur votre bonheur. Le bonheur de la première nuit, sûr qu'il faut le protéger, faire que personne ne le trouble. Il peut se produire n'importe quoi, or on n'a point de chien chez nous.

– Mais rentrez donc vite dans la maison ! s'écria Yegor.

– Et toi, va donc d'abord t'habiller ! répliqua la belle-mère en désignant du regard son caleçon.

À ce moment seulement, il sentit le froid revigorant de la dalle de béton, et l'agréable et humide caresse de l'air matinal sur ses épaules et sa poitrine.

– Yegor, mon chéri ! Le petit déjeuner est prêt ! fit la voix d'Irina.

La journée promettait d'être radieuse.

111
Kiev. Rue Reïtarskaïa. Appartement n° 10.

Trois jours plus tard, Semion effectuait la transaction la plus réjouissante et la plus amorale de sa vie. Il était assis dans la Volkswagen Touareg d'un médecin accoucheur prénommé Valentin. Celui-ci se pencha par-dessus le dossier de son siège et remonta de la banquette arrière un bébé enveloppé d'une épaisse couverture. Il souleva un coin du plaid, découvrant un minuscule visage.

– En pleine santé, traits réguliers, aucune pathologie, déclara-t-il.

– Et la mère ?

– Une godiche de dix-huit ans, une étudiante. Elle a signé une déclaration d'abandon. J'ai gardé le document,

434

je connais son adresse. Il n'y aura pas de problème avec elle. Tenez, voilà le formulaire pour obtenir le certificat de naissance. Vous inscrirez vous-même le prénom et le nom de famille.

Semion tira de son portefeuille deux mille dollars qu'il tendit au médecin. Celui-ci, sans prendre la peine de les compter, les fourra dans la poche de sa canadienne.

– Je vous dépose, pour que la petite ne prenne pas froid ? ! proposa-t-il.

Semion lui dit où il habitait.

Ils furent vite rendus à destination. La ville se préparait au sommeil.

– Vous êtes sûr que votre femme saura y faire ? demanda le médecin, un peu inquiet.

– Elle saura, répondit Semion avec conviction.

– En cas de besoin, téléphonez-moi ! Je vous donnerai des conseils, s'il le faut, je viendrai. Évitez d'appeler le médecin de quartier.

Semion acquiesça. Au moment de franchir la porte de son immeuble, il jeta un coup d'œil derrière lui et nota que le médecin étudiait de loin la plaque portant le numéro du bâtiment et le nom de la rue.

Au bruit de la porte qui s'ouvrait, Veronika sortit dans le couloir.

– Ô Seigneur ! s'exclama-t-elle en recevant des mains de son mari le bébé emmailloté. Semion, mon chéri, pourquoi n'as-tu pas téléphoné ? Tu aurais dû me prévenir ! Nous n'avons pas de berceau ! Et rien pour le nourrir !

– J'y vais tout de suite. Quel supermarché est encore ouvert ? bredouilla-t-il, désemparé.

– Les galeries Ukraine, il n'y a rien de plus proche !

Semion dévala les marches quatre à quatre. Une fois dehors, il scruta la rue et aperçut des phares qui s'approchaient. Il leva la main. Un taxi s'arrêta à sa hauteur.

435

– Aux galeries Ukraine! Là-bas il faudra m'attendre, et puis retour ici! dit Semion à toute vitesse. Cinquante hryvnia!

– Montez!

À l'intérieur du grand magasin, tout était propre et clinquant. La clientèle se réduisait à quelques personnes. Une vendeuse-conseil, arborant un gilet jaune, bavardait mollement avec une caissière, la mine pétrie d'ennui.

– Où se trouve le rayon premier âge? les interrompit Semion.

– Suivez-moi!

La jeune fille au gilet l'entraîna dans les profondeurs du magasin.

– Voilà les laits en poudre! Ceux-ci, tenez, sont un peu plus chers, mais ils sont meilleurs!

– Et celui-là, le Mon Bébé? s'enquit Semion, ayant remarqué un emballage de produit national.

– C'est pour les pauvres, répondit la vendeuse avec un sourire.

Semion jeta dans son panier cinq boîtes du lait recommandé par la jeune fille, et sur son conseil prit également plusieurs biberons ainsi qu'un assortiment de tétines. Après quoi elle le conduisit au rayon des couches.

Dix minutes plus tard, il était déjà de retour chez lui. Des cris d'enfant parvenaient du séjour. Il trouva Veronika dans le salon, occupée à bercer la fillette qui malgré cela hurlait de plus en plus fort.

Semion s'empressa d'allumer le feu sous la bouilloire. Il saisit une des boîtes de lait, s'arrêta au milieu de la cuisine, juste sous le plafonnier, pour pouvoir lire plus facilement le mode d'emploi et le dosage imprimés en caractères minuscules.

Enfin, la petite reçut le lait si longtemps attendu. Ce n'était certes pas du vrai lait maternel, mais au moins était-il d'importation et plein de vitamines. Semion, debout à côté de sa femme, observait l'enfant téter, quand tout à coup il se sentit gagné par une délicieuse sensation de fatigue. Mais il lui restait encore une tâche à accomplir, une tâche importante ! Téléphoner à Guennadi Ilitch ! Il était un peu tard, sans doute, mais pour pareille nouvelle, il lui pardonnerait tout !

– Comment ça se passe chez toi ? demanda le député en guise de bonjour, d'une voix étonnamment gaillarde.

– Je l'ai retrouvée, dit Semion, et à cet instant lui revint en mémoire la fillette recueillie par Yegor.

C'était cette gosse-là qu'il avait retrouvée. Celle-ci, il ne l'avait pas trouvée, mais « achetée ». De laquelle parlait-il à présent à Guennadi Ilitch ? Des deux peut-être ? Pour ne pas mentir ? Mais il ne mentait pas. Il disait simplement qu'il avait désormais une fille adoptive. Libre à son patron de comprendre ce qu'il voulait ! Et point barre !

– Parfait ! (La voix de Guennadi Ilitch s'était faite moelleuse comme une brioche sortant du four.) Ta femme s'en tire bien ?

Semion jeta un coup d'œil à Veronika. Elle porta l'index à sa bouche pour faire comprendre à son mari que la petite s'était endormie.

– Oui, chuchota Semion. Il faut, bien sûr, qu'on s'équipe… Qu'on trouve un berceau, un landau… On verra tout ça demain.

– N'achète rien toi-même ! lui commanda le député d'une voix amicale. J'ai là une personne à qui demander conseil. Tout sera livré demain, vers onze heures. Et demain soir, on arrose ça. Compris ?

La nuit qui suivit fut difficile, et au matin, à l'heure de la toilette, tandis qu'il se rasait devant la glace, Semion observa ses yeux gonflés, écouta le bruit qui lui emplissait la tête – les pleurs de l'enfant y résonnaient encore – et se rappela sans aucune irritation avoir dû se lever quatre fois pour aller réchauffer un biberon sous le jet brûlant du robinet de la cuisine. Il se rappela le murmure caressant de Veronika, au son duquel il sombrait de nouveau dans le sommeil, tandis qu'elle nourrissait l'enfant.

Le réveil indiquait huit heures et demie. Volodka allait devoir livrer le lait à Vychgorod tout seul. Semion, pour sa part, était libre jusqu'au soir, et par conséquent pouvait respirer à pleins poumons l'air matinal au parfum de printemps ! Il sortit, marcha sans hâte jusqu'à l'angle des trois cafés, jeta un coup d'œil à la couronne mortuaire pendue de travers à son clou, la redressa, puis, tournant dans le boulevard de Iaroslav, se dirigea vers le kiosque à journaux. Il descendit ensuite la rue Franko, puis la rue Tchapaev, jusqu'au bâtiment du ministère des Situations d'urgence. Il traversa alors la rue Gontchar pour arriver enfin rue Tchekhov. Là, il fit halte devant un immeuble qui lui semblait familier. Et soudain une sueur froide perla à son front. C'était la maison où vivait Alissa. Il n'avait eu pourtant aucune intention de venir là ! Il était juste sorti se promener ! D'un pas rapide, Semion reprit le chemin de la rue Reïtarskaïa.

Quand il rentra chez lui, Veronika et la petite dormaient encore. Dans la cuisine, il regarda par terre et, sans savoir pourquoi, se rappela la maternité, les couloirs rutilants de propreté, les infirmières et les médecins aux blouses blanches immaculées, et l'interdiction absolue d'entrer aux personnes étrangères au service.

Semion lava le sol de la cuisine. Propreté et naissance, ces notions allaient toujours de pair. Puis celui du couloir. Il résolut de ne pas entrer dans le salon pour ne pas déranger les dormeuses. Celles-ci ne se réveillèrent qu'à onze heures, tirées du sommeil par des coups de sonnette insistants.

Le chauffeur de Guennadi Ilitch poussa dans le couloir une énorme caisse en carton.

– C'est un landau, dit-il.

Sur quoi il demanda à Semion de l'aider à monter toutes les autres fournitures envoyées par le député. Tout le couloir fut bientôt encombré de sacs et de boîtes. Une grande baignoire pour enfant couleur rose nacré était dressée contre le mur. Semion compta aussi huit grands paquets de couches taille « mini ».

Vassia s'en fut aussitôt sa mission accomplie, tandis que Veronika, sortie de la chambre, contemplait la montagne de cadeaux avec des yeux ronds d'étonnement.

– C'est de la part de qui ?

– De Guennadi Ilitch, répondit Semion.

– Comme il est généreux ! Tu te rappelles pourtant quel affreux profiteur c'était autrefois, à Petrovka ?

– *Qui n'était rien deviendra tout*, déclara Semion avec un sourire ironique.

Ils entendirent soudain le bébé pleurer et Veronika s'éclipsa par la porte du salon.

Prenant son temps, Semion transporta dans la cuisine les paquets de nourriture pour enfant. Il libéra une place dans un des placards pour les ranger. Puis il téléphona à Volodka.

Dehors, la lumière du soleil emplissait rapidement le ciel matinal. Par un temps pareil, Dieu lui-même eût commandé à Veronika d'aller se promener avec l'enfant. D'autant plus qu'ils avaient à présent un landau !

Semion le déballa.

– Nika ! cria-t-il à sa femme. Tu ne veux pas faire une balade ?

Elle apparut de nouveau dans le couloir, le bébé dans les bras cette fois-ci. Quand elle vit le landau, une ombre de doute passa dans ses yeux.

– Je ne sais pas… (Elle haussa les épaules.) Personne ne m'a vue enceinte, et là, je débarque avec un landau…

– On a encore le temps de te voir enceinte, tu verras, lui promit Semion avec tendresse. Et pour le moment, si

439

on te pose des questions, tu n'auras qu'à répondre que
nous avons adopté ! C'est à la mode !

Veronika hocha la tête.

– Je vais appeler Daria. Peut-être se sent-elle en meilleure forme ! Si c'est le cas, nous nous promènerons avec
elle, ce sera encore mieux.

Dans l'un des paquets apportés par le chauffeur,
Semion dénicha une dizaine de petites couvertures
toutes différentes, et dans un autre, trois combinaisons
pour bébé. Puis il sortit le landau dans la rue. Veronika le
rejoignit avec l'enfant dans les bras.

– Appelle quand tu en auras assez de te promener, lui
dit Semion. Je vais faire une sieste. J'ai du boulot ce soir !

Comme il franchissait l'entrée de l'immeuble, il
aperçut du coin de l'œil Daria Ivanovna qui se pressait
à la rencontre de Veronika. Vêtue d'un ample et long
manteau de cachemire bleu marine, elle traversait
l'avenue à grandes enjambées. Elle avait le visage rose
d'excitation, et un sourire radieux s'épanouissait sur
ses lèvres.

Semion se hâta de claquer la porte derrière lui. En
remontant l'escalier, il se sentit envahi par la fatigue. Mais
cette fatigue lui était douce, comme à un sportif qui eût
établi un nouveau record du monde.

112

Kiev. Rue Streletskaïa.

– Oh ! montre-moi son visage, s'il te plaît ! demanda
Daria, penchée sur le landau.

Veronika découvrit avec précaution la figure du bébé,
et remarquant avec quel intérêt passionné son amie la
détaillait, elle sentit naître en son cœur une vraie fierté
de mère.

Elles marchèrent tranquillement jusqu'au coin de la rue et s'arrêtèrent devant la couronne. Daria Ivanovna réfléchit. Sans doute rassemblait-elle son courage pour exécuter le plan qu'elle avait arrêté.

– Eh bien voilà, c'est fini! soupira la veuve, la mine décidée.

Elle tendit les deux mains vers l'objet et le décrocha de son clou. Puis se tournant vers Veronika:

– Partons!

Elles revinrent sur leurs pas. Le visage de Daria Ivanovna était triste et pensif. Elle tenait la couronne, comme elle aurait porté un sac à main.

– Eh! attendez! lança derrière elles une voix puissante.

Veronika se retourna et vit un jeune type courir dans leur direction.

– Arrêtez, je vous dis! Où emportez-vous cette couronne?! demanda-t-il à Daria, hors d'haleine et furieux. Qui vous a autorisées?

Daria Ivanovna le regardait, muette de perplexité.

– Que voulez-vous dire? demanda-t-elle enfin.

– Pourquoi avez-vous décroché cette couronne? Rapportez-la tout de suite!

Le garçon ne semblait pas avoir vingt ans. Il était manifestement nerveux.

– Mais c'est ma couronne! déclara Daria Ivanovna avec calme. C'est moi qui l'avait mise là-bas, et aujourd'hui j'ai décidé de l'enlever.

– Suivez-moi chez le gérant! Vous ne pouvez pas faire ça! dit l'autre en tendant la main vers l'objet du litige.

Machinalement, Daria Ivanovna cacha la couronne dans son dos.

– Qu'est-ce que j'en ai à faire de votre gérant? Je me suis déjà entendue avec lui une fois!

– Je vous le demande instamment, venez! Moi, je ne suis que vigile. On m'a donné l'ordre de veiller au grain, je veille.

Daria adressa un regard étonné à Veronika, puis haussa les épaules.

– C'est bon, je vous suis !

Deux minutes plus tard, tandis que Veronika restait au coin de la rue avec le landau, Daria Ivanovna entrait dans le café, la couronne à la main.

Il s'écoula une quinzaine de minutes avant qu'elle en ressortît, comme hypnotisée.

Elle passa devant Veronika et raccrocha la couronne à son clou.

– Alors ? Qu'est-ce qu'on t'a dit ? lui demanda Veronika, brûlant de curiosité.

– Plus tard, plus tard, répondit Daria d'une voix ralentie. Raccompagne-moi chez moi, je ne me sens pas très bien.

Elles firent le chemin en silence. Seule la petite émettait de loin en loin de faibles gémissements plaintifs.

113
Borispol. Rue du 9-Mai.

Ce matin-là, Valia se permit de traîner au lit une demi-heure de plus qu'à l'ordinaire. Sa collègue Sonia avait accepté de la remplacer pour la journée en échange de cinquante hryvnia. Dima et elle avaient aujourd'hui des tas d'affaires pressantes à régler, et c'était tout ce qui comptait.

La liste des documents, originaux et photocopies, à joindre au formulaire « saratovien », s'était révélée conséquente. Au lot de papiers habituels – certificat de naissance, brevet scolaire, diplôme d'enseignement secondaire professionnel, livret de famille, curriculum vitae (rédigé à la main et non sur ordinateur) – s'ajoutaient un certificat médical garantissant l'absence de pédiculose, de maladies chroniques et infectieuses, et sur feuille séparée, le résultat d'un test de dépistage du sida.

Par bonheur, Valia rangeait tous les papiers importants dans une vieille valise sur le dessus de l'armoire. Pendant que Dima se rendait à la poste faire des photocopies, elle choisit dans la garde-robe de son mari les vêtements les plus présentables et entreprit de les repasser.

Ils sortirent de chez eux vers onze heures du matin. À midi, ils étaient déjà à Kiev, au pied d'un grand immeuble tout neuf de l'avenue de Kharkov, à la recherche d'un bureau d'entresol possédant un accès direct depuis la rue. Sur la porte dudit bureau était placardé un écriteau annonçant : *Représentation de la CC de Saratov*. Là, ils durent faire la queue pendant deux heures. Il y avait entre quarante et cinquante personnes devant eux.

Enfin, ils pénétrèrent dans le bureau. Derrière le petit monsieur plus très jeune, affligé d'un costume gris, qui les y reçut, était affiché un grand plan de Saratov encadré, à gauche, par un drapeau russe, et à droite, par un portrait du président Poutine.

Valia posa sans rien dire les documents sur la table. L'homme chaussa ses lunettes et entreprit de vérifier que les copies correspondaient bien aux originaux, apposant sa signature sur chaque papier contrôlé. Il ne prit pas la peine de lire les CV manuscrits et jeta un bref coup d'œil aux certificats médicaux.

– À votre arrivée à Saratov, vous devrez subir des examens médicaux complets et refaire des analyses, expliqua-t-il en levant les yeux sur ses visiteurs.

Valia et Dima hochèrent la tête, dociles.

L'homme, entre-temps, avait étalé sur son bureau une chemise en carton toute neuve. Il en repassa les plis avant de rabattre chaque bord avec soin, y glissa tous les papiers, noua les rubans d'un nœud papillon, puis ajouta au stylo à bille *n° 10054* au mot DOSSIER imprimé au centre de la chemise.

– Réponse par la poste avant deux semaines, déclarat-il en ôtant ses lunettes. Très certainement positive. Départ trois mois après réception de notre accord. Mobilier et affaires personnelles : pas plus d'un container. Mon conseil : n'emportez pas de piano. À Saratov, les instruments de musique sont trois fois moins chers que chez vous, en Ukraine.

– Nous n'avons pas de piano, répondit poliment Valia, pensant peut-être que cette information pourrait augmenter leurs chances d'être acceptés.

– Vous avez d'autres questions ? s'enquit l'employé.

– Nous avons un chat, Mourik. On pourra l'emmener ?

Valia planta un regard suppliant dans les yeux marron de l'homme.

– L'introduction de chats en provenance d'Ukraine est temporairement interdite, annonça l'autre avec calme. Il y a chez vous beaucoup trop de cas de rage féline. Mais vous avez sans doute entendu parler de ce qui se passe actuellement à Kiev ?

– Non, dit Valia dans un murmure, en pensant à Mourik auquel elle avait oublié de donner à manger le matin.

Avant de rentrer, ils passèrent au magasin d'alimentation tout proche et y achetèrent une bouteille de champagne pour le soir.

Durant tout le chemin, Valia réfléchit à ce qu'elle pourrait préparer pour dîner. Mais une fois chez eux, la fatigue s'abattit sur elle. Dima lui proposa de se contenter d'un simple sandwich et de boire le champagne au salon, devant la télé.

Après le champagne, Dima inclinait toujours au sommeil, mais il décida malgré tout de regarder jusqu'au bout son émission préférée. Tandis que Valia partait se coucher, il resta à dévorer des yeux la série de reportages consacrés aux catastrophes routières survenues dans la journée, au braquage d'une filiale de la Caisse d'épargne, puis à un incendie au marché Troïéchtchine. Après l'incendie venait une enquête sur un meurtre. Dans une rue du centre de Kiev, un homme élégamment vêtu gisait dans une mare de sang, la gorge déchiquetée.

« Ce crime, disait le commentateur, a d'abord laissé les enquêteurs perplexes. Il leur a fallu attendre les conclusions de l'expertise médico-légale pour établir de manière certaine que la victime – qui n'a pas encore été formellement identifiée – avait été attaquée par un animal sauvage. Probablement un tigre, un lynx ou une panthère. Il apparaît qu'actuellement, aucun parc zoologique n'a signalé la disparition de félins de cette taille. Or le corps montre d'indiscutables traces de griffes, et la blessure qui a entraîné la mort ne peut être due qu'aux dents et aux crocs d'un animal carnassier. En trois semaines, c'est le second cas d'agression mortelle d'un être humain par un fauve. Dans le premier cas, survenu la nuit, la victime était un toxicomane inculpé dans une affaire criminelle et laissé en liberté surveillée dans l'attente du procès. »

– Une blessure due à des crocs… murmura Dima, songeur, en se grattant la nuque.

Il décrocha la clef du garage, pendue à un clou dans le couloir, et sortit de la maison. Un vent doux et printanier lui souffla au visage.

Il ne faisait pas froid non plus à l'intérieur du garage, mais Dima alluma tout de même le radiateur, d'un geste machinal, avant de s'installer dans son coin favori, sur un tabouret. Son regard tomba sur la soucoupe sale dans laquelle Mourik avait lapé le contenu de l'ampoule – ampoule dont Dima était censé avoir perdu tout souvenir

445

après les deux comprimés avalés l'autre jour. En repensant aux comprimés, Dima vit brutalement sa belle humeur s'effondrer. Il sentit soudain la peur monter en lui. Une peur physique. Il se leva, marcha jusqu'aux portes du garage et les verrouilla de l'intérieur. À présent, il n'avait plus rien à craindre. Et de nouveau il se prit à méditer sur la dernière enquête de Magnolia TV, consacrée aux « morsures mortelles ».

114
Région de Kiev. District de Makarov. Village de Lipovka.

Dès son lever, le soleil avait coloré de jaune la fenêtre de la chambre d'Irina et de Yegor. Irina était assise sur une chaise, les pieds baignant dans le halo de lumière qui inondait le plancher. Elle donnait le sein à Marina, tandis que Iassia dormait encore.

De retour du poulailler, grand-mère Choura prépara une omelette au lard et coupa une tranche de pain blanc de Makarov qu'elle tartina généreusement de beurre. Son gendre aurait besoin de forces aujourd'hui.

À dix heures, ils montèrent tous dans la Mazda, enfants compris, et s'en furent chez la maman de Yegor. Alexandra Vassilievna transportait dans son sac, juste sorties du réfrigérateur, trois bouteilles de Champagne soviétique[1].

La vieille dame dormait encore. Sonia, la voisine, leur raconta qu'elle s'était de nouveau sentie mal pendant la nuit. Elle avait de l'écume aux lèvres. Aussi décida-t-on de ne pas la réveiller et de simplement boire, dans la maison de Yegor, à la santé de sa maman et à la mémoire de son

1. C'est aujourd'hui le nom d'une marque déposée de vin mousseux.

défunt père. La voisine accepta volontiers de rester un moment et de boire avec eux.

Bien sûr, Alexandra Vassilievna était un peu contrariée que la maman de Yegor ne pût voir Irina et lui donner son assentiment. Mais qu'y faire ? L'important était d'avoir fait les choses comme le voulait la coutume. On avait bu la première bouteille dans la maison du fiancé, on allait boire la deuxième dans celle de sa future. Et la troisième avec les invités.

Ainsi, de coupes de mousseux en conversations, le jour vint-il à décliner, cédant la place au crépuscule. À l'heure dite, Alexandra Vassilievna, Yegor et Irina sortirent de la maison, cependant que les deux petites, nourries puis endormies au vin doux, restaient dans une chambre.

Yegor conduisit les deux femmes en voiture jusqu'au bistro. L'établissement s'était métamorphosé. On avait tendu un *rouchnik*[1] au-dessus de la porte et enroulé des rubans de papier autour des poteaux de bois qui marquaient le seuil.

À l'intérieur étaient dressées deux rangées de tables occupant toute la longueur du café, avec des bancs de chaque côté. Les murs s'ornaient d'autres *rouchniki*. Et les tables étaient couvertes de hors-d'œuvre. Plusieurs vieillards étaient déjà attablés, qui attendaient que la fête commence. Seule l'odeur qui régnait était un peu bizarre : ça sentait la peinture fraîche.

Yegor promena son regard autour de lui : tout était comme avant, mais en plus propre. Puis il leva la tête et considéra le plafond, au-dessus du comptoir. Il découvrit alors que la guirlande de poissons séchés pendait toujours à la même place, à cette seule différence que certains spécimens étaient à présent peints en bleu, et d'autres en

---

1. Longue serviette brodée à usage décoratif, traditionnellement utilisée pour les cérémonies.

jaune. Yegor manqua lâcher une bordée de jurons, mais il se retint, rajusta sa veste de costume et rectifia à tâtons sa cravate.

Les invités commencèrent à arriver par groupes. Alexandra Vassilievna plaça les jeunes mariés à gauche de l'entrée, pour qu'ils y recueillent cadeaux et bons vœux, tandis qu'elle-même prenait par le bras ceux qui les avaient déjà salués.

Du coin de l'œil, Yegor s'aperçut que sa belle-mère montrait à certains invités le passeport d'Irina tamponné par le Bureau de l'état civil. Il s'agissait sans doute des gens qu'elle n'avait pas eu le temps de voir la veille.

Après quatre toasts et trois « em-bras-sez-vous ! », l'ambiance se morcela. Les invités buvaient et mangeaient avec entrain, mais si l'on portait un toast, c'était à présent entre soi. Et Yegor, après un regard échangé avec Irina, comprit qu'ils pouvaient tous les deux s'éclipser discrètement.

Alexandra Vassilievna ne chercha pas à les convaincre de rester. Elle veilla seulement à ce qu'ils embarquent bien dans la voiture tous les cadeaux.

Après quoi elle regagna la table, où elle resta en tant que représentante des jeunes mariés. La musique se fit plus forte. La vodka achetée par Yegor à Makarov suffisait largement. On en buvait encore trois heures plus tard, et on ne put en venir à bout.

Pendant ce temps, Yegor et Irina passèrent en revue leurs présents : des serviettes brodées traditionnelles, une ménagère, un service à thé, plusieurs enveloppes contenant de l'argent et des cartes de félicitations, et deux fers à cheval en guise de porte-bonheur. Ils examinèrent tout cela, puis, après être restés un moment debout enlacés, ils commencèrent à se préparer pour la nuit. Yegor fit le lit, tandis qu'Irina s'occupait des enfants dans la chambre de sa mère. Iassia se réveilla dès qu'elle lui colla le nez contre son sein tout chaud. Marina, elle, dormait encore.

En la nourrissant, Irina se réjouissait que son sort parût s'orienter vers le bonheur, comme s'il suivait une ligne qu'on eût oublié de tracer dans sa main. Ce n'était tout de même pas un hasard, tenez, si dès le moment que Yegor avait fréquenté leur maison, Iassia avait commencé à refuser le lait en poudre et à réclamer le sein. Et voilà que maintenant Irina avait de plus en plus de lait. Assez même pour nourrir trois enfants !

Quand Iassia eut fini de téter, Irina passa la tête par la porte de la chambre.

– Tu devrais clouer tout de suite ces fers à cheval sur la porte. Ceux qui nous les ont offerts vont venir voir. Et puis ça nous portera bonheur !

Yegor acquiesça.

– Tu sais, mon chéri, un professeur est venu, de Kiev. Il a dit que le fer n'était pas cloué correctement. Il faut qu'il s'ouvre vers le haut, comme un pot à lait ! Pour que la maison soit comme une coupe pleine.

Yegor passa un survêtement. Il avait heureusement déjà déménagé toutes ses affaires – trois valises – du foyer où il logeait à la capitale.

Il trouva dans la caisse à outils une paire de tenailles, des clous et un marteau. Il sortit sur le perron. Retourna sur la porte le vieux fer trouvé quelque temps plus tôt près du bistro où les invités, au même moment, continuaient de fêter leur mariage, puis cloua au-dessous, bien alignés, les deux qu'on leur avait offerts.

Les jeunes mariés s'embrassèrent de nouveau, et c'est le moment que choisit Irina pour avouer à Yegor qu'elle nourrissait encore un autre bébé, prénommé Bogdan. Elle s'y résolut, bien que sa mère lui eût conseillé de n'en rien faire, et d'expliquer plutôt au professeur qu'elle ne pouvait plus lui fournir de lait pour des raisons d'ordre familial. Mais comment pouvait-on laisser sans lait un petit bébé, dont la maman était toute pâlotte et malade ?

449

« Non, Yegor comprendra ! Après tout, je suis d'abord une mère ! Une nourrice ! » pensait-elle.

Et elle ne se trompait pas.

– Tu ne peux pas refuser de nourrir des enfants, n'est-ce pas ? Et dès lors que tu les nourris, ils font un peu partie de la famille… lui dit Yegor avec un bon sourire.

Il haussa les épaules et l'embrassa.

Et elle sentit sur ses lèvres le goût de sa bonté, un goût de légère ivresse, d'alcool et de fumée, comme celle dont l'odeur imprégnait la chaumière de sa maman.

Irina éteignit la lumière, et une obscurité joyeuse, attirante, s'étendit autour d'elle.

115
Kiev. Nouvelle route de Ceinture.

Vassia vint prendre Semion vers sept heures du soir pour le conduire à un restaurant argentin, situé sur la nouvelle route de Ceinture. Là, derrière une palissade de bois, une dizaine de petits bungalows se dressaient autour d'une grande maison en rondins.

Guennadi Ilitch l'attendait dans l'un d'eux, assis à une solide table de pin. Devant lui trônaient une bouteille ouverte de Hennessy Pure White, deux verres à cognac et une soucoupe où étaient rangés alternativement en cercle des quartiers de citron, de pamplemousse et d'orange. Au bord de la table, deux épais menus reliés cuir.

– Prends place, regarde là-dedans, choisis ce que tu veux ! Aujourd'hui, c'est comme si on fêtait ton anniversaire !

Semion obtempéra, bien qu'un léger bourdonnement lui résonnât dans la tête – écho de sa nuit d'insomnie. Il avait encore dans les oreilles les cris du bébé, mais il parvint à sourire et ouvrit le menu. Le mot *viande* qui se répétait à chaque ligne flottait agréablement devant ses yeux. Son regard s'arrêta sur *steak argentin (600-700 g)*. Il tenta d'imaginer la taille de la chose et se pourlécha. Il n'avait pris ni déjeuner ni petit déjeuner.

– Alors ? s'enquit Guennadi Ilitch.

Semion, sans un mot, désigna du doigt le mot *steak*.

– Parfait ! Comme on fait son boulot, on se met à table ! déclara le député avec un sourire malicieux.

Il se tourna, décrocha un téléphone mural et entreprit de dicter la commande. Il s'interrompit un instant pour attirer l'attention de Semion.

– Ton steak, saignant ou *well done* ?

– Plutôt à point.

– *Well done*, traduisit le député avant de raccrocher.

Il servit du cognac à son invité.

– À ta paternité ! prononça-t-il d'une voix claire et alerte, où Semion, à son grand étonnement, perçut une note de sincérité, d'authenticité.

Ils burent. Semion mâchonna un quartier de pamplemousse. Par simple curiosité. D'habitude il accompagnait toujours le cognac avec du citron.

– Parlons d'abord affaire.

Guennadi plongea la main dans la serviette de cuir posée sur la chaise voisine. Il en tira une enveloppe beige qu'il posa sur la table.

– Bien. Voilà le certificat de naissance. Tu inscriras toi-même le prénom et le nom de famille. Et voici une carte de crédit avec code PIN, pour les dépenses. Un gosse de nos jours, ce n'est pas un plaisir bon marché.

– Une carte de crédit ? s'étonna Semion.

– Eh bien oui, cadeau du parrain ! répondit Guennadi Ilitch avec un haussement d'épaules. Ah ! mais c'est vrai, je ne t'ai pas dit le plus important ! Je serai le parrain ! J'espère qu'il n'y a pas d'autres candidats ! Je me charge de dégoter aussi une marraine. T'inquiète pas ! Nous

451

ferons le baptême dans mon église, pour qu'il n'y ait pas trop loin ensuite jusqu'à la table du banquet.

– C'est le père Onoufri qui officiera ? demanda Semion.

– Non, ce connard s'est fait moine, est parti travailler pour un fonds d'aide aux animaux domestiques abandonnés !

Le député secoua la tête pour exprimer son incompréhension devant pareille décision.

– On m'a envoyé un petit nouveau qui sort tout juste du séminaire. Un gars à l'esprit pratique, et qui a une belle voix. Au fait, tu lui as déjà choisi un prénom ?

– Oui, Marina.

– Tu as l'imagination plutôt pauvre, soupira Guennadi Ilitch, mais l'expression sévère qu'il affichait ne s'attarda qu'un instant sur son visage. Enfin, si c'est Marina, va pour Marina ! À notre Marina ! Qu'elle grandisse en intelligence et en beauté !

Après le second toast, la conversation commença à s'alanguir. Guennadi Ilitch bâilla deux ou trois fois. Il finit par décrocher le téléphone mural et indiqua à son correspondant qu'il serait temps qu'on leur servît la viande.

Le serveur commença par apporter devant Semion une planche à découper de belle taille sur laquelle était couché un épais morceau de bœuf grillé, parfaitement doré, avec son os. À côté, de la salade et trois bols de sauces rouges de différentes sortes. Deux ou trois minutes après, Guennadi Ilitch se réjouissait à son tour à la vue de sa propre planche sur laquelle s'alignaient six médaillons d'agneau.

– Au fait, tu n'as jamais songé à devenir député ? demanda soudain Guennadi Ilitch.

– Non… répondit Semion, déconcerté par la question.

– Réfléchis-y, conseilla son patron. Il y aura bientôt des élections anticipées, et nous ferons barrage à cette clique. Les parrains ne sont pas tenus d'aider seulement leurs filleuls ! Ils doivent seconder toute la famille. Surtout quand celle-ci en est digne ! Après tout, nous sommes amis depuis la rue Petrovka, non ! ?

– Je vais y penser, promit Semion sans enthousiasme.

– Bon, ne gamberge pas trop tout de même, agis !

Et Guennadi Ilitch, armé d'un couteau pointu, s'attaqua au premier médaillon.

116
Kiev. Rue Vorovski. Appartement n° 17.

Le réveil sonna dans la chambre de Daria Ivanovna à une heure et demie du matin. Elle se leva d'un mouvement résolu. Prit une douche bien chaude. Alla en peignoir à la cuisine et alluma le gaz sous la bouilloire. Elle voulait prendre un café, mais elle se rappela la prière formulée par le gérant du bar : ne plus boire de café justement.

Dehors soufflait un vent extraordinairement froid, alors que le temps, au cours des derniers jours, avait été si doux, si printanier ! Mais hormis le vent, tout était silencieux. La ville dormait. Pas une lumière ne brillait aux fenêtres. Seuls les réverbères, écartant les ténèbres à leur pied, ponctuaient le désert des rues.

Devant elle, à gauche, la façade de l'hôtel Radisson était éclairée par des dizaines d'ampoules. Une armada de Skoda, arborant le logo de l'établissement, s'alignait en bas, dans un ordre parfait.

Daria Ivanovna marcha jusqu'à l'angle du boulevard de Iaroslav et de la rue Gontchar, et s'arrêta brusquement. Un tumulte de voix venait de lui parvenir aux oreilles, et elle retint son souffle, toute tremblante, collée contre le mur gris d'un immeuble.

Surgi d'en bas, du côté de la place de la Victoire, un groupe d'au moins une vingtaine de personnes, toutes de petite taille, débola au carrefour, discutant avec véhémence dans une langue inconnue. En y regardant mieux, Daria Ivanovna comprit qu'il s'agissait de Vietnamiens ou de Chinois. Débouchant sur le croisement, en haut de la rue, ils se turent et regardèrent autour d'eux. Après quoi ils échangèrent deux ou trois phrases dans leur curieux babil et prirent le chemin de la place de Lvov.

À l'angle des trois cafés, Daria Ivanovna aperçut un Hummer rose garé contre le mur, à droite de la couronne. Les fenêtres de l'établissement étaient éclairées d'une pâle lumière. Elle s'approcha de l'entrée, et après une brève hésitation, frappa à la porte. Trois coups.

La porte s'ouvrit. Un jeune homme en costume et cravate la salua d'un simple hochement de tête et, toujours sans un mot, lui fit signe de le suivre.

Et de nouveau elle se retrouva dans le bureau du gérant, une pièce un peu exiguë mais confortable. Son regard se porta sur le mur, derrière le nouveau directeur – un quadragénaire blond et maigre, au visage chaleureux. Sur le mur en question était accroché, dans un cadre de belle facture, le portrait de son mari, Edik. La veille au soir, cette photo n'y était pas !

L'homme, qui s'appelait Nikita Lvovitch – un nom et un patronyme faciles à retenir –, lui proposa de s'asseoir en face de lui. Empoignant une carafe, il remplit un verre en cristal d'un liquide couleur d'émeraude et l'offrit à sa visiteuse.

– C'est du jus d'herbe, un excellent tonifiant, expliqua-t-il d'une voix douce – une vraie voix de velours. Je suis très heureux que vous soyez venue ! Et qui plus est, pile à l'heure convenue ! Edouard, votre mari, se distinguait lui aussi par sa ponctualité. Je ne voulais pas vous parler en présence de tiers, c'est pourquoi je vous ai demandé de venir maintenant. La nuit, en règle générale, on n'est dérangé par personne. La nuit, les autres dorment. Mais buvez, buvez !

Daria Ivanovna porta le jus d'herbe à ses lèvres et le trouva bon, bien qu'il ne fût pas sucré. Elle perçut tout de suite dans le goût du breuvage quelque chose de familier, remontant à un passé lointain.

– Vous savez, nous accordons beaucoup de prix à l'œuvre de votre mari. Vous n'imaginez même pas combien ses recherches étaient importantes dans notre domaine…

– Dans votre domaine ? répéta Daria Ivanovna.

– Eh bien oui… Nous avons un peu travaillé ensemble…

Daria Ivanovna regarda autour d'elle, interloquée.

– Vous pensez sans doute que je suis un simple patron de bistro ? ! s'esclaffa Nikita Lvovitch, devinant les pensées de sa visiteuse. Non, je suis pharmacologue. Et au fait, ceci n'est plus un café !

– Et qu'est-ce donc alors ?

– Nous allons ouvrir ici un lieu de rencontre nocturne réservé à un cercle de pharmaciens patriotes. L'endroit sera fréquenté par des spécialistes, qui, tel votre mari, croient possible de soigner et guérir notre pays. Il suffit pour cela d'élaborer les bons remèdes ! On m'a chargé de vous demander si vous accepteriez de devenir présidente d'honneur de notre cercle. En mémoire de votre époux. Tout le monde vous respecte ! On pourra décrocher votre couronne dans deux semaines. À ce moment-là, le bas-relief commémoratif en marbre sera prêt.

« Présidente d'honneur ? » réfléchit Daria Ivanovna. Et elle se rappela alors Edik : Edik vivant et Edik immobile, assis dans son fauteuil devant la porte-fenêtre du balcon. Bien sûr, il avait beaucoup de secrets pour son épouse. Et apparemment, tous n'avaient pas rapport aux femmes !

– C'est d'accord, répondit-elle.

– Merci beaucoup, dit Nikita Lvovitch avec un sourire. Tous seront ravis ! Mais à présent, je dois vous faire un aveu. Vous vous souvenez du désordre que vous avez trouvé un matin dans le bureau de votre mari ?

Daria Ivanovna fouilla dans sa mémoire.

– Vous voulez parler du cambriolage ?

– Eh bien... ce n'est pas le terme que j'emploierais. Simplement, nous avons pris tout ce que nous pouvions, de manière que les travaux d'Edouard ne tombent pas entre les mains de certaines personnes appartenant au parti politique qui avait financé ses dernières expériences. Nous avons dû faire vite, c'est pourquoi nous avons laissé tout ce désordre derrière nous... J'espère que vous voudrez bien nous pardonner !

Daria Ivanovna se remémora le visage terrorisé de la vieille dame qui avait travaillé tant d'années dans la pharmacie d'Edouard.

– Et à propos, c'est nous qui avons racheté l'officine !

Il y avait de la fierté dans la voix du blondinet, une fierté que Daria Ivanovna comprenait parfaitement : elle avait vendu l'affaire plus du double de ce qu'elle espérait.

– J'ai encore une requête à vous adresser... reprit Nikita Lvovitch. Votre mari doit avoir laissé des archives chez vous. Cahiers, journal intime, correspondance... Vous ne pourriez pas transmettre tout cela au cercle ? Nous avons pour projet de créer ici un petit musée. Uniquement pour nos membres.

Daria Ivanovna hocha la tête.

Sur quoi, Nikita Lvovitch se leva pour la raccompagner jusqu'à la porte. Sur le seuil, il lui serra la main.

– Nous vous appellerons bientôt, promit-il.

Elle rentra chez elle, habitée par un tout nouveau sentiment. Brusquement, elle trouvait du charme à ces rues plongées dans la nuit. La ville assoupie ne lui inspirait plus une ombre de crainte. Au contraire, elle se sentait envahie de tendresse, elle avait envie de caresser, de prendre dans ses bras cette grande et chère cité.

Et soudain, quelque part, tout près, peut-être dans l'une des cours avoisinantes, retentit le cri perçant d'un chat. Daria Ivanovna s'immobilisa, pétrifiée. Elle entendit un autre bruit, plus étouffé celui-là. Puis le silence retomba, amical. Daria Ivanovna reprit son chemin et songea à Edik, son mari, avec affection et chagrin.

117
Borispol. Rue du 9-Mai.

Pour le petit déjeuner, Valia fit revenir à la poêle du saucisson cuit. Elle en déposa une tranche dans l'écuelle de Mourik. Elle n'acheva pas son thé : ayant jeté un coup d'œil à l'horloge, elle quitta la maison en courant pour attraper le minibus. À pied, elle serait arrivée en retard au travail.

Resté seul, Dima tira à lui le dernier numéro d'*Avizo*. Son regard tomba sur l'annonce entourée de sa main, concernant le recrutement d'hommes d'Église. Le père Onoufri lui revint en mémoire. Il se demanda s'il avait été embauché ou non. Il faillit l'appeler, mais la paresse l'en empêcha. Il se sentait si bien, assis à cette heure à la table de la cuisine, sous la caresse du soleil. Méditer dans ces conditions était si simple et agréable, et peu importait le sujet de méditation.

Il réfléchit à leur futur déménagement à Saratov. Il considéra d'un œil perfide le Mourik « cuisinier » qui, vautré sous le radiateur, ne soupçonnait même pas que sa vie de coq en pâte touchait à sa fin. Il ne pouvait savoir qu'on n'avait pas besoin de chats ukrainiens en Russie : ils avaient là-bas assez des leurs. Alors voilà, avant le départ, Dima le regarderait bien dans les yeux ! La maison serait vendue, les nouveaux propriétaires jetteraient le chat à la rue, et eux, les anciens, ne lui feraient pas profiter de leur avenir radieux. Dima eut une pensée pour son Mourik défunt. Une pensée teintée de tristesse et pleine de reconnaissance. Ça c'était un chat : dévoué, intelligent, courageux !

Quand il fut las de se chauffer au soleil, Dima décida de faire un saut chez le marchand de *pelmeni* pour y boire un petit verre. Bien sûr, il eût aussi bien pu boire un verre à la maison. Et pas un petit, un grand. Mais ce n'était pas digne d'un homme bien élevé. Alors qu'au resto, c'est une autre affaire. On y occupe une place, on salue les gens, on répond aux questions. Et l'on paie pour le verre, de vrais kopecks ! Peut-être aurait-il l'occasion d'y bavarder avec le patron, de l'informer, sous le sceau du secret, de leur départ prochain. L'autre regretterait alors de perdre ses fidèles clients. Sûrement, il le regretterait. Si Dima était à sa place, il en serait tout chagrin !

Il n'y avait personne dans l'estaminet, à part le patron. Dima y vida bien un verre de vodka, un petit, mais il ne partagea pas son secret avec l'homme. Il se dit que c'était trop tôt. Mieux valait d'abord attendre de recevoir une réponse positive !

Il s'en fut d'un pas nonchalant jusqu'au kiosque, où il acheta trois journaux, puis s'en retourna chez lui.

De nouveau il s'installa au soleil, à la table de la cuisine. Et ce n'est qu'à ce moment qu'il découvrit la manchette du *Courrier de Kiev*: NOUVEAU REBONDISSEMENT DANS L'AFFAIRE DU SAUVAGE ASSASSINAT EN CENTRE-VILLE.

Dima se pencha sur le journal, retenant son souffle.

L'article rapportait qu'une jeune femme s'était présentée à la milice pour témoigner des faits suivants. Comme elle rentrait tard la nuit, après une soirée passée chez des amis, à l'angle des rues Reïtarskaïa et Streletskaïa, un homme d'une cinquantaine d'années, élégamment vêtu, était accouru vers elle. Il l'avait empoignée par le bras et plaquée contre un mur, en brandissant un couteau de l'autre main. Elle s'était mise à crier, à appeler au secours. Et à cet instant un chat avait bondi sur l'homme. Une bête plus grosse qu'un chat ordinaire. De quelle couleur était-il ? Elle ne l'avait pas noté. Il faisait noir. Mais l'animal avait planté ses crocs dans la gorge de l'individu. Du sang avait aussitôt jailli de la blessure. Le type avait lâché le bras de la femme qui s'était enfuie à toutes jambes. Il lui avait fallu deux jours pour se remettre de l'incident, mais quand on avait montré le corps à la télévision, elle avait tout de suite reconnu son agresseur !

L'histoire fit une grosse impression sur Dima. Il relut l'article, jeta un coup d'œil à l'horloge, puis alla se changer pour passer des vêtements sombres et discrets. Enfin, il plaça la pelle pliante dans un cabas et sortit de la maison.

Une demi-heure plus tard, il arpentait déjà l'allée centrale du cimetière de Baïkovo, reconnaissant au passage certaines croix et autres stèles. Il marchait dans un silence parfait, que pas un courant d'air ne venait troubler. Ses jambes le conduisaient d'elles-mêmes vers les tombes des deux généraux, héros de l'Union soviétique. Bientôt, il s'arrêta devant les bustes des deux valeureux officiers. Il fixa le petit tertre funéraire, coincé entre les deux tombeaux massifs. C'était là qu'il avait enterré Mourik quelque temps plus tôt.

Dima s'accroupit devant le monticule. Toucha la terre nue et glaiseuse qui, en l'espace de deux trois semaines, se couvrirait d'herbe ou de mousse. Et soudain remarqua que l'arrière de la tombe s'était comme affaissé. Dima contourna la dernière demeure de Mourik, pour y découvrir un trou de la taille de deux poings.

La fosse, peu profonde, était vide.

Il y fouilla de la main, puis renifla ses doigts. Une odeur familière de chat lui frappa les narines.

Dima se releva et regarda autour de lui, décontenancé.

Il remarqua, sur la pierre tombale du double héros de l'Union soviétique, une soucoupe où traînaient des restes de poisson cru.

« C'est lui, pensa Dima. C'est Mourik ! C'est lui qui a sauvé cette femme ! C'est lui qui protège Kiev de toute la racaille qui y rôde la nuit ! Il faut le retrouver ! Le retrouver et le ramener à la maison, à Borispol, puis, par n'importe quel moyen, l'emmener avec nous à Saratov. »

Dima s'enfonça plus loin dans le cimetière, scrutant du regard les rangées de monuments funéraires et la végétation ranimée par le soleil du printemps. Mais le chat demeurait invisible. « Il faut le chercher la nuit ! À Kiev ! » comprit Dima.

Il passa les anses du cabas à son épaule et s'en fut d'un pas alerte vers la sortie. Il savait ce qu'il avait à faire maintenant. Une fois rentré à Borispol, il passerait prendre Valia à son boulot et la raccompagnerait à la maison. Puis, quand elle serait endormie, il lui laisserait sur la table de la cuisine un petit mot pour expliquer son absence temporaire et s'en irait prendre le dernier minibus à destination de Kiev, où, par les rues et les cours, errait son chat, amaigri et ensauvagé.

118
Kiev. Rue Reïtarskaïa. Appartement n° 10.

Après son premier service de nuit, Semion ne dormit que trois heures, et se releva néanmoins frais et dispos pour affronter ce qui le préoccupait encore. Tout était silencieux dans l'appartement. Veronika lui avait laissé un mot l'informant qu'elle sortait se promener avec la petite. Un grand soleil brillait dans le ciel. Par le vasistas ouvert s'entendait le roucoulement des pigeons établis sur la corniche.

Il se remémora les heures qu'il venait de passer. Volodka et lui avaient trouvé l'employé du centre de nutrition, chargé de leur remettre les bidons de lait, vêtu d'un tout nouvel uniforme : une combinaison orange. Les rues de Kiev s'étaient révélées la nuit moins désertes que Semion l'imaginait. Leur voiture croisait sans cesse d'importants groupes d'hommes marchant d'un air absorbé vers un but mystérieux, quelque meeting, peut-être.

À l'orphelinat, ils avaient été accueillis par le gardien qui n'avait pas hésité à aller réveiller deux élèves de grande classe. Ces derniers avaient transporté les trois bidons de lait de chèvre à la fromagerie. Puis ils étaient restés là un moment, pour fumer une cigarette en l'absence du directeur et des maîtres, avant de charger dans la voiture cinq caissettes en plastique contenant chacune trois à quatre kilos de fromage.

Près du Parlement, et sans doute même à l'intérieur, la vie bouillonnait en dépit de l'heure nocturne. La porte de l'entrée latérale s'ouvrait constamment pour laisser des gens entrer ou sortir.

Semion avait composé le numéro de portable de son voisin Igor, qui depuis deux jours occupait les fonctions de gérant de la buvette, et pour l'instant, malgré ses yeux collés de sommeil, semblait parfaitement heureux.

Igor avait réceptionné le fromage, et en échange leur avait rapporté à tous deux un petit verre d'excellent cognac. Le milicien en faction à la porte de service, à l'arrière du bâtiment, avait lui aussi exprimé le désir de goûter le noble breuvage. Igor, sans broncher, était retourné à l'office. Et deux ou trois minutes plus tard, les quatre gaillards trinquaient sous le ciel enténébré de

Kiev, devant la petite porte du Parlement donnant sur le stade Dynamo. Ils avaient trinqué au printemps, à la perpétuation des bonnes choses. « Que Dieu soit avec nous, et merde aux autres ! »

Plus tard, aux premières heures de l'aube, alors que Volodka le raccompagnait chez lui, Semion avait repensé à Yegor. Après un café fort, il s'habilla et décida qu'il était temps de faire la connaissance de ce personnage.

Il glissa dans un grand sac en papier deux paquets de couches jetables, le formulaire de renseignements de la maternité remis par le médecin accoucheur et trois boîtes de lait en poudre pour bébé. Il sortit dans la rue et arrêta le premier taxi qui passait.

Le chauffeur accepta pour deux cents hryvnia de le conduire à Lipovka, de l'y attendre et de le ramener à Kiev.

En chemin, Semion s'imagina frappant à la porte de la maison pour finalement apprendre que Yegor était à Kiev, à son travail. Que faire ? Parler avec sa femme ? Non, ça ne rimerait à rien. Mieux valait rentrer et chercher Yegor près du palais Mariinski.

Des tas de neige sale subsistaient encore sur les bas-côtés de la route de campagne, dans l'ombre des pins qui bordaient celle-ci. Mais il faisait très chaud dans la voiture. Le chauffeur avait déboutonné sa grosse veste et planté sur son nez une paire de lunettes noires extirpée de la boîte à gants.

Ils s'arrêtèrent juste devant la maison. À sa grande joie, Semion aperçut la Mazda rouge garée contre la barrière. Il prit le sac en papier et escalada le perron.

Ce fut Yegor qui lui ouvrit. Pas rasé, mal réveillé, en pantalon de survêtement et maillot noirs.

– Yegor ? demanda Semion, comme s'il ne l'avait jamais vu.

– Et vous, qui êtes-vous ?

– Semion. J'ai besoin de vous parler.

– Attendez un instant, j'arrive !

Et il referma la porte, laissant Semion sur le seuil.

Yegor ressortit deux ou trois minutes plus tard. Il avait chaussé des bottines et enfilé une veste de costume noir par-dessus son maillot de corps.

– De quoi s'agit-il ?

Sa voix trahissait une note d'inquiétude.

Sans un mot, Semion tira du sac le formulaire de renseignements délivré par la maternité.

– Remplissez-le au nom de Marina, expliqua Semion en s'efforçant de s'exprimer de la manière la plus amicale possible. Ce papier vous permettra d'obtenir le certificat de naissance. Bon, peut-être faudra-t-il y ajouter une cinquantaine de dollars pour l'avoir. Je ne sais pas… Et ceci… (il tendit le sac à Yegor) c'est aussi pour vous.

Il y eut une minute de silence. Yegor tenait dans ses mains le formulaire et l'étudiait avec attention. Son regard s'attarda sur le tampon violet. Enfin, il releva sur Semion des yeux emplis de mille questions.

– On peut peut-être s'asseoir quelque part cinq minutes ? proposa Semion.

Yegor lui fit signe de le suivre dans la maison.

Ils s'installèrent dans la cuisine. Du salon parvenaient des pleurs d'enfant et des voix de femme.

Semion regarda autour de lui et se sentit curieusement à son aise dans cette pièce exiguë qu'il connaissait déjà.

– On m'a demandé de retrouver Marina, déclara Semion. C'est ce que j'ai fait, mais je ne l'ai dit à personne. Elle restera avec vous.

– Qu'est-ce que je vous dois ? demanda Yegor avec prudence.

– Rien. (Semion haussa les épaules.) On m'a dit que si je la retrouvais, on me permettrait de l'adopter. J'ai déniché un autre bébé. Une petite fille également, qui s'appelle aussi Marina. Tout est en ordre. Au fait, nous sommes presque collègues.

– Ah oui ? s'étonna Yegor.

Semion lui raconta un peu sa vie, expliqua qu'il avait monté sa propre boîte de sécurité, mais qu'il travaillait à présent pour le compte d'un député. Aussi était-il amené à fréquenter le Parlement.

– Nous pourrions nous retrouver pour boire un bon café, suggéra Yegor.

Semion voulut voir la petite Marina. Yegor alla la chercher et la ramena à la cuisine. Soudain, le chauffeur de taxi, dehors, donna un coup de klaxon.

– Je serai demain au travail, dit Yegor à Semion en guise de conclusion. Pour le formulaire… merci !

Ils échangèrent leurs numéros de portable.

Un étrange sentiment envahit Semion sur le chemin du retour. Celui d'être pénétré d'une absolue confiance en Yegor, comme s'il le connaissait depuis de longues années.

« Nous allons nous entendre, lui et moi ! Forcément, nous allons nous entendre ! » pensait-il en regardant la forêt puis les premiers champs défiler derrière les vitres de la voiture. « Peut-être pourrais-je devenir le parrain de leur Marina ? Le cercle alors se refermerait. Les gens normaux doivent se soutenir. Se soutenir et s'entraider. »

Comme le taxi approchait du camping Les Perce-Neige, son portable sonna.

– Allô, c'est Yegor, entendit-il dans l'appareil. J'ai oublié de vous demander… Comment faites-vous pour le lait ? Vous lui donnez du lait maternel ?

– Pour l'instant, non. On lui file du lait en poudre.

– Mon Irina en a trop. Elle peut partager ! Ce n'est pas bon de nourrir un bébé uniquement au lait en poudre ! Demain je prendrai ce qu'il faut avec moi ! Soyez à dix heures sur la place du belvédère, près du palais. On ira boire un café !

Quand il eut rangé le téléphone dans sa poche de blouson, Semion déploya un grand sourire.

119
Région de Kiev. District de Makarov. Village de Lipovka.

Vers onze heures, une Mercedes 500 noire s'arrêta devant la barrière de la maison où Irina venait juste de donner le sein aux deux fillettes. Ce fut Alexandra Vassilievna qui, la première, remarqua la voiture.

– Mes aïeux ! s'exclama-t-elle en retenant le rideau qu'elle avait écarté. Qui c'est donc qui vient nous voir dans une auto pareille ?

De la Mercedes descendirent une jeune femme bien habillée et deux hommes, guère plus âgés, en blouson de cuir noir. La femme se pencha et sortit de l'habitacle un énorme bouquet de roses. L'un de ses compagnons tenait à la main un gros paquet. L'autre alla prendre dans le coffre de la voiture une boîte en carton de belle taille.

– Mon Dieu ! dit grand-mère Choura, dont l'étonnement ne cessait de croître. Qui peut ben t'envoyer des cadeaux comme ça ? C'est sûrement rapport à ta noce !

Elle se précipita pour ouvrir, tout en vérifiant sa tenue.

Les deux gars en blouson noir et pantalon de même couleur au pli impeccable déposèrent boîte et paquet sur le plancher et, après avoir salué de la tête, se retirèrent sur le perron, refermant la porte derrière eux.

– Vous êtes madame Koval ? demanda la femme au bouquet à Irina qui s'était avancée dans le couloir.

Irina acquiesça.

– C'est pour vous, de la part de notre collectif ! (Elle lui tend les fleurs.) Des roses de Colombie. Et voici

465

une lettre très importante! Lisez-la, s'il vous plaît, sans attendre!

Irina confia le bouquet à sa mère et prit l'enveloppe, deux fois plus grande qu'une enveloppe ordinaire, d'un papier jaune pâle, au grain très agréable au toucher.

Sa mère alluma aussitôt la lumière du couloir, pour qu'on y vît plus clair. Irina ouvrit l'enveloppe qui n'était pas cachetée et en tira une feuille pliée en deux, de même teinte et même qualité.

Chère Madame Koval,

L'assemblée générale de la société anonyme Les Collines des Catacombes a pris la décision de juger insatisfaisants et même inacceptables le style et les résultats de travail de la précédente direction. La directrice, Nelly Igorevna Sarmatova, a été licenciée sans versement d'aucune indemnité. Au nom du nouveau management, je vous prie d'accepter toutes nos excuses pour le malentendu surgi entre vous et la personne gérant jusqu'ici l'entreprise. En signe de volonté de notre part de reconnaître et réparer nos torts, nous vous offrons une action nominative de la société et vous invitons à reprendre votre collaboration. Le prix d'achat du lait se verra triplé à partir du 1er avril. Les frais de transport feront l'objet d'une compensation particulière. En outre, vous sera proposé un paquet social (assurance, congés trimestriels et remboursement des dépenses de santé). Nous vous serions reconnaissants si vous pouviez recruter pour notre entreprise de nouveaux donneurs de lait maternel. Pour chaque nouvelle recrue, nous serions heureux de vous verser une prime d'un montant de mille hryvnia. Acceptez également, en témoignage d'estime, les modestes cadeaux qui accompagnent cette lettre.

Avec le sincère espoir que vous accepterez de travailler de nouveau avec nous,

Olga Ivanovna Blajeniouk

Irina leva sur la femme un regard bienveillant. Celle-ci, entre-temps, avait sorti un autre papier de la poche de son manteau beige en peau retournée.

– Tenez, s'il vous plaît, signez! C'est un reçu pour les fleurs et les cadeaux. Nous avons maintenant une comptabilité sévère…

– Et Vera, l'infirmière, elle est toujours là? s'enquit Irina.

– Non, soupira la visiteuse. Elle est décédée dans un accident de voiture. Chez nous, à présent, il n'y a plus que des jeunes.

Comme elle prenait congé, elle demanda à Irina son numéro de portable – au cas où.

La Mercedes repartit. Irina et sa mère s'en furent s'asseoir à la cuisine. Alexandra Vassilievna relut la lettre pour la troisième fois.

– On dirait que les choses commencent enfin à changer dans c'te pays! déclara-t-elle.

Irina, quant à elle, se remémorait l'hiver enfui, le gruau d'avoine sucré, Véra l'infirmière et le parc Mariinski. Et il lui venait un sentiment doux-amer, comme si tout cela appartenait à un lointain passé.

– Vera Miniaïlo a eu un petiot récemment alors qu'elle est point mariée! s'exclama soudain Alexandra Vassilievna. Tu devrais aller la voir, p't-être ben qu'elle serait d'accord. Comme ça tu toucherais la prime!

ÉPILOGUE

Octobre dorait le feuillage des arbres de la capitale. Au cours des derniers six mois, Iassia et les deux Marina avaient bien grandi. Dans les familles de Semion et de Yegor, comme d'ailleurs dans tout le pays, stabilité et prospérité n'étaient pas de vains mots. Les deux hommes à présent, durant leur temps libre, se voyaient régulièrement avec femmes et enfants, et aux heures de travail se retrouvaient pour boire un café et discuter des dernières nouvelles de la vie politique ukrainienne, avec laquelle ils s'efforçaient de maintenir une prudente distance.

Lors des élections législatives anticipées, une nouvelle force démocratique avait remporté la victoire : le parti pan-ukrainien de l'Ambassade de la Lune, dirigé par l'ancien psychiatre Piotr Issaïevitch Naïtov. En troisième position, sur la liste du parti, figurait Daria Ivanovna Zavarzina. En cinquième, Guennadi Ilitch. À sa première session, le nouveau Parlement avait pris la décision de passer à un régime de fonctionnement nocturne et d'abolir tous les avantages et privilèges dont jouissaient les députés. Le peuple avait poussé un soupir de soulagement. Le peuple aimait que les hommes politiques travaillent à présent la nuit, pendant que les gens normaux dormaient…

— Tu as vu ce qui se passe là-bas ? ! lança Dima à Valia après avoir lu dans *Les Nouvelles de Saratov* un article sur les événements d'Ukraine.

471

Ils étaient installés dans une baraque à *pelmeni*, non loin du quai des Cosmonautes. Sous la table, les deux Mourik achevaient une queue d'esturgeon grillée. Le long voyage qu'ils avaient subi ensemble, à moins que ce ne fût la soudaine abondance de poissons de la Volga, avait réconcilié les deux chats. Seul l'un d'eux passait toutes ses nuits à la maison, dans la cuisine du petit deux-pièces de la rue Babouchkine Vzvoz, non loin des quais. Le second, le préféré de Dima, sortait la nuit crapahuter en ville, avec la permission de son maître.

– Oh! (Valia posa les mains sur son ventre.) Il se met encore à galoper!

Dima regarda sa femme enceinte, esquissa un sourire songeur et se prit à méditer au bonheur qui les attendait.

Cet ouvrage a été achevé d'imprimer en mars 2017
dans les ateliers de Normandie Roto Impression s.a.s.
61250 Lonrai
N° d'impression : 1701191
Dépôt légal : avril 2017

Imprimé en France